Prologue

Amelia

Darjeeling, Inde, 1935

Le petit train mettait tout l'après-midi à monter à Darjeeling en se frayant un chemin dans les montagnes et en s'arrêtant çà et là dans une foule de petits villages afin de prendre et déposer des passagers. Quand il entra enfin dans la gare située aux abords de la ville, il faisait noir. Dès qu'elle descendit de la voiture et inspira son premier grand bol d'air pur, Amelia remarqua qu'il faisait beaucoup plus froid ici qu'en bas dans la vallée.

Depuis le quai, elle regarda les lumières de la ville briller sur les pentes escarpées alentour. Elle avait visité Darjeeling par temps chaud avec ses parents, lors de courtes excursions estivales, mais ils n'avaient pas trouvé le temps d'y revenir ces trois dernières années. Elle demanda à un *rickshaw-wallah* de l'emmener au Planter's Club. C'est là qu'ils logeaient avec ses parents, son père y avait ses habitudes lorsqu'il venait pour la Mission. Et c'était le seul endroit qu'elle connaissait en ville.

Le Planter's Club, à deux pas de la gare, était un grand bâtiment blanc dont les balcons donnaient sur la montagne. Amelia entra seule, avec une certaine nervosité, dans le hall décoré de têtes de léopards et de tigres empaillées. L'atmosphère était chargée d'une humidité poisseuse à laquelle se mêlaient les senteurs de tabac et d'alcool. Du bar juste à côté lui parvenaient le murmure des conversations et le tintement des verres.

Le vieil homme derrière le comptoir, affublé de lunettes aux verres épais, lui confirma qu'il y avait des chambres disponibles. Un groom souleva sa malle, la mit en équilibre sur sa tête et, un sac de voyage dans chaque main, la guida à travers des couloirs mal éclairés. Ils passèrent devant la salle de billard, où un groupe d'hommes se tenait debout autour d'une table dans un nuage de fumée de cigares. La chambre qu'on lui avait donnée, au premier étage, était chichement meublée mais confortable, et il y avait une salle de bains vétuste attenante. Cela lui parut luxueux par rapport au bungalow familial qu'elle venait de quitter. Et le prix était raisonnable.

Elle se laissa tomber sur le lit moelleux, soudain submergée. Désormais, elle était seule au monde. En plus de sa peine immense, une panique nouvelle faisait son apparition. Elle allait devoir se débrouiller pour se trouver un travail et un toit. Ses parents n'avaient jamais gagné beaucoup d'argent, et le peu qu'ils avaient, ils le distribuaient aux pauvres ou à l'église. Ils ne lui avaient pratiquement rien laissé. Elle avait conscience que ses quelques économies ne dureraient pas longtemps. Elle décida d'aller dès le lendemain dans les hôpitaux locaux voir s'ils n'avaient pas besoin de bras. Elle s'allongea, épuisée. Elle n'avait presque rien mangé de la journée, mais elle n'avait aucune envie de dîner seule dans la salle à manger.

Elle ferma les yeux et sombra dans un sommeil agité.

1

KATE

Warren End, Buckinghamshire, avril 1970

Il se mit à pleuvoir juste au moment où Kate s'engageait sur la route principale, qui descendait la colline au milieu des marronniers. Elle mit les essuie-glaces. La brume était tombée en même temps sur les champs en pente, ce qui ne contribua pas à lui remonter le moral. Il pleuvait déjà le jour où elle était partie, vingt-cinq ans plus tôt, mais elle avait cru que ce serait différent pour son retour. Au fil des décennies, chaque fois qu'elle s'était imaginée ce moment, la région était baignée de soleil : il y avait des reflets éclatants sur l'étang du village, les toits de chaume étaient nimbés d'une lumière ambrée, il faisait chaud comme en été.

Elle traversa le ruisseau au creux de la vallée, accéléra pour remonter la colline suivante et laissa bientôt derrière elle le panneau « Warren End ». Son cœur battait plus fort, elle s'agrippait au volant. La voiture franchit le sommet et elle vit enfin le village, son village, qui s'étalait sous ses yeux, exactement comme dans ses souvenirs. Elle redescendit lentement l'autre versant, passa devant les logements modernes, les maisons ouvrières de l'époque victorienne alignées en bord de route, puis elle tourna à droite au croisement.

Tout le bourg semblait désert. Pas d'enfants jouant à la marelle au milieu de la route, pas de chiens alanguis au soleil ni de femmes assises devant les frontons à cancaner. Les bâtiments le long de High Street n'avaient pas changé, au moins. Des petits immeubles en pierre, avec des toits de chaume ou d'ardoise, mais en y regardant à deux fois elle s'aperçut qu'il y avait eu de subtils changements. La chapelle méthodiste et l'atelier du forgeron avaient été transformés en habitations, avec vitres en cul de bouteille et châssis de fenêtres récents. À vrai dire, toutes les maisons sans exception semblaient avoir bénéficié d'un ravalement intégral de leur façade depuis l'enfance de Kate. Plus aucune d'entre elles n'était vieillotte ou banale. Finis la peinture écaillée, les toits en tôle rouillée ou les remises délabrées. Des vérandas impeccables avaient été construites, les maisons avaient été augmentées d'extensions faites avec goût, le chaume avait été changé. Des pots de fleurs pendaient aux avant-toits, des allées en gravier couraient au milieu des pelouses, et devant les maisons il n'y avait plus les camionnettes de ses souvenirs, mais des voitures modernes.

Kate n'y avait jamais réfléchi auparavant, mais Warren End avait dû devenir un village plus aisé, on était proche de Bletchley et des lignes de train à grande vitesse pour Londres. C'était étrange. Elle s'était attendue à retrouver les visages familiers près desquels elle avait grandi. Dans son imagination, les gens n'avaient pas vieilli ni évolué, ils étaient toujours habillés de la même façon.

Comment n'avait-elle pas pensé que, comme elle, tout aurait changé ?

Elle passa devant l'entrée d'une ruelle, là où se trouvaient les maisons les plus petites, et elle jeta un rapide coup d'œil dans leur direction. Un frisson la traversa tandis que remontait un souvenir. Joan vivait-elle toujours ici ? À quoi ressemblait-elle aujourd'hui ? S'était-elle mariée, avait-elle une famille ? Toutes ses pensées s'agitèrent dans son esprit et elle s'efforça de les chasser pour se concentrer sur la route.

Elle passa devant d'autres maisons rénovées avant de prendre un virage serré. Et elle le vit enfin, l'imposant portail d'Oakwood Grange. Des piliers en pierre, surmontées de boules de béton, encadrant de hautes grilles blanches grandes ouvertes. Elle engagea la voiture dans l'année, et les pneus crissèrent sur le gravier. Elle se mordit la lèvre. Elle avait du mal à croire que tout cela lui appartenait maintenant. Lorsqu'elle eut dépassé les chênes, la maison apparut soudain dans son champ de vision. Elle était toujours belle, quoiqu'un peu délabrée, contrairement au reste du village. La maison aurait été décrite par un agent immobilier comme « un manoir de gentleman victorien ». Grande, carrée, dans un style XIXe siècle très élégant. Toute de pierre blanche, avec un fronton à colonnes et une tour d'angle octogonale, elle dominait les champs et les bois en pente à l'ouest.

Kate descendit de voiture et contempla la maison malgré la pluie qui imprégna aussitôt son pull. Elle avait à moitié peur de s'approcher de la bâtisse, tant le passé avait sur elle une force impérieuse. Comme elle se tenait là à regarder, la porte d'entrée s'ouvrit et une petite femme aux cheveux gris, en salopette bleue, s'avança en haut des marches.

—C'est vous, Miss Hamilton ? demanda la femme.

Du fond de sa mémoire, Kate reconnut cette voix.

—Oui ! Un instant. Je prends mes affaires.

Elle attrapa son sac sur la banquette arrière et la rejoignit en courant sous le fronton, à l'abri de la pluie. La femme ouvrit la porte en grand pour la faire entrer. Kate pénétra dans le hall d'entrée et s'arrêta devant l'escalier spectaculaire, les boiseries aux murs, la grande horloge du grand-père. À cette vision, les souvenirs affluèrent.

—Le notaire m'a demandé de venir vous ouvrir aujourd'hui et de m'assurer que tout soit propre, dit la femme en refermant la porte.

Ses yeux se posèrent brièvement sur Kate, qui comprit qu'elle était nerveuse.

—Merci, dit Kate. C'est très aimable à vous.

—Je suppose que vous ne vous rappelez pas de moi, dit la femme en souriant. Mais je vous ai connue quand vous étiez petite. Je suis Janet Andrews. Je vis dans une des maisons sur Clerk's Lane.

—Oh si ! Bien sûr. Je me souviens de vous.

Lui revint l'image d'une jeune femme au foyer toujours accablée de soucis, nettoyant son jardin avec un bébé accroché à la hanche, une cigarette au coin des lèvres, des bigoudis dans les cheveux. Janet devait avoir une dizaine d'années seulement de plus que Kate.

—Vous étiez comme les deux doigts de la main avec Joan Bartram, non ?

Kate esquissa un sourire incertain en se demandant vaguement ce que Janet savait au juste de ce qui s'était passé l'été précédent.

—La pauvre Joan vit toujours dans la même rue, reprit Janet, et Kate fut étonnée de se voir confirmer ce à quoi elle s'était à moitié attendue. Elle se demanda pourquoi Janet avait parlé de la « pauvre Joan ».

—Elle vit dans une maison à loyer modéré, à quelques maisons de chez moi.

—Oh, fit Kate, ne sachant quoi répondre. On s'est perdu de vue, Joan et moi, malheureusement

Janet marqua une petite pause, puis continua :

—Ah ! Quelle idiote je fais, à raconter des bêtises alors que vous êtes trempée jusqu'aux os et que vous allez attraper la mort. Venez dans la cuisine. La cuisinière est allumée, il fait chaud comme dans un four.

Kate suivit Janet dans le couloir carrelé qui menait à la spacieuse cuisine, avec son plafond haut et ses immenses fenêtres à guillotine qui donnaient sur la pelouse humide. Elle se dirigea tout droit vers la cuisinière et se planta à côté, en lui tournant le dos. Pendant que la chaleur se répandait en elle, elle se rappela que sa tante Amelia faisait exactement pareil. Un élan de culpabilité la traversa. Elle n'aurait pas dû être là.

Elle avait été bouleversée, la semaine précédente, en recevant la lettre du notaire qui lui annonçait que sa tante Amelia lui léguait Oakwood Grange par testament. Son premier sentiment était qu'Amelia n'aurait pas dû lui laisser la maison. Après tout, elle n'avait pas été une petite-nièce très attentionnée. La dernière fois qu'elles s'étaient vues, c'était aux funérailles de la mère de Kate, trois ans plus tôt. Elles s'envoyaient des cartes à Noël, bien sûr, mais Kate savait pertinemment qu'elle aurait dû faire plus. Elle aurait dû rendre visite à Amelia, lui offrir de l'aide et de la compagnie. Elle soupçonnait Amelia d'être devenue égocentrique et recluse avec l'âge, et peut-être un peu trop portée sur le whisky. Personne ne l'avait dit ouvertement à Kate, mais elle était certaine que c'était ce qui avait abrégé la vie d'Amelia.

—Elle est morte en paix, votre tante, dit Janet en remplissant la bouilloire à l'évier Butler. Ne vous tourmentez pas pour ses dernières années. Elle avait beaucoup de soutien, ici au village. Je venais tous les jours faire le ménage, l'infirmière du coin passait régulièrement, le curé aussi. Elle ne manquait ni d'amis ni de voisins.

Kate baissa les yeux sur une lézarde dans le carrelage usé, où des générations de bonnes avaient dû se tenir pour couper des légumes ou préparer des pâtisseries. Janet faisait-elle référence au fait que Kate et Amelia étaient devenues deux étrangères au fil du temps, ou essayait-elle juste de l'apaiser ? Savait-elle que ce n'était pas par négligence que Kate n'était pas revenue ? Simplement, elle ne se sentait pas apte à affronter le passé.

—Le notaire m'a dit que vous étiez architecte. C'est vrai ?

—Oui, dit Kate en se réjouissant de ce changement de sujet. Je travaille à Londres. Principalement sur des gros projets, aujourd'hui.

Janet alla jusqu'à la cuisinière et posa la bouilloire sur une plaque chaude.

—Vous avez une famille ?

—Non… non, malheureusement.

—C'était horrible… pour votre frère, dit Janet avec un regard compatissant.

—Roy ? Oui. Il est mort quelques mois après le débarquement. Papa et maman ne s'en sont jamais remis, les pauvres. D'ailleurs, c'est pour cela que nous avons quitté le village.

Janet secoua la tête.

—Une histoire terrible. J'imagine qu'ils voulaient un nouveau départ.

—Oui. Ils ont essayé.

Mais ce nouveau départ ne les avait pas vraiment aidés. Ils avaient passé le restant de leurs jours à pleurer leur fils unique. Son père avait fait une dépression dont il ne s'était jamais remis. C'était un homme brisé. Il était mort en 1950. Sa mère avait bataillé, mais elle n'avait jamais surmonté ce deuil non plus. Après la mort de Roy, ils étaient partis dans l'est de l'Angleterre, où la mère de Kate avait des parents, mais même dans leur nouvelle maison, ils n'arrivaient pas à passer à autre chose. Ils avaient installé une chambre pour Roy, une réplique de celle qu'il avait à Warren End. C'était devenu une sorte de sanctuaire avec ses photos encadrées sur la table, les prix qu'il avait reçus à l'école affichés au mur, et même ses chaussures de foot, qui portaient encore les marques de boue de son dernier match, alignées avec ses autres chaussures au fond du placard. Kate avait tenté de le cacher à ses parents, mais elle avait fini par en vouloir à Roy au bout d'un moment. Il avait toujours été leur garçon chéri quand ils grandissaient tous les deux. Ils le mettaient toujours en avant, tandis que les besoins de Kate passaient au second plan. Et jusque dans la mort, leur affection lui était presque réservée. Ses accomplissements surpassaient les siens, alors même qu'elle avait décroché une place à l'université pour étudier l'architecture, puis remporté des prix pour ses créations.

Janet remplit la théière et la posa avec une tasse et un pot de lait sur la table.

—Je ferais mieux d'y aller, dit-elle. J'ai préparé la chambre d'invités à l'étage pour vous. Nous nous verrons demain aux funérailles.

—Merci. Et à demain, bien sûr.

—L'Institut des femmes a prévu un pot à la salle des fêtes du village, après l'enterrement. On a pensé que vous n'auriez pas envie d'avoir du monde à la maison.

—Oh, ça ne m'aurait pas dérangée du tout, mais c'est très généreux de leur part.

Janet fit mine de sortir de la pièce, mais s'attarda devant la porte.

—Je me demandais… Vous voulez que je continue ici ? Je parle du ménage. Comme je vous ai dit, je venais tous les jours pour votre tante, mais je pourrais continuer une fois par semaine si vous voulez ?

Kate ne comptait pas rester dans cette maison plus longtemps que nécessaire. Juste le temps de vider les meubles et de la mettre en vente, mais elle ne voulait pas offenser Janet, et de toute façon autant que les lieux soient propres pour d'éventuels acheteurs.

—Ce serait très bien. Le mercredi matin vous irait ?

Janet sourit.

—D'accord. Je serai là à neuf heures. En attendant, je vous vois demain.

Ses pas s'éloignèrent dans le couloir, puis la porte d'entrée claqua et Kate resta seule dans la maison.

*

Elle resta un long moment assise à la table de la cuisine, à boire son thé et à se laisser pénétrer par l'atmosphère de cette vieille maison ; le vent dans les soupentes, la pluie dans les gouttières, le craquement des vieilles poutres. Elle n'avait jamais été seule ici auparavant. Quand elle venait, petite, c'était toujours avec une crainte teintée d'admiration. Tant d'années plus tard, elle se sentait toujours nerveuse à l'idée d'explorer seule toutes ces pièces. Mais, ayant fini son thé, elle se dit qu'elle n'avait pas d'excuses. Elle s'arma de courage, sortit de la cuisine et traversa le hall avant d'entrer dans le grand salon avec la baie octogonale. Tout était exactement comme elle s'en souvenait, le tapis chinois bleu pâle par terre comme les paysages et les scènes de chasse au mur. Il y avait toujours les mêmes canapés et fauteuils à fleurs qui dataient des années 1940.

Sur le manteau de la cheminée en marbre étaient posées plusieurs photos d'Amelia et James. L'une d'elles tout en dentelles et costume trois pièces, le jour de leur mariage en 1940, d'autres à cheval avec la meute locale, plus quelques autres portraits d'eux deux vieillissant au fil du temps. Sur tous ces portraits, Amelia souriait, et Kate fut frappée de voir à quel point elle était belle avec son air vaguement exotique. Pas étonnant que le grand-oncle James soit tombé amoureux d'elle quand il l'avait rencontrée, alors qu'elle était femme de ménage dans un hôtel de Londres, et qu'il ait renoncé à son statut de célibataire endurci pour l'épouser alors qu'il avait la quarantaine. Ces photos défraîchies d'Amelia et du grand-oncle James donnaient l'illusion parfaite d'un couple fusionnel. Kate soupira. Comme les apparences pouvaient être trompeuses !

Il y avait cependant une image qui surprit Kate. Elle la prit et l'examina de plus près. Elle aurait juré qu'elle n'était pas là quand elle venait à Oakwood Grange dans son enfance. C'était Amelia jeune, peut-être quinze ou seize ans, entre un jeune homme à l'air avenant et une femme plutôt vieux jeu. Ils se tenaient devant de la verdure, avec en arrière-plan des montagnes enneigées. Ce devait être les parents d'Amelia, les missionnaires. Soudain, Kate se souvint. Ils avaient emmené Amelia vivre en Inde dans un village isolé aux confins de l'Himalaya, quand elle était une jeune adolescente. Elle n'était revenue en Angleterre qu'au milieu de la vingtaine. C'était bizarre qu'Amelia ne parle jamais de ses années en Inde ; elle n'avait aucun souvenir d'Inde dans la maison, et cela ne faisait jamais surface dans la conversation. Kate, sourcils froncés, s'interrogea un instant. Elle ne s'était jamais souciée du passé d'Amelia. Mais c'était bizarre que cette photo n'ait jamais trouvé sa place ici auparavant. Elle la reposa et continua de faire le tour du rez-de-chaussée, observant en détail le salon avec son parquet en chêne verni et ses meubles élégants. James invitait chaque année la famille de Kate pour le dîner de Noël, et elle se sentait toujours mal à l'aise dans cet environnement intimidant, comme s'ils étaient pauvres. Elle aurait préféré qu'ils restent en famille, à la maison, dans la maison attenante à l'école où son père était instituteur.

Elle referma la porte sur ses souvenirs et passa à la pièce suivante, l'ancien bureau d'oncle James, qu'Amelia avait dû s'approprier après sa mort. Le bureau en chêne avec son sous-main en cuir usé sur lequel s'amassaient papiers, dossiers et carnets. Il y avait aussi une carafe en verre ébréchée, presque vide. Kate s'assit dans le fauteuil en cuir et se souvient que James s'installait là pour parcourir le *Financial Times* et se tenir au courant du cours des actions. Pour un peu, elle aurait senti l'odeur du tabac qu'il aimait ; un mélange d'épices, de fruits et de vanille. La pièce n'avait pas dû être décorée après sa mort, peu après celle du père de Kate, et le plafond restait jauni par des années et des années de fumée.

Kate jeta un coup d'œil aux papiers sur le bureau. Le notaire lui avait dit qu'elle devait regarder les factures d'Amelia pour voir ce qui devait être payé. L'aspect chaotique de toute cette paperasse lui mit le moral à zéro. Elle pensa avec mélancolie à son bureau de Lincoln's Inn Fields, image de calme et d'ordre avec ses murs blancs, ses meubles en chêne et son épais tapis blanc, où tout était à sa place. Il pleuvait toujours à verse dehors. Comme il n'y avait rien d'autre à faire dans l'immédiat, elle commença à trier les factures et les lettres. Gaz, électricité, eau, banque. Elle ne mit pas longtemps à remettre de l'ordre dans ce fatras.

Le ciel s'assombrissait dehors quand elle eut terminé. En haut d'une étagère, elle trouva une pile de dossiers cartonnés dans lesquels elle rangea le courrier en fonction des différents sujets, se promettant d'y revenir après les funérailles. Elle hésitait à les ranger quelque part ou à les laisser sur le bureau. Elle ouvrit les tiroirs un à un. Dans celui du dessus, elle trouva de vieux stylos, des trombones, des épingles et des bouteilles d'encre sèche. Dans le deuxième, une pile de papier à lettres ; et dans le dernier il semblait n'y avoir rien du tout, même s'il refusait de s'ouvrir. Curieuse, Kate se mit à genoux et tenta de regarder à l'intérieur. Une enveloppe bloquait le tiroir. En s'y prenant à deux fois, elle parvint à tirer l'enveloppe. Elle reconnut l'écriture d'Amelia sur le devant : « Amelia Hamilton – Personnel ».

Malgré son impression d'être une voyeuse, Kate plongea la main dans l'enveloppe. Il n'y avait qu'une feuille d'épais papier crème. Elle la sortit et la lut une première fois en vitesse, puis deux autres fois pour être sûre d'en avoir bien saisi le sens :

Moi, Amelia Alice Holden, du Russel Hotel, à Bloomsbury, London, WCI, renonce par la présente au nom de Holden et adopte à partir d'aujourd'hui mon nom de jeune fille, Collins, sous lequel je serai désormais connue. Signé ce 1er jour de février 1938 devant William Smith, notaire agréé, à Bedford Square, Bloomsbury.

Kate regardait ces mots avec perplexité. Elle ne savait pas qu'Amelia s'appelait Holden. Elle avait toujours été Amelia Collins, puis, après son mariage avec oncle James, Amelia Hamilton. Kate envisagea diverses possibilités mais il n'y en avait guère qu'une qui lui semblât vaguement plausible : Amelia s'était mariée une première fois puis avait renoncé à son nom d'épouse. Mais cela semblait impossible. Pourquoi Amelia l'aurait-elle caché ? Aurait-elle été éclaboussée par un scandale qui l'aurait incitée à laisser ce nom derrière elle ? Amelia avait toujours eu un côté mystérieux. Il avait toujours paru assez peu crédible à Kate qu'elle ait été fille de missionnaires. Pourtant, la photo sur le manteau de la cheminée le prouvait. Et après tout, Amelia n'avait jamais craint le scandale. Les mains de Kate se mirent à trembler quand elle songea à ce dernier été à Warren End. Elle avait fait tant d'efforts pour tenter d'oublier les événements terribles de cette époque et son rôle dans ce qui s'était déroulé. Elle s'était doutée que revenir serait difficile, mais elle n'avait pas saisi à quelle vitesse les vieux souvenirs ressurgiraient, et avec eux ce profond sentiment de culpabilité qui couvait dans son esprit.

2

KATE

Warren End, été 1944

Kate avait beau pédaler de toutes ses forces, elle peinait à suivre Joan sur les chemins de campagne baignés de soleil autour de Warren End. Le vélo de Joan était beaucoup moins bien que celui de Kate. Elle avait récupéré celui de son grand frère, qui était lourd, encombrant et trop grand pour elle, mais cela ne la dérangeait pas. Malgré sa maigreur, Joan était en forme, elle passait son temps à courir les champs, à grimper aux arbres, à construire des cabanes et à se battre avec les autres enfants. Le simple fait de la voir mouliner sur son engin avec énergie donnait l'impression à Kate d'être molle et pataude. La sueur gouttait sur son front et elle pantelait dans les côtes pour suivre son amie. Parfois, Joan devait même s'arrêter pour l'attendre. Elle riait toujours lorsque Kate la rattrapait.

—Allez, traînarde ! criait-elle et, sans laisser à Kate le temps de reprendre son souffle, elle montait en selle et repartait d'un coup de pédale impérieux tandis que le vent emportait son rire triomphal.

Elles se baladaient tous les jours à vélo depuis le début des vacances d'été. Leur amitié avait repris depuis peu, et elles profitaient autant que possible des longues et chaudes journées pour réapprendre à se connaître. Elles étaient meilleures amies à l'école primaire, puis, à onze ans, elles étaient toutes les deux parties au collège du coin. Joan avait gagné une bourse, financée par le grand-oncle de Kate pour l'éducation des enfants du pays. Cela faisait deux ans. Kate avait été mise dans la classe des meilleurs élèves, Joan, dans celle des élèves moyens, et elles avaient noué de nouvelles amitiés qui les avaient éloignées. Mais au début de l'été 1944, alors que Kate se rendait au magasin du village avec le carnet de rationnement de sa mère, des garçons s'étaient groupés autour d'elle et avaient commencé à se moquer d'elle. Ils la traitaient de « snob », de « chouchou des professeurs », et même, le plus humiliant de tous, de « grosse dondon ». Cela faisait des années qu'elle supportait les affronts des gamins du village. Elle y était habituée en tant que fille du directeur de l'école, mais comme elle grandissait les insultes la touchaient plus. Elle rentrait le menton et essayait de poursuivre son chemin en refoulant ses larmes. L'un des plus grands, David Pope, se planta devant elle pour lui barrer la route.

—Tu crois aller où comme ça, trouillarde ?

—Laissez-la tranquille, bande de lâches, lança soudain d'une voix forte Joan, apparue aux côtés de Kate.

Kate se tourna vers elle avec soulagement.

—Mon frère Sam s'occupera de vous si vous ne déguerpissez pas tout de suite, dit-elle aux garçons en prenant Kate par le bras. Maintenant, allez-vous-en !

Les autres partis, elle se tourna vers Kate :

— Tu vas au magasin ?

Kate hocha la tête, n'en revenant pas de la gentillesse de Joan. Elle préférait ne pas parler, de peur d'éclater en sanglots. Elles marchèrent toutes les deux bras dessus bras dessous jusqu'au magasin, et Kate marmonna des remerciements. Puis Joan lui proposa d'aller faire du vélo dans l'après-midi.

Elles n'avaient pas de projet précis, elles suivirent simplement les petites routes qui sinuaient toujours plus loin dans la campagne, au milieu des fermes, des hameaux, des manoirs et des cottages, parmi les champs de blé mûr dorés au soleil et les forêts d'un vert sombre et profond. Cela avait été une vraie aventure, et Kate avait apprécié la compagnie de Joan. La plupart de ses amies d'écoles vivaient loin du village, et maintenant que son frère Roy s'était engagé dans l'armée et était parti en France, la vie à la maison était très calme.

Après ce premier jour, elles avaient pris l'habitude de se retrouver tous les matins et de faire des kilomètres et des kilomètres de vélo. Kate apportait des sandwichs dans une boîte en fer-blanc, mais pas Joan. Kate était heureuse de partager avec elle. Elle savait que la vie chez elle n'était pas facile. Joan était la deuxième enfant d'une fratrie de six, et sa mère avait en permanence l'air tourmenté et épuisé. Elle avait presque toujours un bleu au visage. Le père de Joan, Frank Bartram, était garde-chasse au domaine de Prendergast, et il avait la réputation de boire beaucoup. On disait aussi qu'il lui arrivait de braconner sur les terres de son propre employeur, George Prendergast, pour mettre à manger sur la table familiale.

Freda renifla d'un petit air méprisant quand elle découvrit que Kate passait du temps avec Joan.

—C'est une mauvaise graine, celle-là, l'avertit-elle au petit déjeuner lorsque Kate lui annonça qu'elles repartaient tous les deux à vélo le deuxième matin.

Le père de Kate leva le nez de son journal.

—Joan a de l'énergie, c'est tout, Freda, dit-il de son ton mesuré. C'est bien que Kate ait des amis au village.

—Tu vois toujours le bien chez les gens, Kenneth, soupira la mère de Kate avant de mordre dans sa tartine. C'est une famille de rien. Regarde son frère, Sam. Il lui arrive toujours des histoires, à celui-là.

—Pas très étonnant. Il suffit de voir le père.

Les parents de Kate échangèrent un regard entendu, après quoi sa mère se leva de la table.

—Il faut que je parte sinon je serai en retard à mon premier rendez-vous, dit-elle en posant son assiette dans l'évier. J'espère bien que la vaisselle sera faite à mon retour, jeune fille, et que les patates seront épluchées pour le dîner. Oh, et tu peux te faire des sandwiches pour ta sortie. Il y a du fromage dans le garde-manger.

Freda enfila un cardigan sur son uniforme bleu d'infirmière, mit sur sa tête le couvre-chef bleu, et sortit par la porte de derrière. Par la fenêtre, Kate la regarda emprunter à vélo l'allée du jardin et s'engager sur la route.

—N'en veux pas à ta mère, Kate, dit son père. Elle veut juste ce qu'il y a de mieux pour toi.

—Je ne sais pas pourquoi personne n'aime Joan, protesta Kate. Sa famille, ce n'est pas sa faute.

Son père s'esclaffa.

—Tu as raison. Personne ne peut rien reprocher à sa famille, d'ailleurs, dit-il en se levant à son tour. Eh bien, passe une bonne journée. J'ai encore un entraînement au raid aérien ce matin, mais je serai rentré pour le dîner.

Ce jour-là, Kate et Joan partirent dans une autre direction, vers la rivière qui sinuait mollement au milieu des marais, dans une vallée déserte à quelques kilomètres. Kate ne s'était jamais aventurée par là ; il fallait grimper une grande colline et prendre un chemin à travers une ferme abandonnée que Kate avait toujours trouvée inquiétante. Elle n'aurait jamais osé aller là seule. Lorsqu'elles franchirent la grille de la ferme et se lancèrent sur le chemin, elle demanda à Joan :

—Tu es sûre qu'on peut passer là ?

—Bien sûr. Pourquoi on ne pourrait pas ? répondit Joan en riant, goguenarde.

—Bah, c'est marqué « Défense d'entrer ». Je me dis que si on nous voit…

—Ça appartient aux Prendergast. Papa travaille pour eux. Ne t'inquiète pas. Je viens souvent par ici.

Là-dessus, elle partit en direction de la ferme sans un regard en arrière pour Kate, qui fut forcée de suivre. Kate n'aimait pas l'allure de la maison. Elle était couverte de lierre, le toit était effondré, des poutres en ressortaient avec des angles bizarres, et porte et fenêtres étaient barrées par des planches. Elle se demanda qui vivait là et pourquoi elle avait été laissée à l'abandon. Comme elle n'avait pas envie d'être à la traîne, elle pédala de toutes ses forces pour rattraper Joan et elles passèrent ensemble devant la maison.

—Elle fout la trouille, tu ne trouves pas ? dit Joan.

Kate hocha la tête, préférant ne pas tourner la tête vers les fenêtres obstruées. Sa peur était telle qu'elle redoublait d'énergie sur son vélo.

Derrière la maison, il y avait d'autres dépendances aux toits écroulés et dont les portes claquaient au vent. Elles pédalaient, mais comme elles dépassaient le bloc de l'étable un homme émergea soudain du bâtiment vide.

—Eh ! cria-t-il. Vous, là-bas. Dégagez de mon terrain !

Le cœur de Kate se mit à tambouriner dans sa poitrine. Voyant que Joan ne s'arrêtait pas et ne se retournait même pas, Kate fit de même.

—C'est une propriété privée. Je te l'ai déjà dit, petite friponne !

—Accélère, Kate ! Vite ! cria Joan en laissant derrière elle la dernière grange avant de dévaler la colline.

Le cœur de Kate était prêt à exploser. C'était George Prendergast, elle en était sûre. Elle ne l'avait vu qu'à l'église et à l'ouverture des fêtes du village, mais elle le reconnaissait avec sa moustache sophistiquée et sa barbe fournie. Elle pédala derrière Joan aussi vite qu'elle pouvait, mais comme elles arrivaient en bas de la colline, deux coups de feu retentirent dans leur dos.

Une autre côte se présentait devant elles. Kate respirait de grandes goulées d'air. Elle n'arrivait pas à y croire.

—Il nous tire dessus ! cria-t-elle lorsque deux autres détonations se firent entendre.

—C'est du plomb. Il veut juste nous faire peur.

—Et s'il nous poursuit ?

Elles avaient atteint le haut de la côte, et Joan s'arrêta pour laisser Kate la rejoindre, les deux pieds plantés de part et d'autre du vélo.

—Il ne va pas nous poursuivre. Il est à pied. Il ne peut pas nous rattraper.

—Tu m'as dit qu'on pouvait passer, dit Kate d'un ton de reproche.

Joan haussa les épaules.

—Je ne savais pas qu'il serait là. Je ne l'avais jamais vu ici.

—Mais il t'a déjà prévenue.

—C'était ailleurs. Écoute, il n'aime pas avoir des gens sur ses terres, c'est tout. Il traite tous ceux qui travaillent pour lui comme des bons à rien. Mon père le déteste.

—Dans ce cas, il aurait mieux valu éviter de passer par là, non ?

Joan lui jeta un regard froid. Était-ce du mépris qu'elle lisait dans son regard ? Malgré son attitude bravache, Kate remarqua que Joan avait le rouge aux joues et la respiration courte.

—Écoute, je suis désolée, reprit Joan après un silence. J'ai pris le risque. C'est long par la route. On a coupé de sept kilomètres en passant par là.

Kate garda le silence. Elles se mirent à marcher, poussant leurs vélos côte à côte. Kate n'avait pas envie de contrarier Joan, et elle ne voulait pas non plus que Joan la prenne pour une trouillarde, alors elle décida de ne plus en parler. Au bout d'un moment, elles remontèrent en selle et se laissèrent descendre sans pédaler.

—Et qu'est-ce qui t'est arrivé avec lui ? demanda finalement Kate, incapable de ne pas revenir sur le sujet.

—Je roulais sur l'allée vers les étables à côté de sa maison. Je cherchais mon père. Il n'était pas rentré et maman s'inquiétait. Prendergast est sorti de chez lui et m'a hurlé dessus. C'est censé être un aristo, mais tu aurais vu comme il parlait !

—Horrible.

Joan agrippait son guidon si fermement qu'elle avait les articulations des mains blanches.

—Comme je t'ai dit, c'est un salaud. Il ne paye pas correctement ses employés et il ne paiera jamais les réparations de notre maison.

—Votre maison lui appartient ?

Joan acquiesça.

—Ça va avec le travail de mon père. Mais elle s'écroule. Le rez-de-chaussée moisit à cause des fuites du toit. Bref, oublions ça. Ça descend jusqu'à la route, et ensuite la rivière ne sera plus loin. Je te bats à la course !

Arrivées sur la route en bas, elles durent pousser les vélos dans un terrain marécageux, au milieu des joncs, des cardères et des roseaux, pour approcher la rivière qui serpentait entre des saules. Lorsqu'elles arrivèrent sur les rives boueuses, une famille de colverts décolla en caquetant de la surface limpide de l'eau et le soleil illumina leur plumage gris et vert avec des nuances violettes. Les filles posèrent leurs vélos à terre et s'assirent sur la berge, au pied d'un saule pleureur, pour manger les sandwiches de Kate et boire la bouteille de sirop qu'elle avait emportée dans son sac en toile. Puis elles s'allongèrent dans l'herbe, à l'ombre des arbres. Le soleil à son zénith chauffait les paupières de Kate quand le vent écartait les feuilles, et elle dériva bientôt dans un demi-sommeil. Elle avait recouvré son calme maintenant, malgré l'incident avec George Prendergast, et elle avait le sentiment d'être au meilleur endroit pour profiter d'une longue et chaude après-midi.

Mais Joan ne tenait pas longtemps en place. Elle ne tarda pas à remuer.

—Tu veux qu'on nage ?

—On n'a pas de maillot, répondit Kate avec un petit rire de dérision.

—Écoute-toi ! Qui va te voir ici, d'après toi ?

—Je ne sais pas. Mais je ne me baignerai pas toute nue.

—Je n'ai pas dit ça, idiote. Garde ta culotte et ton maillot. Ils sécheront vite par cette chaleur.

Joan retira d'un seul mouvement sa robe de coton élimée, qui révéla une culotte et un maillot tout aussi élimés et gris. Non sans gêne, Kate l'imita et suivit son amie dans l'eau. Elle eut un choc en sentant l'eau froide sur sa peau. La chair de poule couvrit rapidement tout son corps.

—Mets-toi vite dans l'eau, ensuite tu n'auras plus froid ! cria Joan en s'éloignant à la nage dans le courant.

Kate pataugea un instant derrière elle. Mais la sensation de la vase entre ses orteils et des herbes aquatiques qui s'enroulaient autour de ses jambes était affreuse. Alors elle se mit à nager à la suite de Joan. L'eau coulait plus vite qu'elle n'aurait cru, et elles furent bientôt emportées à une vitesse alarmante. Mais Kate était bonne nageuse. Elle se mit sur le dos et fixa le ciel bleu en se laissant dériver. Portée par le courant, parfois exposée au soleil, parfois à l'ombre des arbres, elle regarda avec fascination ce monde sens dessus dessous, les volées de petits oiseaux, une poule d'eau à l'occasion, perturbée par leur approche, même un milan ou une buse qui planait à grande hauteur, toutes ailes déployées

Au bout de quelques minutes, le courant ralentit et l'eau se fit plus froide. La rivière, plus large à cet endroit, était bordée de grands arbres. Elle chercha Joan du regard. Ne la voyant pas tout de suite, elle allait commencer à paniquer lorsqu'elle repéra sa tête aux cheveux noirs un peu plus loin. Et soudain elle comprit où Joan se dirigeait. Il y avait un bâtiment abandonné à l'extrémité du plan d'eau stagnante. Elle était presque aussi délabrée que la ferme en ruine par où elles étaient passées plus tôt. C'était une bâtisse de brique rouge aux fenêtres crevées, qui faisait trois ou quatre étages de haut, avec, à moitié submergée, une énorme roue de moulin vermoulue.

—Attends ! cria Kate.

Joan attendit qu'elle la rejoigne, les yeux brillants d'excitation.

—J'ai entendu des gens en parler mais je ne l'avais jamais vu. Allons à l'intérieur.

—Comment ça s'appelle ?

—Ça doit être le Moulin du Saule. Les gens racontent qu'il est hanté.

Kate frissonna.

—On ferait mieux de ne pas aller dedans.

—Oh, arrête. Ce n'est pas vrai. Ça n'existe pas, les fantômes. Allons voir ce qu'il y a à l'intérieur.

Joan nagea jusqu'à la rive et se hissa au sec. Kate fut bientôt sur la berge à ses côtés, le cœur battant, et se demandant pourquoi elle suivait Joan aveuglément dans les situations les plus hasardeuses alors que son instinct lui hurlait de ne pas le faire. Elle comprit alors que c'était par fierté. Elle refusait de montrer à Joan qu'elle était timorée, qu'elle avait les genoux qui tremblaient et la bouche si sèche qu'elle arrivait à peine à déglutir.

Elles firent le tour du bâtiment. Kate grimaça en marchant sur les branches cassées et les pierres coupantes, et elle frissonnait dans sa culotte mouillée bien qu'il ne fît pas froid du tout. À l'arrière du moulin, elles trouvèrent une porte qui pendait sur ses gonds, les planches du bas complètement pourries. Joan posa la main sur le loquet et l'ouvrit.

—Viens, dit-elle en s'enfonçant dans la pénombre.

Kate fit quelques pas en avant et fut aussitôt saisie par l'humidité qui l'enveloppa.

Lorsque ses yeux se furent habitués à l'obscurité, Kate s'aperçut que le sol était jonché de fientes d'oiseau. Il y avait aussi deux squelettes d'oiseau dans un coin. La pièce sentait le moisi et le renfermé, le plafond était bas. Ce devait être une sorte de cave. Près du mur côté rivière, elle remarqua ce qu'il restait des mécanismes du moulin : plusieurs énormes engrenages rouillés, fixés à un axe immense qui traversait le plafond. En dehors de quelques autres grosses pièces mécaniques entreposées contre un mur, l'endroit était vide. Immobiles, elles échangèrent un regard en entendant soudain un bruit étrange venu du dehors ; un cliquetis irrégulier suivi d'un coup sourd, qui se répétait toutes les quelques secondes.

—Qu'est-ce que c'est ? murmura Joan.

Pour la première fois, Kate lut de l'inquiétude dans ses yeux.

—C'est juste la roue, dit-elle, ce qui parut détendre Joan.

—Montons.

Joan se dirigea vers l'escalier d'aspect branlant dans le coin.

Plusieurs marches étaient pourries, mais cela n'empêcha pas les filles d'arriver à l'étage supérieur, où la lumière entrait par quatre fenêtres cassées et poussiéreuses, une à chaque mur. Au milieu de la pièce se trouvaient deux énormes roues d'acier montées l'une sur l'autre, et elles aussi couvertes de poussière. Un autre axe partait du centre et s'élevait jusqu'au plafond, comme en bas.

—C'est génial, dit Joan. On peut se cacher ici comme on veut. Personne ne saura qu'on est là. On apportera des sandwiches et on traînera là toute la journée.

Kate n'était pas convaincue. L'endroit était beaucoup trop sale pour elle, mais comme elle ne voulait pas doucher l'enthousiasme de Joan, elle fit mine d'être d'accord.

—Revenons demain, alors, dit Joan. Et tous les jours, si on a envie.

Et c'est ce qu'elles firent. Tous les matins, elles se retrouvaient juste après le petit déjeuner et prenaient le détour de sept kilomètres pour ne pas traverser les terres de George Prendergast. Elles passaient la journée au moulin, elles nageaient dans la rivière, s'asseyaient sur les meules à l'étage pour bavarder, lézardaient sur les berges, là où le soleil passait à travers les feuillages.

Elles se fabriquèrent un balai de fortune avec des brindilles ramassées alentour et nettoyèrent la poussière et les feuilles tombées au fil des ans. Elles commencèrent à rapporter des choses de chez elles. Des couvertures pour s'allonger, une vieille casserole, des tasses, des assiettes, des couverts, et une serviette pour se sécher. Elles faisaient un petit feu dans un cercle de briques, à l'écart des arbres, et se préparaient du thé et des œufs durs.

Aux yeux de Kate, ces promenades à vélo le matin jusqu'au vieux moulin étaient des traversées vers un autre monde. Un monde où on ne parlait pas sans cesse de guerre, de carnets de rationnement, de raids aériens, un monde qui n'était pas dominé par l'inquiétude pour Roy. Au moulin, elle oubliait que le monde était en tourment et que le bonheur de ses parents dépendait des nouvelles du front en France. Même si elle ne lui posait jamais la question, elle se doutait que Joan, de son côté, était soulagée d'être loin du chaos qui régnait chez elle, entre les criailleries perpétuelles de ses frères et sœurs et les disputes de ses parents. Souvent, elle vit des bleus sur les bras et les jambes de Joan, et bien que Joan défendît toujours farouchement son père, Kate était sûre que cela venait de lui.

Elles venaient depuis dix jours au moulin lorsqu'il se passa un événement qui allait tout changer. Il avait commencé à pleuvoir et les deux filles s'étaient abritées à l'intérieur. Assises sur les meules, elles terminaient de déjeuner en parlant de tout et de rien quand soudain des bruits de voix se firent entendre dehors. Quelques secondes plus tard, la porte s'ouvrit en bas. Elles se figèrent, le regard rivé l'une à l'autre.

La porte claqua, puis des éclats de voix montèrent du sous-sol. Un homme et une femme, qui se disputaient. Elles n'entendaient pas ce qu'ils se disaient, juste le ton sur lequel ils parlaient. L'homme semblait en colère ; la femme alternait entre imploration et hargne.

—Et s'ils montent ? susurra Kate, mais Joan lui fit signe de se taire.

Elles restèrent sans bouger pendant que la dispute continuait, les mots étaient noyés sous le bruit de la rivière, de la pluie et du cliquetis irrégulier de la roue.

Dix minutes plus tard, lorsque la pluie eut cessé, le couple quitta le bâtiment en claquant la porte derrière lui. Les deux filles se précipitèrent à la fenêtre pour essayer de voir de qui il s'agissait. Ils portaient tous les deux des imperméables et des bottes Wellington, et la femme avait un chapeau en gabardine rabattu sur la tête, mais il y avait quelque chose dans sa démarche qui parut familier à Kate.

—Je parie qu'ils ont une liaison, dit Joan en souriant, les yeux brillant de malice.

—Mais ils se disputaient, lui opposa Kate.

—Les amoureux se disputent. Peut-être que l'un des deux veut arrêter… Ou peut-être qu'ils se sont fait attraper, ou quelque chose dans ce goût. Tu ne veux pas qu'on les suive, pour savoir qui c'est ?

—OK, mais s'ils nous repèrent ?

—On fera attention.

Elles descendirent l'escalier, quittèrent le moulin et coururent à travers les arbres pour rattraper le couple. Un sentier herbeux menait vers une petite route. Restant à couvert sous les arbres, les filles suivirent le couple. Mais avant d'avoir atteint le portail, elles entendirent des portières claquer et un moteur démarrer. Elles attendirent un moment et, la voiture partie, escaladèrent le portail pour aller épier la route. Deux voitures roulaient en direction du village. Celle à l'arrière était encore visible. C'était une Bentley grise, reconnaissable de tous les habitants du Warren End.

—George Prendergast ! s'exclama Joan.

Elles ne voyaient pas bien la voiture à l'avant, mais lorsqu'elle tourna à droite au croisement en haut de la colline, elles aperçurent une carrosserie rouge vif. Joan fronça les sourcils.

—Qui est-ce ? murmura-t-elle.

Kate, interloquée, ne répondit pas. Elle était presque certaine d'avoir déjà vu cette voiture. Elle servait rarement, en général elle dormait sous une bâche dans l'un des garages d'Oakwood Grange. Elle comprit pourquoi la femme au chapeau lui avait paru familière. Ce n'était personne d'autre que sa grand-tante Amelia.

3

Kate

Warren End, été 1944

En pédalant pour rentrer au village ce jour-là, Joan était d'un calme inhabituel. En temps normal, elle parlait comme une pipelette sur le chemin du retour, elle évoquait tout ce qu'elles avaient fait dans la journée, imaginait ce qu'elles feraient le lendemain, racontait des ragots sur leurs amis de l'école ou sur les gens du village. Ce silence inquiétait Kate. Quand Joan gardait de longues plages de silence, cela signifiait en général qu'elle mijotait quelque chose. Et les choses qu'elle mijotait avaient presque toujours le don de rendre Kate nerveuse. Aussi Kate essaya-t-elle d'interrompre le cours des pensées de Joan en roulant à côté d'elle et en engageant la conversation, mais son amie se contentait de répondre par oui ou par non. Enfin, elles arrivèrent au village, puis en haut de la rue de Joan, et elles descendirent de vélo pour se dire au revoir.

—On se retrouve demain ? demanda Kate.

Joan semblait à peine l'écouter.

—Bien sûr. Comme d'habitude, non ? (Une lueur malicieuse traversa soudain ses yeux.) Peut-être qu'ils reviendront.

—Qui ?

—Prendergast et son amie, bien sûr.

Kate s'assombrit. Elle espérait plutôt qu'ils ne reviendraient pas. Elle n'avait pas envie que Joan découvre que la femme était sa tante Amelia, une femme qu'elle admirait, qu'elle révérait même.

—Je me disais…

—Oui ? fit Kate en croisant le regard de Joan.

—On devrait faire quelque chose à ce sujet.

—Faire quelque chose ? répéta Kate, horrifiée. Comment cela ?

—Je ne sais pas encore. On ne peut pas le laisser s'en tirer. J'en sais trop.

—De qui tu parles ?

—George Prendergast ! Il est tellement méchant avec tout le monde. Rappelle-toi comme il nous a tiré dessus l'autre jour, et puis il crie sur mon père quand il ne peut pas payer le loyer. Et maintenant, il trompe sa femme. Je ne peux pas laisser passer.

—Non, Joan. On ne fait rien. Ça ne nous regarde pas. Et qu'est-ce que tu en sais qu'il trompe sa femme ?

—Oh, arrête. C'était quoi d'autre, sinon ? Une réunion secrète, au milieu de nulle part ?

—Mais ils n'ont rien fait de mal, non ? dit Kate. Ils se disputaient, c'est tout.

—Je t'ai dit, une querelle d'amoureux.

—De toute façon, je suis sûre qu'ils ne reviendront pas.

Elle n'avait aucun moyen de le savoir, elle voulait juste que Joan change d'idée. Et s'ils ne revenaient pas, Joan ne découvrirait sans doute jamais que la femme en question était tante Amelia.

Plusieurs jours passèrent. Les deux filles retournèrent à l'ancien moulin tous les matins, fidèles à leurs habitudes, où elles passèrent le temps comme avant. Mais les choses avaient changé. Ce n'était plus tout à fait pareil. Elles avaient perdu ce délicieux sentiment d'avoir une cachette secrète rien qu'à elles. Le fait que George Prendergast puisse surgir à l'improviste, et que l'endroit lui appartienne sans doute, formait comme un nuage noir au-dessus de la rivière. Cela les empêchait de jouir pleinement des lieux. Quand elles cuisinaient sur le feu, qu'elles cherchaient des bouts de bois ou qu'elles étaient assises à l'abri de la pluie sur les vieilles meules, elles gardaient toujours l'oreille tendue, au cas où. Elles avaient toutes les deux peur qu'il les trouve là. Car elles se doutaient que s'il les découvrait là, il s'assurerait de leur passer l'envie de revenir.

Le dimanche, après la messe, le grand-oncle James invita Kate, son père et sa mère, à l'apéritif. Kate le vit marcher à pas vifs entre les bancs de l'église pour parler à l'oreille de son père. Elle savait ce que cela signifiait, mais elle craignait cette perspective. Elle ne voulait pas parler avec tante Amelia. Comment cacher le fait qu'elle connaissait son secret ? Que sa tante voyait George Prendergast en privé ? Elle se sentait trahie. Elle avait toujours adoré sa grand-tante, qu'elle considérait en son for intérieur comme une grande sœur. C'était naturel après tout, Amelia était beaucoup plus jeune que la mère de Kate. Elle avait environ trente-cinq ans. Il semblait ridicule de la considérer comme une grand-tante, avec tout ce que ce nom comportait de ridicule.

Lors de leurs visites, Amelia entraînait souvent Kate dans sa chambre pour lui montrer de nouveaux vêtements, ou comment coiffer ses cheveux ou mettre du maquillage. Kate savait que sa mère n'appréciait guère, à en juger par la tête qu'elle faisait à leur retour. Amelia jetait des regards de connivence à Kate en souriant innocemment à Freda, faisait comme si elle ne remarquait pas sa réprobation.

Jusqu'au jour où elle l'avait vu avec George Prendergast au Moulin du Saule, Kate avait cru qu'elle pouvait tout dire à Amelia et que ses confidences seraient toujours respectées. Elle lui avait même raconté son plus grand secret. Elle avait avoué qu'elle était amoureuse de Gordon Anderson, un garçon de la classe qui avait des cheveux blonds en pagaille et des yeux bleus, qu'elle pensait à lui nuit et jour et qu'elle rougissait quand il lui adressait la parole. Amelia l'avait prise par la main en disant : « Comme je suis contente pour toi », et l'avait rassurée en lui expliquant que ses réactions étaient tout à fait normales. Sauf que maintenant, Kate avait l'impression de s'être fait rouler. Amelia avait ses propres secrets mais elle ne les lui racontait pas, elle n'étaient pas de vraies amies, en fin de compte. Elle était choquée qu'Amelia puisse seulement envisager d'être infidèle à oncle James, qui était l'homme le plus gentil et le plus doux sur terre, et qui de son côté était amoureux fou de sa jeune épouse. Kate commençait à se dire qu'elle avait fait une grave erreur en faisant confiance à Amelia. Peut-être sa mère avait-elle raison, après tout.

—Je ne me sens pas bien, maman, dit-elle à la sortie de l'église. Je crois que je vais rentrer à la maison.

Sa mère la regarda d'un air méfiant :

—Tu m'as l'air tout à fait en forme, jeune fille ! Tu passes tes journées dehors à faire du vélo sans être malade. Une demi-heure chez ton oncle, ça ne va pas te tuer. D'habitude, tu aimes bien y aller. Tu passes beaucoup trop de temps hors de la maison en ce moment. Ce serait bien que tu en passes un peu avec la famille, pour une fois.

Ainsi, Kate n'eut pas d'autre option que d'accompagner ses parents à Oakwood Grange et de rester dans le salon, mal à l'aise, pendant que le majordome apportait les boissons. Son père et sa mère, peu habitués à l'école, demandaient toujours du bout des lèvres un cherry tandis que James et Amelia avalaient avec panache un whisky avec du soda. Kate n'ayant aucune envie de parler avec sa tante, elle fit exprès de s'asseoir sur un fauteuil légèrement en retrait des autres. Elle espérait qu'Amelia ne lui proposerait pas de monter dans sa chambre ou d'aller marcher dans le jardin, comme elle faisait souvent.

Kate garda le silence pendant que les adultes parlaient de la guerre, des nouvelles du front et des derniers bombardements aériens sur Londres et le sud-est de l'Angleterre, parfois sur des petites villes, voire des villages.

—On n'est plus en sécurité nulle part, aujourd'hui, dit la mère de Kate en frémissant.

—C'est vrai ! répondit James en examinant son whisky, avant d'ajouter après une pause : Des nouvelles du petit Roy ?

Il y eut un silence pesant. Puis le père de Kate dit :

—On n'en a pas. Enfin, au moins, on n'en a pas de mauvaises. On sait qu'il a débarqué en France et que son régiment avance vers Paris. Mais on en sait plus par les journaux que par lui, pour être franc.

—Vous devez être tellement inquiets, dit James.

Kate jeta un coup d'œil à Amelia, assise à côté de son mari sur le canapé proche de la cheminée. Elle n'avait pas dit un mot depuis leur arrivée à la maison, si ce n'est pour remercier le majordome lorsqu'il avait apporté les verres. À cet instant, elle avait les yeux baissés sur ses genoux et elle se tordait les mains avec nervosité, et lorsqu'elle releva la tête, Kate s'aperçut qu'elle était pâle et avait les traits tirés. Son regard semblait éteint. Peut-être Joan avait-elle raison. Il était possible qu'Amelia ait une liaison avec George Prendergast et qu'une dispute entre eux l'ait rendu malheureuse. Kate n'avait jamais vu sa tante aussi morose, et cela lui fit un choc tant elle paraissait transformée.

Amelia prononça à peine un mot pendant le moment qu'ils passèrent tous ensemble, sauf à la fin pour leur dire au revoir d'un air absent.

Sur le chemin du retour, la mère de Kate fulmina :

—Franchement, je n'ai jamais été insultée de cette façon. Et par quelqu'un de la famille, en plus…

—De quoi parles-tu, ma chérie ? demanda doucement le père de Kate.

—Amelia. Elle ne nous a pas adressé une seule fois la parole. J'avais l'impression de ne pas être la bienvenue. Pour qui se prend-elle ?

—Je n'ai pas fait attention. Je suis sûr que ce n'était pas malveillant de sa part.

—Ah oui ? Tu es sûr ? Elle n'est rien d'autre qu'une femme de chambre montée en grade, de toute façon.

Je ne vois pas au nom de quoi elle croit pouvoir nous snober.

—Ne parle pas comme cela, Freda. Peut-être qu'Amelia ne se sentait pas bien. Elle est charmante, d'habitude.

—Oui, n'est-ce pas ! J'ai toujours trouvé qu'il y avait du louche chez elle. Son histoire n'a aucun sens. Pourquoi une fille comme elle aurait-elle travaillé comme femme de chambre dans un hôtel de Londres si elle n'avait pas quelque chose à cacher ? Tu peux me le dire ?

Kate, qui marchait derrière ses parents, écouta avec attention sa mère ratiociner sur le même thème pendant de longues minutes. Kate avait toujours trouvé sa mère injuste avec Amelia. Il était évident qu'il y entrait une grande part de jalousie ; Amelia était jeune, riche et belle, alors que Freda avait quarante ans passés et travaillait dur pour un maigre salaire. Freda ne cachait pas son agacement devant le fait que le grand-oncle James, contrairement au père de Kenneth, son frère aîné, ait si bien réussi dans les affaires. James avait commencé très jeune comme apprenti ingénieur, puis il avait progressé jusqu'à diriger plusieurs usines très rentables dans le Lancashire avant de prendre sa retraite à Oakwood Grange et de s'engager en politique. Le père de Kenneth, lui, était un modeste comptable sans génie pour les affaires. Kate savait également que Freda lui en voulait d'avoir noué avec Amelia une amitié comme elles n'en auraient jamais toutes les deux. Mais en écoutant sa mère se décharger de sa mauvaise humeur d'une voix scandalisée, Kate se demandait : *Y a-t-il vraiment du louche chez Amelia ?*

Le lendemain, Kate et Joan reprirent leurs excursions au vieux moulin, en essayant de retrouver l'enthousiasme des premières fois. Petit à petit, elles commencèrent à surmonter l'ombre qu'avait jetée sur les lieux la venue de George Prendergast. Le mercredi, alors qu'elles s'installaient sur la berge pour sécher après avoir nagé, Joan s'étendit sur le dos et fixa le feuillage des arbres.

—C'est agréable d'être loin de la maison, dit-elle.

Kate se tourna vers elle avec surprise. Joan exprimait un sentiment dont Kate se doutait depuis longtemps mais qu'elle n'avait jamais osé évoquer avec son amie.

—Ah ? fit-elle d'une voix timide.

—Hum. Mes parents se sont disputés. Je ne sais pas pourquoi, mais hier soir ils n'y sont pas allés de main morte. J'ai entendu des tasses ou quelque chose se briser. Ensuite, la porte d'entrée a claqué. Toute la maison a tremblé. Et ce matin, ma mère avait un coquard.

—C'est horrible, Joan, dit Kate en se redressant sur un coude pour la regarder.

Joan se mordit la langue. Essayait-elle de refouler ses larmes ? C'était pourtant une vraie dure à cuire.

—Il n'était pas là ce matin. Et ma mère a dit qu'il avait quitté la maison.

Le cœur de Kate se serra pour son amie, mais elle ne trouva rien à répondre. Elle ne connaissait personne dont les parents soient séparés. Il arrivait à ses parents de se chamailler, mais la tension retombait vite en général, et sa mère finissait par obtenir gain de cause.

Joan s'assit, les bras enroulés autour des genoux.

—Je m'en fiche qu'il parte, dit-elle d'un ton farouche. C'est un salopard. Il nous frappe tous. Surtout ma mère et moi. Bon débarras.

Kate hocha la tête mais garda le silence. Elle savait que si elle prononçait la moindre parole contre Frank Bartram, Joan se retournerait contre elle, malgré ce qu'elle venait de dire, et même si c'était un père violent et ivrogne qui ne méritait aucune loyauté. Kate avait envie de dire à Joan qu'elle avait de la compassion pour elle, qu'elle était sa meilleure amie et qu'elle l'aiderait dans ces moments difficiles. Elle essayait de trouver les mots lorsque des voix leur parvinrent depuis le chemin.

—C'est eux ! murmura Joan, qui oublia en un clin d'œil son amertume. Allons écouter derrière la porte quand ils seront à l'intérieur !

—Non, dit Kate, terrifiée à l'idée que Joan découvre l'identité de la mystérieuse inconnue. On ne peut pas faire ça. Ils nous entendront, et ensuite on sera dans de beaux draps.

Joan se leva et s'étira, faisant tomber des gouttelettes de sa peau hâlée.

—Eh bien, si tu ne veux pas, je le ferai toute seule. Je sais être discrète. Ils ne me remarqueront pas. Tu peux rester ici, hors de vue, et je te raconterai ce que j'aurai entendu.

Elle partit aussi sec, et Kate resta assise, l'oreille tendue, angoissée. Elle entendit la porte du moulin se fermer, puis plus rien. Les seuls bruits étaient ceux, habituels, de la roue du moulin, de la rivière et des oiseaux qui trillaient dans les arbres. Elle se sentait mal. Que se passerait-il si Joan reconnaissait tante Amelia ? Il ne pleuvait pas aujourd'hui, Amelia ne portait certainement pas d'imperméable. Tout le monde dans le village était capable d'identifier en un instant ses cheveux noirs et son élégance exotique.

Une éternité s'écoula avant que Joan ne réapparaisse au coin du moulin. Elle rayonnait d'excitation. Elle se rassit à côté de Kate.

—Alors ?

—Ce sont deux amants, c'est sûr. Je n'ai pas entendu grand-chose, ils parlaient tout bas et la porte était fermée, mais elle l'implorait. Elle *suppliait.* Je l'ai entendu dire : « Pour l'amour de Dieu, George, aie un peu pitié. » Peut-être qu'il veut arrêter et qu'elle ne le supporte pas.

—Tu as vu qui c'était ? demanda Kate, les yeux rivés par terre.

—Non. Elle portait un foulard, et j'ai dû décamper quand ils sont sortis. Elle parlait comme une aristo.

Kate soupira avec soulagement.

—Bon, si c'est terminé, peut-être qu'ils ne reviendront pas.

—Peut-être, dit Joan en jetant un caillou dans l'eau et en regardant les cercles concentriques se multiplier. Mais il faut qu'on fasse quelque chose. Il ne peut pas s'en tirer comme cela. Pense à sa pauvre femme.

Kate essaya de convoquer l'image d'Ivy Prendergast devant ses yeux. Un bout de femme pâle, insignifiante, très réservée, avec des cheveux châtain clair et un visage fin. Kate ne se souvenait pas l'avoir jamais vue sourire. Elle ne ressemblait pas aux épouses des grands propriétaires de la région. Les gens disaient que c'était une « citadine ». Elle n'avait l'air d'aimer ni la chasse ni les autres passe-temps de la campagne, et elle filait sur les petites routes dans un cabriolet à carrosserie argentée.

—On ne peut rien y faire, dit Kate. Je t'ai déjà dit que ce n'étaient pas nos affaires. Laisse tomber, Joan.

Joan ne répondit pas et Kate s'en voulut d'avoir exprimé son désaccord, surtout après ses problèmes de famille. Elles rentrèrent tôt ce jour-là, et comme la première fois où George Prendergast avait jeté une ombre sur elles, elles parlèrent à peine pendant le trajet. Arrivées devant la ruelle où habitait Joan, elles se quittèrent et Kate regarda Joan pédaler vers sa maison, inquiète qu'elles se soient séparées en mauvais termes. Elle se demanda aussi quelle ambiance régnerait à la maison de Joan.

Chez elle, Kate essaya de ne pas penser à Joan tandis qu'elle épluchait les légumes et dressait la table.

—Tu te sens bien ? lui demanda sa mère en avalant la soupe filandreuse, les raviolis et les patates à l'eau. Tu as l'air mal fichue. Tu ferais peut-être bien d'aller te coucher tôt et de rester à la maison demain.

Kate haussa les épaules et monta dans sa chambre dès qu'elle eut fini d'aider Freda à faire la vaisselle. Allongée sur son lit, elle essaya de lire, mais son esprit revenait sans cesse aux événements des derniers jours. Elle voulait absolument rester amie avec Joan, mais elle désirait tout autant protéger sa tante. Quoi que Joan ait en tête pour George Prendergast, cela se terminerait sans doute mal aussi pour Amelia.

Entendant ses parents se mettre au lit, elle se glissa sous les draps à son tour. Comme il faisait chaud, elle ouvrit en grand la fenêtre de sa chambre. Malgré le silence qui régnait dans le village, ponctué de temps à autre par le hululement régulier de la chouette qui habitait la grange, Amelia n'arriva pas à dormir. Elle avait beau tenter de se calmer, ses pensées revenaient toujours à tante Amelia et George Prendergast. Que pouvait bien lui trouver Amelia ? C'était un homme profondément antipathique, personne ne l'aimait au village ou parmi les employés de son domaine. Son allure et son attitude générale avaient quelque chose de rebutant, entre ses moustaches victoriennes et son regard mauvais, et elle l'avait déjà vu laisser libre cours à sa colère. Même le père de Kate, qui regardait généralement les gens sous leur meilleur jour, n'avait pas la moindre chose positive à dire sur Prendergast. Elle se rappela les ragots qu'elle avait entendus à son sujet au magasin du village. Deux femmes parlaient de lui à voix basse. L'une d'elles était la gouvernante du domaine. Elle s'était rapprochée d'elles en faisant mine de choisir des bonbons, et elle avait entendu que George Prendergast était portée à la fois sur l'alcool et sur les jeux d'argent. Si c'était vrai, comment Amelia pouvait-elle être amoureuse d'un tel homme ? Kate n'aurait pas cru sa tante si mal inspirée.

Malgré ces pensées tournant en boucle dans sa tête, elle était sur le point de s'assoupir lorsqu'un bruit inhabituel la fit sursauter. Elle se redressa et tendit l'oreille. Une sorte de ronronnement sourd qui faisait vibrer les vitres et la charpente de la maison. Il était de plus en plus fort à chaque seconde qui passait. Alarmée, elle passa la tête par la fenêtre. Le bruit venait du ciel. Même si elle ne l'avait jamais entendu, elle comprit aussitôt que c'était un avion qui approchait par le Nord. Le vacarme était assourdissant maintenant, et elle vit avec stupeur un appareil surgir par-dessus le toit de la maison d'en face et passer en hurlant juste au-dessus de la sienne. À la lumière de la lune, elle avait vu ses deux hélices latérales, son fuselage gris mat et la croix noire peinte sous chaque aile.

Son cœur battait fort et, ne sachant quoi faire, elle mit sa robe de chambre et se précipita sur le palier. Son père et sa mère émergèrent en même temps qu'elle de leur chambre, livides l'un et l'autre. Son père avait déjà enfilé son uniforme de la réserve des forces aériennes et il mettait son casque.

—Il faut que j'aille sonner l'alarme, dit-il avant de dévaler l'escalier.

La porte claqua en bas et elle entendit ses pas rapides s'éloigner de la maison.

—Descendons nous mettre sous la table, dit Freda.

Ils s'étaient préparés à un moment comme celui-là. Bien que Warren End fût situé en pleine campagne, ils avaient fait des exercices au cas où des bombardiers viendraient par ici, peut-être en revenant de raids sur les villes industrielles du cœur des Midlands. Le vrombissement de l'appareil s'éloignait déjà lorsqu'elles arrivèrent en bas et s'accroupirent sous la table à manger du salon, mais quelques secondes plus tard survinrent une déflagration terrifiante, suivie par trois autres explosions de moindre force, et un bruit d'écroulement de maçonnerie.

Elles échangèrent un regard horrifié alors que les sirènes retentissaient en direction du clocher de l'église.

Kate et Freda restèrent sous la table pendant une demi-heure, jusqu'à avoir la certitude que le bombardier ne reviendrait pas. Alors qu'elles se relevaient et étiraient leurs membres engourdis, la sirène changea de tonalité pour informer les habitants du village que le danger était écarté. Kate remarqua qu'une lumière grise perçait dans le ciel. Ce serait bientôt l'aube.

—Je vais m'habiller et aller voir si je peux aider, dit Freda.

—Je peux venir avec toi ? demanda Kate.

—Non. Tu seras plus en sécurité ici. Retourne te coucher, tu auras quelques heures de sommeil.

Freda disparut à l'étage se changer et Kate monta dans sa chambre, sentant la fatigue la rattraper. Après avoir entendu sa mère partir à bicyclette, elle se mit au lit et ferma les yeux en espérant réussir à dormir. Mais elle était trop tendue, son esprit refusait de se laisser aller après l'adrénaline du bombardement. Elle ne tenait pas en place. Entendant des voix le long de la route, elle se posta derrière la fenêtre pour regarder. Des gens passaient à pied, par groupes, vers l'endroit où le bombardier avait frappé. Tout le village semblait en marche.

Kate enfila un pantalon, un pull, des tennis, et courut se joindre à la cohue. Elle marcha aux côtés d'une famille avec une petite fille et deux garçons un peu plus âgés qu'elle. Elle les reconnut, ils faisaient partie de ceux qui l'avaient malmenée au début de l'été, mais ce matin-là ils étaient sombres et ne lui accordèrent même pas un coup d'œil. Le signal de la fin du bombardement continuait à retentir depuis le clocher de l'église. On aurait dit que cette sirène, couplée au choc, privait tout le monde de la capacité de parler.

Les gens marchaient en silence en direction du domaine de Prendergast. Il se trouvait légèrement à l'écart du village, derrière un grand portail, au bout d'une longue allée. En temps normal, personne ne se serait aventuré sur l'allée de peur de subir la colère de Prendergast lui-même, mais ce n'était pas un jour comme les autres. Ils voulaient savoir où la bombe était tombée, s'il y avait des blessés et s'ils pouvaient aider d'une manière ou d'une autre.

En remontant l'allée, Kate observa les bâtiments auxquels elle menait : l'imposant manoir de George Prendergast, Warren Hall, les écuries à l'arrière et les anciennes dépendances tout au fond. Kate constata que la maison était intacte et que les écuries semblaient avoir été épargnées elles aussi. En revanche, la grange dîmière, où l'on stockait paille et foin et abritait les animaux durant l'hiver, était dévastée. Le toit s'était effondré, et des poutres saillaient çà et là, formant des angles incongrus. Un mur avait été complètement soufflé, les autres n'étant que partiellement effondrés. De la fumée s'élevait du bâtiment en ruines, à cause de plusieurs départs d'incendies. En se rapprochant, Kate vit que les hommes étaient déjà à pied d'œuvre, ils parcouraient les décombres et déplaçaient poutres et pierres, en quête d'éventuels rescapés qui se seraient trouvés là. George Prendergast et sa femme, tous deux en chemise de nuit, se tenaient les bras ballants à côté du bâtiment fumant.

Derrière eux était un petit groupe de badauds, mais Kate ne voulait pas rester comme eux à regarder sans rien faire. Apercevant sa mère qui parlait avec un homme, elle se fraya un chemin jusqu'à elle.

—Qu'est-ce que tu fabriques ici ? Je t'ai dit de rester à la maison, lui dit Freda en la voyant arriver.

—Il fallait que je vienne. Je peux aider ?

—Pas vraiment, Kate.

—Qu'est-ce qu'il se passe ? Il y a des blessés ?

—On pense qu'il y a un homme là-dessous. C'est pour cela qu'ils fouillent.

Du bout de l'allée se fit entendre un bruit de cloches sonnant urgemment, accompagné d'un moteur.

—Dieu merci ! soupira Freda. La brigade de pompiers, enfin.

Le véhicule s'arrêta près de la grange bombardée et six hommes sautèrent à terre pour se précipiter vers la bâtisse. Deux autres se hâtèrent de dérouler les lances à eau pour commencer à éteindre les feux. En quelques secondes, les six hommes furent à l'intérieur et entreprirent de soulever les poutres, de chercher dans les décombres, de fouiller sous les pans de toit écroulés. Kate les regardait en craignant le pire, le cœur serré.

Avant longtemps, un cri s'éleva. Un pompier avait levé une main en l'air, signalant de l'autre un endroit, et les autres coururent le rejoindre. Ils fixèrent des cordes à une poutre épaisse et tirèrent les morceaux de maçonnerie un à un. Puis les hommes s'aplatirent et commencèrent à tirer, très délicatement, quelque chose qui était coincé sous les gravats. Avec horreur, Kate vit que c'était le corps d'un homme.

—Mon Dieu… souffla Freda. Reste ici, Katherine, dit-elle avant d'aller secourir les pompiers. Sur ses ordres, les hommes sortirent le corps de la grange et l'allongèrent doucement sur l'herbe. Puis Freda s'agenouilla près de lui et tenta les gestes de premiers secours, alternant entre le bouche-à-bouche et les compressions thoraciques. Kate avait presque les larmes aux yeux.

Sans même s'en rendre compte, elle se rapprocha de la scène. Cet homme lui semblait vaguement familier.

Elle avait déjà vu ce long manteau noir. Il fallait qu'elle sache. Elle fit quelques pas en regardant les tentatives désespérées de sa mère pour le ressusciter. Une force inconnue la poussait de l'avant, et bientôt elle fut assez près pour distinguer son visage. Il avait le front couvert de sang et ses yeux grands ouverts fixaient le vide, inexpressifs. Elle connaissait ce visage. D'habitude ce front était plissé, la bouche, animée d'un rictus méprisant ou chargée de jurons, le regard noir de colère. C'était le visage de Frank Bartram, le père de Joan.

4

KATE

Warren End, avril 1970

L'église était à moitié pleine lorsque les employés des pompes funèbres y entrèrent, portant sur leurs épaules le cercueil d'Amelia, sur une musique d'orgue mortuaire. Assise seule sur le banc au premier rang, Kate jetait de petits regards discrets derrière elle pour voir si elle reconnaissait des visages dans l'assistance. Il y avait Janet, bien sûr, assise raide à côté d'un homme au visage rougeaud qui semblait mal à l'aise dans son costume trop étriqué pour lui. Il y avait aussi plusieurs vieilles dames aux cheveux gris permanentés, dont certaines que Kate reconnaissait de son enfance. C'étaient des amies de sa mère ; des fidèles de l'Institut des femmes et de l'église, mais même si ces têtes lui étaient connues, Kate peinait à mettre un nom dessus.

Le cercueil déposé sur un socle devant l'autel, l'orgue se tut et le pasteur s'adressa à l'assistance. Kate ne se souvenait pas de lui. Quand elle était petite, le pasteur était le vieux révérend Lewis. C'était une présence bienveillante, avec de grandes dents de lapin et de vagues manières d'oncle. Ce jeune homme lui faisait l'effet d'un pasteur moderne, et elle se demanda s'il avait bien connu

Amelia, car il parla de la bonté de ses actes envers la communauté et de sa nature pieuse. Peut-être avait-elle changé ces dernières années mais Kate avait du mal à y croire, à en juger par la carafe à décanter sur le bureau et le désordre dans ses papiers.

L'assemblée se leva pour chanter *All Things Bright and Beautiful* et *Jerusalem*, puis se mit à genoux pour prier. Par bonheur le service fut court, et en suivant le cercueil hors de l'église, Kate put observer plus en détail l'assistance. Elle scruta les bancs, espérant presque apercevoir Joan, mais elle savait qu'il était probable qu'elle soit là. Elles n'avaient pas continué à se fréquenter quand elles avaient grandi, au point que Kate se demandait même si elle reconnaîtrait son ancienne amie après toutes ces années.

Mais il y avait une vieille dame, tout au fond, que Kate n'arrivait pas à situer. Elle avait l'impression de la connaître. C'était une toute petite vieillarde, assise à côté d'une jeune femme en uniforme bleu qui devait être une soignante. La vieille dame avait une canne blanche calée devant elle et elle portait des lunettes noires. Tout d'un coup, Kate se souvint. C'était l'une des deux sœurs qui vivait derrière les grandes haies à l'orée du village. L'une était presque aveugle et l'autre, complètement, mais cela ne les empêchait pas de vivre seules, sans aide. Les enfants du village en avaient peur parce qu'on disait que l'aveugle avait des pouvoirs paranormaux. Elle marchait dans la rue au bras de sa sœur, en fixant droit devant elle de ses prunelles blanches. Kate se rappelait qu'Amelia s'était liée d'amitié avec les sœurs et qu'il lui arrivait de leur rendre visite dans leur maison délabrée. À l'époque cela avait paru bizarre à Kate, qui s'était demandé ce qu'elles avaient en commun. Peut-être, s'était-elle dit, Amelia agissait-elle par charité, ou par une sorte d'instinct de fille de missionnaires.

Il y avait quelqu'un d'autre sur ce dernier banc. Il se faisait tout petit contre le mur de pierre, tête basse, comme s'il était gêné d'être là. Il avait des cheveux gris et une longue barbe hirsute, et en voyant ses vêtements fripés et mal ajustés, Kate le prit pour un vagabond. Que faisait-il ici ? Avait-il connu Amelia ? Comme ce n'était pas le moment de se poser ce genre de questions, Kate avança et suivit le cercueil sous le pâle soleil d'avril.

Dans le cimetière qui jouxtait l'église, sous de grands cèdres, l'assemblée fit cercle en silence autour de la tombe fraîchement creusée, certains se tamponnaient les yeux tandis que les autres gardaient le regard au sol. Une fois de plus, Kate eut le sentiment de n'avoir pas sa place parmi eux. Cela faisait longtemps qu'elle n'était plus proche d'Amelia, et il lui semblait déplacé d'être avec ceux qui avaient été ses vrais amis.

La tombe d'Amelia avait été creusée à côté de la grande pierre blanche sous laquelle grand-oncle James reposait depuis tant d'années. Le cercueil fut descendu avec précaution, puis le pasteur commença les prières d'usage, accompagné par quelques sanglots étouffés.

Peu à son aise, Kate tourna la tête et regarda, par-delà les têtes inclinées, les tombes couvertes de mousse et le chemin menant, sous les arbres, à l'entrée, à l'arrière de l'église. Soudain, elle aperçut le vieil homme hirsute qu'elle avait vu assis dans un coin de l'église marcher sur ce chemin vers la grille. Il avançait doucement, péniblement, en s'appuyant sur un bâton pour soulager son dos tordu. Elle se demanda pourquoi il ne venait pas assister à la mise en terre. Peut-être n'avait-il aucun rapport avec Amelia, en fin de compte, et avait-il juste voulu s'abriter dans l'église contre le mauvais temps d'avril. Elle essaya de l'oublier pour se concentrer de nouveau sur la cérémonie d'enterrement.

Ensuite, elle but du thé dans la salle communale et fit la conversation aux vieilles dames de l'Institut des femmes et aux autres qui avaient connu Amelia. Elle entendit des histoires, comment Amelia avait été bonne au fil des ans, comment elle avait donné de son temps pour d'innombrables causes locales, livré des repas jusqu'à ces toutes dernières semaines et accueilli des événements caritatifs chez elle. Kate écoutait et hochait la tête en se disant qu'Amelia avait bien changé depuis l'époque de son mariage, et bientôt elle eut mal à la mâchoire à force de sourire.

—Elle était très aimée, votre tante, dit Janet en s'approchant d'elle, une tasse de thé à la main.

—Oh oui, je vois cela, sourit Kate. C'est formidable.

—Tant de gens la portaient dans leur cœur, répondit Janet en regardant l'assistance avec les yeux humides.

—Je me demandais… commença Kate en baissant la voix. Il y avait un vieil homme dans l'église. On aurait dit un sans-abri. Il était assis sur le banc du fond, contre le mur. Je me demandais si vous saviez de qui il s'agissait.

—Oui, je le connais. Comme tout le monde. Il a l'air un peu excentrique maintenant, mais il se fait vieux.

—Qui est-ce ? Je le connais ?

—Oh, je suis sûre que oui. Il vivait dans le village quand vous étiez petite. Il vivait dans la grande maison. Warren Hall. C'est le vieux M. Prendergast.

—Quoi ? George Prendergast ?

Kate en fut estomaquée.

—Lui-même, dit Janet.

—Et… il vit toujours dans son manoir ? demanda Kate lorsqu'elle eut repris ses esprits.

—Oh non, ma chère. Il a eu des revers de fortune. Je ne connais pas les détails. Mais il vit dans un des petits pavillons au bout de Clerk's Lane depuis très longtemps.

Kate était sans voix. Elle repensa à ces fatidiques semaines de l'été 1944, qui avaient changé la vie de plusieurs personnes pour toujours. Mais quand elle était partie de Warren End à la fin de l'année, George Prendergast vivait toujours dans la splendeur gothique de son manoir. Les événements terribles de ce lointain été avaient-ils précipité sa chute ? Kate ressentit de nouveau la culpabilité dans toute sa force.

L'assistance commençait à se clairsemer. Kate était soulagée que cela se termine. Elle avait hâte de retourner à Oakwood Grange commencer à trier les papiers d'Amelia. Quand ce serait fait, elle mettrait les meubles et la maison en vente. Elle avait pris un mois de congé. Comme elle était entre deux projets, ses associés n'avaient pas fait de difficultés, mais elle ne voulait pas rester éloignée plus longtemps que nécessaire. En tant que seule associée femme de l'entreprise, elle devait se battre bec et ongles pour se protéger de ceux qui se bousculaient pour prendre sa place.

Tout le monde vint présenter ses condoléances à Kate avant de partir. Ils lui serraient les mains, la regardaient dans les yeux et lui disaient à quel point Amelia leur manquerait. L'une des dernières à s'en aller fut la vieille femme qu'Amelia avait vue au fond de l'église. Elle marchait lentement, en s'appuyant au bras de la jeune femme qui l'accompagnait. Elle prit la main de Kate dans les siennes et leva la tête vers le visage de Kate. Comme elle ne pouvait pas voir les yeux de la dame derrière ses lunettes noires, celle-ci en fut troublée.

—Je m'appelle Edna Robinson, dit la vieillarde d'une voix tremblante. Je ne sais pas si vous vous souvenez de moi, mais moi, je me souviens de vous.

—Vraiment ? s'étonna Kate.

Elle ne rappelait pas avoir jamais parlé à Edna ou à sa sœur.

—Oh oui. Votre tante parlait beaucoup de vous. Surtout quand vous étiez petite.

Kate sourit. Elle se sentait désavantagée de ne pas voir les yeux de la vieille dame ; elle avait l'impression d'être scrutée dans le détail derrière les verres noirs.

—Nous étions très proches à l'époque, dit-elle.

Les doigts osseux de la vieille dame serrèrent un peu plus fort la main de Kate pour l'attirer près d'elle.

—Votre tante était une femme très perturbée à ce moment-là, dit-elle d'un souffle rauque. Elle avait vécu tant d'épreuves, vous savez.

—Ah ?

Kate ne voyait pas quoi répondre. Amelia avait-elle vécu tant d'épreuves que cela ? Kate fronça les sourcils, ne comprenant pas de quoi la dame lui parlait. Les répercussions des événements de l'été avaient dû affecter Amelia, mais elle n'avait certainement rien dit à ce sujet à Edna Robinson.

La vieille femme ne lâchait toujours pas sa main, au contraire, elle s'agrippait toujours plus. Kate la sentait trembler pour assurer sa poigne.

—Voyons, Miss Robinson, fit doucement la jeune femme. Nous devrions y aller. Vous allez vous fatiguer.

—Venez me voir un de ces jours, dit la femme à Kate avant de lui lâcher la main. Je vis à La Prairie. Quand vous voudrez. Nous parlerons de votre tante.

—Avec plaisir, répondit Kate, interloquée.

Que voulait lui dire cette dame à propos d'Amelia ? Connaissait-elle ses secrets ? Kate n'avait aucune envie de se replonger dans les événements de l'été 1944. N'avait-elle pas passé les vingt-cinq dernières années de sa vie à les laisser derrière elle ? Rien de ce que pourrait lui dire la vieille femme ne changerait ce qui s'était produit ou la façon dont Kate les appréhendait.

Elle regarda Miss Robinson traverser la salle jusqu'à la porte avec l'aide de sa jeune soignante. Peut-être n'avait-ce rien à voir avec l'été 1944, en fin de compte. C'était sans doute simplement qu'Amelia lui manquait et qu'elle cherchait une excuse pour reparler d'elle. Kate soupira. Elle n'avait pas vraiment envie d'aller la voir dans sa maison de retraite, mais ce qu'elle avait dit l'avait intriguée, et puis elle avait l'air si seule et perdue. Peut-être trouverait-elle un moment pour lui rendre visite quand elle se serait débarrassée de ses obligations.

Ne restaient plus dans la salle que les femmes qui avaient organisé l'événement. Kate les remercia une à une, leur dit au revoir, puis partit pour un kilomètre à pied à travers le village jusqu'à Oakwood Grange. Comme elle marchait, les paroles de Miss Robinson résonnaient encore à ses oreilles. Qu'avait-elle voulu dire en parlant des épreuves traversées par Amelia ? N'était-elle pas heureuse avec oncle James ? Kate se souvenait qu'elle l'avait trompé ; quelque chose l'avait donc poussée à le faire. Mais en aurait-elle parlé aux sœurs Robinson ? Kate en doutait. Elle pensa à l'acte notarié qu'elle avait trouvé la veille, qui révélait qu'Amelia avait changé de nom. Tout cela était tellement déconcertant. À l'évidence, Amelia avait eu son lot de secrets au fil des ans. Oui, elle avait toujours eu un parfum de mystère, et on pouvait dire que ce parfum de mystère lui survivait.

De retour à la maison, Kate se prépara un sandwich qu'elle emporta au bureau et commença à s'occuper de la paperasse. La tâche fut longue et fastidieuse, il fallut trier les factures à régler, faire des chèques, rédiger les lettres pour informer les divers fournisseurs et commerçants du décès d'Amelia. Quand elle eut terminé, il faisait noir dehors et il pleuvait. En se levant, elle prit conscience qu'elle avait eu froid, assise dans cette pièce glacée. Elle alla dans la cuisine se réchauffer près de la cuisinière, mais quand elle toucha sa surface, il était à peine chaud.

Mince ! Elle venait de payer une facture de fioul en souffrance, donc peut-être n'y en avait-il plus. Les radiateurs antédiluviens étaient froids eux aussi. Peut-être trouverait-elle un radiateur électrique quelque part, en attendant de trouver une solution plus durable. Elle soupira. Son appartement confortable d'Islington lui manquait, avec son chauffage central et son eau chaude instantanée. Elle ne trouva de radiateur électrique ni dans le cellier, ni dans le placard à balais, ni dans l'arrière-cuisine. Elle alla chercher dans le salon, puis dans le placard à manteaux sous l'escalier, mais n'y trouva rien non plus.

Il lui vint à l'esprit qu'Amelia avait peut-être un petit radiateur dans sa chambre. Elle n'était pas allée dans cette pièce depuis son arrivée. Quelque chose la retenait ; le respect pour l'intimité d'Amelia, peut-être. Quoi qu'il en soit, elle monta l'escalier à la hâte, traversa le palier et ouvrit la porte de la chambre à l'étage. Dès qu'elle alluma la lumière, elle fut frappée par le fait que rien n'avait changé dans cette pièce depuis les années 1940. La coiffeuse d'Amelia était toujours devant la fenêtre, avec son miroir et son tabouret de velours rose. Elle s'y était souvent assise pour que sa tante la coiffe ou l'aide à mettre du rouge à lèvres. Il y avait l'énorme armoire en chêne d'où Amelia sortait les vêtements qu'elle venait d'acheter lors d'une escapade à Londres, et le coffre au pied du lit sur lequel Amelia s'asseyait quand elles bavardaient. Kate s'assit lourdement dessus. Pour la première fois de la journée, des larmes lui vinrent et elle se laissa submerger par la culpabilité et le chagrin.

—Je suis désolée, Amelia, dit-elle à voix haute. Tellement désolée.

S'essuyant les yeux, elle se rappela pourquoi elle était montée. Il y avait dans la chambre une cheminée qui, dans les années 1940, était toujours allumée l'hiver afin de réchauffer les lieux, mais elle avait été condamnée.

Elle sortit et passa de pièce en pièce sans rien trouver, puis elle grimpa le petit escalier en colimaçon qui menait aux quartiers des domestiques. C'est là que vivaient la gouvernante, la cuisinière et le majordome, à l'époque. Kate ouvrit la porte de chaque pièce, mais elles étaient vides, rien que le plancher nu, des cadres de lit et des petits meubles. Au bout du couloir se trouvait une petite porte. Elle l'ouvrit et alluma. C'était un énorme débarras aux étagères remplies de tout un fatras. Chaises cassées, boîtes à chapeaux, vieilles photos empilées contre un mur. Et tout au fond, un petit radiateur électrique à résistance. Elle s'en saisit, enroula le fil et la prise autour, et le cala sous son bras. Au moment où elle se tournait pour partir, elle remarqua une malle en cuir rangée dans un coin, à moitié cachée par un vieux matelas crevé et une pile de livres.

Elle posa le radiateur, tira le matelas, poussa la pile de livres, et regarda la malle. Une étiquette poussiéreuse et délavée était fixée sur le côté : « Miss Amelia Collins, Russel Hotel, Londres ».

C'était trop tentant pour qu'elle résiste, surtout après que sa curiosité avait été piquée par les événements de la journée. Elle défit les boucles et souleva le couvercle. Sur le dessus étaient posées plusieurs couches de tissu : des longueurs de soie aux couleurs sublimes, vertes, violettes, rouges, certaines veinées de fil d'or. En dessous se trouvaient deux robes de coton, l'une bleu pâle avec un motif de petites fleurs blanches, l'autre rose saumon avec des empiècements de dentelle. Kate les déplia et les mit devant la lumière. Elles étaient à la mode des années 1930, taille basse, col rond, et taillées pour une femme mince. Au fond de la malle, outre une paire de chaussures d'été blanches et un chapeau de paille, étaient entassées des lettres et quelques photographies.

Kate s'empara des lettres et déchiffra les enveloppes. La pile était dans l'ordre chronologique ; toutes portaient des timbres indiens, et les premières étaient adressées à Miss A. Collins, c/o the Russel Hotel, Russel Square, Londres. Après 1940, elles étaient adressées à Mrs A. Hamilton à Oakwood Grange. Entre les enveloppes et les photos était coincé un petit carton.

En y regardant de plus près, Kate constata qu'il s'agissait d'une étiquette de bagage. En caractères à peine lisibles était écrit : « P&O S.S Strathmore, Bombay – Southampton, 5 janvier 1937 », et, en dessous, d'une écriture manuscrite, le nom : « Miss A. Collins ».

Intriguée, elle regarda les photographies. Il y avait une copie de celle qui se trouvait sur le manteau de la cheminée au rez-de-chaussée, avec Amelia entre ses parents. Au dos, d'une écriture d'enfant, avait été griffonné : « Avec papa et maman, Darjeeling, 1928 ». Et une autre d'Amelia, qui semblait avoir la vingtaine dessus, debout au milieu d'un couple qui semblait un peu plus âgé qu'elle. Ils étaient habillés de façon détendue, bras dessus bras dessous, et tous faisaient un grand sourire à l'appareil. Au dos était écrit : « Tu te souviens de ce jour, en septembre 1936, à Kanpur ? Avec notre amour, Mabel et Giles. »

Une dernière photo avait failli échapper à l'attention de Kate. C'était un portrait ovale d'une jeune femme aux cheveux noirs. Au départ, elle crut que c'était Amelia, avec ses pommettes hautes et ses yeux en amande, mais à bien y regarder c'était plutôt quelqu'un qui lui ressemblait beaucoup. Une sœur, peut-être ? Non, Amelia était fille unique. Une cousine, alors ? Elle tourna la photo, un nom était écrit au dos : « Ava ». Kate le fixa, déconcertée.

—Qui es-tu ? murmura-t-elle.

Reposant les photographies, elle tourna les enveloppes entre ses mains, mourant d'envie de les ouvrir et de découvrir le passé enfoui d'Amelia, mais il y avait encore au fond un paquet qui requérait son attention. C'était une enveloppe brune, d'apparence officielle, flanquée d'un coup de tampon indiquant : « Office des naissances, des mariages et des décès de Kanpur ». Elle en sortit un document plié depuis tant d'années qu'il menaça de se déchirer lorsqu'elle l'ouvrit. Elle fut stupéfaite par ce qu'elle lut.

« Extrait officiel du Registre des mariages de Kanpur ; le 10e jour de mai 1935, mariage de Miss Amelia Collins, célibataire, avec Mr Reginald Holden, officier de district de ce district. » Kate, ébahie, s'adossa au matelas crevé. Ainsi, Amelia avait été mariée en Inde. Et à un officier de district, rien de moins. Qu'était devenu Mr Reginald Holden, et pourquoi Amelia n'avait-elle jamais parlé à personne de ce premier mariage ?

5

Amelia

Pankhabari, district de Darjeeling, Inde, avril 1935

Le missionnaire envoyé par la Mission baptiste de Calcutta pour prendre la suite des parents d'Amelia devait arriver à midi. Les bagages d'Amelia étaient déjà bouclés, elle pourrait s'en aller dès qu'elle lui aurait remis les clés. Sa malle et ses deux sacs l'attendaient sagement près de la porte tandis qu'elle déambulait une dernière fois entre les quelques meubles du bungalow. Elle était déchirée de devoir dire adieu à cet endroit qui avait été son foyer durant tant d'années. Elle allait de pièce en pièce et regardait par les fenêtres la vue magnifique sur les montagnes enneigées, qui s'étendaient à perte de vue et se confondaient avec le ciel nuageux à l'horizon.

Elle avait toujours adoré ce panorama et elle adorait aussi le bungalow, malgré son manque de confort. Il avait été sa maison depuis qu'ils étaient arrivés dans ce village himalayen de Pankhabari, tout frais débarqués de la campagne du Surrey, et c'est là qu'Amelia avait appris tout ce qu'elle savait sur l'Inde, ses habitants et leur langue. C'est là que ses parents et elle avaient été le plus heureux, et c'est aussi là qu'elle avait perdu les deux personnes qu'elle aimait le plus au monde en l'espace de quelques jours.

Ses parents étaient venus en Inde établir un petit hôpital au service des gens qui vivaient dans les villages des lointains contreforts de l'Himalaya, au sud de Darjeeling. Tous deux étaient des missionnaires médicaux, son père médecin et sa mère infirmière. Ils avaient fait leurs études à Londres mais s'étaient rencontrés en travaillant à l'hôpital de la Mission de Calcutta, et leur foi chrétienne ancrée les avait rapprochés. Ils étaient alors rentrés en Angleterre se marier et élever Amelia les premières années. Mais ils avaient toujours eu la certitude que leur véritable vocation se trouvait en Inde, et lorsqu'Amelia avait eu quinze ans, une opportunité s'était présentée pour rejoindre la Mission chrétienne au Bengale. C'était la chance qu'ils attendaient depuis des années, ils avaient sauté sur l'occasion. Son père s'était arrangé pour qu'Amelia aille dans une pension en Angleterre poursuivre son éducation. Mais ses parents lui avaient tellement manqué lors du premier trimestre que ses parents lui avaient payé le passage vers Calcutta sur un bateau au départ de Southampton.

Elle n'avait pas le sentiment que son éducation en ait beaucoup souffert ; son père lui faisait la leçon tous les soirs après ses longues journées passées à soigner les patients de l'hôpital, et elle lisait et étudiait seule le reste de la journée. Bien sûr, cela signifiait qu'elle ne pouvait pas passer les examens, mais cela ne la dérangeait pas ; elle voulait devenir infirmière, comme sa mère, et lorsqu'elle eut dix-huit ans, elle commença à aider à l'hôpital là où il n'était pas nécessaire d'avoir des qualifications.

Elle apprit tout ce que doit faire une aide-soignante : s'occuper des patients, les mettre à l'aise, administrer médicaments et injections, prendre la pression et la température. Son père allait chaque semaine tenir clinique dans les villages à l'écart. Il y allait à poney et, lorsqu'elle fut plus âgée, Amelia l'accompagna afin de l'aider à soigner les patients. Elle aimait tout de ces voyages : les trajets dans les collines sur des pistes isolées, les forêts de pin et les prairies sauvages, les petites fermes qu'ils croisaient ici et là, et tout au long de leur périple les sommets de l'Himalaya qui dominaient l'horizon. Elle se sentait très proche de son père pendant ces excursions ; ils parlaient de tout et de rien ; art, littérature, philosophie, religion. Elle fut un peu surprise lorsqu'il lui confia qu'il se souciait moins d'imposer le christianisme aux habitants des montagnes que de leur assurer un accès aux soins. Il confessa que lui-même se sentait attiré par les enseignements du bouddhisme, lesquels résonnaient fortement en lui, si bien qu'il n'avait pas vraiment le désir de transformer le cœur des fidèles.

—Évidemment, tu gardes ça pour toi, Amelia, dit-il. Si cela se savait à la Mission, ça ne passerait pas.

Une autre fois, il lui avoua quelque chose qui la choqua profondément.

—Je dois te parler, Amelia, commença-t-il. (Ils voyageaient depuis un bon moment ce matin-là, et elle avait remarqué que son père était inhabituellement plongé dans ses pensées.) J'ai bien peur que… nous te l'avons caché jusqu'à présent, mais je crois que le moment est venu, tu as l'âge de savoir.

—Oui, père ? demanda-t-elle, un peu surprise.

Ils montaient côte à côte sur une piste large, mais son père évitait de la regarder, ce qui ne lui ressemblait pas. Il se tenait raide comme un piquet sur son poney et fixait droit devant lui, entre les oreilles de l'animal.

—En âge de savoir quoi ?

—Écoute, c'est vraiment difficile de te le dire. Tu sais que ta mère et moi, nous t'aimons plus que tout au monde, n'est-ce pas ?

Elle acquiesça, soudain inquiète. De quoi retournait-il ?

—Bon, cela ne fait pas la moindre différence pour nous, mais le fait est que… tu n'es pas vraiment *notre* fille. Enfin, je dis ça, tu es ma fille mais… mais pas celle de ta mère…

Une onde de choc se propagea en elle. Elle tira les rênes de son poney pour l'arrêter.

—Que voulez-vous dire, père ? Je ne comprends pas.

Il s'arrêta à son tour.

—Nous ferions peut-être bien d'aller nous asseoir sur ces rochers.

Lorsqu'ils furent installés, tandis que les poneys broutaient l'herbe rase sur la piste, il s'expliqua, la voix éraillée par la gêne, les yeux baissés.

—Tu sais, j'ai connu une période agitée dans ma jeunesse. Lors de mon premier séjour en Inde, je suis tombé amoureux d'une fille anglo-indienne, et… eh bien, elle est tombée enceinte. Elle est morte pendant l'accouchement, malheureusement, alors je t'ai emportée dans ma maison à Calcutta pour veiller sur toi. J'ai engagé une *ayah* pour s'occuper de toi et continuer à travailler à l'hôpital. Puis j'ai rencontré ta mère. Cela a été le coup de foudre et j'ai su que je voulais l'épouser.

Bien sûr, je m'inquiétais qu'elle me voie différemment en apprenant la vérité. Mais au contraire, elle t'a adorée dès qu'elle t'a vue et elle t'a acceptée comme sa fille.

Il y eut un long silence tandis qu'elle appréhendait le sens de ses mots. Elle avait l'impression que tout avait changé. Comme si on avait retiré les fondations de son monde et qu'elle flottait dans l'air sans plus d'attaches.

—Pourquoi ne m'en avez-vous pas parlé plus tôt ? demanda-t-elle enfin, incrédule.

—Je ne sais pas vraiment. C'était trop dur à expliquer à une petite fille, et notre famille allait si merveilleusement bien. Je n'avais pas envie de tout bouleverser.

—Mais vous bouleversez tout maintenant. Pourquoi m'avoir menti ? Comment puis-je vous faire confiance ?

—Je suis navré, Amelia.

Il baissa la tête, rouge de honte. Mais tout commençait à s'éclaircir. Elle se regardait souvent dans le miroir en se demandant d'où lui venaient ses cheveux noirs brillants et sa peau hâlée alors que son père était châtain clair et sa mère blonde à la peau pâle. Les traits et la morphologie d'Amelia n'avaient aucun rapport avec ceux de sa mère ; sa mère était grande et anguleuse tandis qu'elle était petite et compacte.

—Comment s'appelait-elle ? Ma… ma mère ? demanda-t-elle soudain.

—Ava. C'était une institutrice dans l'école de la mission à Calcutta. Elle était gentille, généreuse, adorable. Elle accompagnait les enfants à l'hôpital quand ils étaient malades. C'est comme cela que nous nous sommes rencontrés.

—Avez-vous une photographie d'elle ?

Il hocha la tête.

—Une seule. Elle était très belle. Tu l'auras si tu veux. Écoute, Amelia, je suis désolé… Je sais que c'est lourd à porter, mais ta mère t'aime comme si tu étais sa propre fille. Tu le sais, n'est-ce pas ?

Elle ne répondit pas. Le regard rivé sur le sol, elle entendait les bruits des poneys, le murmure d'un ruisseau à proximité. Sans s'en rendre compte, elle arrachait des touffes d'herbe et il y eut bientôt un bout de terre nue à côté du rocher sur lequel elle était assise. Ses mains étaient couvertes de terre.

Il avait raison. Sans doute. Quelle différence cela faisait-il ? Sa mère l'aimait et elle aimait sa mère en retour. Sa mère s'était toujours occupée d'elle, aussi loin que remontaient ses souvenirs. Elle savait que rien ne changerait son amour absolu pour ses parents. Même si leur silence l'avait blessée, elle s'efforçait de comprendre pourquoi ils avaient gardé le secret tout ce temps et ce que cela représentait pour eux de révéler la vérité aujourd'hui.

Elle détestait voir son père si abattu. Il avait fait ce qu'il pensait le mieux, après tout. Elle se leva et se tourna vers lui.

—Je suis sûr que je m'y ferai, père, dit-elle pour alléger sa culpabilité. Donnez-moi juste un peu de temps.

À leur retour, dans la soirée, elle se précipita vers sa mère et se jeta dans ses bras.

—Père m'a parlé de ma vraie mère. Mais je veux que vous sachiez que je vous aimerai toujours et que cela ne changera jamais, dit-elle.

Plus tard ce soir-là, son père lui apporta un petit portrait encadré d'une jeune femme aux cheveux noirs chatoyants, vêtue d'une simple robe de coton blanche.

C'était comme regarder une version un peu plus vieille et plus glamour d'elle-même. Elle avait ses pommettes hautes, ses yeux fendus, ses lèvres pleines. Elle glissa la photographie dans son tiroir en se jurant de le garder toujours avec elle.

Cela s'était déroulé quelques mois plus tôt, et ils n'en avaient jamais reparlé tous les trois, mais la question était restée suspendue entre eux comme une énigme irrésolue. Malgré ses protestations sur le fait que rien ne changerait, elle avait réfléchi à leur relation. Elle n'avait jamais été aussi proche de sa mère que de son père, et elle se demanda alors si c'était lié au fait qu'elles n'étaient pas du même sang. Elle commença à s'attarder sur les petites disputes et les divergences d'opinions qu'elles avaient eues au fil des ans, et ces pensées la conduisirent à s'éloigner insensiblement de sa mère, à mettre une sorte de distance émotionnelle entre elles.

Elle continua à accompagner son père dans ses tournées, comme elle le faisait depuis quelques années. Un jour, cependant, comme elle s'était tordu la cheville et ne pouvait voyager, elle resta sur place tandis que sa mère la remplaçait. C'est ce jour-là que son père et sa mère visitèrent un village dont les habitants étaient frappés par une épidémie de choléra. À leur retour, ils envoyèrent un messager à Amelia pour lui demander de rester au bungalow ; ils resteraient à l'hôpital jusqu'à ce qu'ils soient certains de ne pas avoir contracté la maladie.

Amelia se retint d'aller les voir à l'hôpital, comme ils le lui avaient demandé, et elle vécut deux jours dans la terreur de les perdre, en ayant conscience que c'est elle qui aurait pris part à ce voyage maudit sans cette bête cheville tordue. Elle avait l'impression d'avoir envoyé sa mère à une mort certaine. Le troisième jour, le messager revint frapper à la porte. Il lui tendit un message d'un docteur qui travaillait avec ses parents.

Dévasté de vous informer que votre père et votre mère se sont tous deux éteints cette nuit. Je vous présente mes sincères condoléances, ils étaient tous les deux d'une grande noblesse et toute notre communauté portera leur deuil. Docteur S. Tamang.

Les perdre tous les deux en même temps et si soudainement était d'une brutalité insupportable. Comme elle regrettait de s'être éloignée de sa mère au cours des derniers mois. Elle arrêta de s'alimenter et, incapable de dormir, sombra dans une sévère dépression en l'espace de quelques jours.

Ses parents furent incinérés sur un bûcher près de la rivière, au fond de la vallée. Elle avait réclamé qu'ils soient enterrés à côté de la petite église baptiste de son père, mais le docteur avait secoué la tête d'un air triste : « Avec le choléra, on ne peut pas enterrer malheureusement. »

Il conduisit lui-même le service. Amelia y assista en somnambule, aux côtés du personnel de l'hôpital et de nombreux villageois que ses parents avaient aidés au fil des années. Elle arrivait à peine à penser de manière cohérente, encore moins à parler. Une tristesse immense régnait près du bûcher tandis que le docteur lisait des passages de la Bible, rendus presque incompréhensibles par la rivière déchaînée qui coulait avec un bruit fracassant entre les rochers. Toute la scène paraissait irréelle, et Amelia n'arrivait pas à se débarrasser du poids qui lui oppressait la poitrine en permanence, ni de la boule dans sa gorge.

Le lendemain, une lettre arriva de la Mission à Calcutta.

Nous vous prions d'accepter nos sincères condoléances pour le décès de vos parents, membres aimés de notre communauté. Nous avons désigné un médecin missionnaire pour les remplacer. Le Dr Joshua Williams arrivera le 15 avril et prendra leur suite ainsi que leur lieu de résidence.

Elle comprit ce que ces mots signifiaient. Elle devait partir. Il lui restait moins d'une semaine. Elle n'avait pas une idée claire de ce qu'elle allait faire, mais il fallait quitter Pankhabari. Elle savait que le Dr Tamang lui proposerait de rester, et que beaucoup de villageois seraient heureux de l'héberger, mais elle ne voulait pas habiter dans cet endroit où elle avait trop de souvenirs. Surtout, elle refusait de voir quelqu'un occuper sa maison et reprendre le rôle de son père.

Elle fit sa malle, y entassant les soies sublimes qu'elle avait achetées dans les bazars locaux, quelques photographies adorées, y compris celle d'Ava, et les bijoux de sa mère. Le matin du 15 avril, elle était prête. Un chariot tiré par des poneys l'emmènerait à Kurseong, où passaient deux fois par jour des petits trains pour Darjeeling. Là-bas, elle prendrait un nouveau départ.

Le nouveau médecin missionnaire arriva plus tôt qu'elle ne l'avait anticipé. Il faisait très jeune, il avait encore les joues roses du jeune Anglais élevé à la campagne, et un regard empli de ferveur religieuse. Il lui prit la main et lui offrit ses condoléances, puis elle lui remit les clés, lui présenta le cuisinier et le porteur, et se prépara à partir.

—Vous êtes la bienvenue si vous voulez rester, dit-il, s'attardant sur le seuil. On m'a dit que j'aurais beaucoup de travail pour remettre les choses à niveau sur le plan de l'évangélisation. Je serais heureux d'avoir votre aide.

Elle secoua la tête, piquée par cet affront fait à son père, le remercia sèchement et pressa le pas pour rejoindre le *tonga* qui l'attendait sur la route.

6

Amelia

Darjeeling, Inde, 1935

L'espace de quelques brèves secondes, en panique, elle se demanda où elle était. Puis tout lui revint d'un coup ; la mort de ses parents, la maison où ils avaient si longtemps été heureux, sa solitude absolue dans ce monde. Et elle se réveillait donc dans ce lit mou du Planter's Club à Darjeeling. Elle se força à sortir des draps, se rappelant la résolution prise la veille au soir. Il n'y avait pas de temps à perdre, elle devait trouver un emploi avant d'être à court d'argent.

Il y avait trois hôpitaux à Darjeeling. Amelia décida de commencer par le plus imposant ; l'Eden Sanatorium était un bel immeuble de deux étages, avec des balcons filants sur toute la longueur, situé en haut d'une colline un peu à l'écart de la ville. Elle préféra éviter de payer un *tonga*, ayant douloureusement conscience que ses économies ne dureraient pas si elle ne faisait pas des sacrifices. Elle marcha donc. Le panorama le long de la route était à couper le souffle, le chemin grimpait sur le flanc d'une montagne, avec des vues sur les toits en contrebas et les vallées alentour. Beaucoup de familles britanniques faisaient leur promenade du matin, vêtues avec élégance, leurs *ayahs* marchant derrière elles, à distance respectueuse avec les enfants. Amelia ne put s'empêcher de remarquer que les femmes en particulier la toisaient d'un regard qui dissimulait mal le dédain. Elle savait que ses vêtements étaient simples et usés, et commença à s'inquiéter d'avoir l'air trop négligée pour demander un travail.

À l'accueil de l'hôpital, elle demanda à voir une infirmière-chef. Elle attendit sur une chaise en bois inconfortable jusqu'à ce qu'apparaisse devant elle une Anglaise corpulente en uniforme amidonné. Amelia se leva et expliqua à la femme qu'elle avait travaillé à l'hôpital de la Mission à Pankhabari, que ses parents, tous deux de profession médicale, venaient de décéder, et qu'elle cherchait du travail. L'infirmière-chef la dévisagea d'un regard caustique.

—Vous avez des qualifications ? demanda-t-elle.

Amelia secoua la tête.

—Non... Juste de l'expérience. J'ai travaillé plusieurs années à l'hôpital. Et je suis prête à apprendre, à étudier, s'empressa-t-elle d'ajouter.

—Je suis désolée, Miss Collins, dit la femme en la prenant de haut, mais nous n'avons pas de poste pour du personnel non qualifié à l'heure actuelle. Vous devriez essayer l'hôpital indien de Chowrastra. Ce serait peut-être plus adapté à quelqu'un comme vous.

Là-dessus, la femme tourna les talons et s'éloigna. Amelia la regarda partir, interloquée par ses propos. Qu'entendait-elle par « quelqu'un comme vous » ? Mais elle se dit aussitôt qu'il lui restait deux endroits où essayer et qu'elle n'allait pas renoncer au premier revers. Elle se remit en marche pour deux kilomètres jusqu'à Chowrastra, la grande place en centre-ville. Elle avait du mal à ne pas penser à ce qui venait de se passer, ou à ne pas se sentir blessée par la façon dont l'infirmière-chef l'avait traitée, d'autant que son deuil était si récent qu'un rien la faisait fondre en larmes. Mais elle se mordit la lèvre et continua à marcher, résolue à ne pas se laisser intimider.

Il faisait une chaleur étouffante dans l'hôpital indien, situé dans une ruelle étroite qui partait de la place, et le chaos régnait. Il n'y avait plus de place dans la salle d'attente, les gens attendaient accroupis un peu partout, et quelques-uns étaient allongés à même le sol nu. Elle se fraya un chemin au milieu de la cohue jusqu'à la femme à l'accueil, qui était sollicitée par plusieurs personnes à la fois. Elle parvint cependant à lui demander s'ils cherchaient des aides-soignantes. La femme se retourna et cria à l'attention d'une collègue, et quelques secondes plus tard une infirmière indienne à la blouse tachée de sang apparut.

—Vous êtes la bienvenue pour nous aider sur le mode du bénévolat, dit-elle en ramenant une mèche grise derrière son oreille. Malheureusement, nous n'avons pas d'argent pour vous payer.

Le visage d'Amelia se décomposa. Elle aurait aimé les aider, elle voyait bien qu'ils manquaient désespérément de gens expérimentés comme elle, mais elle ne survivrait pas de cette façon. Il lui fallait un emploi payé.

Son dernier espoir était une petite pension de retraite sur la route de Ghoom. C'était une maison réaménagée, avec des fenêtres donnant sur la vallée couverte de plantations de thé et les montagnes au loin. Mais la femme à la réception secoua aussitôt la tête et dit à Amelia, sans la regarder dans les yeux, qu'il n'y avait pas de place à pourvoir. Puis elle se remit à ses papiers et laissa Amelia repartir. Elle revint à pied au Planter's Club en refoulant ses larmes et en se demandant ce qu'elle allait faire. De retour au club, il lui fallut s'armer de tout son courage pour aller au bar. Mais elle avait soif après sa longue marche, elle avait besoin de boire. On était juste avant le déjeuner et toutes les tables étaient prises. Les gens s'arrêtèrent de parler pour la regarder traverser la salle. Le vieux barman indien lui jeta un regard noir et sembla rechigner à lui servir un soda.

Incapable de supporter les regards hostiles, elle emporta son verre hors du bar. Avisant un fauteuil dans un coin, elle se dirigeait vers lui quand un panneau d'affichage attira son attention. Elle parcourut les annonces : des chambres à louer, un passage pour l'Angleterre à partager, des fusils à vendre. Mais il y en avait deux autres qu'elle lut et relut.

La première disait : « Recherchons gouvernante pour nos deux jeunes enfants, Clarissa, 6 ans, et Samuel, 8 ans. Jeune femme anglaise éduquée souhaitée. Merci d'envoyer références Mrs Dunstone, à Craigmore, Gleneary Road. »

Et la deuxième : « Jeune femme née en Angleterre recherchée pour tenir compagnie à dame âgée. De légers soins pourront également être prodigués. Contacter Lady Avery, Mountain View, Eden Hill. »

Amelia nota en vitesse les détails dans son carnet et respira tout de suite un peu mieux. Elle serait capable de s'acquitter sans difficulté de n'importe laquelle de ces deux tâches. Peut-être trouverait-elle quelque chose, après tout.

Tenaillée par la faim, mais ne voulant pas perdre la face devant la clientèle du bar, elle trouva dans la rue un boui-boui qui lui servit des nouilles. Dans l'après-midi, elle monta dans sa chambre et, sur le papier à lettres du club, rédigea des lettres à Mrs Dunstone et à Lady Avery en prenant soin de souligner qu'elle était fille de missionnaires baptistes et qu'elle avait travaillé à l'hôpital de la Mission. Rassérénée sur son avenir, elle décida ensuite d'apporter elle-même les lettres afin de ne pas perdre de temps.

Lorsqu'elle revint, il y avait de l'agitation devant le Planter's Club : un *tonga* attendait au pied du perron et les porteurs s'affairaient à décharger les bagages. Elle attendit patiemment qu'ils aient tout emporté à l'intérieur, puis elle alla au comptoir demander la clé de sa chambre.

—Un instant, madame, le temps que j'enregistre ce monsieur, dit le vieil homme de la réception.

Un gentleman signait le registre. Amelia attendit à côté de lui en l'épiant à l'aide de rapides coups d'œil. Elle ne put s'empêcher de remarquer la finesse et la distinction des traits de son visage. Le nouvel arrivant était grand et bien bâti, il avait fière allure et était même intimidant avec ses cheveux noirs plaqués sur son crâne et sa moustache militaire.

—Merci, Rajish, je prendrai la suite habituelle.

Comme il se retournait, son regard se posa sur Amelia.

—Eh bien, bonsoir ! dit-il en haussant un sourcil d'un air ravi.

Amelia sentit le rouge lui monter aux joues.

—Je ne crois pas que nous nous soyons déjà rencontrés. Je suis Reginald Holden, officier de district du district de Kanpur.

Elle saisit la main qu'il lui tendait, bien qu'elle eût conscience que la sienne était moite.

—Amelia Collins, bredouilla-t-elle.

—Rejoignez-moi tout à l'heure au bar. Je vous offrirai un verre.

Malgré son embarras et sa confusion, Amelia nota qu'il s'agissait davantage d'un ordre que d'une proposition. Elle n'eut pas le culot de refuser. D'ailleurs, peut-être qu'avec cet éminent client, les autres occupants du bar ne la regarderaient pas avec autant de grossièreté.

—Six heures tapantes, d'accord ? dit-il, et après un léger salut de la tête il se dirigea vers l'escalier.

Nerveuse, Amelia arriva un peu en avance au bar ce soir-là. Elle avait mis sa plus belle robe, celle qu'elle réservait pour les grandes occasions à Pankhabari. Elle était bleu roi, avec un col rond, et le simple fait de la porter lui redonna confiance en elle. Une nouvelle fois, les Européens bien établis, surtout les femmes, la regardèrent avec une hostilité latente lorsqu'elle fit son apparition. Elle se demanda si elles étaient réticentes à accueillir une jeune inconnue sans famille ni connaissances à Darjeeling. Peut-être ces femmes lui en voulaient-elles de sa présence ? Quoi qu'il en soit, elle décida de ne pas se laisser impressionner et afficha un sourire serein tout le temps qu'elle navigua entre les tables avant d'en trouver une près de la fenêtre.

Lorsque Reginald Holden entra, le silence se fit dans la salle. Il alla droit au bar et commanda deux gimlets, puis il rejoignit Amelia à la table. Elle s'amusa de voir les yeux des autres convives s'arrondir lorsqu'il s'assit face à elle.

—Alors, racontez-moi. Comment une beauté comme vous a-t-elle atterri dans un tel patelin ? demanda-t-il en croisant élégamment ses jambes et en allumant un cigare.

—Oh, je ne trouve pas que Darjeeling est un endroit reculé. À vrai dire, il se passe beaucoup plus de choses ici que là d'où je viens.

—Vraiment ? J'ai du mal à imaginer endroit moins vivant. Où est-ce donc ?

—Pankhabari. Un village dans les collines, plus au sud. Mes parents étaient des missionnaires médicaux. Ils y ont fondé une église et un petit hôpital.

Les sourcils de Reginald s'arquèrent.

—Vous n'avez pas l'air d'une fille de missionnaires, dit-il. Vous êtes beaucoup trop intéressante, si je puis me permettre… Mais vous ne m'avez pas dit ce qui vous amène ici ?

Le serveur apporta les boissons et Amelia but une gorgée. Elle n'était pas habituée à l'alcool ; ses parents étant pratiquement abstinents, elle avait rarement eu l'occasion d'y goûter. Mais dans l'atmosphère de ce lieu, et vu la tension qu'elle ressentait, elle se dit qu'un verre la détendrait un peu. Ce qui fut le cas, car cette première gorgée lui chauffa aussitôt le sang et chassa sa nervosité, relâchant ses muscles.

Puisque tôt ou tard elle devrait apprendre à expliquer qu'elle avait perdu ses parents, elle décida que le moment était sans doute venu de s'y essayer. Après avoir bu une deuxième gorgée, elle se lança et lui expliqua le coup du sort qui avait vu sa mère prendre sa place pour le funeste voyage jusqu'au village où sévissait le choléra, puis les journées de tourments pendant que son père et sa mère étaient à l'hôpital, et enfin leur décès.

—Quelle triste, triste histoire, dit Reginald en secouant lentement la tête. C'est si terrible de perdre ceux qu'on aime. Je sais ce que vous vivez. Ma chère épouse est morte il y a un an maintenant.

—Oh, je suis navrée de l'apprendre, dit-elle avec horreur.

Holden ne devant pas avoir plus de quarante-cinq ans, sa femme était sans aucun doute morte relativement jeune.

—Oui, être privé d'elle si tôt a été une tragédie, reprit-il comme s'il lisait dans ses pensées. Cela a été dur d'aller de l'avant. Surtout pour notre fils.

—Bien sûr. Le contraire aurait été étonnant. Quel âge a-t-il ?

—Presque dix ans. Et il l'a très mal vécu. Elle adorait son garçon, dit-il, avant d'ajouter : Et moi aussi, je l'adore.

Ils gardèrent le silence un petit instant. Amelia s'étonnait d'avoir trouvé une telle source de rapprochement chez un candidat aussi improbable.

Reginald leva son verre.

—Aux amis absents, dit-il, et Amelia prit son verre et trinqua avec lui.

*

Le lendemain matin, lorsqu'elle descendit prendre son petit déjeuner, Amelia trouva deux lettres qui l'attendaient sur sa table, déposées dans un plateau d'argent ; l'une de Mrs Dunstone et l'autre de Lady Avery. Toutes deux lui donnaient rendez-vous le jour même. Elle mangea à la hâte et remonta dans sa chambre s'apprêter.

Elle devait d'abord se rendre chez Mrs Dunstone à Gleneary Road. Amelia reprit le chemin de la veille, le long de la corniche, en passant par les jardins zoologiques, puis le long d'une route étroite bordée de villas coloniales ayant une vue superbe sur la ville. Craigmore était la dernière maison sur cette route. Elle sonna la cloche avec excitation.

Un domestique la conduisit dans un salon rempli de meubles cirés, de canapés fleuris et d'aquarelles au mur. On aurait pu se croire dans quelque campagne anglaise sans le panorama stupéfiant sur les plantations de thé et le sommet du Kangchenjunga.

Mrs Dunstone, la quarantaine, avait un visage anguleux, un long nez fin et des cheveux d'un blond saisissant. Elle serra la main d'Amelia mais après un simple regard, elle sembla avoir déjà pris sa décision et retira aussitôt sa main. L'entretien qui suivit fut de pure forme.

—Quelle expérience de l'enseignement avez-vous avec les enfants ? demanda-t-elle.

—Je faisais la leçon à l'école du dimanche à Pankhabari, répondit Amelia en se forçant à sourire malgré l'attitude hostile de Mrs Dunstone qui lui donnait envie de fuir à toutes jambes.

—Je voulais dire : avec des enfants anglais, répondit Mrs Dunstone d'une voix fielleuse. Faire la leçon à des petits indigènes est une chose, enseigner à des enfants anglais en est une autre.

Amelia baissa les yeux sur ses mains et chercha une réponse appropriée.

—Oh, j'aidais aussi à l'école du dimanche dans le Surrey, se rappela-t-elle soudain.

Mrs Dunstone lissa sa jupe d'une main.

—D'accord, ma chère, mais j'imagine que c'était il y a un bon moment, non ?

D'autres questions s'enchaînèrent, mais Amelia avait compris que ses réponses ne satisferaient jamais Mrs Dunstone, qui l'interrogeait par principe. Lorsqu'il fut évident qu'il n'y avait rien à ajouter, Mrs Dunstone la congédia.

—Merci. Le majordome vous raccompagnera. J'ai d'autres candidates à voir, je vous écrirai demain ou après-demain pour vous faire part de ma décision.

Elle ne se donna pas même la peine de croiser le regard d'Amelia ou de se lever de son fauteuil tandis que celle-ci quittait la pièce. Amelia, qui avait tout juste réussi à contenir son indignation, se retrouva bien vite dehors. Pour qui cette femme se prenait-elle ? Même si elle lui proposait le poste, ce qui n'arriverait certainement pas, Amelia le refuserait.

Lady Avery vivait dans un bungalow plus que décrépit à l'autre bout de la ville. Un domestique fit traverser à Amelia des pièces surchargées de meubles vieillots, d'énormes pots de plantes et de bibelots du Raj, jusqu'à une véranda en piteux état. Là, une vieille dame aux cheveux blancs l'attendait, assise dans un fauteuil en osier, perdue dans la contemplation des montagnes.

—Bonjour, Lady Avery, la salua Amelia, et la vieillarde leva les yeux avant de lui tendre une main noueuse.

Amelia s'assit sur une chaise en rotin à côté de la dame, qui se tourna vers elle en mettant une paire de lunettes pince-nez. Sans dire un mot, elle se pencha en avant et dévisagea Amelia de longues secondes. Enfin, avec un profond soupir, elle dit :

—Malheureusement, je ne crois pas que vous soyez faite pour ce travail, ma chère. Je ne vous ferai pas perdre davantage votre temps.

Elle sonna une cloche sur la table à côté d'elle et quelques secondes plus tard le vieux domestique réapparut, puis attendit qu'Amelia se lève pour la raccompagner dehors.

Elle rentra en pleurs au Planter's Club, dévastée par le traitement qu'on lui avait réservé et terrifiée à l'idée de ne jamais trouver un emploi dans cette ville. Elle marchait, oublieuse de la splendeur de la ville, rongée par l'inquiétude d'être bientôt à court d'argent. Elle faisait des calculs compliqués dans sa tête, essayait de savoir combien de temps dureraient ses économies et son maigre héritage. Elle envisageait même de mettre sa fierté de côté et de retourner au village travailler avec Joshua Williams, mais elle savait qu'elle ne s'y résoudrait qu'en dernier recours ; sa loyauté envers son père l'en empêchait.

Comme elle traversait la place de Chowrastra, elle se rappela que Reginald Holden lui avait demandé de dîner avec lui ce soir-là et cette pensée la réconforta, chassant pour un instant toute sa déception et son angoisse. Il y avait au moins une personne, certes une simple connaissance, qui la rassurait sur son sort. Elle était certaine que si elle lui confiait ses difficultés, il ferait son possible pour lui venir en aide.

Elle acheta le *Darjeeling Times* dans un kiosque et retourna à sa chambre examiner les petites annonces. Il y avait plusieurs offres pour accompagner des vieillards ou être gouvernante. Peut-être conviendrait-elle pour l'une d'elles. Elle passa deux heures à rédiger des lettres pour des postes qui lui semblaient vaguement crédibles.

Lorsqu'elle releva le nez de son travail, il faisait noir derrière la fenêtre. Il était six heures moins le quart. Elle se lava et se changea à la hâte, mettant de la poudre et du rouge à lèvres, seules concessions à la vanité qu'elle eût sous la main. Elle s'observa dans le miroir. Elle portait sa seule robe en bon état, bleu roi, la même que la veille, mais qu'y faire ? À part cela, elle était ravie de ce qu'elle voyait. Sa peau était resplendissante en dépit de sa peine et des vicissitudes de ces derniers jours, et ses cheveux tombaient en cascade autour de son visage et sur ses épaules.

Lorsqu'elle arriva, un gentleman anglais s'approcha d'elle.

—Ah, Miss Collins. Nous ne nous sommes pas rencontrés. Je m'appelle John Prentice, je suis le directeur de cet établissement. J'étais absent ces deux derniers jours. Pouvez-vous me suivre dans mon bureau ? J'aimerais vous parler en privé.

Elle le suivit avec étonnement en jetant des regards à la ronde pour chercher Reginald. Elle ne voulait pas être en retard à leur rendez-vous.

—Bien. Miss Collins, ce que j'ai à vous dire est… délicat, j'en ai peur, commença Prentice en rougissant légèrement. Comme je vous l'ai dit, j'étais absent au moment où vous êtes arrivée ici et Rajish, qui s'occupe de la réception, n'est pas, disons… toujours clairvoyant.

Comme elle le regardait sans comprendre, il s'éclaircit la voix et baissa le regard sur ses chaussures.

—Le fait est, Miss Collins, que j'ai reçu plusieurs plaintes concernant votre présence ici. Comme vous le savez sans doute, le Planter's Club est réservé aux clients européens. Donc, à strictement parler, vous n'êtes pas éligible pour loger dans notre établissement.

Le choc rendit Amelia livide. Elle en était bouche bée. C'était donc cela ? Voilà ce qu'il y avait derrière les regards mauvais, les commentaires perfides et les insinuations.

—Mais… mais, balbutia-t-elle… je *suis* européenne. Je suis britannique. Mes parents étaient tous les deux des missionnaires anglais… et… et nous avons déjà logé ici !

—Eh bien, ce devait être il y a longtemps, et vous étiez accompagnée par vos parents. Bien entendu, il ne pouvait être question de vous exclure dans ces conditions, d'autant que vous étiez sans doute mineure. Écoutez, Miss Collins, je suis vraiment désolé. Je suis au regret de vous demander de partir. Je peux vous recommander plusieurs très bons établissements indiens.

À cet instant, Amelia sentit quelque chose effleurer son épaule et, sursautant, elle vit que Reginald Holden se tenait à côté d'elle.

—Qu'est-ce donc, Prentice ? l'interpella-t-il.

Elle vit Prentice se recroqueviller sur sa chaise.

—Vous ai-je entendu lui demander de partir ? reprit Reginald sans attendre de réponse. Vous ne savez pas ce que vous dites, mon cher. Miss Collins est aussi britannique que vous et moi. En outre, elle est mon invitée ici. Je ne veux plus en entendre parler. Si vous la forcez à s'en aller, je m'en irai aussi et nous verrons comment s'en ressentira votre si précieuse réputation !

7

Kate

Warren End, avril 1970

Dans le débarras sous les toits, Kate fixait depuis un long moment le certificat de mariage jauni. Le vent se levait, faisant bruisser le feuillage des chênes du jardin et craquer la charpente autour d'elle. Il faisait froid dans ce grenier, mais Kate était tétanisée par le choc. Elle n'arrivait pas à détacher son regard de ce qui était écrit.

Extrait officiel du Registre des mariages de Kanpur ; le 10e jour de mai 1935, mariage de Miss Amelia Collins, célibataire, avec Mr Reginald Holden, officier de district.

C'était la deuxième découverte qu'elle faisait sur sa grand-tante en l'espace de vingt-quatre heures. Amelia avait changé de nom à son retour en Angleterre par un acte notarié, et elle avait épousé un officier de district de l'Inde britannique en 1935. Comme il était étrange qu'elle n'ait jamais évoqué ce premier mariage, elle qui semblait toujours si ouverte. La curiosité de Kate était piquée. Quels autres secrets sa tante avait-elle caché toute sa vie durant ?

Kate se rappelait encore la première fois qu'elle l'avait vue, en 1940. C'était une jeune femme rayonnante, pleine de vie, d'une franchise apparemment totale. Oncle James l'avait fait venir de Londres à Oakwood Grange et Kate, son frère et ses parents, avaient été invités à dîner dès le premier soir pour faire sa rencontre. Lorsqu'Amelia était entrée dans la pièce, Kate avait été immédiatement frappée par sa beauté peu ordinaire et son charme. Bien qu'elle fût petite et mince, sa robe noire soulignait agréablement ses formes. Elle était entrée au bras d'oncle James en affichant un sourire radieux, et le bonheur se lisait dans son regard. À son doigt resplendissait un sublime diamant. Elle avait salué chacun avec chaleur, parlant tour à tour avec chaque membre de la famille, accordant toute son attention à son interlocuteur comme si elle était sincèrement intéressée par ce qu'il avait à dire.

Quand le tour de Kate était venu, elle lui avait pris la main : « Oh, comme tu es grande pour onze ans. Je suis sûre que tu vas briser bien des cœurs d'ici quelques années. »

Kate avait senti le rouge lui monter aux joues, de gêne et de plaisir mêlés, et, pour une fois, elle n'avait pas trouvé quoi que ce soit à répondre. Le père de Kate et son frère Roy étaient eux aussi comme pétrifiés. Son père n'avait réussi qu'à marmonner quelques vagues paroles de bienvenue tandis que Roy suivait avec trouble le moindre mouvement d'Amelia.

Amelia et oncle James s'étaient mariés quelques mois après cette première rencontre. La cérémonie, dirigée par le révérend Lewis, le pasteur de Warren End, avait été discrète, familiale, et suivie par un simple thé à Oakwood Grange pour une poignée d'invités. Amelia ne voulait rien d'extravagant, on était en pleine guerre, et cela avait un peu surpris Kate à l'époque. À la même période, oncle James avait gagné une élection partielle dans la circonscription de Buckinghamshire North et était devenu membre du Parlement. Après le mariage il avait emmené Amelia en escapade à Brighton pour un week-end, après quoi il avait loué un appartement à Westminster où ils logeaient tous les deux en semaine lorsque le Parlement siégeait.

—Elle a voulu un mariage discret, mais elle aura du mal à éviter la lumière des projecteurs maintenant, avait fait remarquer Freda avec une pointe de méchanceté, mais Kate s'était aperçu qu'Amelia apparaissait rarement, voire jamais, aux côtés d'oncle James sur les photos des journaux, elle ne donnait pas d'interviews et restait toujours en retrait lorsque son mari inaugurait des fêtes de village ou prononçait des discours.

Kate s'était souvent interrogée à ce propos. Cela ne lui ressemblait pas *a priori* ; Amelia avait un charme naturel et elle était avenante, donc pourquoi cette réticence à se montrer en public ?

—Comme je l'ai dit, elle n'est pas franche du collier, disait sombrement Freda, et vingt-cinq ans plus tard, Kate commençait à se dire qu'il y avait peut-être du vrai dans les paroles de sa mère.

Mais que cachait Amelia ?

Kate repensa soudain à la dernière fois qu'elle avait vu Amelia. C'était trois ans plus tôt, à l'enterrement de Freda, à Saxmundham dans le Suffolk. Kate était distraite, elle se sentait mal, mais elle avait été choquée de voir à quel point sa grand-tante avait changé. Amelia avait énormément vieilli. Sa peau si resplendissante s'était ridée. Ses cheveux étaient gris-blanc et elle n'avait plus cette lueur de vitalité dans le regard. Alors qu'elle n'avait pas encore soixante ans, on aurait dit une vieille dame. Elle avait même le dos légèrement voûté. Elle avait paru confuse et lointaine à Kate lorsqu'elle avait essayé d'engager la conversation avec elle, comme si elle se souvenait à peine d'elle et de leur relation à son arrivée à Warren End. Kate n'avait pu s'empêcher de remarquer que l'haleine d'Amelia empestait l'alcool alors que les funérailles se déroulaient le matin.

Maintenant, Kate se demandait pourquoi Amelia avait vieilli si vite et était morte si jeune. Les secrets qu'elle avait cachés pendant toutes ces années avaient-ils fini par la détruire ?

Comme elle frissonnait dans les courants d'air du grenier, elle referma soigneusement la malle, ramassa lettres et photographies et, le radiateur électrique calé sous un bras, descendit les deux étages pour rejoindre le salon. Là, elle brancha le radiateur et, assise dans un fauteuil, une couverture sur les genoux, elle entreprit de lire les lettres.

La première datait de mars 1937 :

Ma chère Amelia,

Je suis heureuse d'apprendre que ton voyage s'est bien déroulé et que tu as trouvé une bonne place au Russel Hotel à Londres. Depuis ton départ, Giles et moi avons prié pour que tu arrives saine et sauve à Londres, donc tu imagines à quel point ta lettre nous a soulagés. Bien sûr, je l'ai détruite comme tu me l'as demandé pour éviter qu'elle ne tombe entre les mauvaises mains. N'aie aucune crainte à ce sujet. Ton secret est en sécurité avec nous deux, tu le sais.

Depuis ton départ de Kanpur, nous avons eu très peu de contacts avec R., et nous continuerons à l'éviter autant que possible. Il y avait un service commémoratif à l'église hier, nous nous y sommes rendus mais sommes restés au fond de l'église et avons esquivé la réception qui suivait.

Giles est très occupé à soigner les malades en ville et dans les alentours. La malaria fait des ravages en cette saison des pluies, comme la diphtérie. Il essaye de sauver ces pauvres âmes, mais comme tu le sais, les conditions rendent impossible cette bataille, en particulier dans les villages des environs où la population vit dans des conditions de misère.

Te rappelles-tu le jour où Ali a pris cette photo de nous après le déjeuner sur notre terrasse à Kanpur ? Cela paraît si loin, et il s'est passé tant de choses depuis. J'ai pensé que tu aimerais avoir cette photographie comme souvenir d'un jour heureux au milieu de toute cette tristesse, alors je la joins à ma lettre. Garde-la.

Les manifestations pour l'indépendance sont toujours aussi nombreuses, et les arrestations aussi, mais je ne t'embêterai pas avec les détails car je sais que tout cela te déprime.

Réponds-moi, et dis-moi que la vie est bonne pour

toi dans notre vieille Angleterre. J'espère que nous nous reverrons un jour, si Dieu le veut.
Avec mon amour.
Mabel

Kate lut la lettre deux fois avant de la remettre dans son enveloppe. Puis, en s'assurant de les prendre dans l'ordre chronologique, elle sortit les autres et les lut toutes en entier. Il y avait beaucoup de lettres de Mabel. Au moins une par mois pendant plusieurs années. Mais au bout d'un quart d'heure, Kate commença à se lasser. La première était de loin la plus intéressante ; les autres parlaient de la vie en cantonnement, donnaient des nouvelles des colons britanniques de Kanpur : qui avait eu un bébé, qui s'était marié, qui était mort. Il y avait de longues descriptions des épidémies auxquelles Giles était confronté, et de rares références au mouvement indépendantiste indien. Aucun des noms évoqués par Mabel n'était connu de Kate, et il y avait peu d'allusions au passé d'Amelia, aux circonstances qui l'avaient poussée à quitter Kanpur ou au mystérieux « R. ». Après en avoir parcouru une dizaine, Kate sentit ses paupières s'alourdir et décida d'aller au lit. Elle sentait que cette source d'information pourtant prometteuse ne lui permettrait pas de lever le couvercle sur les secrets d'Amelia. Elle rangea les lettres, se promit de lire les autres le lendemain et monta se coucher.

*

Au réveil, elle avait mal à la tête. C'était peut-être à cause de l'enterrement de la veille, ou alors parce qu'elle avait veillé tard pour lire la correspondance de Mabel Harris. Comme elle n'avait pas d'aspirine, elle enfila ses bottes et son imperméable et partit à pied vers l'épicerie du village. La journée était venteuse et elle hâta le pas, courbée pour se protéger du froid et des quelques gouttes sporadiques qui se mirent à tomber. Elle avait presque oublié à quoi ressemblait Warren End l'hiver ; pour elle, il faisait toujours beau ici, comme pendant le long et chaud été 1944 dont chaque journée avait laissé une marque indélébile dans sa mémoire.

Pour aller à l'épicerie, elle dut passer devant la maison où elle était née et où elle avait vécu jusqu'à l'automne 1944. C'était une maison de pierre victorienne dans le même style que l'école située juste derrière, en retrait de la rue principale. Il était presque certain que le directeur de l'école n'habitait plus là et que la maison, comme tant d'autres du village, avait été vendue à des gens qui faisaient l'aller-retour à Londres pour travailler. Elle vit des parents se garer à cheval sur le trottoir pour déposer leurs enfants près des grilles.

Kate rentra la tête dans les épaules à cause de la pluie et allait poursuivre sa route lorsque, du coin de l'œil, elle aperçut une silhouette qu'après quelques secondes elle reconnut en frémissant. C'était une femme de son âge environ, avec un bambin dans une poussette qu'elle embrassa sur le front avant qu'il se lève et se mette à courir joyeusement pour rejoindre un groupe d'enfants. La femme était toujours petite, mais plus aussi mince ; au contraire, elle était forte, avec de gros mollets ronds, des chevilles boudinées dans le haut des chaussures et l'ourlet de sa jupe trop courte tendu autour des cuisses. Elle avait toujours les cheveux noirs et courts, mais elle les peignait à l'envers selon une mode dépassée depuis plusieurs années. Kate, debout de l'autre côté de la rue tandis qu'elle criait quelque chose dans le dos de son fils, avait la bouche sèche et le cœur qui cognait dans sa poitrine. Devait-elle traverser la rue pour aller la saluer ? Pouvait-elle le faire comme si elles s'étaient vues la veille ? Et comme si elles ne partageaient pas un terrible secret et une culpabilité qui les avaient éloignées et leur avaient interdit de se parler depuis que Kate avait quitté le village ?

Lorsque la femme se redressa, son regard tomba un instant sur Kate. Elle fronça vaguement les sourcils, puis s'empara de sa poussette avant de repartir vers Clerk's Lane sans jeter un regard derrière elle. Joan l'avait-elle reconnue ? Kate n'ignorait pas qu'elle aussi avait vieilli. Cependant, elle avait toujours les cheveux assez courts, mais avec une coupe dans le style du moment. Quelqu'un qui l'avait connue à l'adolescence était sans doute encore capable de la reconnaître. Mais dans ce cas, pourquoi Joan n'était-elle pas venue lui parler ? Sans doute pour la même raison qu'elle n'avait pas traversé la route : la culpabilité, le regret, la volonté de ne pas avoir à affronter un souvenir douloureux.

Kate partit vers l'épicerie, les yeux rivés sur le sol, en essayant de ne pas repenser à cet été et de ne pas se demander pourquoi Joan avait tant forci ni pourquoi la vie semblait l'avoir comme piétinée. L'épicerie était devenue un vrai supermarché Co-op avec de grandes allées. Agrandi, modernisé, il n'avait plus rien à voir avec le magasin des années 1940 dont Kate se souvenait, où les clients faisaient la queue devant le comptoir et montraient les produits qu'ils voulaient. Elle acheta de l'aspirine et avala deux cachets sans perdre une seconde. Sans eau pour les faire passer, ils restèrent coincés une seconde dans sa gorge et y laissèrent un goût amer.

Elle resta quelques instants devant le magasin à se demander par quel chemin rentrer à Oakwood Grange. Elle savait que la route la plus directe était celle par laquelle elle était venue, mais les échos du passé l'appelaient dans une autre direction. En proie à des émotions contradictoires, elle se décida à passer par Clerk's Lane. Sa curiosité était plus forte qu'elle.

Elle suivit la rue bordée de petites maisons typiques qui n'avaient que peu changé depuis les années 1940 si ce n'est que, comme le reste du village, elles semblaient mieux tenues aujourd'hui. Elles donnaient sur un grand pré ouvert qui descendait doucement jusqu'à un ruisseau. Ce pré communal s'appelait Warren depuis des temps immémoriaux, et c'est de lui que le village tirait son nom. Au sommet de la butte à l'extrémité du pré se trouvaient l'église, et à côté d'elle la grande demeure de brique rouge où avaient vécu les sœurs Robinson. À l'époque, c'était une bâtisse en piteux état et d'allure presque menaçante avec sa façade envahie par le lierre, son toit crevé par endroits et ses fenêtres fermées par des planches. Mais même d'aussi loin, Kate constata qu'elle avait été rénovée et avait retrouvé sa gloire d'antan : le toit et les fenêtres avaient été refaits à neuf, le lierre, arraché. Cette vision lui rappela la vieille Edna Robinson et les drôles de choses qu'elle lui avait dites sur Amelia aux funérailles. Avec un frisson, Kate se rappela sa voix rauque quand elle avait murmuré : « Votre tante était une femme très perturbée à ce moment-là… Elle avait vécu tant d'épreuves. » Ces paroles, en plus des découvertes faites par Kate, ne faisaient qu'alourdir le doute et son envie de plus en plus urgente de percer les mystères d'Amelia.

Poursuivant sa route, elle arriva bientôt devant Clerk's Lane et elle s'engagea timidement entre les hautes haies, mais dès qu'elle eut passé le premier virage elle se rendit compte que la rue avait beaucoup changé depuis son départ. On avait bâti un lotissement de pavillons là où auparavant il y avait un champ et des corps de ferme délabrés. Avec leurs jardins à l'avant et leurs allées proprettes, ils faisaient penser à une résidence pour personnes âgées. Était-ce là que vivait George Prendergast ? Un rideau bougea derrière une fenêtre. Elle pressa le pas, ne voulant pas qu'il la voie épier. Même après tout ce temps, elle n'avait aucune envie de lui parler.

L'alignement de maisons à loyer modéré où habitait la famille de Joan dans les années 1940 se trouvait toujours en haut de la rue. Contrairement au reste du village, ce coin ne s'était pas embourgeoisé. Les jardins étaient nus et mal entretenus ; dans l'un d'eux, une Ford Anglia était posée sur des briques, dans un autre, un frigo gisait sur le flanc au milieu de mauvaises herbes. Des rideaux dépenaillés pendaient aux fenêtres, dont certaines étaient cassées et rafistolées avec du carton. Devant une porte d'entrée à la peinture écaillée, une poussette prenait la pluie. Kate reconnut en sursautant celle qu'avait Joan devant l'école. Elle resta un instant debout au milieu de la rue, devant le portail cassé, à se demander à quoi ressemblait la vie de Joan aujourd'hui.

La porte d'entrée s'ouvrit et Joan apparut, une cigarette au coin des lèvres. Elle se pencha pour sortir quelque chose de la poussette et, en se relevant, remarqua Kate. Après un instant de surprise, son visage se durcit.

—Je vous ai vue me regarder devant l'école, dit-elle en s'approchant de la grille, bras croisés, le regard empli de méfiance. Qu'est-ce que vous voulez ?

Elle s'arrêta à quelques mètres de Kate.

—Alors ?

—C'est moi. Kate Hamilton. Tu ne m'as pas reconnue ?

Joan tira une longue taffe sur sa cigarette avant de secouer la tête.

—J'ai eu un vague sentiment de familiarité, mais je ne t'ai pas remise. Ça fait longtemps.

—Oui… Très longtemps.

Elles échangèrent un long regard, et Kate fut immédiatement transportée à cet été 1944, à leur amitié, aux confidences et aux rires qu'elles avaient partagés, avec des hauts et des bas, et à cet ultime coup dévastateur qui les avait séparées. Elle lut dans les yeux de Joan qu'elle aussi revivait des souvenirs précis, mais Kate remarqua autre chose, un détail troublant. Joan avait une marque rouge sur la joue et un bleu au front, sous sa frange, tous deux partiellement cachés par du fond de teint. Kate détourna le regard.

—Tu veux entrer prendre un café ? proposa Joan. Tu me diras ce que tu deviens. Tu vas attraper froid dehors.

—D'accord.

Kate ouvrit le portail, qui racla le sol en ciment, et suivit Joan jusqu'à la maison. Avant de rentrer, Joan se baissa pour ramasser un ourson en peluche couvert de boue sur la pelouse.

—Entre. Excuse le bazar. Les enfants !

L'odeur qui régnait dans la maison rappela à Kate celle, puissante, qui flottait dans celle de Joan pendant son enfance, à quelques mètres seulement d'ici. Vieille huile de friture, fumée de cheminée et canalisations encrassées. Elle suivit Joan dans la cuisine, une petite pièce glaciale avec des carreaux au sol. Une table jaune de Formica occupait le centre, les bords étant meublés de deux grands cabinets de cuisine autour d'un grand évier avec un égouttoir en bois. Sur la table traînaient deux grandes boîtes de céréales, des bols avec du lait versé tout autour et un cendrier qui débordait. Joan débarrassa la table, mit la vaisselle dans l'évier et essuya négligemment la table avec un chiffon gris.

—Assieds-toi, lui dit-elle en allumant une cigarette. Tu fumes ?

—J'ai arrêté il y a deux ans.

Kate tira une chaise et s'installa à la table. La scène lui semblait surréaliste. Combien de fois au fil des ans s'était-elle imaginé des retrouvailles avec Joan ? Mais jamais elle n'aurait songé à de telles conditions.

—Je vais mettre la bouilloire en route. Je n'ai que du café instantané, malheureusement, dit Joan en allumant un feu sur sa vieille gazinière.

—Ça ira très bien, répondit Kate.

Joan prit place face à elle et tira sur sa cigarette en examinant tranquillement Kate, laquelle, perturbée, dut de nouveau détourner le regard. Mais c'était le premier signe que la vieille Joan était toujours là : la Joan maligne, perspicace, existait toujours dans ce corps qui avait grandi dans des proportions extrêmes, et sous ses traits flasques et épuisés.

—Je suppose que tu es revenue pour l'enterrement de ta tante ? demanda Joan en soufflant sa fumée en l'air.

—Exactement. Je dois vider la maison. La mettre en vente.

Kate s'arrêta avant de dire à Joan qu'Amelia lui avait légué la maison.

—Sacrée grande baraque, c'est sûr. Ça doit être du boulot.

Kate sourit.

—Oui. J'ai pris un mois de congé, donc je vais être dans le coin un moment.

Joan fronça les sourcils en crachant la fumée par les narines.

—Tu fais quoi au juste ? On m'a dit quelque chose comme comptable, je crois.

—Architecte.

Joan haussa un sourcil.

—Tu as toujours eu du talent. Tu aurais pu faire tout ce que tu voulais.

—Toi aussi, répondit Kate, ce qui arracha un ricanement sardonique à Joan.

—Mais je ne l'ai pas fait, pas vrai ?

Elle se pencha en avant, souriant toujours mais avec une pointe d'amertume.

—J'ai fini exactement comme ma mère. Pas de diplôme. Des tas de gamins, et rien fait de ma vie.

—Oh, mais j'imagine que… voulut protester Kate.

—Tu en as ? la coupa Joan.

Kate secoua la tête.

—Non, je… j'ai trop tardé, marmonna-t-elle sans croiser le regard de Joan.

Mais ce n'était pas tout à fait vrai. Elle aurait pu agir différemment. Elle aurait pu s'installer, se marier, avoir des enfants, mais pour une raison qu'elle-même n'avait jamais cherché à élucider, elle n'avait laissé quiconque approcher suffisamment pour que cela se produise. Elle avait saboté relation après relation par un mélange de négligence volontaire et de carriérisme, en ne pensant qu'à aller de l'avant. Il était beaucoup plus facile de se concentrer sur le travail, qui avait quelque chose de prévisible et de gratifiant et qui lui permettait d'être autonome, que de se laisser apprivoiser par quelqu'un ou de reconnaître ses besoins.

—Le contraire de moi, alors, dit Joan. J'ai six petits vauriens.

—Six ! Quel âge ont-ils ?

—Deux filles de vingt-deux ans et vingt ans, l'aînée est mariée, puis une autre de dix-huit ans, et ensuite trois garçons de quinze, neuf et trois ans.

—Bon sang, fit Kate, qui ne savait pas quoi dire.

Le gouffre qui s'était ouvert entre elles n'avait fait que s'agrandir au fil des ans.

La bouilloire se mit à siffler, doucement d'abord, puis crescendo jusqu'au sifflement continu. Joan se leva, écrasa son mégot et se dépêcha de l'enlever du feu.

—Mince ! Ça va réveiller le petit Anthony. Il fait la sieste.

Joan prépara le café sur le comptoir, versant des granules dans deux tasses avant de mélanger avec de l'eau chaude.

—Lait et sucre ?

—Juste du lait, s'il te plaît.

Joan donna sa tasse à Kate et se rassit face à elle.

—Eh bien ! Ça fait tellement longtemps qu'on ne sait même pas par où commencer.

—C'est vrai, avoua Kate.

Devait-elle parler de ce dernier été ? Elle n'avait aucune envie de le faire, mais elle sentait qu'elles n'arriveraient jamais à vraiment parler tant qu'elles n'auraient pas au moins abordé le sujet. C'était comme un énorme nuage noir au-dessus d'elles. D'après l'expression de Joan, elle voyait qu'elle pensait la même chose. Mais alors qu'elle allait se lancer, Joan esquiva le problème.

—Alors, où est-ce que vous avez déménagé, tes parents et toi ?

—Dans l'Est. Près d'une petite ville, Saxmundham. On aimait bien, d'ailleurs. On vivait dans un village. Un peu comme ici, pour tout te dire.

—Mais pas *exactement* comme celui-ci, rétorqua Joan en la clouant de ce regard qui mettait Kate mal à l'aise, comme un papillon épinglé au mur.

—Non, pas tout à fait, admit Kate en baissant les yeux sur le café à la surface duquel tournoyaient des grains.

—Et tu as revu des gens que tu connais depuis ton retour ?

—Quelques personnes, à l'enterrement de ma tante. Des dames de l'Institut des femmes, je ne me souviens plus de leur nom à toutes. La vieille Miss Robinson, et Janet bien sûr. Janet Andrews.

—Oh, elle est charmante, Janet, dit Joan en souriant. Elle m'aide parfois avec les enfants.

Kate ne pouvait empêcher ses yeux de revenir se poser encore et encore sur les marques qu'avait Joan au visage. Elle avait du mal à croire que la Joan qu'elle avait connue, si spirituelle et pleine de verve, avait pu devenir une victime comme sa mère ; une pauvre femme battue.

—Et ton mari ? demanda soudain Kate sans y réfléchir à deux fois.

L'expression de Joan se transforma aussitôt. Son vague sourire s'effaça et son visage se referma.

—Eh bien, quoi ? demanda-t-elle d'un ton agressif.

—Je... je ne sais pas. Je me demandais juste qui c'est. Si je le connais.

—Oh, tu t'en souviens peut-être, oui. Il traînait au village avec d'autres gars. Dave Pope, c'est son nom.

Kate garda le silence, essayant de se rappeler. Et soudain, ça lui revint. C'était l'un des garçons qui la tourmentaient dans la rue parce qu'elle était la fille du maître d'école. C'était peut-être même l'un de ceux devant lesquels Joan s'était interposée le jour où elles avaient commencé à se fréquenter de nouveau en 1944. Il était grand et avait des cheveux noirs, pas vilain malgré son allure de rustre, avec des traits bien dessinés et un regard futé.

—Mais oui, je me souviens de lui. Bien sûr. Et... que fait-il aujourd'hui ?

—Il travaille à l'abattoir.

Aucune repartie positive ou drôle ne vint à l'esprit de Kate pour alléger l'atmosphère.

—Et il boit trop, comme mon père, reprit Joan en soutenant le regard de Kate, comme pour la mettre au défi de dire quelque chose au sujet de ses marques.

Kate ne baissa pas les yeux, mais elle hésitait sur la meilleure manière de répondre. Puis elle décida de faire preuve de courage. Alors qu'elle ouvrait la bouche, des cris se firent entendre à l'étage.

—C'est Anthony, dit Joan en se levant et en se dirigeant vers l'escalier. (Mais avant de monter, elle se tourna vers Kate :) Écoute, je suis désolée mais il est un peu timide avec les inconnus. Surtout au réveil.

—Oh, bien sûr, dit Kate en se levant à son tour. Je vais y aller. Je suis contente de t'avoir vue, et merci pour le café. Écoute…

Joan attendait, plantée au pied de l'escalier.

—Oui ?

Les cris s'intensifiaient là-haut.

—Si je peux faire quoi que ce soit…

Elle sut en les prononçant qu'elle aurait mieux fait d'éviter ces mots.

—Tu me proposes de l'aide ? répliqua Joan. Tu crois que je pourrais avoir besoin de *ton* aide ?

—Je voulais dire… si tu as besoin de parler, balbutia Kate.

—Parler ne changera pas ce qui s'est passé à l'époque, rétorqua Joan.

Elle venait de briser le tabou qui les entravait depuis le début.

—Je sais bien, dit Kate, qui cherchait désespérément quoi répondre. Parler de n'importe quoi, je voulais dire. Pas forcément du passé.

Les cris passèrent à l'aigu à l'étage.

—Je pense que tu ferais mieux d'y aller. Je te laisse trouver la sortie, répondit Joan d'un ton glacial en montant l'escalier.

8

Kate

Warren End, été 1944

Kate se réveilla en sursaut. Le soleil filtrait par les minces ouvertures entre les épais rideaux et elle se leva péniblement pour les ouvrir. La journée était splendide comme toutes les autres de ce superbe été. Par-dessus les toits de chaume en face de sa fenêtre, le ciel était d'un bleu immaculé, pas le moindre nuage, et les murs en pierre des maisons brillaient d'une riche lumière dorée.

Elle eut un petit pincement d'excitation, comme chaque jour avant de partir battre la campagne avec Joan. Mais il y avait au fond de son esprit une légère inquiétude qu'elle n'arrivait pas à identifier. Quelque chose qui lui disait qu'elle ne pouvait pas se détendre et être heureuse ce jour-là. C'est alors qu'elle remarqua, éparpillés par terre, les vêtements qu'elle avait enfilés la veille pour courir derrière sa mère, ainsi que ses tennis couvertes de boue. Tout lui revint en un flash, les dépendances bombardées de Warren Hall, la quête frénétique des rescapés, son choc quand on avait tiré le corps des décombres, le visage d'une pâleur mortelle, les yeux ouverts sur le néant.

La mère de Kate était montée avec lui dans l'ambulance, mais Kate était presque certaine qu'il ne survivrait pas.

—Pauvre, pauvre Joan, marmonna-t-elle, une boule dans la gorge, pendant que ses souvenirs remontaient.

Elle avait envie de pleurer pour son amie, mais les larmes ne venaient pas.

En bas, son père et sa mère étaient assis en silence autour de la table du petit déjeuner.

—Il est mort, Kate. Il a été tué sur le coup par les poutres qui se sont effondrées.

—Pourquoi l'ont-ils emmené à l'hôpital, alors ? protesta-t-elle. Je pensais qu'il y avait peut-être une chance…

—C'est la procédure normale, dit sa mère.

—Et Joan et sa famille ? demanda Kate.

—Je suis allé tout à l'heure chez Mrs Bartram lui annoncer la nouvelle. Le pasteur va la conduire ce matin à l'hôpital.

—Il faut que j'aille voir Joan, dit Kate en se levant.

Il fallait qu'elle fasse quelque chose. Elle ne pouvait pas rester là, à manger des tartines de beurre et de confiture comme s'il ne s'était rien passé.

—Tu ne peux rien y faire, ma chérie. Mange ton petit déjeuner, tu iras après, d'accord ? dit sa mère.

—Je n'ai pas envie de manger, dit Kate en sortant en trombe.

Elle roula jusque chez Joan à Clerk's Lane et gara son vélo contre le grillage de la maison d'à côté. Un silence irréel régnait, et Kate avait l'estomac noué en frappant à la porte. Que dirait-elle ? Auraient-ils envie de la voir ? Des enfants de sa classe avaient perdu leur père à la guerre ; trois à Dunkerque, deux autres pendant le Débarquement. Les filles étaient arrivées à l'école avec les yeux rouges, et tout le monde les avait regardées avec sympathie au départ, mais très vite on avait commencé à les éviter parce qu'on ne savait pas quoi leur dire. Kate avait fait pareil et elle se sentait coupable maintenant, mais elle n'était pas proche de ses filles comme elle l'était de Joan.

Enfin la porte s'ouvrit. C'était le frère de Joan, Sam. Il avait les yeux rouges lui aussi, et le nez qui coulait.

Sa présence sur le seuil sembla le surprendre. Kate demanda si Joan était là, et il ouvrit la porte en grand. Elle entra dans le vestibule. Par la porte ouverte du salon, elle vit Mrs Lewis, la femme du pasteur, qui consolait les deux plus jeunes enfants assis sur ses genoux.

—Elle est dans sa chambre, dit Sam avec un geste du menton vers l'étage.

Kate monta l'escalier en bois encombré de jouets et de piles de linge. La chambre de Joan donnait sur l'avant de la maison. Elle la partageait avec ses deux petites sœurs. Kate frappa à la porte. Le silence dura un moment, puis Joan dit :

—Qui est-ce ?

—C'est moi, Kate.

Il y eut un autre silence, puis Joan dit :

—Entre.

Elle était assise au bord de son lit et portait une chemise de nuit en coton rose défraîchie. Son visage était si livide qu'elle paraissait s'être vidée de son sang. Elle avait les yeux cernés, rougis, mais elle ne pleurait pas. Elle posa sur Kate un regard inexpressif.

—Je suis désolée pour ton père, dit Kate en s'asseyant à côté d'elle et en posant une main sur son épaule.

Joan se raidit à ce contact.

—Tu dois te sentir horriblement mal, dit Kate, sachant que rien de ce qu'elle dirait n'améliorerait les choses.

—Pas du tout, répliqua Joan. Je ne sens rien du tout.

Kate n'était pas préparée à une réponse pareille. Elle sombra dans le silence, ne voyant pas quoi dire.

—En vérité, il ne va pas me manquer, poursuivit Joan. Ça ne risque pas. Et même, je suis contente qu'il soit parti.

Kate retira sa main, choquée.

—Oh, tu ne peux pas dire ça.

—Si ! Je devrais être bouleversée, mais je ne le suis pas. C'était un salaud. Je te l'ai déjà dit. Il frappait ma mère, et moi aussi, et les autres, tous sauf Sam, qui était trop grand.

—Je sais, dit doucement Kate.

Elle résista à l'envie de dire : « Mais c'était quand même ton père. » Cela aurait donné l'impression qu'au lieu de chercher à comprendre Joan, elle la jugeait.

Joan continua à parler, très vite, d'une voix sourde, comme si elle avait besoin de cracher tout cela.

—Il piquait des colères tout le temps. Le moindre truc le faisait dérailler. Surtout quand il était allé au pub. Une fois il m'a frappée parce que je ne l'avais pas regardé comme il fallait, une autre, parce que j'avais oublié d'acheter quelque chose sur la liste des courses. Et encore une fois, parce que je faisais mes devoirs trop tard avec la lumière allumée. N'importe quoi pouvait te valoir des coups. Vivre avec ce connard, c'était comme habiter à côté d'un volcan.

Tout sortit d'un coup : comment il frappait la mère de Joan pendant que les enfants se cachaient dans un coin, comment il avait cassé une poupée que Joan avait reçue à Noël quand elle était petite parce qu'elle avait fait pipi dans sa culotte. Kate restait assise, l'ahurissement l'empêchant de rien dire. C'était tellement déprimant qu'elle aurait presque voulu que Joan s'arrête, mais elle avait l'impression que cela aiderait Joan de la laisser parler.

Pour finir, Joan se tut. Kate remit sa main sur son épaule et la serra. Cette fois, Joan ne se raidit pas, elle s'appuya contre Kate et posa sa tête sur son épaule, et elles restèrent dans cette position, au bord du lit, pendant ce qui sembla une éternité. D'en bas leur parvenaient les geignements des petits frères et sœurs de Joan, et la voix de Mrs Lewis qui s'efforçait de les apaiser.

Après une éternité, Joan releva la tête et se frotta les yeux.

—Allons dehors, dit-elle en se mettant debout. Je ne supporte plus d'être ici.

—Tu ne veux pas être là quand ta mère rentrera de l'hôpital ? demanda Kate.

—Il y aura Sam. C'est son préféré. De toute façon, va savoir quand elle reviendra.

—Comme tu veux…

Kate n'était pas sûre que ce soit une bonne idée, mais elle était habituée à ce que Joan n'en fasse qu'à sa tête, et s'il y avait un jour pour tout lui céder, c'était celui-ci.

—Sors, dit Joan, les mains sur les hanches. Je vais m'habiller.

En attendant sur le palier devant la chambre, Kate remarqua le papier déchiré sur le mur d'en face, le trou dans une porte défoncée par un coup de pied, l'amoncellement de couvertures, de vêtements sales et de jouets brisés dans la chambre du fond.

Joan réapparut en jean et blouse à manches courtes, et Kate la suivit dans l'escalier. Lorsque Joan ouvrit la porte de la maison, Sam l'interpella depuis la cuisine.

—Où tu crois aller ?

—Dehors, dit Joan.

—Oh que non, tu ne sors pas, dit-il. T'es au courant que papa est mort et maman, à l'hôpital ?

—Essaye de m'en empêcher, lança-t-elle d'un ton de défi.

Sam sortit de la cuisine et tenta d'attraper Joan, mais elle se baissa adroitement et fila dans le jardin en un clin d'œil. Kate, qui ne se sentait pas à sa place, courut après elle.

—Vite !

Elles montèrent sur leurs vélos et foncèrent dans la rue pendant que Sam criait dans leur dos. Kate ne regarda pas derrière elle.

—Allons au Moulin du Saule, dit Joan lorsqu'elles arrivèrent à la limite du village.

—Ça fait loin. Tu es certaine ?

—Oui. C'est agréable là-bas. J'ai l'impression d'être très loin de… tout ça, dit Joan avec un geste en direction du village.

Kate comprenait exactement ce qu'elle voulait dire. Aller au moulin, c'était pénétrer un autre monde et tout laisser derrière soi, le village, les familles et leurs problèmes, la guerre. Là-bas, elles pouvaient croire que tout ce qu'il y avait de mauvais, de violent et de bouleversant se passait ailleurs.

Cette fois, elles prirent le risque d'emprunter le raccourci par la route privée, le long de la ferme abandonnée, des étables et des granges où George Prendergast leur avait crié dessus le jour où elles avaient perdu le moulin. Elles gagnèrent leur pari. Le lieu était désert, les étables et les granges, fermées, et le corps de ferme, plus délabré et vide que jamais.

—Il doit être trop occupé à déblayer les décombres pour se balader par ici aujourd'hui, dit Joan en descendant en roue libre la pente jusqu'à la rivière.

Kate ne répondit pas. L'image de Frank Bartram arraché des gravats lui revint en mémoire avec ses yeux vitreux et son front ensanglanté. Comment Joan pouvait-elle parler du bombardement avec un tel détachement ? Mais elle savait que Joan faisait juste bonne figure, qu'elle essayait juste de faire croire qu'elle s'en fichait, et peut-être avant tout à elle-même.

Elles atteignirent le bas de la pente et tournèrent à droite en direction du moulin. D'habitude, elles cachaient leurs vélos derrière une haie là où le chemin devenait embroussaillé, et finissaient à pied à travers bois. Pour une fois, elles ouvrirent la grille et avancèrent à vélo. Il y avait des traces de roues par terre, et deux voitures étaient garées juste derrière le portail, partiellement cachées par des branchages. Les filles s'immobilisèrent d'un coup. La Bentley grise argentée de George Prendergast et, à côté, l'Austin rouge d'Amelia. Il n'y avait plus aucun doute maintenant.

—C'est Prendergast et cette femme, susurra Joan. Cachons-nous en attendant qu'ils reviennent.

Le cœur de Kate se mit à accélérer, l'angoisse montant d'un coup.

—Et s'ils nous voient ? protesta-t-elle d'une voix faible.

Joan haussa les épaules.

—Ils ne nous verront pas. On cache nos vélos là-bas et on se cache derrière ce buisson.

Elle poussa son vélo un peu plus loin derrière un épais fouillis de ronces.

—Viens ! Ils peuvent revenir à n'importe quel moment.

Se sentant misérable, mais ne voyant pas comment arrêter Joan, surtout en un jour pareil, Kate l'imita. Elle posa son vélo contre celui de Kate, en veillant à ce que rien ne se voie derrière les ronces.

—Je ne crois pas que ce soit une bonne idée, Joan, dit-elle, la gorge nouée.

Mais Joan l'ignora et alla s'accroupir derrière un buisson où elles avaient vue sur les deux voitures garées.

Kate s'accroupit à côté d'elle et elles attendirent en silence. Leurs visages étaient si près l'un de l'autre que Kate respirait l'haleine rance de Joan et sentait son odeur de sueur, imprégnée dans ses vêtements. Kate redoutait le moment où sa tante apparaîtrait avec Prendergast. Seraient-ils bras dessus bras dessous ? L'embrasserait-elle au moment de se séparer ? Un frisson la parcourut à cette idée.

Elles n'eurent pas longtemps à attendre. Des voix leur parvinrent bientôt depuis le bois. Un homme et une femme. Joan agrippa le bras de Kate.

—Les voilà, murmura-t-elle, les yeux brillants d'excitation.

Kate retenait son souffle.

Dès que le couple fut en vue, elle constata que la femme était bel et bien Amelia. Elle portait de nouveau un foulard, de sorte que ses cheveux étaient cachés, mais ses traits étaient facilement reconnaissables. Joan ouvrit de grands yeux ronds et se tourna vers Kate.

—C'est ta tante ! dit-elle dans un souffle.

Au moins ils ne se tenaient pas par la main, mais lorsqu'Amelia passa devant le buisson derrière lequel les filles étaient cachées, elles virent que ses joues étaient couvertes de larmes. Son visage était ravagé par la tristesse. Elle alla à sa voiture sans un mot, y monta et claqua la portière. Prendergast ouvrit le portail, Amelia démarra et rejoignit la route. Elle s'éloigna en faisant ronfler le moteur.

George Prendergast s'appuya contre sa voiture et alluma une cigarette. Il avait un sourire satisfait aux lèvres et, tout en fumant sa cigarette, il mit sa main dans sa poche et en sortit quelque chose. Son sourire s'agrandit. C'était un petit sac en cuir. Il l'ouvrit, regarda à l'intérieur, et se mit à rire à gorge déployée.

Joan tourna la tête vers Kate.

—Elle lui a donné quelque chose. Un souvenir, murmura-t-elle.

—Mais… elle pleurait.

—Elle essayait peut-être de le retenir avec un cadeau. Qui sait ?

Prendergast mit le sac à l'arrière de la voiture et termina sa cigarette. Puis il monta et, après force manœuvres, fit franchir le portail à son imposant véhicule. Il s'arrêta une fois dehors et descendit refermer le portail. Les filles retinrent leur souffle jusqu'à ce qu'il soit remonté en voiture. Lorsque le moteur de la Bentley fut inaudible, les filles se levèrent enfin et étirèrent leurs membres engourdis avant d'enlever l'herbe et les brindilles de leurs genoux.

—Je ne savais pas que c'était ta tante ! s'exclama Joan d'une voix scandalisée.

Kate baissa la tête.

—Je m'en doutais un peu. J'avais le pressentiment que cela pouvait être elle, avoua-t-elle.

—Et pourquoi n'as-tu rien dit ?

—J'espérais que ce ne soit pas elle. J'adore mon oncle. Je n'arrive pas à croire qu'elle fasse une chose pareille.

Elles commencèrent à marcher vers le moulin, mais la présence de Prendergast et d'Amelia avait tué toute joie pour la journée.

—Pourtant, il va falloir t'y faire. C'est évident. Ils se sont disputés comme deux amants, sinon elle n'aurait pas été dans cet état. Elle lui a offert un cadeau dans ce sac. Il la manipule et il a l'air content de lui.

Même si Kate refusait désespérément que ce soit le cas, elle ne voyait pas d'autre explication au fait qu'Amelia et George Prendergast se soient retrouvés dans ce moulin abandonné au moins trois fois en quelques semaines. Les larmes sur ses joues, sa manière d'accélérer, tout cela ne pouvait signifier qu'une chose.

Elles entrèrent dans le moulin et montèrent à l'étage, où Joan sortit les couvertures de leur cachette dans la vieille cheminée.

—Allons près de la rivière, dit Joan, et Kate la suivit sur leur berge préférée.

Elles s'assirent côte à côte, sous le soleil estival. La rivière était tentante, mais Kate n'avait pas envie de nager.

—Il faut qu'on fasse quelque chose, dit Joan, revenant au sujet que Kate voulait éviter.

—Que veux-tu qu'on y fasse ? demanda-t-elle, craignant la réponse.

—Il faut qu'on le dise à la femme et au mari. Ils doivent savoir.

Kate se redressa, horrifiée par cette idée.

—Ils n'ont aucun besoin de savoir. Ça ne te regarde pas, Joan. Mon oncle serait dévasté s'il l'apprenait. Il n'est pas tout jeune, tu sais.

—C'est leur droit, de savoir, insista Joan en relevant le menton. Et comme on est au courant, c'est à nous de le leur dire.

N'y tenant plus, Kate se tourna vers Joan, l'attrapa par les bras et la secoua en la regardant droit dans les yeux.

—Tu n'as pas intérêt, Joan. Pourquoi veux-tu que les gens soient malheureux ? Ce n'est pas juste…

Elle criait maintenant, ayant perdu tout contrôle d'elle-même. À sa grande surprise, les yeux de Joan s'emplirent de larmes, son visage se décomposa et elle se mit à pleurer. De grands sanglots hystériques, entrecoupés d'inspirations dramatiques. De grosses larmes roulèrent bientôt jusqu'à son menton.

—Ne me crie pas dessus ! Ne me fais pas ça ! Mon père le faisait tout le temps. Me secouer. Il me secouait tellement que je croyais qu'il allait me briser le cou. Et maintenant il est parti et il ne le refera plus jamais…

Elle se jeta sur la couverture et resta étendue là, les épaules secouées par les sanglots, haletante. Kate ne l'avait jamais vue crier. Elle posa une main sur son épaule et la caressa doucement pour la calmer.

—Je suis désolée, dit-elle. Je ne voulais pas te faire pleurer.

Mais comme rien de ce qu'elle disait n'arrêtait les larmes de Joan, Kate finit par la laisser faire. Après de longues minutes, Joan finit par se redresser en se frottant les yeux.

—Rentrons, dit-elle. Je n'ai plus envie d'être ici.

Elles replièrent les couvertures et Kate monta les ranger dans leur cachette. Puis elles reprirent leur vélo et se mirent en route en silence. Kate essaya de marmonner des excuses plusieurs fois, mais Joan ne répondait pas. Elles ne coururent pas le risque de prendre le raccourci par la ferme abandonnée, préférant le long détour, plus sûr. Le temps d'arriver devant chez Joan, Kate avait chaud et soif.

—Tu peux entrer boire de l'eau si tu veux, lui dit Joan. Ça ne me dérange pas.

C'était, semble-t-il, sa façon de dire à Kate qu'elle lui avait pardonné et que les choses étaient revenues à la normale entre elles. Bien qu'elle n'eût aucun désir de voir Mrs Bartram et les autres, Kate suivit Joan à l'intérieur, sentant qu'il était important pour Joan qu'elle entre.

Mrs Bartram était assise sur le canapé déglingué du salon, un enfant sur les genoux, les petits frères et sœurs de Joan jouant à ses pieds. Elle était défigurée par la douleur et l'angoisse. Dans sa main, elle tenait une lettre officielle.

—C'est quoi, maman ? demanda Joan.

Kate se tenait à l'entrée de la pièce, mal à l'aise.

—Un avis d'expulsion, marmonna Mrs Bartram. Prendergast vient de l'apporter. Maintenant que Frank a disparu, on ne peut plus vivre ici. La maison était liée à son travail, il en aura besoin pour le prochain garde-chasse.

—Oh, maman ! Où irons-nous ?

Joan se précipita vers sa mère, s'assit près d'elle et la serra dans ses bras.

—Va savoir… Je n'en ai aucune idée pour l'instant.

Des larmes coulaient des yeux de Mrs Bartram, qui ne se donnait même pas la peine de les essuyer.

Joan prit la lettre des mains de sa mère et la parcourut en vitesse.

—Prendergast est un fumier, lança-t-elle en se tournant vers Kate. Il va payer pour ça. Il ne mérite aucune pitié.

9

AMELIA

Darjeeling, 1935

Amelia ne savait pas quoi penser du fait que Reginald Holden prenne sa défense contre John Prentice, le directeur du Planter's Club, qui lui demandait de partir. Elle se sentait presque aussi humiliée par l'attitude de Reginald que par celle de Mr Prentice. Pourquoi éprouvait-il le besoin de mentir en prétendant qu'elle était son invitée ? Avait-il une idée derrière la tête ? N'était-ce pas compromettant pour elle et tout aussi humiliant, quoique d'une manière différente, plus subtile, que le sous-entendu de Mr Prentice selon lequel elle était de sang-mêlé, et donc indésirable dans son club ?

Son regard passait d'un homme à l'autre. Reginald était plus grand, plus imposant et bien sûr beaucoup plus important que John Prentice.

—Mais bien sûr, dit Mr Prentice d'une voix obséquieuse. Si Mrs Collins est avec *vous*, il n'est pas question qu'elle s'en aille. Il y a manifestement eu une épouvantable erreur.

Les mains jointes comme en prière, rouge comme une pivoine, le directeur se courbait presque devant Reginald.

—Si vous comptez aller au bar, Mr Holden, la maison se fera un plaisir de vous offrir les boissons ce soir.

—Très bien, Prentice, dit Reginald. N'en parlons plus, tout cela est ridicule. Et nous vous prenons au mot pour votre offre.

Là-dessus, prenant Amelia par le bras, il la poussa vers le bar. Elle se laissa guider, toujours sous le choc, sans savoir si elle devait être reconnaissante ou furieuse que Reginald soit intervenu. Comme elle pénétrait dans le bar et marchait vers les tables, toutes les têtes se tournèrent vers elle et les sourcils se froncèrent pour marquer une réprobation indignée, mais en voyant qu'elle était au bras de Reginald, les expressions se firent mielleuses, exactement comme Prentice un instant plus tôt.

Une fois assis près de la fenêtre, pendant qu'ils attendaient leur premier cocktail, Amelia retrouva enfin sa voix.

—Pourquoi avez-vous dit cela au directeur ? demanda-t-elle. Pourquoi lui avoir fait croire que j'étais votre invitée ?

Reginald se renversa dans son fauteuil en allumant un cigare.

—Pourquoi ? demanda-t-il, une lueur amusée dans les yeux. Vous auriez préféré partir ?

Elle baissa les yeux, vexée qu'il s'amuse de sa situation.

—Bien sûr que non. Mais… le fait est que nous nous connaissons à peine. Ça donne l'impression que je suis…

Elle sentit ses joues s'enflammer.

—Compromise ?

Elle était trop gênée pour répondre.

—Oh, ne soyez pas si vieux jeu, dit-il. Ça ne donne pas du tout cette impression. J'ai l'âge d'être votre père, n'est-ce pas ?

La honte succéda à la gêne. La perte de ses chers parents, en plus de toutes les indignités qu'elle avait subies depuis deux jours, lui noua la gorge.

—Je suis navré, dit Reginald en glissant sa main sur la sienne. Je manque de tact, parfois. Ne le prenez pas mal. Je faisais simplement remarquer qu'il y a une grande différence d'âge entre nous, il est peu probable que les gens en tirent les conclusions qui vous inquiètent.

Amelia battit des paupières pour ravaler ses larmes. Le serveur arriva avec leurs verres. Elle but une grande gorgée de cocktail pour calmer ses nerfs. L'alcool s'infiltrant dans ses veines, elle sentit en quelques minutes ses membres s'engourdir et son esprit s'apaiser. Peut-être, après tout, Reginald avait-il seulement voulu faire preuve de gentillesse. Elle le regarda siroter son verre. Valait-il mieux prendre en compte les rebuffades, les affronts, et accepter sa protection, ou remonter dans sa chambre et faire ses valises ?

Il ne lui avait jamais traversé l'esprit que les Indes britanniques fussent aussi intolérantes. Elle n'avait jamais été sujette à des discriminations auparavant, ni à Pankhabari, où les villageois étaient d'un naturel accueillant, ni en Angleterre où tout le monde l'avait acceptée sans difficulté. Elle commençait à se dire que ces bigots de la vieille garde avaient une antenne finement réglée pour détecter quiconque n'était pas de sang parfaitement pur. Leur refus d'accepter parmi eux quiconque avait une vague trace de sang indien était sans doute lié au fait que leur monde était en train de disparaître.

—Ne vous inquiétez pas, Miss Collins, dit Reginald, interrompant le cours de ses pensées. Votre secret n'est pas en danger avec moi.

—Mon secret ? s'étonna-t-elle, soudain alerte.

Il ferma un moment les yeux en faisant tourner son verre entre ses doigts.

—J'ai fait quelques recherches depuis notre rencontre, grâce à mes contacts à la Mission Baptiste de Calcutta.

—Oh ?

Il se pencha en avant.

—Pas de quoi s'alarmer. Vous savez, dans ma position, et surtout en cé moment, je dois faire attention aux personnes avec lesquelles je m'associe.

—De quoi parlez-vous ?

Son regard parcourut la salle, puis il se pencha un peu plus vers elle.

—Je fais l'objet de menaces de mort à Kanpur. Le mouvement pour l'indépendance. Ils sont très actifs là-bas, et ici aussi. Nous avons dû procéder à des arrestations.

—Oh, je vois.

Elle avait lu des articles de journal sur les marches et les manifestations parsemées de violences et d'arrestations.

—Oui. Ghandi est venu il y a peu, et le Parti du congrès a tenu une réunion à Kanpur l'année dernière. La ville est un foyer de sédition, malheureusement. Nous avons retrouvé la trace de certains protagonistes ici, à Darjeeling, d'où la raison de ma présence. J'ai une série de réunions avec le gouverneur.

—Et quel est le rapport avec moi ?

—Eh bien, naturellement, je dois faire attention à mes fréquentations. Des espions du Congrès peuvent essayer de se rapprocher de moi. Je ne serais pas le premier officier britannique à être attaqué.

Amelia rit.

—Donc, vous avez pensé que j'étais membre du mouvement indépendantiste indien ? demanda-t-elle, incrédule.

—Ce n'est pas ce que j'ai pensé, non. Je me montre prudent, voilà tout. Mes assistants ont donc dû se renseigner sur votre compte.

Pour la deuxième fois ce soir-là, Amelia en reste bouche bée. L'arrogance de Holden n'avait aucune limite.

—Je vais vous dire ce que nous avons appris, bien entendu. Mes assistants ont découvert que Mrs Collins, infirmière missionnaire, n'était pas votre mère. Votre mère était…

—Oui, *je sais*, le coupa-t-elle sèchement. Pas la peine de le répéter. Et ? Quelle différence cela fait-il ?

—Ma foi, comme vous avez pu le constater, cela fait une *grande* différence dans un endroit comme celui-ci. C'est sans doute pour cela que vous avez des difficultés à trouver une position. Mais avec ma protection, vous n'aurez plus à vous faire de souci.

—Votre protection ?

—Oui, vous n'avez pas remarqué ? Personne ne s'oppose à votre présence quand vous êtes avec moi.

—Si, j'ai remarqué, murmura Amelia.

Un deuxième verre arriva, ce qui lui permit d'avaler une autre gorgée. Elle avait du mal à accepter tout ce qu'il lui disait.

—Comme je vous l'ai dit, votre secret est en sécurité avec moi. Et je m'assurerai que vous n'ayez pas de difficultés tant que vous serez ici.

—Mais pourquoi ?

—Parce que, ma chère Miss Collins, dit-il en la regardant avec une franchise désarmante, vous m'avez fait très forte impression. J'apprécie votre compagnie. Vous êtes belle. Et non seulement cela, mais vous êtes une bouffée d'air frais au milieu de tous ces vieux dragons d'empire, et depuis que je vous ai rencontrée, pour la première fois depuis la mort de ma femme, j'ai commencé à me sentir vivant.

*

Les jours suivants, Amelia répondit à diverses offres d'emploi proposées dans les petites annonces du *Darjeeling Mail*. Elle avait décidé d'attendre un peu avant de demander son aide à Reginald. Elle ne voulait pas avoir plus de dettes envers lui qu'elle n'en avait déjà, d'autant qu'elle se méfiait de lui et de l'attention qu'il lui accordait. Et puis elle voulait mettre à l'épreuve la théorie selon laquelle c'était son sang mêlé qui l'empêchait de décrocher un poste. Mais le résultat était toujours le même. Elle était invitée pour un entretien, mais dès qu'elle arrivait, il était évident que quelque chose chez elle dissuadait les employeurs de l'engager. Ils expliquaient tous avec une certaine gêne qu'elle n'avait pas tout à fait le profil et qu'elle devrait tenter sa chance pour des emplois plus ingrats.

Le soir, elle retrouvait Reginald au bar et il l'interrogeait sur sa journée. Elle répugnait à lui raconter ses échecs, mais il n'aurait servi à rien de les lui cacher. Après les cocktails, ils passaient au restaurant et mangeaient au buffet. Elle se sentait mal à l'aise de passer autant de temps avec lui, mais c'était la seule façon de s'épargner les regards en coin et les commentaires déplacés des autres clients, et d'ailleurs elle était seule pour la première fois de sa vie. Et en dépit de son ambivalence vis-à-vis de Reginald, elle trouvait sa compagnie raisonnablement agréable et accueillait avec gratitude la protection qu'il lui offrait. Rien dans son éducation ne l'avait préparée à savoir comment se comporter dans une situation pareille. Sa mère ne lui parlait jamais des hommes et des relations. Personne au village n'avait jamais eu ces attentions pour elle, et elle n'avait personne vers qui se tourner pour chercher conseil.

Pendant leurs soirées, Reginald ne parlait jamais du travail qu'il faisait à Darjeeling. Elle comprenait que ce n'était pas un sujet de conversation approprié et ne posait pas de questions. Et après la première fois, il ne lui fit pas d'autre compliment et ne fit jamais allusion au fait qu'il la trouvait séduisante, bien qu'elle le sentît dans le regard qu'il posait sur elle. Le quatrième soir, en arrivant au bar, Amelia était plus démoralisée que jamais. Elle avait vu deux familles anglaises ce jour-là, et toutes deux l'avaient rejetée sans y mettre de formes. Elle avait décidé d'aller le lendemain à l'école indienne voir s'ils avaient besoin d'aide, même si elle savait qu'ils préféreraient engager un Indien et que de toute façon, quand bien même eût-elle réussi à y trouver un poste, la paie ne lui suffirait pas pour vivre.

Reginald était déjà assis lorsqu'elle arriva à la table.

—Je vous ai pris un gin-fizz, dit-il. Et je vois à votre expression que vous en avez bien besoin.

—Merci, dit-elle en s'asseyant avec un soupir harassé avant de boire une gorgée.

—Encore une mauvaise journée ? demanda-t-il en s'allumant une cigarette.

—Toujours la même histoire, dit-elle. Mais je ne renonce pas. J'irai à l'école indienne demain.

—Ce sera la même chose, je le crains, dit-il en recrachant sa fumée en l'air. Mais j'admire votre ténacité.

Il avait immédiatement mis le doigt sur le problème, bien sûr. Peut-être le moment était-il venu de lui demander son aide. Elle but une gorgée de gin en réfléchissant à la meilleure manière d'aborder la chose. Mais sans lui laisser le temps de formuler sa requête, Reginald reprit la parole.

—J'ai quelque chose à vous annoncer, dit-il en vidant son verre et en claquant des doigts à l'attention du serveur.

—Oh ?

—Ma visite à Darjeeling se termine plus vite que prévu. Il y a à Kanpur des problèmes dont je dois m'occuper, et je vais donc devoir partir dès demain.

Amelia sentit une vague de panique s'abattre sur elle. Comment s'en sortirait-elle toute seule ? Qui l'aiderait à naviguer à travers l'étiquette sociale cette ville et empêcherait qu'elle soit rejetée au premier regard ?

—Mais j'ai bien réfléchi. Je ne veux pas vous laisser seule ici à la merci de ces vieux dinosaures. Aussi, je me disais… pourquoi ne viendrez-vous pas avec moi à Kanpur ? Cet arrangement nous serait profitable à tous les deux.

Amelia le dévisageait, bouche bée. Kanpur ? Elle savait que cela se trouvait dans les plaines et qu'il y avait une importante présence britannique là-bas, donc en quoi serait-ce différent de Darjeeling ? Et que voulait-il dire en parlant d'arrangement profitable pour eux deux ?

—À Kanpur ? Mais que ferais-je une fois là-bas ?

À cet instant, le serveur arriva avec une bouteille dans un seau à glace, qu'il posa sur un pied à côté de leur table. Elle le regardait faire sans comprendre. Ils n'avaient jamais bu de champagne auparavant. Reginald se pencha vers elle et lui prit la main.

—Eh bien, vous pourriez m'aider à m'occuper de mon fils. Cela m'ôterait un grand poids. Perdre sa mère a été un coup très dur.

Le cœur d'Amelia s'emplit de tendresse et de pitié pour le pauvre garçon. Elle savait exactement ce qu'il devait traverser, et il était si jeune…

—En d'autres termes, vous seriez ma femme. Je vous demande de m'épouser, Amelia.

Penché vers elle, il avait pris un air implorant en prononçant cette dernière phrase.

—Oh !

En même temps que le rouge lui montait aux joues, elle se sentit piégée. Qu'avait-elle fait ? Pourquoi avoir encouragé cet homme puissant, égocentrique, habitué à la servilité et à l'obéissance ?

—Je… Je ne suis pas sûre, balbutia-t-il.

—C'est sans doute un choc pour vous, ma chère, même si je n'ai pas caché mon admiration pour vous ces derniers jours. Si je précipite ma demande, comme je vous l'ai dit, c'est parce que je dois partir demain pour Kanpur et que votre position ici pourrait être difficile sans moi.

Elle baissa les yeux sur la table, incapable de soutenir son regard. Elle était perdue. Comme elle aurait aimé avoir quelqu'un à qui parler. Était-ce comme cela qu'on faisait la cour ? Elle n'avait aucune idée de ce qu'une femme était censée concevoir comme sentiment pour son futur mari, mais elle était certaine qu'il devrait s'y mêler une pointe de désir. Elle était reconnaissante à Reginald de l'avoir prise sous son aile ces derniers jours, et quand elle avait réussi à se détendre en sa compagnie, elle l'avait trouvé agréable et divertissant, mais son sentiment prédominant était qu'il était intimidant et un peu écrasant.

Il lui lâcha la main, plongea la sienne dans sa poche de poitrine et en sortit une petite boîte carrée qu'il posa sur la table avant de l'ouvrir. À l'intérieur brillait une bague en argent sertie d'une pierre blanche aux reflets chatoyants.

—J'aimerais que vous portiez ceci, dit-il. C'est une pierre de lune.

Amelia était fascinée par la bague. Personne ne lui avait jamais offert de bijou. Sa mère n'en avait jamais porté, à l'exception d'une alliance toute simple, car elle rejetait toute forme de parure. La pierre de lune qui resplendissait, délicate, à la lumière des chandeliers, semblait l'appeler à elle.

—Vous savez, dit-il doucement en posant la main sur la sienne et en plongeant son regard dans le sien, même si vous n'aviez pas envisagé les choses ainsi, pourquoi ne pas considérer ma proposition comme… un arrangement mutuellement bénéfique ? Je veillerais sur vous. Vous n'auriez pas à vous inquiéter de ne pas avoir de position. Si vous m'épousez, vous pourrez vivre sans complexe dans le luxe, comme la plupart des *memsahib*, tout en offrant votre aimable compagnie à mon fils et à moi-même.

Ses yeux ne quittaient pas la pierre de lune tandis que son esprit réfléchissait à toute allure à ses possibilités. Son argument n'était pas insensé. Après les coups et les humiliations qu'elle avait subis en cherchant un travail, elle se sentait affaiblie, sa confiance en elle était touchée. Elle avait l'impression que le monde entier était ligué contre elle et qu'elle n'y arriverait jamais. Et ses économies lui suffiraient tout juste pour rester encore une semaine au Planter's Club. Arriverait-elle à trouver une position durant ce laps de temps ?

Elle passa en revue ses autres options. Elle pouvait retourner à Pankhabari, admettre son échec et proposer ses services au Dr Joshua Williams, mais comment l'accepter après ses remarques blessantes sur l'œuvre de son père pour la Mission, et serait-il possible de travailler dans ce village où ses parents n'étaient plus mais où leur souvenir rôdait partout ? Son deuil serait encore plus lourd à porter là-bas. Elle avait pensé à rentrer en Angleterre, mais elle n'avait plus assez d'argent pour le passage, et vers qui se tourner une fois là-bas ? Comme elle, son père et sa mère étaient des enfants uniques, de sorte qu'elle n'avait plus de parents en vie, et elle avait perdu depuis bien longtemps le contact avec ses amies de l'école. Peut-être l'arrangement proposé par Reginald constituait-il une solution plus viable ? Elle n'avait pas envie de trop réfléchir à ce qu'impliquerait par ailleurs le fait d'être sa femme. Elle en savait si peu sur cet aspect des choses. Tout ce qu'elle savait, c'était que Reginald était un homme séduisant, bien bâti, donc quoi que cela implique, cela ne serait pas si mal en fin de compte.

—Alors ? demanda Reginald. Puis-je demander au serveur de nous remplir les coupes ? Est-ce oui ?

—Oui, murmura-t-elle, toujours incapable de croiser son regard.

Elle entendit son claquement de doigts, et le serveur qui était resté à proximité s'avança.

10

Amelia

Kanpur, Inde, 1935

Ils devaient se marier trois jours plus tard grâce à une autorisation spéciale donnée par l'Église baptiste de Kanpur. Reginald ne pouvant reporter son retour, ils montèrent à bord du *Darjeeling Railway* le lendemain de sa demande en mariage. Une fois dans la plaine, à Siliguri, ils prirent le courrier de nuit pour Kanpur, dont ils occupèrent deux compartiments séparés de la voiture couchette de première classe. Tandis que le train cheminait dans l'obscurité à travers les plaines desséchées, Amelia s'allongea sur sa banquette et se laissa aller à se détendre pour la première fois depuis que ses parents étaient morts. Elle resta éveillée à écouter le clac-clac des roues sur les rails, et à respirer, par la fenêtre ouverte, les senteurs merveilleuses de la nuit indienne : fumée, fumier, épices, sans compteur l'odeur de la brume qui se levait du sol assoiffé. Elle était contente de laisser Darjeeling et le Planter's Club derrière elle. C'était une belle ville nantie d'un décor majestueux, mais son séjour y avait été angoissant, et sa solitude, totale – même si, lorsque la rumeur avait commencé à circuler la veille que Reginald et elle allaient se marier, tous les vieux barbons qui l'avaient prise de haut jusque-là étaient venus la féliciter et la noyer sous les compliments. Elle avait souri poliment, mais sans se faire d'illusions sur leurs belles paroles. Quoi que le futur garde en réserve pour elle, en tant qu'épouse de Reginald, elle savait que jamais elle ne se sentirait aussi exclue de la société.

Reginald était un modèle d'attention et de considération depuis qu'elle avait accepté sa demande. Allongée sur son lit, bercée par le rythme du train, les yeux rivés aux ombres mouvantes sur le plafond, elle se rendit compte qu'en plus de sa gratitude et de son admiration, elle commençait à éprouver de l'amour pour cet homme qui l'arrachait à la honte et à l'humiliation pour lui offrir une nouvelle vie.

Bien sûr, le protocole interdisait à Amelia d'habiter la résidence de Reginald avant leur mariage, de sorte qu'à l'arrivée à la gare de Kanpur au matin, il la conduisit tout droit au Kanpur Gymkhana Club. Ce lieu était à des années-lumière du Planter's Club de Darjeeling. C'était un grand bâtiment gracieux de deux étages aux murs blancs et au toit rouge, avec de profondes terrasses qui couraient sur toute la longueur de la façade. Il y avait des domestiques en livrée or et blanc à la porte, et il faisait frais dans les lieux au sol marbré et au plafond haut où résonnait l'écho de leurs pas. Alors que le Planter's Club faisait vieillot et renfermé, cet endroit n'était que charme et luxe.

Reginald s'occupa personnellement de l'enregistrer à la réception, puis, pour sa plus grande gêne, il insista pour lui faire faire le tour du palais et la présenter à tous ceux qui buvaient un verre au bar ou prenaient le frais à l'ombre des vérandas à ce moment-là. En leur serrant la main, Amelia remarquait leur air surpris, qu'ils s'efforçaient de cacher au plus vite. Mais ces gens étaient beaucoup plus flegmatiques et accueillants que leurs homologues des montagnes, d'autant qu'elle était présentée comme la fiancée de l'officier du district, ce qui effaçait tout doute sur son irréprochabilité. Elle comprit tout de suite pourquoi il prenait la peine de l'introduire ainsi. C'était sa manière de faire savoir à toute la communauté qu'Amelia était sous sa protection et qu'elle devait donc être traitée avec autant d'égards que n'importe quel autre Britannique.

Dès qu'il l'eut installée dans sa suite au premier étage, il s'éclipsa.

—Comme je vous l'ai dit, ma chère, le devoir m'appelle, dit-il en s'arrêtant à la porte. Des arrestations ont eu lieu, je dois me rendre immédiatement au commissariat et faire ma part, c'est-à-dire superviser les interrogatoires des suspects.

—De quoi sont-ils soupçonnés, Reginald ? demanda-t-elle.

Avant leur arrivée à Kanpur, elle n'avait pas vraiment réfléchi à la raison de son retour précipité, mais maintenant qu'elle était sur place tout cela lui semblait beaucoup plus réel.

—Désobéissance civile, bien sûr. Divers crimes de non-coopération. Ne vous inquiétez pas pour cela, ma chère, c'est fort désagréable. Je serai de retour dans l'après-midi, je vous emmènerai visiter la maison et rencontrer le petit Arthur.

—Oh, ce sera charmant ! dit-elle avec une joie sincère.

Mais lorsqu'il fut parti, elle alla à la fenêtre, s'appuya contre l'encadrement en s'interrogeant sur ce qu'il venait de lui dire. Le jardin était d'un vert luxuriant, avec des lits de roses blanches et roses en parterres. Une petite armée de jardiniers en uniforme arrosait la pelouse. Au-delà des palmiers qui bordaient la propriété immaculée, la terre n'était que poussière et la plaine scintillait sous un soleil de plomb. Malgré la beauté exotique de cet environnement, elle ne cessait de penser à la vie à Pankhabari, à son père qui exprimait souvent sa sympathie pour les leaders du Congrès et du mouvement pour l'indépendance. Il avait une profonde admiration pour Gandhi, comme il l'appelait, pour ses idées égalitaires et ses manifestations pacifiques. S'ils ne faisaient que manifester pacifiquement à Kanpur, pourquoi ces gens étaient-ils arrêtés et interrogés par la police ?

Plongée dans ses pensées, elle s'assit dans un fauteuil avec un sentiment de malaise. Qu'aurait pensé son père d'un homme dont le travail consistait à appréhender et questionner des militants pacifiques ? Elle imaginait son père, assis dans son fauteuil en rotin sur la terrasse en bois sommaire de leur bungalow, allumant sa pipe du soir et parlant d'histoire et de politique. Bien qu'il fût un membre de la classe dirigeante ici en Inde, il ne se comportait jamais en tant que tel et n'avait jamais adhéré à l'idée d'empire.

—La Grande-Bretagne n'a aucun droit de gouverner cette terre, tu sais, Amelia. Ne l'oublie jamais, disait-il souvent. (Et lorsque des arrestations étaient annoncées dans le journal, il secouait tristement la tête.) Pourquoi continuons-nous à les persécuter ? Ils auront leur indépendance un jour, quoi que nous fassions pour les en empêcher.

Pour la première fois depuis que Reginald l'avait demandé en mariage, c'est-à-dire moins de quarante-huit heures, elle sentit l'angoisse sourdre dans son esprit. Elle n'arrivait pas à se débarrasser de cette question lancinante : qu'auraient pensé père et mère de Reginald ? Elle n'aurait pas pu imaginer quelqu'un qui leur ressemblât moins que lui. Cela ne les aurait pas nécessairement dérangés, cependant. Ils étaient tolérants. Ils auraient sans doute vu que Reginald était doux et aimant avec elle, qu'il se souciait d'Amelia, qu'il voulait prendre soin d'elle et la protéger alors que tous les autres lui tournaient le dos. Oui, ils auraient approuvé sa décision. Qu'il ait pour travail de faire appliquer la loi contre les partisans de l'indépendance n'y aurait certainement rien changé.

Même si elle avait été présentée à tout le monde au club, Amelia ne trouva pas le courage de descendre et d'aller déjeuner seule. Épuisée par son voyage, elle appela la réception et demanda qu'on lui monte son repas. L'après-midi touchait à sa fin lorsque Reginald revint la chercher. Penchée à sa fenêtre, elle était absorbée dans la contemplation du paysage quand une grosse voiture noire se gara devant le bâtiment. Le chauffeur se dépêcha d'ouvrir la portière arrière, Reginald émergea de la banquette et lui adressa quelques mots avant de remonter l'allée jusqu'à l'entrée principale. Il marchait à grandes enjambées avec la confiance et l'assurance qu'elle lui connaissait, silhouette imposante dans son impeccable costume de lin. Cette vision fit naître chez elle un tourbillon d'émotions et elle se laissa soudain tomber dans son fauteuil en se prenant le visage à deux mains, se demandant si elle avait fait le bon choix.

Il fut là en quelques secondes, la porte s'ouvrit et il s'avança pour l'embrasser, un sourire égayant son élégant visage. Elle leva les yeux vers lui et lui rendit son sourire en espérant passionnément que tout se passe pour le mieux.

La Résidence, à vingt minutes de route, se trouvait aux abords de la ville à proprement parler. Reginald s'assit à côté d'Amelia sur la banquette arrière tandis que le chauffeur les conduisait sans hâte dans l'animation du centre de Kanpur. Comme c'était différent de Darjeeling, qui paraissait tranquille, voire assoupie par comparaison. Les artères de Kanpur grouillaient d'un trafic qui allait dans toutes les directions : *rickshaw* tirés par des hommes en pagne pieds nus sur les pavés, chariots tirés par des poneys ou des bœufs, vélos, et parfois une automobile. Sur le trottoir, les mendiants bousculaient les marchands et leurs clients, hommes et femmes, fendaient la foule en portant des charges sur leur tête. Des vaches brahmanes blanches erraient librement au milieu de la circulation tandis que des chiens parias furetaient dans les ordures qui jonchaient le sol. Des nuages de poussière s'élevaient de la chaussée, que le vent rabattait par la fenêtre ouverte.

—Nous y serons bientôt, dit Reginald en voyant Amelia chasser la poussière de ses yeux. C'est très différent des montagnes, je sais, mais vous vous y habituerez en un rien de temps.

—Ne vous inquiétez pas, je suis habituée à l'Inde, le rassura-t-elle. Après tout, je suis née ici.

Ils échangèrent un sourire à ce rappel de la situation délicate qui les avait rapprochés tous les deux.

La voiture tourna dans une rue et traversa un quartier miséreux avant de franchir une porte croulante qui, d'après Reginald, marquait la limite entre la vieille ville et le quartier britannique. À partir de cette frontière, en effet, les rues étaient mieux tenues et, derrière leurs haies parfaitement taillées, les immeubles, plus grands, jouissaient de jardins paysagés. Au bout de quelques minutes, ils passèrent un portail grandiose. Une allée sinuait dans un bosquet et, lorsqu'ils en émergèrent, la Résidence apparut – une majestueuse demeure de stuc blanc, précédée de colonnades.

—C'est extraordinaire, dit Amelia, admirant la beauté du décor tout en pensant avec nostalgie au petit bungalow de Pankhabari qui, en dépit de sa simplicité, était un foyer d'une chaleur incomparable.

La voiture passa sous les colonnades et s'immobilisa devant l'entrée. Le chauffeur fit le tour de la voiture pour ouvrir la portière d'Amelia. Reginald la prit par le coude pour monter l'escalier et elle sourit en joignant les mains pour saluer les deux hommes en turban à la porte, qui s'inclinèrent sur leur passage. Dans la majestueuse entrée de marbre, Reginald s'arrêta et se tourna vers l'un des domestiques, qui les avait suivis à l'intérieur à distance respectueuse.

—Où est maître Arthur, Ravi ?

—Il est malade, *Sahib*. *Ayah* est avec lui dans la chambre.

—Oh, pas encore ! soupira Reginald, et Amelia lui jeta un regard, étonnée par sa réaction. Va chercher l'*ayah*, Ravi, reprit-il. Je veux en parler avec elle.

D'un pas leste, l'homme se lança dans l'un des couloirs qui partait de l'entrée du palais.

—Je suis vraiment désolé, ma chère, dit Reginald. Voulez-vous quelque chose à boire ? Un whisky ? Un gimlet, peut-être ?

Amelia secoua la tête.

—Plus tard, peut-être, répondit-elle, car elle ne voulait pas avoir l'haleine chargée d'alcool pour sa rencontre avec le garçon.

Le domestique réapparut avec une petite dame âgée en sari bleu qui semblait très inquiète.

—Qu'est-ce que cela signifie, *ayah* ? tonna Reginald. Maître Arthur est encore malade ? Il s'est à peine remis de son dernier accès de fièvre.

—Je suis désolée, *sahib* Holden, ce n'est pas un garçon très fort.

—Pas fort ? Ne soyez pas ridicule, *ayah*. C'est *mon* fils. Mange-t-il comme il faut ? Fait-il suffisamment d'exercice ?

—Je fais de mon mieux, *sahib*, mais il refuse souvent de manger, dit la femme, le front plissé par l'angoisse.

—Eh bien, vous devriez insister. Soyez plus dure avec lui, *ayah*.

—Désolée, *sahib* Holden, dit la femme avant de jeter un coup d'œil furtif à Amelia. Mais *memsahib* manque au jeune *sahib*. Il ne va pas bien depuis que…

—Cela fait plus d'un an, *ayah*… Je comprends son chagrin, bien entendu, mais cette situation ne peut plus durer. Je compte sur vous pour qu'il se rétablisse vite et qu'il ne tombe plus malade. Compris ?

—Oui, *sahib*, dit la femme en inclinant la tête.

—Maintenant, allons le voir. J'ai une invitée d'importance à lui présenter. Est-il réveillé ?

La femme acquiesça avec une appréhension palpable, puis les conduisit le long d'un couloir jusqu'à une chambre tout au bout d'une aile du palais. Elle ouvrit doucement la porte et leur fit signe d'entrer. L'air était étouffant à l'intérieur, malgré les efforts du ventilateur électrique au plafond. L'odeur écœurante et immédiatement reconnaissable qui régnait était celle de toutes les chambres de malade. Reginald pâlit, sortit un mouchoir et le porta à son nez, alors qu'Amelia ne bronchait pas ; elle connaissait bien cette atmosphère.

Le petit lit, calé dans un coin, était voilé d'une moustiquaire qui pendait du plafond. À travers les plis de la toile, Amelia distinguait une créature frêle allongée sous les couvertures, la tête posée sur plusieurs oreillers. Reginald s'approcha et écarta la moustiquaire. Le garçon tressaillit et leva des yeux effrayés vers son père. Il était livide, ses lèvres desséchées se craquelaient et il avait des cernes noirs sous les yeux. Ses cheveux noirs étaient plaqués sur son front.

—Bonjour, père, dit-il d'une voix faible.

—Bonjour, Arthur. Je suis désolé d'apprendre que tu es encore malade. Je suis avec quelqu'un qui souhaite te rencontrer… Voici Miss Collins. Miss Amelia Collins.

Le garçon dévisagea Amelia.

—Miss Collins et moi allons nous marier, Arthur. Dans deux jours. J'espère que tu seras assez remis pour assister à la cérémonie.

—Marier ? marmonna le garçon.

Il semblait incrédule, et des larmes lui montaient aux yeux.

—Oui. Tu te feras bien vite à l'idée, et j'espère que Miss Collins et toi serez bientôt de très bons amis.

Le garçon détourna la tête, ses épaules secouées par les sanglots qui venaient. L'*ayah* s'avança, prit la main du garçon et lui caressa doucement le front. Un sentiment d'impuissance s'était emparé d'Amelia. Pourquoi Reginald lui avait-il annoncé la nouvelle avec un tel manque de tact, une telle brutalité ? Peut-être pensait-il qu'il valait mieux être direct, ou alors il ne s'était pas rendu compte à quel point la nouvelle serait pénible pour l'enfant. Elle était certaine qu'il n'avait pas voulu faire de peine à Arthur, mais que pouvait-elle dire ou faire pour atténuer le chagrin du garçon ?

—Venez, dit Reginald en la prenant par le bras. Je vais vous montrer le reste de la maison. Nous reviendrons voir Arthur plus tard.

—Ne croyez-vous pas que nous devrions tenter de le consoler ?

Le garçon tourna la tête vers elle, et leurs regards se croisèrent. La pitié envahit Amelia devant son désespoir et son angoisse. Mais il y avait autre chose. Comme s'il la suppliait de lui venir en aide. Sentant la main de Reginald sur son bras, elle détourna les yeux d'Arthur.

—L'*ayah* est là pour cela, déclara Reginald d'un ton ferme en l'entraînant hors de la pièce.

Comme il la précédait dans le couloir, elle dit :

—Vous savez, il fait trop chaud dans cette chambre, elle manque d'air pour un malade fiévreux. Vous devriez demander à l'*ayah* d'ouvrir les fenêtres.

—D'accord, je lui parlerai plus tard. Elle fait de son mieux, mais elle n'a pas de formation médicale.

—Vous savez que j'ai travaillé dans un hôpital, Reginald. Je connais la fièvre. Il faut faire baisser sa température. Le tamponner avec une flanelle froide aiderait. Et il ne faut pas le laisser sous les couvertures comme il l'est.

—Merci, ma chère. J'en parlerai à l'*ayah*. C'est tellement d'inquiétude pour moi. Ce garçon est faible, j'en ai bien peur. Sa mère le gâtait, cela l'a rendu fragile, maladif… tenez, voici le salon, dit-il en ouvrant une porte à doubles battants.

La pièce, immense, avait un plafond aux poutres apparentes et se prolongeait par une véranda ombragée.

—C'est beau, murmura-t-elle.

Elle embrassa d'un œil les canapés aux imprimés raffinés, les tables basses, les aquarelles, les rideaux en soie, mais sans cesser un seul instant de penser au malheureux malade et au regard implorant qu'il lui avait jeté. À l'évidence, Reginald avait du mal à s'attacher à l'enfant, et, émue par son propre deuil, Amelia sentait son cœur attiré par ce jeune orphelin de mère. Si elle n'avait pas eu une bonne raison d'épouser Reginald, il aurait suffi à justifier son choix. À cet instant, elle se promit de répondre au regard implorant d'Arthur et de faire son possible pour le consoler et lui rendre la vie plus douce.

*

Arthur se remit suffisamment pour pouvoir assister à la cérémonie de mariage à l'Église baptiste de Kanpur. Pâle, faible, tenu par la main par son *ayah*, il s'assit au fond de l'église, tête basse. Ces deux derniers jours, Amelia avait saisi la moindre occasion pour lui rendre visite. Elle s'assurait que les fenêtres étaient ouvertes, que le ventilateur tournait à fond, et elle lui tamponnait le front avec une flanelle froide. Puis elle s'asseyait au bord du lit et tentait de gagner sa confiance en lui parlant de sa propre enfance, en lui racontant des histoires de sa vie dans les montagnes. Ces anecdotes le faisaient sourire, et il posait des questions.

Après quelques entrevues, jugeant qu'elle pouvait maintenant lui en parler, elle lui dit qu'elle avait perdu ses deux parents peu de temps auparavant. Les yeux du garçon se remplirent instantanément de larmes, mais il tourna la tête sans oser parler de sa mère. Amelia lui serra la main et fit en sorte de changer de sujet. Peu à peu, il commença à s'ouvrir, il lui parla des livres qu'il aimait lire, du poney qu'il adorait monter et qui vivait dans l'écurie à l'arrière de la maison, des amis avec lesquels il jouait ; les enfants des familles britanniques, mais aussi ceux des domestiques. Ils avaient commencé à nouer une relation en deux jours, en même temps que sa température baissait. En montant l'allée centrale de l'église, Amelia avait le sentiment d'avoir fait ce qu'elle pouvait pour qu'Arthur puisse accepter le mariage.

Il n'y avait qu'une poignée de personnes à la cérémonie : le pasteur baptiste et quelques-unes des personnes que Reginald lui avait présentées au club, dont un jeune couple magnifique, Eileen et James Blackburn. James était l'assistant de Reginald, et depuis son arrivée Eileen avait pris Amelia sous son aile afin qu'elle soit prête pour le mariage. Elle l'avait personnellement accompagnée chez un tailleur et s'était assurée qu'elle dispose d'une robe de soie élégante mais simple ; elle avait demandé au fleuriste du club de préparer un bouquet d'orchidées roses, ainsi que d'autres fleurs pour l'église et la petite réception qui aurait lieu au Gymkhana Club. Amelia lui en était reconnaissante, bien qu'elle la trouvât intimidante. Eileen, âgé d'une trentaine d'années, était un peu plus vieille qu'elle, et elle lui semblait d'une sophistication et d'une maîtrise des codes de la société impossibles à atteindre.

La cérémonie fut courte et charmante, ce qui n'empêcha pas Amelia d'être rongée par l'anxiété. Que faisait-elle à épouser un homme qui avait vingt ans de plus qu'elle, et d'un mois après avoir perdu ses parents ? Était-ce une bonne idée ? Lui auraient-ils donné leur bénédiction ? Elle se sentait à la dérive : tout lui paraissait si inconnu, si loin de son ancienne réalité, qu'elle n'était pas certaine de ce que ses parents auraient pensé. Tout ce qu'elle savait, c'est qu'elle n'était pas capable de survivre seule et que Reginald était arrivé au bon moment pour la sauver. Elle était heureuse de retrouver l'environnement familier d'une église baptiste pour prononcer ses vœux. Les prières et les mots simples mais apaisants de la cérémonie furent pour elle la seule ancre la rattachant à son passé.

Plus tard, au club où Eileen avait prévu un buffet pour une cinquantaine d'invités, on lui présenta des visages étrangers, elle sourit, serra des mains, fit la conversation, et se crut à deux doigts de défaillir d'épuisement. À un moment, alors que Reginald parlait à un autre groupe de gens, le pasteur la prit par le bras et lui dit doucement :

—J'aimerais vous présenter deux amis très chers à mon cœur.

Dans un coin de la pièce, à l'écart des autres, était assis un jeune couple. Ils avaient à peine quelques années de plus qu'Amelia. Le jeune homme arborait un grand sourire sous une mèche blonde tombante, la jeune femme avait le teint pâle et donnait une impression de timidité. Elle portait une robe bleue beaucoup plus simple que celle des autres invitées de la réception.

—Laissez-moi vous présenter Mabel et Giles Harris. *Dr* Giles Harris, devrais-je dire. Docteur et Mrs Harris, voici Mrs Amelia Holden.

Ils se levèrent tous les deux et lui serrèrent la main avec une effusion qui semblait sincère.

—J'ai un peu connu votre père, dit Giles. Je suis moi-même médecin missionnaire, ici à Kanpur. J'ai entendu parler de son décès, ainsi que de celui de votre mère. Toutes mes condoléances. C'était un homme merveilleux. Ils l'étaient tous les deux.

Amelia leur serra la main à tous les deux, heureuse de trouver des gens qui avaient un lien avec ses parents et son passé. Elle s'assit près d'eux. Le pasteur s'éloigna et ils se mirent bientôt à bavarder comme s'ils étaient de vieux amis. Les Harris lui parlèrent de leur travail et Amelia fut contente d'évoquer sa vie à Pankhabari à ce couple qui la comprenait.

—Je travaille avec des femmes des villages alentour, dit Mabel lorsqu'Amelia lui demanda comment elle s'occupait. Il y a un problème terrible d'infanticide féminin.

Amelia fronça les sourcils, elle avait entendu cette expression mais n'était pas sûre de savoir de quoi il retournait.

—Vraiment, Mabel, je ne pense pas que Mrs Holden ait envie de parler de cela le jour de son mariage, dit Giles.

Mabel s'empourpra.

—Oh, pardon, je m'oublie.

—Pas du tout, cela m'intéresse, dit Amelia en vérifiant que Reginald n'avait pas besoin d'elle. Dites-m'en plus, je vous en prie.

—Eh bien, reprit Mabel d'une voix hésitante en jetant un coup d'œil à Giles. Malheureusement, les familles des villages pauvres des environs ne veulent pas de petites filles. Cela coûte cher. La dot qu'on attend de la famille à son mariage serait un handicap pour beaucoup de ces familles. Elles décident donc souvent de couper court au problème lorsqu'une petite fille leur naît.

—Que font-elles ? demanda Amelia en redoutant la réponse.

—Le plus courant est de noyer le bébé dans un lac.

Amelia porta la main à sa bouche.

—Oh. C'est horrible.

—Nous faisons notre maximum pour empêcher cela… mais ce n'est pas facile. Ils sont très méfiants envers les missionnaires. Et beaucoup de volontaires se découragent et abandonnent.

—Je pourrais vous aider, proposa Amelia sans même réfléchir. J'ai travaillé à l'hôpital avec mes parents pendant des années. J'aimerais me rendre utile ici.

Mabel et Giles échangèrent un regard.

—Vous êtes sûre que votre mari l'accepterait ? demanda Giles.

—Je lui parlerai, dit-elle en se demandant ce que voulait dire cette question. Je ne vois pas pourquoi cela lui poserait problème. Je suppose qu'il est très occupé par son travail. Je passerai du temps avec Arthur, bien sûr, mais je suis sûre que je trouverai le temps de vous donner un coup de main.

À ce moment, Eileen apparut derrière elle.

—Désolé de t'interrompre, Amelia, mais le photographe est dehors. Il aimerait prendre des clichés de la mariée.

Amelia eut à peine le temps de dire au revoir à Mabel et Giles avant qu'Eileen lui fasse traverser la masse des invités jusqu'à la terrasse.

—Arthur est-il toujours ici ? lui demanda Amelia en la suivant. Je ne l'ai pas vu depuis l'église.

—Non, malheureusement, il ne se sentait pas bien, son *ayah* l'a ramené à la maison. J'ai bien peur que vos efforts n'aient pas encore porté leurs fruits avec cet enfant.

—Il a l'air adorable, murmura Amelia. C'est tellement triste pour lui d'avoir perdu sa mère si jeune.

—Et de manière si soudaine ! renchérit Eileen en guidant Amelia jusqu'à la terrasse.

Amelia s'éclaircit la voix.

—Pour vous dire la vérité, je ne sais pas comment sa mère est morte. Reginald évite le sujet et je ne veux pas le bousculer. Mais cela m'aiderait peut-être avec Arthur, si je savais.

Eileen semblait mal à l'aise. Elle avait baissé les yeux et pâli d'un coup.

—Vous n'êtes pas au courant ?

—J'ai supposé qu'elle était morte de la malaria ou d'une autre fièvre. Ce n'est pas le cas ?

—Eh bien… non. Mais il est sans doute nécessaire que vous sachiez, pour le bien d'Arthur. Elle est morte dans un accident de chasse. Ils poursuivaient un tigre et elle s'est retrouvée sur le chemin de l'animal… C'était très choquant.

Amelia sombra dans le silence, horrifiée, imaginant un face-à-face avec un tigre, l'instinct du tueur dans son regard, ses muscles tendus, ses dents et ses griffes acérées tandis qu'il bondissait.

—C'est atroce.

Elle ne trouva rien d'autre à dire avant de se laisser tomber dans un des fauteuils de la terrasse. Comment Reginald avait-il laissé arriver une chose pareille à celle qu'il avait promis d'aimer et de protéger ? Elle pensait au pauvre Arthur, perdu et vulnérable sans l'amour de sa mère. Son cœur se gonfla à nouveau de pitié. Elle se fit de nouveau le serment de l'aimer et de veiller sur lui comme une mère l'aurait fait. Pendant quelques minutes, le temps de se remettre du choc, toute joie lui fut impossible malgré les festivités.

11

Kate

Warren End, avril 1970

En rentrant à pied de chez Joan ce jour-là, Kate eut du mal à contenir ses larmes. Sa discussion avec son amie lui avait fait une telle impression qu'elle sentait à peine la pluie qui continuait à tomber. Le sentiment de gâchis qu'elle ressentait venait-il de la situation de Joan ou de la façon dont elle s'était fait congédier ? Elle avait peut-être manqué de tact en disant à Joan qu'elle était là si elle avait besoin de parler. Elle avait eu tort de ne pas être plus attentive à son attitude, à son regard qui semblait la défier de faire une remarque sur les traces de coup qu'elle portait au visage. Elle aurait dû reconnaître les signes, les mêmes que des années plus tôt, lui disant que Joan cherchait un prétexte pour s'énerver contre elle.

Arrivée devant le portail d'Oakwood Grange, elle remonta l'allée au milieu des chênes, la tête courbée à cause de la pluie. Il y avait quelque chose de profondément bouleversant dans la scène qui s'était jouée et qu'elle n'arrivait pas à se sortir de la tête. Joan, en surpoids, oppressée, vivait toujours dans les mêmes conditions qu'autrefois. Elle avait grandi dans la maltraitance, l'alcoolisme et la violence, et elle avait toutes les raisons du monde de briser ce cycle infernal. Elle avait les qualités pour cela. C'était une fille brillante, jolie, fougueuse. Pourquoi se retrouvait-elle dans la misère, avec un mari violent, entravée par son manque de qualifications et la perte totale de son estime de soi ? Comme si une spirale la tirait sans cesse vers le bas. Kate regrettait de ne pas avoir réussi à lui parler vraiment, mais elle savait aussi que sa pitié pour son ancienne amie était pour partie due à son sentiment de culpabilité. Une culpabilité quant au rôle qu'elle avait joué dans le destin de Joan.

La maison était glaciale. Elle alla dans la cuisine, chercha une bouilloire électrique dans les placards et se fit du café. Une fois assise à la table, une tasse fumante à la main, elle laissa ses pensées se détourner de Joan et de son sort pour se concentrer sur sa propre vie. Elle soupira. Elle était bien prompte à condamner Joan et à la plaindre, mais qui était-elle pour lui jeter la pierre ? Sa vie n'était-elle pas une autre forme d'échec ? Elle n'avait jamais été capable de baisser la garde pour laisser quelqu'un l'approcher. Joan, de son côté, avait pris le risque. Elle s'était engagée dans une relation qui avait mal fini, mais au moins elle avait osé. Kate ne s'était même pas donné la peine d'essayer. Qui avait échoué le plus lamentablement ?

Terminant son café, elle se rendit dans le bureau. Il fallait qu'elle commande du fioul pour faire repartir la cuisinière, plus du charbon et bois pour faire du feu. Elle s'assit au bureau, prit le téléphone et le Bottin. Tant qu'elle y était, elle devait aussi appeler un agent immobilier pour avoir une estimation de la maison. Sa rencontre du matin et les souvenirs qu'elle avait remués lui donnaient envie de la mettre en vente au plus vite. Elle trouva une liste d'agences dans les pages jaunes et appela la première, l'agence Anderson de Michester.

—Mr Anderson peut venir vous voir cet après-midi vers dix-sept heures, lui dit la réceptionniste. Il est en train de rentrer et pourra sans difficulté s'occuper de votre estimation.

Kate raccrocha, soulagée d'avoir fait le premier pas pour couper les ponts avec Oakwood Grange et le village. Ses yeux se posèrent sur une enveloppe qu'elle avait laissée sur le bureau quand elle avait trié les papiers l'autre jour, celle sur laquelle était écrit : « Amelia Hamilton, confidentiel » ; l'enveloppe qui contenait le testament d'Amelia. Cela lui rappela qu'elle voulait en connaître le maximum sur le passé d'Amelia avant de quitter Warren End pour de bon. Les lettres dans le grenier, la découverte choquante du certificat de mariage, les photographies, et puis la rencontre avec la vieille Miss Robinson, lourde de sens : *Votre tante était une femme très perturbée à ce moment-là. Elle avait vécu tant d'épreuves, vous savez.*

Lui revint en mémoire la détresse d'Amelia en larmes aux côtés de George Prendergast, ce jour-là au moulin, le grondement du moteur de sa voiture quand elle était partie, et puis son air préoccupé pendant les visites de famille, comme si elle était à des milliers de kilomètres. Tout cela était-il lié d'une manière ou d'une autre à son passé en Inde et aux secrets qu'elle portait ? Ou bien n'était-ce qu'une simple liaison avec Prendergast ? Kate éprouvait le besoin de savoir. Son instinct lui disait que lever le voile sur ces secrets jetterait une lumière nouvelle sur les événements de ce funeste été. Cela lui permettrait peut-être d'alléger sa culpabilité et, si elle parvenait à en parler à Joan, d'aider aussi son ancienne amie. Mais elle n'avait pas beaucoup de temps devant elle.

Elle passa des coups de fil pour commander du fioul et du bois, puis continua pendant une heure à trier les papiers d'Amelia, espérant découvrir des indices sur le mystérieux passé de sa tante. Mais ses espoirs furent douchés. Il n'y avait rien d'autre que des factures en souffrance, des quittances, des relevés de compte et d'autres documents relatifs à la gestion de la propriété. Frustrée, Kate rouvrit les Pages jaunes et chercha les maisons de retraite. Son doigt descendit jusqu'au P. Là, elle y était : « La Prairie ». C'était le nom que Miss Robinson lui avait donné. Lisant l'adresse, Kate se rendit compte que ce n'était qu'à quelques kilomètres de Warren End. Elle griffonna le numéro sur un calepin puis le composa avant de changer d'avis.

—Vous êtes de la famille ? demanda la réceptionniste d'une voix méfiante lorsque Kate demanda si elle pouvait rendre visite à Miss Robinson.

—Pas exactement. Je l'ai rencontrée aux funérailles de ma grand-tante à Warren End il y a quelques jours, et elle m'a invitée à venir la voir.

—Ah. Vous devez être Miss Hamilton. Miss Robinson a demandé si vous aviez appelé. Elle est même venue poser la question à la réception il y a à peine une heure.

Un frisson parcourut le dos de Kate. Elle n'avait pas fait de promesse précise à Miss Robinson, mais la vieille femme savait qu'elle appellerait. Visiblement, Edna Robinson partageait avec sa défunte sœur ses pouvoirs de médium.

Kate annonça qu'elle viendrait le lendemain matin à onze heures, puis raccrocha avec l'impression d'avoir pris rendez-vous avec un fantôme.

L'agent immobilier n'arriverait pas avant plusieurs heures. Kate erra dans la maison et se retrouva dans la chambre où étaient restées les lettres écrites par Mabel Harris. Elle les parcourut en vitesse pour vérifier si elle n'avait pas raté quelque chose et se rendit compte, en comparant les adresses en haut des lettres, que quelque chose avait changé au début de 1940. Au bout de quelques années, ce n'était plus « Kanpur » qui était écrit, mais « Bénarès », et ensuite, « Simla ». Et la correspondance se terminait en 1948. Cela coïncidait avec l'indépendance de l'Inde. Elle lut rapidement la dernière lettre que Mabel avait écrite. Il y avait les paragraphes habituels où elle demandait des nouvelles d'Amelia, l'informait des progrès du travail de Giles, mais dans l'ultime paragraphe, Mabel avait écrit :

J'ai des sentiments contradictoires à l'idée de rentrer, Amelia. Nous sommes en Inde depuis si longtemps que c'est devenu notre pays. Comme tu le sais, les dernières années ont été difficiles ici, et il est certainement temps de rentrer. Nous autres Britanniques n'avons plus rien à faire en Inde, même nous deux qui n'avons aucun lien avec le gouvernement ou avec les troupes. L'un des bons côtés, cela dit, c'est que nous pourrons nous retrouver. J'ai hâte de te revoir en chair et en os après toutes ces années. J'imagine que tu n'auras probablement pas envie que nous te rendions visite à Warren End, naturellement, mais peut-être pourrions-nous nous

voir à Londres ? Giles espère trouver du travail là-bas, mais c'est encore un simple projet. Je t'écrirai quand j'en saurai plus.
Entretemps, prends soin de toi et donne-moi de tes nouvelles.
Affectueusement,
Mabel

Kate remit la lettre dans l'enveloppe. Elle était perplexe. Pourquoi Amelia aurait-elle refusé de recevoir Mabel à Warren End ? Peut-être ne voulait-elle pas trop revivre les souvenirs de son passé en Inde, à moins que ce ne fût pour ne pas attirer l'attention dessus ? Elle cachait peut-être des choses à oncle James. Et si elle ne lui avait jamais parlé de son mariage avec Reginald ? Mabel n'aurait pas voulu risquer de divulguer quoi que ce soit. C'était plausible. Mais ce que lui disait avec certitude la lettre, c'est que Mabel et Giles étaient rentrés en Angleterre en 1948. Amelia était-elle restée en contact avec eux par la suite ? Si oui, pourquoi n'avait-elle pas conservé les lettres ? S'étaient-ils vus à Londres ? Elle se souvenait qu'Amelia faisait souvent des excursions à Londres pour aller s'acheter des vêtements chez Harrods ou Dickens and Jones. Peut-être en profitait-elle pour retrouver ses amis ?

Soupirant devant le nombre de questions que soulevaient ces lettres, elle les rangea dans un tiroir à côté du lit. La petite pendule sur la table de chevet indiquait trois heures. Elle avait deux heures à tuer avant l'arrivée de Mr Anderson. Elle regarda par la fenêtre. La pluie avait cessé, le ciel était clair. C'était une de ces claires journées du début du printemps, quand le changement de saison se fait sentir dans la qualité de l'air et de la lumière. Pourquoi ne pas aller se promener du côté du village ? Il n'y avait pas grand-chose à faire dans la maison, Mrs Andrews l'ayant nettoyée de fond en comble la veille. Elle aurait pu relire les lettres de Mabel, mais cela semblait plus approprié à une soirée au coin du feu. D'ailleurs, elle espérait que Miss Robinson l'aiderait à résoudre une partie des mystères qui entouraient le passé d'Amelia en Inde.

Quelque chose l'attirait vers Clerk's Lane, bien qu'elle n'osât se l'avouer. Elle avait conscience que l'heure de la sortie de l'école approchait et que les mères viendraient bientôt chercher leurs enfants. Si elle tombait sur Joan pendant sa promenade, cela lui donnerait l'occasion de s'excuser pour sa maladresse du matin. Elle pourrait lui expliquer qu'elle était en train de fouiller dans le passé de sa tante afin de briser la glace entre elles, pour pouvoir reparler des événements de cet été qui les avait marquées toutes les deux.

Kate descendit l'escalier et enfila bottes et manteau. Puis elle sortit de la maison et descendit l'allée avec un sentiment d'assurance retrouvé, remarquant des perce-neige qui poussaient sous les chênes. Après avoir franchi le portail, elle prit la direction de Clerk's Lane, comme dans la matinée. Mais cette fois, elle n'avait pas à courber la tête pour se protéger de la pluie. Elle regardait autour d'elle, admirant les belles maisons en pierre et les jardins remplis de fleurs printanières. Elle tourna dans Clerk's Lane et commença à marcher vers la maison de Joan. Quelques instants plus tard, elle vit quelqu'un arriver en sens inverse avec une poussette. L'espace d'une seconde, elle crut que c'était Joan mais soudain, comme ils se rapprochaient, elle reconnut l'individu derrière la poussette et son cœur se mit à accélérer. Ce n'était pas Joan, mais un grand homme en survêtement bordeaux et aux cheveux en bataille. Elle aurait voulu faire demi-tour mais il était trop proche désormais, cela aurait paru suspect. Elle poursuivit donc sa route, le regard rivé sur l'asphalte, espérant qu'il ne la reconnaîtrait pas. Mais quand il arriva à sa hauteur, il s'arrêta net.

—Eh, je te connais, non ? lança-t-il d'une voix agressive.

Sa voix la ramena aussitôt à ses années d'adolescence, quand il la persécutait avec ses amis.

—Je ne crois pas, dit-elle, s'arrêtant à son tour et croisant son regard.

C'était bien Dave Pope, avec ses mèches noires qui commençaient à grisonner par endroits, son teint pâle, ses pommettes saillantes et ses yeux sombres toujours en alerte. Il était plus grand maintenant, et plus musclé que dans ses souvenirs. Mais il n'avait pas l'air plus fringant : son survêtement était sale, taché, et ses tennis tombaient en lambeaux. Son haut était ouvert de quelques centimètres, et on entrevoyait un médaillon en or niché contre sa poitrine velue. Une cigarette brûlait au bout de sa main droite.

—Je pense que tu me reconnais, dit-il. Tu es Kate Hamilton, pas vrai ? Je te reconnaîtrais n'importe où.

—Oui, dit-elle, consciente qu'elle blêmissait mais refusant de lui montrer qu'il avait toujours le pouvoir de l'intimider.

—J'aurais jamais cru que tu reviendrais ici, dit-il.

—Non ? fit-elle vaguement.

Son cœur cognait contre sa cage thoracique. Savait-il ce que Joan et elle avaient fait ? Joan lui en avait-elle parlé ?

—Et tu n'es pas la bienvenue, d'ailleurs.

Il tira sur sa cigarette et lui cracha la fumée au visage. Elle ne bougea pas d'un pouce.

—Je n'ai rien à te dire, dit-elle aussi calmement que possible. Je dois y aller.

Elle reprit sa marche, se concentrant sur chaque pas.

—T'as pas intérêt à t'approcher de Joan ! cria-t-il dans son dos. Elle ne veut pas entendre parler de toi. T'as compris ?

Kate accéléra sans se retourner.

—Et ne te pointe plus chez nous ! On n'a pas besoin de fouineuses comme toi.

Elle continua le long de la rue sans jeter de regard dans son dos, jusqu'à arriver au niveau de la maison de Joan. Sans tourner la tête, elle risqua un coup d'œil vers les fenêtres. Elle n'en était pas sûre, le jardin étant assez grand, mais elle crut apercevoir Joan derrière l'évier de la cuisine. Elle ralentit, songeant à aller frapper pour la rassurer sur le fait qu'elle ne se laisserait pas effaroucher par les menaces de Dave et que Joan pouvait lui parler si elle le souhaitait. Mais en jetant un coup d'œil dans son dos, elle vit que Dave était encore dans la rue. Ce n'était pas le meilleur moment pour aborder Joan. Elle continua, contrariée mais résolue à revenir dès le lendemain.

*

Kate était dans le bureau, toujours occupée à trier des papiers, quand elle entendit le bruit des pneus sur le gravier de l'allée. Regardant par la fenêtre, elle vit une grande Rover jaune se garer derrière sa voiture. Un homme en descendit après avoir pris une mallette sur la banquette arrière. Il était grand, mince, avec de fins cheveux blonds, et il portait un élégant costume bleu marine. Au lieu d'aller directement vers la porte, il prit le temps d'observer la façade en détail, allant et venant, se penchant en arrière pour examiner la toiture. Elle s'agaça un peu qu'il observe la maison sous toutes les coutures avant même qu'elle ait accepté ses services. Cela sentait l'arrogance. Cependant, elle décida de ne pas s'arrêter à son attitude. Elle avait eu affaire à suffisamment d'agents et de promoteurs dans son travail pour savoir comment ils se comportaient.

Elle posa les papiers et rejoignit l'entrée. Le temps qu'elle arrive devant la porte, il sonnait.

—Mr Anderson ? dit-elle en ouvrant avec un sourire poli.

—Miss Hamilton, répondit-il en lui tendant la main.

Elle la lui serra en notant qu'il la regardait dans les yeux et lui souriait avec un air étonnamment sincère.

—Entrez, dit-elle en se mettant de côté.

—Tu ne me reconnais pas ? demanda-t-il une fois à l'intérieur.

Il arborait un grand sourire maintenant, un sourire un peu taquin, et ses yeux bleus pétillaient de malice.

Elle le dévisagea. Mais bien sûr ! Gordon Anderson ! Elle n'avait pas pensé à lui depuis des années, mais tout lui revint d'un coup. Le *golden-boy* de l'école. Elle l'admirait de loin, comme les autres filles. Elle avait cru qu'il ne l'avait même pas remarquée, mais vers la fin de la deuxième année, il avait commencé à tenter d'engager la conversation quand ils se croisaient dans les couloirs. Chaque fois, elle se sentait rougir et elle balbutiait la première chose qui lui passait par la tête. Ensuite, elle repensait à ces échanges encore et encore en s'en voulant de ne pas avoir trouvé quoi que ce soit d'intelligent à répondre.

—J'ai su que c'était toi dès que la réceptionniste m'a donné le nom et l'adresse, dit-il. On était ensemble au collège, dans la même classe.

—Oui, bien sûr, je me souviens de toi. Je suis ravie de te revoir.

Elle sentit la chaleur lui monter aux joues alors que plus de vingt-cinq ans avaient passé depuis l'époque où elle avait des papillons dans le ventre quand il lui adressait la parole. Ils avaient tous les deux quarante ans aujourd'hui, l'école était loin derrière eux.

—Alors, dit-il en jetant un coup d'œil au hall d'entrée boisé. Toutes mes condoléances pour ta tante. J'ai appris son décès. J'imagine que tu veux vendre ?

—Oui, je crois. Je travaille à Londres, donc je ne pourrais pas venir souvent si je le gardais.

—La ligne de train est excellente depuis Bletchley, tu sais. Beaucoup de gens la prennent aujourd'hui.

—Oui, je sais. Warren End a un petit côté village dortoir maintenant, mais je n'ai pas envie de ça.

—Tu as de la famille ? demanda-t-il comme en passant.

—Non, il n'y a que moi.

—Ta grand-tante a vécu seule ici pendant des années, non ?

—On ne dirait pas que tu as envie de t'occuper de la vente ! dit-elle en riant, et il rit aussi.

—Si, bien sûr. Ce n'est pas dans mon intérêt. Mais je pensais à toi. Les gens sont souvent pressés de vendre après la perte d'un être cher. Et je me dis parfois que s'ils prenaient le temps d'y réfléchir, ils changeraient d'avis.

—Il y a une petite question d'argent, fit remarquer Kate. La plupart des gens ont besoin de vendre, non ?

—Mais si c'est juste une question d'argent, tu pourrais réfléchir à garder la maison un moment, le temps de la rénover pour la mettre sur le marché ? Je n'ai pas encore regardé en détail, mais j'ai vu que l'extérieur a besoin de quelques travaux, et j'imagine qu'un petit rafraîchissement à l'intérieur ne serait pas de trop.

Kate devait se retenir de montrer à quel point l'idée de rester à Warren End plus longtemps que nécessaire lui faisait horreur.

—Je ne crois pas. Je n'aurais pas la volonté pour un aussi gros projet.

—Pourtant, tu es architecte, non ? J'aurais cru que tu voudrais imprimer ta marque de fabrique sur ce lieu.

—Mais *comment* le sais-tu ? demanda-t-elle, surprise.

—Oh, je croise parfois le vieux Gerald Chapman au pub. Tu te souviens de lui ? C'était le directeur du collège. Il suit à la trace tous ses anciens élèves. C'est lui qui me l'a dit.

—C'est extraordinaire, dit Kate. D'autant que je suis partie à la fin de la deuxième année, avant même la fin de la guerre.

—Oui, je me rappelle…

Il parut vouloir ajouter quelque chose, mais se ravisa.

—En tout cas, enchaîna Kate, qui ne voulait pas s'appesantir sur de vieux souvenirs ou sur ce qui la poussait à vouloir quitter le village au plus tôt, je travaille plutôt sur des bâtiments neufs, des bureaux, des blocs d'appartement, pas des vieilles demeures.

—D'accord. Bon, et si tu me montrais la maison, que je te dise combien elle doit pouvoir te rapporter ?

Ils commencèrent par le salon, puis passèrent de pièce en pièce dans tout le rez-de-chaussée. Gordon acquiesçait d'un air de connaisseur chaque fois qu'elle ouvrait une des grandes et belles pièces, et en même temps qu'ils progressaient, ils commencèrent à évoquer les élèves qu'ils avaient côtoyés au collège. Gordon lui donna des nouvelles d'une bonne partie d'entre eux. Du moins, ceux qui étaient restés dans les environs. Kate s'aperçut qu'elle se rappelait des gens auxquels elle n'avait pas pensé depuis des années, d'autant que chaque nom en appelait d'autres. Ils ressuscitèrent de vieilles anecdotes sur leurs camarades de classe et leurs professeurs. Kate se retrouva plusieurs fois à éclater de rire, et c'était la première fois qu'elle se détendait complètement depuis qu'elle était revenue au village.

Lorsqu'ils eurent fini le tour, ils retournèrent à la cuisine et Kate prépara un thé. Gordon prit des notes dans son carnet. Elle posa une tasse devant lui et attendit qu'il termine. Pour finir, il releva la tête en souriant.

—C'est une belle maison ancienne. Comme je te l'ai dit, elle a besoin d'un coup de neuf, mais les maisons comme celle-ci n'apparaissent pas tous les jours sur le marché. Tu en tirerais un meilleur prix si tu t'occupais toi-même de la rénovation, mais si tu veux vendre vite, je pense qu'elle pourrait partir autour de 25 000 livres.

—C'est un très bon prix en effet, répondit-elle après un instant de pause. Je ne m'attendais pas à ce qu'elle vaille autant.

Kate n'avait pas un besoin vital de cet argent ; la société dans laquelle elle était associée se portait bien, et elle avait fini de payer son appartement de Londres. Mais elle n'avait pas envie d'arrêter de travailler. Après tout, que ferait-elle si elle avait tout son temps ?

—Laisse-moi y réfléchir un jour ou deux, dit-elle en buvant une gorgée de thé. Je t'appellerai.

*

Elle le regarda s'en aller par la fenêtre. Lorsque ses feux arrière disparurent au tournant de l'allée, Kate l'imagina roulant par les routes jusqu'au village où il vivait, puis il descendrait de sa voiture devant une grande maison familiale. Deux enfants se précipiteraient vers lui pour l'accueillir, ils crieraient et s'agripperaient à ses jambes pour avoir son attention tandis qu'une femme, sur le seuil, attendrait avec le sourire qu'il vienne l'embrasser. Kate ressentit soudain un regret immense, une profonde déception d'être seule au monde. C'était rare que cela lui arrive, mais parler avec Gordon de leurs années de collège avait réveillé quelque chose en elle. Elle n'avait pas ri comme cela depuis un long moment, ni apprécié sans réserve la compagnie d'un autre être humain. C'était la première fois qu'elle pensait à cette époque sans un élan de culpabilité et de honte.

Au matin, elle se leva tôt pour réceptionner une livraison de bois et de charbon, puis surveiller l'homme qui était venu remplir le réservoir de fioul. Elle remit la cuisinière en route et réussit à allumer la vieille chaudière qui se trouvait dans une dépendance derrière l'arrière-cuisine. Lorsqu'elle revint dans la maison, les pièces commençaient déjà à se réchauffer et le gargouillis des radiateurs en fonte indiquait que l'eau circulait dans les tuyaux.

Elle fit le tour des pièces pour vérifier que le chauffage fonctionnait partout, avant de fermer les radiateurs dans les pièces vides où elle ne restait jamais. À l'étage, devant la chambre d'Amelia, elle observa les meubles élégants, les grandes fenêtres, et les souvenirs de sa tante affluèrent.

Le robinet du radiateur rouillé était grippé, elle n'arrivait pas à le tourner. Elle chercha du regard, dans la pièce, s'il y avait un bout de tissu qui l'aiderait à avoir une meilleure prise. La pièce était bien ordonnée. Mrs Andrews ayant fait le ménage après la mort d'Amelia, rien n'y traînait en évidence. Kate s'approcha du lit et ouvrit le tiroir de la table de chevet. Il contenait des vieux stylos, deux paires de lunettes abîmées et un vieux foulard avec un motif à fleurs. Cela ferait l'affaire. Kate prit le foulard.

En dessous, au fond du tiroir, se trouvait une petite photographie montée sur un carton. Intriguée, Kate la sortit et l'examina. Elle était très vieille, comme celles qu'elle avait trouvées dans la malle tout là-haut, et, ici encore, le noir et blanc avait viré au sépia. Amelia lui souriait. Elle était très jeune. Vêtue d'une robe d'été blanche, elle plissait les yeux face au soleil, assise sur un banc à côté d'un petit garçon qu'elle serrait contre elle. Le garçon, très mince, avec des cheveux noirs, avait un air pâle maladif. Le banc était en rotin, et il y avait des palmiers en pot derrière eux. La photo avait dû être prise en Inde. Qui était ce garçon ? L'un des patients de son père, peut-être ? Il avait dû beaucoup compter pour elle si elle avait gardé la photo durant toutes ces années. Il devait avoir huit ou neuf ans, donc il devait en avoir quarante aujourd'hui. À peu près le même âge que Kate. Où vivait-il désormais ?

Jetant un coup d'œil à sa montre, Kate s'aperçut qu'il était temps d'aller à La Prairie voir Miss Robinson. Peut-être la vieille dame aurait-elle des choses à lui dire à propos de ce garçon ? Kate l'espérait. Il y avait tant de secrets à découvrir. Elle ne serait pas prête à laisser Oakwood Orange et Warren derrière elle tant qu'elle ne connaîtrait pas la vérité.

12

Amelia

District de Kanpur, Inde, 1935

Amelia serra son foulard autour de son visage et leva la main devant ses yeux pour se protéger du soleil. Aussi loin que portait le regard, la terre miroitait sous l'effet de la chaleur pendant qu'elles roulaient vers de basses collines brunes à l'horizon, soulevant des nuages de poussière dans leur sillage. À travers la brume de chaleur, elle apercevait parfois un village, ou plutôt quelques maisons en bois regroupées sous des arbres, avec des bêtes étiques errant aux alentours et quelques fermiers travaillant courageusement sous le soleil de plomb.

—Voilà notre destination, dit Mabel, derrière le volant, en tournant la tête vers elle. Les petites collines droit devant. Le lac dont je vous ai parlé se trouve derrière les premières bosses, et les villages où on travaille sont juste après.

—C'est atrocement aride, dit Amelia en pensant avec une pointe de nostalgie aux paysages de l'Himalaya, forêts de pins, rhododendrons luxuriants, cascades en furie.

—Oui, c'est très dur de faire pousser quoi que ce soit ici. Ils doivent irriguer, et quand la mousson fait défaut, ce qui arrive parfois, ils ont faim.

—C'est inimaginable, marmonna Amelia comme ils traversaient un village poussiéreux où des buffles paressaient dans des fanges boueuses sous l'œil torve des villageois alanguis à l'ombre d'un énorme figuier des banians flétri.

Ils n'étaient qu'à quelques kilomètres de Kanpur, mais elle avait l'impression d'être dans un autre monde.

Amelia plongea dans ses pensées. Tenir une conversation était compliqué à cause des bruits du moteur, du vent contre le véhicule dénué de toit et des vibrations de la carrosserie au moindre cahot. Et de toute façon, elle connaissait à peine Mabel. Elle avait été surprise que celle-ci vienne la prendre, d'autant qu'elle conduisait elle-même l'antiquité dans laquelle elles roulaient. Même si elle ne vivait que depuis peu à la Résidence, Amelia s'était déjà habituée à être conduite à l'arrière d'une limousine par Amir, le chauffeur de Reginald. Voir Mabel lui sourire sans affectation lui rappelait ses propres racines, et la modestie de ses parents. Elle revoyait la vieille guimbarde dans laquelle son père lui avait appris à conduire sur les pistes à côté de Pankhabari.

Les premières semaines de mariage l'avaient propulsée dans un autre univers. Pour la première fois depuis qu'elle avait formulé le vœu de l'aimer, de l'honorer et de lui obéir toujours, elle était loin de la résidence et de l'orbite de Reginald, et elle pouvait réfléchir à l'impression que lui faisait sa nouvelle vie. Elle passa sur la nuit de noces, elle avait des bouffées de chaleur quand elle y pensait. Pourtant, elle n'était pas complètement ignorante en la matière, sa mère n'en parlait jamais mais Amelia avait recueilli des informations parcellaires en épiant les conversations des infirmières à l'hôpital de la mission et des jeunes mères qui venaient à la clinique de son père avec leurs bébés.

Reginald avait fait preuve de prévenance et de patience, mais l'acte charnel lui-même l'avait prise de court, et elle avait poussé un cri de terreur à cause de la douleur. Il avait mis une main sur sa bouche pour étouffer ses cris et empêcher les domestiques de l'entendre. Les fois suivantes, elle avait commencé à comprendre ce qu'on attendait d'elle, et avait même fini par se détendre et à ressentir les premiers élans de plaisir sous ses caresses. Un soir, quand il eut fini, il la regarda dans les yeux et lui dit qu'il l'aimait, qu'elle était à lui et qu'il tuerait le premier homme qui l'approcherait. Elle essaya d'en rire, mais lorsqu'il s'endormit, comme elle cherchait le sommeil, elle prit conscience que son intensité avait quelque chose d'inquiétante.

Tous les matins, Reginald se levait tôt pour faire du cheval avant le petit déjeuner. Puis il l'embrassait, disait adieu à Arthur et partait dans l'une des voitures pour l'hôtel du Gouvernement. Amelia passait ses débuts de journée au côté du petit Arthur. Elle apprenait peu à peu à le connaître et il avait perdu sa timidité initiale, il lui prenait la main quand ils se promenaient dans le jardin ou dans les rues du cantonnement. Amelia vécut la première fois que cela se produisit comme une victoire qui lui réchauffa le cœur.

Ils avaient trouvé une routine. Après le petit déjeuner, ils allaient à l'écurie, prenaient leur monture et sortaient du cantonnement en suivant une piste qui les emmenait à la campagne, entre des champs et d'anciens petits hameaux. Arthur montait son poney préféré et Amelia une vieille jument grise. Elle soupçonnait le cheval d'avoir appartenu à la mère d'Arthur, mais elle ne posa jamais la question.

Après être rentrés à la maison, ils passaient le reste de la matinée ensemble. Amelia essayait d'apprendre quelques leçons élémentaires à Arthur. La bibliothèque de la salle de classe était pleine de livres pour enfants. Elle les lui lisait ou l'écoutait ânonner mot à mot. Suivaient le déjeuner et la sieste de l'après-midi, et lorsque la chaleur baissait, ils sortaient jouer à cache-cache ou à des jeux de ballon, ou bien ils se promenaient sur les routes parfaites et bordées d'arbres du cantonnement jusqu'à des espaces plus sauvages avec une mare à poissons. De temps en temps, l'un des petits Indiens qui vivaient au fond du complexe appelait Arthur, et ils partaient jouer plus loin, main dans la main, parlant hindi.

Reginald expliqua un soir à Amelia que la situation ne durerait pas ; il comptait engager d'ici un an un précepteur pour son fils.

—Son éducation a pris beaucoup de retard, dit-il. Sa mère ne voulait pas entendre parler d'un tuteur. Elle insistait pour lui faire elle-même la leçon. Et bien sûr, après sa mort, il a été malade pendant des mois et il n'était pas question de lui faire apprendre quoi que ce soit. Il va falloir combler ses lacunes.

—Il m'a l'air très intelligent, dit Amelia en pensant à l'attention avec laquelle il l'écoutait quand elle lui faisait la lecture, comprenant chaque nuance des histoires.

Et il aimait aussi les chiffres ou les leçons de choses. Lorsqu'elle lui montrait un livre sur les rois et les reines d'Angleterre, il absorbait l'information comme un papier buvard puis lui récitait les dates et les noms.

—Oui, je suis d'accord, il a des capacités, répondit Reginald. Mais il manque de discipline. Il a besoin d'un vrai professeur, comme tous les garçons. Le précepteur que j'ai engagé le préparera pour l'école. Quand il aura onze ans, il partira en Angleterre terminer son éducation. Sa place l'attend déjà à Haileybury.

—Oh, Reginald, vous voulez vraiment l'envoyer si loin de la maison ? demanda-t-elle avec consternation.

—Bien sûr, répondit-il avec raideur. C'est ce que font tous les enfants britanniques ici. Ce ne sera pas facile, je vous l'accorde. Il devra s'endurcir, mais c'est justement l'un des objectifs.

—Vous savez, mes parents m'ont envoyée au pensionnat lorsqu'ils sont partis en Inde. J'étais malheureuse comme les pierres. Quand je pensais qu'ils étaient à l'autre bout du monde… Ça n'a pas duré longtemps.

—Eh bien, c'est différent. Vous êtes une fille.

—Mais je ne vois pas en quoi c'est différent.

—Pas de mais. C'est décidé. Je ne veux plus en discuter. Je n'ai pas envie d'avoir avec vous les mêmes querelles qu'avec…

Il s'arrêta au milieu de sa phrase. Un silence tendu s'abattit entre eux. Il dura, dura, et la tension monta tant et si bien qu'Amelia se sentit forcée de dire quelque chose pour la dissiper.

—Vous pouvez me parler d'elle, Reginald, dit-elle d'une petite voix.

—Je ne veux pas parler d'elle, dit-il d'un ton définitif. Ne l'évoquez plus.

Un silence triste tomba et Amelia se crut coupable d'avoir franchi une limite invisible. Et dans le même temps, elle avait le sentiment d'être repoussée, et tant que Reginald ne lui parlerait pas de la perte de sa première femme, il y aurait un fossé infranchissable entre eux. Par ailleurs, les projets de Reginald pour Arthur lui serraient le cœur, sachant à quel point le garçon était sensible et vulnérable. Comment survivrait-il dans le branle-bas d'un pensionnat à des milliers de kilomètres de chez lui et de tout ce qu'il connaissait et aimait ?

Arthur parlait rarement de sa mère, mais il lui arrivait de laisser échapper des petites informations. Une fois, pendant une promenade à cheval, comme ils traversaient un terrain découvert, il demanda s'ils pouvaient aller au petit galop et sauter un ruisseau tout au bout. Lorsque ce fut fait et qu'ils arrêtèrent leurs montures, Arthur éclata de rire, ses yeux pétillaient et il avait des couleurs aux joues pour la première fois depuis l'arrivée d'Amelia.

—Maman aimait faire ça, dit-il.

Et une autre fois, alors qu'Amelia lui lisait Blanche-Neige dans un livre relié en cuir qu'elle avait trouvé dans le salon, il lui dit d'un air mélancolique :

—C'était le conte préféré de ma maman.

Un jour, il surprit Amelia alors qu'ils décidaient où ils iraient se promener dans l'après-midi.

—On pourrait aller sur la tombe de maman ? demanda-t-il avec un regard implorant.

Amelia fut décontenancée par sa demande et, pendant quelques minutes, jusqu'à ce que son cœur se calme, elle n'osa pas le regarder ni chercher une réponse.

—Tu y es déjà allé ? finit-elle par lui demander prudemment.

—Oh oui. *Ayah* m'y emmène parfois. On ne le dit pas à papa. Il n'aimerait pas s'il savait.

—Pourquoi donc ?

Elle avait posé la question sans réfléchir. Arthur garda le silence, se tordant les mains et tournant un avion miniature sur ses genoux jusqu'à ce que l'hélice casse.

—Bien sûr qu'on ira, se hâta-t-elle de dire. Il faudra que tu me dises où c'est.

—Amir sait. Il nous conduira, répondit Arthur. Et il n'en parlera pas à papa.

Ils y allèrent le lendemain pendant le creux du début d'après-midi, à l'heure où la plupart des Britanniques faisaient la sieste sous les ventilateurs et les moustiquaires, ou piquaient du nez dans leur bureau. Amir, le chauffeur, les emmena au cimetière de l'Église d'Angleterre près du centre de Kanpur. La tombe était dans un coin négligé, où l'herbe n'était pas tondue. En voyant Arthur s'enfoncer dans les broussailles, Amelia eut peur qu'il y ait des serpents. Une pierre tombale blanche très simple se dressait, sur laquelle était écrit : « Ci-gît Elizabeth Holden, femme et mère aimée. Née le 2 janvier 1905, morte le 5 février 1934. Que Dieu veille sur elle. »

Amelia la regarda avec un frisson malgré la chaleur étouffante. Jusqu'à présent, elle ne connaissait même pas son nom. Arthur s'agenouilla devant la tombe et posa dessus quelques roses qu'il avait ramassées dans le jardin de la Résidence dans la matinée. Quand il releva les yeux vers Amelia, ils étaient pleins de larmes.

Elle essaya de le réconforter en le serrant contre elle et en lui susurrant des paroles apaisantes. Sur la route du retour, aucun d'eux ne parla, mais une fois à la maison, dans sa chambre, il se tourna vers Amelia et lui dit :

—Tu veux voir une photo de maman ?

—Si tu as envie de me la montrer.

Elle le vit se pencher sous son lit et en tirer un tiroir à roulettes. Elle qui se demandait pourquoi il n'y avait nulle part de photos de la mère d'Arthur et si c'était par une sorte de déférence envers elle, elle avait la réponse.

—Je n'en ai qu'une et elle est cachée là. Papa m'interdit de les garder.

—Oh ? fit Amelia, déconcertée.

—Il dit qu'il ne veut pas de souvenirs.

—Pauvre papa, murmura-t-elle.

Arthur se releva et tendit à Amelia une petite photo encadrée. Elle reconnut tout de suite les traits délicats et les yeux pâles d'Arthur. La photo était prise de côté et la femme baissait les yeux. Elle était blonde, les cheveux noués en chignon au-dessus de la nuque, et, sauf un collier de perles, ses épaules et son cou étaient nus. Mais surtout, un sentiment de tristesse profond émanait de cette femme, qu'Amelia trouvait profondément troublant.

—Elle est belle, ta mère, dit-elle en lui rendant la photo. Je suis sûr que tu es très fier d'elle.

*

Mabel, au volant, s'était retournée vers elle et essayait de lui dire quelque chose. Arrachée à sa rêverie, Amelia tenta de lire sur ses lèvres.

—Je disais, on quitte la route, cria Mabel en donnant un coup de volant. On sera bientôt au lac.

La route n'était plus qu'une piste sommaire semée de pierres que Mabel devait négocier en douceur. Elles montèrent pendant deux ou trois kilomètres en lacet, au-dessus de la plaine, et de là le panorama se déroulait sur des kilomètres et des kilomètres. Seuls les immeubles de Kanpur, à peine visibles dans le halo de chaleur, interrompaient le paysage brun d'un plat désespérant. À mesure de leur ascension, les couleurs se firent plus douces, l'herbe, plus verte. Bientôt, elles arrivèrent au sommet et découvrirent devant elles, niché entre des collines boisées, un immense lac sur lequel se reflétaient le ciel et la lumière du soleil.

Mabel s'arrêta sur une langue de sable au bord de la route et éteignit le moteur. À côté de la plage, à quelques mètres du rivage, se trouvait un pavillon de bains à la peinture écaillée, avec des dômes et des arcades, que venait lécher le clapotis de l'eau.

Un groupe de buffles somnolait sur une berge boueuse non loin, certains debout, d'autres vautrés, à moitié submergés, avec leurs flancs luisants. Des aigrettes blanches décollèrent de la surface du lac, perturbées par l'approche du véhicule. Amelia les regarda s'élever dans le ciel en formation, loin au-dessus du lac, puis par-dessus une forêt sur la rive opposée, avec un sentiment de vertige.

—Nous y sommes, dit calmement Mabel. C'est ici que les mères des villages viennent avec leurs nouveau-nés. En pleine nuit, en général.

—Quoi, ici ? s'étonna Amelia, à peine capable d'appréhender ce que cela signifiait pour une mère et son bébé.

—Parfois ici, parfois là-bas vers la forêt. C'est moins exposé ici, mais dans tous les cas elles profitent de l'obscurité.

—C'est horrible, dit Amelia. Vous n'avez pas réussi à les dissuader ?

—Quelques-unes, oui, mais c'est difficile. Il y a la pression des familles, des autres villageois…

—J'espérais pouvoir aider… mais ça me paraît très intimidant.

Mabel sourit.

—C'est bien que vous ayez pu venir. Je vous en suis vraiment reconnaissante. Votre soutien va m'être d'une grande aide. Reginald était d'accord, au fait ?

Amelia ne répondit pas. Elle se rappelait leur conversation. Pour commencer, elle s'était surprise à être mal à l'aise à l'idée de parler de ce voyage. Comme si elle sentait qu'il n'approuvait pas le travail des baptistes, de Giles et Mabel notamment, et qu'il aurait préféré qu'elle passe son temps avec Eileen James et les gens du club. Elle avait abordé le sujet un soir après le dîner. Les domestiques débarrassaient la table. Elle avait pensé qu'ils en discuteraient pendant le repas mais Reginald était préoccupé. Quand elle lui avait demandé ce qu'il avait, il avait répondu : « On a des problèmes avec les manifestants derrière les barreaux. Ils font une grève de la faim. Gandhi aura à répondre de tout cela. »

Amelia avait été troublée.

« Cela fait des semaines, non ? Ils sont accusés de quelque chose ?

—La justice progresse lentement dans ce pays, ma chère. Vous le comprenez, je suis sûr. On essaye de leur soutirer des informations avant de les accuser formellement et de leur faire un procès. Mais ce n'est pas facile.

—Vous n'avez pas eu d'informations à Darjeeling ? avait demandé Amelia.

—Si, un peu. Certains leaders sont terrés dans des villages là-haut, donc j'ai pu échanger avec le gouverneur pour l'aider. Mais nous avons besoin de noms. Et de savoir ce qu'ils prévoient pour la suite.

—Ce qu'ils prévoient ? Des manifestations pacifiques, j'imagine ?

—C'est le message auquel ils veulent faire croire, mais il y a un courant violent sous la surface. Nous devons l'écraser avant qu'il menace de renverser tout l'empire. »

Dans le silence qui avait suivi, Amelia s'était souvenue que Mabel lui avait téléphoné plus tôt pour lui proposer de l'accompagner dans les collines des environs le lendemain et qu'elle devait en parler à Reginald. Même si elle ne voyait pas au nom de quoi il s'opposerait à l'idée qu'elle se rende utile, elle sentait qu'il était capable d'objecter par principe. La table était presque vide et Reginald récupérait ses cigarettes et son whisky pour aller dans le salon lorsqu'elle s'était décidée à parler.

« Reginald », avait-elle dit alors qu'il allait se lever. Il l'avait regardée d'un air vaguement irrité avant de se rasseoir.

« Mabel Harris a appelé aujourd'hui. Quand je l'ai rencontrée au club, elle m'a demandé si je voudrais l'aider dans son travail dans les villages. Elle m'a proposé de l'accompagner demain. »

Tout était sorti d'un coup, et son cœur battait fort quand elle avait terminé. Reginald s'était renversé dans sa chaise et avait allumé une cigarette.

« Quel genre de travail ? avait-il demandé sans la quitter des yeux.

—C'est… Elle travaille avec les femmes des villages pour qu'elles arrêtent de noyer les petites filles, avait-elle répondu.

—Je croyais que vos activités de missionnaire étaient derrière vous, Amelia, avait-il dit d'un ton moqueur. Vous êtes la femme de l'officier du district maintenant. Vous feriez bien de ne pas l'oublier.

—Je veux juste aider Mabel. Elle a du mal à trouver des volontaires, avait-elle expliqué d'une voix faible.

—Eh bien, il y a une raison à cela. Elle interfère dans les affaires des villageois. Quand on est raisonnable, on ne se mêle pas des coutumes locales.

—Mais… personne ne peut laisser des enfants innocents être tués.

—Votre place est ici, Amelia. Auprès d'Arthur et de moi.

—Ce n'est qu'une journée, dit-elle, les yeux rivés sur la surface polie de la table. »

Il avait reculé sa chaise et s'était levé.

« Ma foi, allez-y si cela vous chante. Mais vous vous fatiguerez pour rien, je peux vous le dire. C'est sans espoir. Et s'il y a des répercussions qui m'affectent au sein de la communauté, cela devra cesser. »

Là-dessus, il était parti vers le salon.

Elle s'était levée à la hâte et l'avait rattrapé en pressant le pas.

« Comment cela, des répercussions ? » avait-elle demandé en le suivant dans le hall.

Au lieu de se diriger vers le salon, il partit vers son bureau, à l'avant de la maison.

« J'ai du courrier en retard. Je vous remercie de bien vouloir me laisser en paix », avait-il dit en entrant dans la pièce et en claquant la porte derrière lui.

—Si vous ne répondez pas, c'est qu'il n'a pas dû apprécier, dit Mabel.

Amelia haussa les épaules.

—Je ne comprends pas pourquoi. Avant notre mariage, il m'a dit que je pourrais faire ce que je voudrais à Kanpur.

—Il y a toujours eu un peu de tensions entre les missionnaires et l'administration britannique, dit Mabel. On ne se conforme pas toujours à ce qu'ils attendraient de nous. Mais vous devez faire ce qui est le mieux pour vous. Je ne veux pas vous mettre dans une position difficile vis-à-vis de votre mari.

—Non, je veux aider. Et si mes parents étaient en vie, je suis sûr qu'ils voudraient que j'aide ces gens au lieu de paresser au club, à boire toute la journée.

—Nous y allons, alors ? dit Mabel

Un sourire aux lèvres, elle démarra et quitta la plage.

—Quel est cet endroit ? demanda Amelia en regardant le pavillon.

Comme elle regardait le bâtiment décati par les intempéries et couvert de fientes d'oiseau, une aigrette solitaire décolla du toit.

—Oh, c'était un pavillon de bains pour les épouses des maharajas il y a deux siècles.

—Passionnant, dit Amelia en se retournant pour l'observer encore une fois.

—Mais plus personne n'y va, continua Mabel. D'après ce qu'on raconte, l'une des épouses s'est noyée et l'endroit a été abandonné après cela. Les villageois des collines sont persuadés que le pavillon est hanté.

—Oh !

Un frisson parcourut l'échine d'Amelia. Cette histoire effrayante ajoutait encore à l'ambiance tragique qui régnait malgré le paysage somptueux.

Elles longèrent le lac, franchirent une colline, puis redescendirent jusqu'à un petit village qui n'était guère plus qu'un agrégat de huttes à l'orée de la forêt. À peine Mabel fut-elle garée à l'ombre d'un arbre qu'une foule de villageois curieux se pressa autour de la voiture ; des femmes en sari de couleur qui portaient des bébés contre leurs hanches, serrant leur voile autour de leur visage, des enfants qui les dévisageaient de leurs grands yeux bruns, et quelques vieillards courbés qui surveillaient les intruses de l'entrée de leur hutte.

—Venez avec moi. Montrons-nous à notre avantage, dit Mabel en descendant de voiture.

La foule s'écarta pour les laisser passer et Amelia suivit Mabel jusqu'au hameau, entre les rangées de clos branlants où picoraient des poules et les cochons se vautraient dans la poussière. Les villageois les suivaient à bonne distance, marmonnant entre eux. Se dirigeant vers une hutte tout au bout du village, elles passèrent devant une vache brahmane attachée à un pieu et un enclos en bois peuplé de chèvres malingres. Tout cela rappelait à Amelia ses excursions dans les montagnes avec son père, quand les villageois s'attroupaient devant sa clinique de fortune. Elle fut soudain heureuse d'être venue et de n'avoir pas cédé à l'agacement de Reginald.

—Entrez, dit Mabel en se penchant pour pénétrer dans la hutte.

Amelia s'engouffra à sa suite. La chaleur était étouffante à l'intérieur. Ses yeux mirent quelques secondes à s'habituer à la pénombre, puis elle vit deux femmes assises côte à côte sur un tapis dans un coin. La plus jeune était en fin de grossesse. L'autre se leva et salua Mabel et Amelia avec de grands sourires, les mains jointes.

—C'est Jamila, dit Mabel à Amelia, et sa bru Parvati.

—*Namaste*, dit Jamila. Vous voulez du thé ?

Amelia s'assit à côté de Mabel sur une caisse en bois pendant que Jamila sortait faire bouillir de l'eau. Elle écouta Mabel discuter en hindi avec la jeune femme. Amelia ne le parlait pas bien mais elle connaissait des bribes d'autres langues indiennes. Son père en parlait plusieurs, et elle-même avait appris le népalais – la langue des montagnes de la province de Darjeeling. En écoutant les tentatives ratées de Mabel, elle devina que son hindi n'était pas bon et qu'elle avait un lourd accent anglais. Une ou deux fois, Amelia intervint pour l'aider dans la conversation.

À mesure que Mabel parlait à Parvati, qui hochait la tête en souriant, avec parfois de brefs coups d'œil nerveux en direction de la porte, Amelia comprit comment la Mission cherchait à convaincre les villageois de garder les petites filles. Mabel, dans son hindi haché, expliquait à Parvati que la Mission l'aiderait financièrement si le bébé était une fille. Elle aurait droit à quatre paiements. Un le jour même, et elle pourrait garder l'argent quel que soit le sexe du bébé ; un à la naissance, et deux autres pendant sa première année de vie. Les sommes n'étaient pas énormes, juste assez pour les tenter, et elles pourraient servir à payer la dot dont la famille aurait à s'acquitter pour son mariage.

Jamila revint avec du chai dans des tasses en terre cuite et les quatre femmes s'installèrent pour boire le doux breuvage en bavardant amicalement.

Lorsqu'elles eurent fini leur chai, Mabel donna à Parvati l'argent dans une enveloppe. Elle la prit en souriant et en remerciant, les larmes aux yeux. Puis elles se dirent adieu et les deux femmes retournèrent à leur voiture, toujours suivies par la foule des villageois. Un gamin chassa d'un coup de pied un chien décharné qui s'était endormi sous le marchepied de l'automobile.

—Il m'a fallu des mois de persuasion, dit Mabel à Amelia lorsqu'elles eurent quitté le village. Encore maintenant, je ne suis pas certaine que cela fonctionnera. Quand le mari et le beau-père de Parvati reviendront des champs, ils lui prendront sans doute l'argent et il n'y a aucune garantie qu'elle garde le bébé.

—La Mission a-t-elle testé d'autres méthodes pour convaincre les gens de garder les filles ? demanda Amelia en se tournant pour regarder, à travers le nuage de poussière soulevé par la voiture, des gamins courir en criant après elles.

—On a essayé autre chose, répondit Mabel. On travaille avec l'orphelinat catholique de Kanpur.

—Vraiment ?

Amelia était surprise. Il n'était pas rare en Inde que les catholiques et les baptistes se détestent cordialement.

—Oui, les sœurs acceptent tous les bébés déposés devant leur porte le dimanche matin avant le lever du jour, ce qui signifie qu'il n'y a aucune démarche à faire pour que le bébé puisse trouver une nouvelle famille. Nous en parlons dans tous les villages, et s'ils sont décidés à ne pas garder leurs bébés, on les emmène à l'orphelinat à leur place. C'est difficile pour eux d'y aller, alors notre solution les arrange. Cela dit, aider financièrement les familles fonctionne mieux ces derniers temps.

Dans le village suivant, la femme qu'elles allèrent voir avait déjà accouché de sa petite fille et Mabel lui apportait son deuxième paiement. Amelia resta en retrait, un peu timide, tandis que Mabel s'extasiait devant le bébé. La jeune mère était fière de montrer sa petite fille toute fripée, et cette fois les autres femmes du village se massèrent dans la hutte avec elle pour partager l'événement. Amelia fut touchée par leur accueil et le plaisir qu'elles prenaient à cette nouvelle naissance, mais lorsqu'elles retournèrent vers leur voiture, elle vit les hommes brandir le poing dans leur direction.

—Ils désapprouvent ce que nous faisons, j'en ai peur, dit Mabel en s'installant derrière le volant. C'est une réaction courante.

Cela rappela à Amelia les paroles de Reginald : « Quand on est raisonnable, on ne se mêle pas des coutumes locales. »

Elles visitèrent encore deux villages. Dans le premier, Mabel resta près de la voiture et les femmes firent cercle autour d'elle. D'une voix claire malgré son hindi défaillant, elle expliqua ce qu'elle venait faire. Certaines paraissaient choquées par ce qu'elle proposait, et plusieurs d'entre elles l'interpellèrent avec virulence, mais elle tint bon. Amelia trouva admirable la force de cette femme toute petite et d'apparence si ordinaire. Mabel lui rappelait sa mère.

Dans le dernier village, elles trouvèrent une femme qui, comme Parvati, était accompagnée par sa belle-mère, beaucoup plus méfiante et moins accueillante que Jamila. Elle ne leur offrit aucun rafraîchissement et ne les laissa pas entrer dans la hutte, aussi durent-elles subir le soleil sur le pas de la porte pendant que Mabel expliquait à la jeune femme ce que la Mission lui offrirait si elle accouchait d'une fille.

—Elle finira par comprendre, dit Mabel lorsqu'elles reprirent la route de Kanpur.

En chemin, Mabel demanda à Amelia si la journée lui avait plu et si elle se sentait prête à aider de façon régulière.

—Je ne monte pas toujours autant qu'il faudrait aux villages, dit-elle. Pour être efficace, il faudrait que nos visites soient plus régulières. Mais je passe beaucoup de temps à lever des fonds. Comme vous l'imaginez, les donations s'épuisent très vite.

—J'adorerais, mais je ne sais pas trop, répondit prudemment Amelia. Arthur a besoin de ma compagnie, et…

Elle ne termina pas sa phrase, mais elle sentit que Mabel avait compris ce qui la retenait. Avait-elle vraiment envie de se disputer avec Reginald chaque fois qu'elle voudrait aider ?

Quand elles se garèrent sous les arcades de la Résidence, Amelia proposa à Mabel d'entrer manger quelque chose de léger, mais celle-ci déclina poliment.

—Merci, j'ai des tas de choses à faire chez moi. Vous devriez venir prendre le thé un de ces jours. Giles adorerait vous voir.

—Avec plaisir, dit Amelia.

*

À son retour à la nuit tombée ce soir-là, Reginald ne posa aucune question à Amelia sur son excursion dans les montagnes. Il alla directement voir Arthur. Mais à la manière raide dont il demanda à Arthur comment s'était passée sa journée, Amelia devina qu'il n'avait pas oublié.

—Oh, je n'étais pas seul, papa. Il y avait *ayah* et Amir, répondit Arthur avec un sourire innocent.

—Bien sûr, dit Reginald d'un air absent.

Il avait les traits tirés par la fatigue, et après avoir laissé Arthur dans sa chambre, il sortit s'affaler dans un fauteuil en rotin sur la terrasse avec un whisky.

—Vous allez bien ? demanda Amelia en le suivant, vaguement inquiète.

—J'ai eu une journée épouvantable. Nous essayons de faire parler ces vermines. Mais c'est peine perdue.

—N'est-ce pas le rôle de la police ?

—Si. Mais je dois être là moi aussi. C'est une question de sécurité pour le district. D'ailleurs, nous avons plus de chances de les faire parler si je suis présent, ajouta-t-il d'un air sombre.

—Pourquoi ?

—Ne cherchez pas à savoir, répondit-il en vidant son verre. Je vais monter me changer.

Il se leva en grimaçant et laissa Amelia seule sur la terrasse.

Sa veste en lin était restée pendue au dossier du fauteuil. Amelia la ramassa pour la lui rendre, mais ce faisant elle remarqua un détail qui la remplit d'effroi. Retenant son souffle, elle leva la veste à la lumière pour mieux voir. Oui, elle ne se trompait pas : le revers était constellé de petites taches rouges. Du sang. Cela ne pouvait pas être autre chose. Amelia se laissa tomber dans le fauteuil, la veste serrée dans son poing. D'où ce sang venait-il ? Elle n'avait pas envie de réfléchir à la réponse. Elle resta assise un long moment à essayer de calmer sa respiration.

13

Kate

Warren End, 1970

En prenant la route de Buckingham par cette belle matinée d'avril, Kate pensait à Gordon Anderson. Elle se remémorait leur conversation de la veille, leur manière si naturelle de rire tous les deux. Elle avait aimé discuter avec lui, c'était rafraîchissant d'être avec quelqu'un qui n'attendait rien d'elle et qui n'essayait pas de lui prouver quelque chose. Elle avait pu se détendre et être elle-même pour la première fois depuis des lustres.

Tout en suivant la route sinueuse au milieu des bois, des champs et des prés où paissaient des moutons, elle essaya de comprendre pourquoi. Au travail, elle devait en permanence garder une attitude professionnelle, ne serait-ce que pour ne pas être piétinée ou mise de côté par ses collègues masculins, si bien qu'elle baissait rarement la garde pour avoir une conversation normale, et franche, avec quiconque. Dans sa vie privée aussi, la plupart des gens qu'elle fréquentait à Londres étaient des connaissances plutôt que de vrais amis. Ils connaissaient peu son passé, son enfance, d'où elle venait. Elle craignait toujours de trop en dire, de dévoiler ses faiblesses, au fond, elle vivait dans la terreur, comme si sa façade soigneusement construite risquait à tout instant de s'écrouler, et toute sa vie avec. Elle serra le volant en accélérant dans une montée ; elle ne voulait pas y penser, car il aurait fallu affronter la culpabilité qu'elle avait enfouie pendant des décennies – une culpabilité qui n'avait cessé de la ronger et d'empêcher une réelle sérénité.

Mais aujourd'hui qu'elle était de retour là où tout avait commencé, elle essayait au moins de comprendre comment les événements de 1944 avaient affecté sa vie. Elle savait que c'était à la racine de tous ses échecs amoureux.

Sa dernière histoire s'était terminée deux ans plus tôt. Ce n'était pas Kate qui y avait mis un terme, mais c'est elle qui l'avait ruinée. Jonathan voulait qu'ils s'engagent l'un envers l'autre. C'était un avocat qui travaillait sur la vente de l'un des bâtiments qu'elle avait conçus. Ils s'étaient rapprochés en buvant des verres après des réunions qui s'étaient terminées tard. Il n'avait jamais été marié et il avait quelques années de moins que Kate. Ils s'étaient fréquentés plusieurs mois, elle avait même l'impression d'être amoureuse, et puis il avait proposé qu'ils prennent un appartement ensemble. C'est là que Kate avait refermé la porte. Elle se disait qu'elle aimait avoir son propre espace, qu'elle aimait trop ses petites habitudes pour partager son existence avec un autre être humain. C'était très bien de passer du temps avec Jonathan, de visiter des galeries le week-end, d'aller au théâtre le soir en semaine, de dîner en buvant d'excellents vins au restaurant, de se tenir la main et de se regarder dans le blanc des yeux. Mais vivre à deux, c'était une autre histoire. Elle n'était pas prête à le laisser entrer dans son cœur.

Elle se demandait maintenant pourquoi elle réagissait de cette façon. Comment était-elle devenue cette femme froide, ingrate, incapable de risquer l'intimité même avec quelqu'un qu'elle aimait et en qui elle avait confiance ? Quel contraste avec sa jeunesse, quand une simple rencontre avec Gordon dans les couloirs de l'école faisait battre la chamade à son cœur. À cet instant, le souvenir de leur dernière rencontre remonta des tréfonds de sa mémoire. Elle avait dû l'y ensevelir pendant des années, parce qu'elle n'avait même pas idée qu'il s'y trouvait.

Elle faisait des courses avec sa mère à Midchester un samedi après-midi au début de l'été 1944. Elle avait tenté de refuser parce qu'elle avait promis à Joan de l'appeler après le petit déjeuner pour aller au vieux moulin, mais sa mère avait insisté.

« Il y aura beaucoup de choses à porter et ton père ne peut pas m'aider. Il a une réunion liée à une sorte d'opération aérienne ce matin à la mairie. »

Aussi était-elle partie avec Freda par le bus de neuf heures en se sentant coupable de laisser tomber Joan. Elle savait que son amie lui en voudrait et, pour être honnête, elle avait un peu peur de ses colères.

Comme la queue de High Street devant la boucherie était longue et avançait à une vitesse d'escargot, Freda avait demandé à Kate d'aller à l'épicerie acheter des allumettes, des gâteaux et du savon. Dès que la porte s'était refermée avec un bruit de cloche dans son dos et qu'elle était entrée dans la pénombre du magasin, elle l'avait vu derrière le comptoir. Ses joues s'étaient échauffées d'un coup et elle était sur le point de se précipiter dehors en courant lorsqu'il avait levé les yeux vers elle.

Il était trop tard. Elle était prise au piège, il n'y avait nulle part où fuir. Son cœur s'était mis à cogner plus fort, mais elle n'avait pas eu le choix. Elle s'était armée de courage et approchée du comptoir.

« Salut ! avait dit Gordon en souriant, ses yeux bleus posés sur elle. Quelle surprise de te voir ici. »

Le vieil homme qu'il était en train de servir avait ramassé ses produits et s'en était allé. La porte avait claqué derrière lui, avec le tintement de cloche. Ils étaient seuls dans le magasin. Kate sentait l'odeur de la paraffine, de la peinture, et elle entendait du bruit dans l'arrière-boutique.

« Toi aussi. Je ne savais pas que tu travaillais ici.

—Je donne un coup de main à mon oncle pendant les vacances.

—Oh. »

Elle avait baissé les yeux sur le comptoir. Elle aurait aimé que la chaleur diminue sur ses joues enflammées. Elle s'était rappelée le dernier jour d'école, quand elle était sortie des toilettes avec un groupe de filles et que Gordon attendait dehors, les mains dans les poches, les yeux rivés sur la porte. Il avait filé en vitesse en les voyant toutes ensemble et elles s'étaient demandé, en allant prendre le bus, s'il attendait l'une d'entre elles, et si oui, laquelle. Kate n'avait pas osé espérer qu'il s'agisse d'elle.

« De quoi as-tu besoin ? » avait-il demandé, la rappelant à la réalité.

Elle lui avait dit qu'elle avait besoin de savon et d'allumettes, et il les avait prises sur les étagères alignées derrière le comptoir puis les avait enveloppées dans du papier brun. Pendant tout ce temps elle l'avait regardé, émerveillée d'être si près de lui, de voir sa mèche blonde tomber sur son front et ses mains envelopper le paquet avec tant d'aisance. Il le lui avait tendu en souriant et elle l'avait rangé dans son sac.

« Eh bien, au revoir alors », avait-elle dit après avoir payé, en se tournant pour partir.

Elle s'était dirigée vers la porte en sentant son regard dans son dos, et au moment où elle avait mis la main sur la poignée, il avait parlé :

« Je me disais…

—Oui, avait-elle dit en se tournant, la gorge serrée.

—Je me disais que, peut-être… on pourrait se voir un de ces jours. Un jour où tu es libre, enfin… »

Kate, estomaquée, ne savait plus où elle en était. Elle ne trouvait pas les mots pour répondre.

« Si tu ne veux pas, évidemment, ce… ce n'est pas grave, avait-il balbutié. C'est juste… euh, ce serait sympa de se voir. J'ai l'impression que ça fait un bail qu'on s'est pas vus avec l'école qui est terminée. »

Elle avait fixé le sol pendant toute sa tirade mais quand il avait eu fini, elle avait risqué un regard vers lui et à sa grande surprise, c'est lui qui avait détourné le regard. Elle n'arrivait pas à croire qu'il soit nerveux.

« D'accord. Ce serait chouette », était-elle parvenue à articuler, en se demandant comment ils allaient s'organiser.

Fallait-il prévoir la chose maintenant ? Ou lui écrirait-il ? Cela paraissait si formel.

« Pourquoi pas samedi prochain ? avait-il demandé comme s'il lisait dans ses pensées. Je travaille toute la semaine mais j'ai congé le samedi. On pourrait… on pourrait s'acheter quelque chose à manger et aller marcher le long de la rivière, par exemple.

—Oui. Oui, ce serait bien, répondit-elle.

—On dit midi, alors ? Sur la place, devant la mairie ?

—Très bien. Oui. Je prendrai le bus de onze heures. À samedi. »

Elle s'était dépêchée de sortir du magasin, le cœur battant et pleine de fébrilité, et avait couru rejoindre sa mère dans la queue de la boucherie. Mais en même temps qu'elle courait, elle pensait à Joan. Que penserait-elle de cette étonnante nouvelle ? Elles étaient tellement proches depuis le début de l'été, inséparables même. Personne ne venait gâcher leur amitié, leurs habitudes. Elle l'avait laissée tomber aujourd'hui et elle la laisserait encore tomber samedi prochain pour voir Gordon. Joan n'apprécierait pas, elle en était sûre.

« Qu'est-ce qui t'arrive ? lui avait demandé Freda quand elle était arrivée à court d'haleine devant le magasin. Tu es toute rouge. On dirait que tu viens de croiser Clark Gable. »

En repensant à cette journée et à la semaine funeste qui avait suivi, Kate se rendit compte qu'elle n'était pas allée à Midchester retrouver Gordon le samedi suivant et qu'elle n'y avait plus pensé pendant toutes ces années. Vendredi était le jour où s'était produit l'événement qui avait fait exploser sa vie, et le fait que Gordon l'attendait devant la mairie était déjà loin, très loin d'elle, le lendemain.

Elle se laissa descendre jusqu'au fond d'une vallée traversée par une rivière, longeant une forêt sur sa gauche. Elle nota que ce lieu lui était vaguement familier tout en se demandant si Gordon se souvenait qu'elle n'était pas venue le jour dit. Quand ils s'étaient revus au collège à l'automne suivant, elle n'était plus que l'ombre d'elle-même. Elle ne voulait plus parler à personne, surtout pas à Gordon, et ils s'étaient tous les deux soigneusement évités. Quelques mois plus tard, elle quittait l'école ; son père avait trouvé un nouveau travail à Saxmundham et ils entamaient une nouvelle vie.

Elle roulait dans le creux de la vallée. Rien n'avait changé par ici. Comme avant, des centaines de mètres de marais entre la route et la rivière. Et voilà qu'elle apparut, la rivière, scintillant dans le doux soleil printanier comme une piste de verre serpentant entre des rangées de saules têtards.

Kate se crispa en se disant qu'elle passerait devant les ruines du Moulin du Saule d'ici deux ou trois kilomètres. Il y avait une autre route jusqu'à Buckingham, *via* la quatre-voies, alors pourquoi avait-elle choisi celle-ci ? Le désir inconscient de revisiter ce lieu, de se rappeler le foyer de toute sa douleur ? Ou avait-elle simplement pris cette route parce qu'elle était cartographiée dans sa mémoire comme la route migratoire des hirondelles au printemps ?

—Vois les choses en face, Kate, se dit-elle à voix haute. Tu ne peux plus esquiver.

Et à cet instant, elle se fit le serment d'aller au fond des choses. De même qu'elle faisait le maximum pour découvrir les secrets d'Amelia et comprendre ce qui avait poussé sa tante à cacher son passé, et aussi dans quelle mesure cela avait joué un rôle dans son comportement à l'été 1944 – sa façon d'être en retrait, préoccupée, et sa trahison d'oncle James –, oui, de la même façon, Kate affronterait son propre passé. Elle affronterait ce que Joan et elle avaient fait durant cet été, qui avait changé leur vie et celle des autres. Après tout, ce qu'elles avaient fait et les secrets d'Amelia étaient inextricablement liés.

Kate savait que le seul moyen de parvenir à ses fins était de reprendre le fil de son amitié avec Joan et de pouvoir parler avec elle des événements de cet été. Elle revit Joan, abattue et en surpoids, maltraitée par son mari. Et elle pensa aussi à Dave, qui l'avait menacée pour qu'elle ne revienne plus. Kate n'allait pas se laisser rudoyer par Dave : d'ailleurs, c'était une raison supplémentaire de se rapprocher de Joan. Derrière son attitude défensive et bravache, Joan appelait à l'aide.

Elle fit ralentir la voiture et négocia le virage derrière le bosquet. Et elle aperçut alors le toit de tuile rouge, qui dépassait les plus hautes branches au feuillage encore clairsemé. Le vieux moulin. Il n'avait été ni restauré ni converti. Il était comme autrefois, mais en plus mauvais état encore. Le toit s'était effondré par endroits, et la cheminée s'était partiellement écroulée, étouffée par le lierre et les sureaux.

Apparut le portail par lequel Joan et elle entraient avec leurs vélos, le portail derrière lequel Amelia et George Prendergast dissimulaient leurs voitures pour leurs rencontres secrètes. Lui aussi était couvert de ronces, mangé par les herbes folles qui grimpaient à mi-hauteur, le bois des portes vermoulu et chargé de lichen. Sur une impulsion, Kate gara sa voiture sur le bas-côté de la route. Sans lâcher le volant, elle prit de longues inspirations pour se calmer. Elle jeta un coup d'œil à sa montre : elle avait largement le temps d'arriver à La Prairie, elle pouvait s'accorder dix minutes ici. Elle descendit de voiture et s'appuya un instant contre la portière, se demandant s'il était bien nécessaire de franchir le portail et de visiter le moulin. L'endroit avait une aura inquiétante qui la faisait frémir, mais l'appel du passé fut le plus fort.

Malgré les ronces et l'état du portail, celui-ci s'ouvrit sans trop de difficulté. Elle avança dans la forêt. La piste boueuse était encore visible devant elle, même si les arbres étaient plus grands désormais, et la broussaille plus épaisse. Elle se mit en marche vers le moulin. Le silence qui régnait avait une sorte d'épaisseur, les seuls sons étaient des chants d'oiseau et le clapot de la rivière. Levant les yeux, elle vit deux corbeaux poursuivre un merle entre les branches. Quand le vieux moulin apparut, elle s'arrêta et regarda ses murs branlants. Il était exactement comme dans son souvenir, sauf que les fenêtres étaient barrées par des planches et qu'un panneau était accroché sur les briques du rez-de-chaussée.

DANGER : NE PAS ENTRER

Le grincement d'une porte la fit sursauter. Elle n'était pas seule. En panique, elle s'écarta du chemin, s'enfonça dans les buissons et se plaqua contre un arbre, le cœur cognant contre ses côtes. De là où elle se tenait, elle voyait le coin du moulin et, derrière, le chemin depuis la porte du bâtiment. L'individu qui se trouvait ici ne pourrait revenir que par là. Elle attendit ce qui lui sembla une éternité. Puis une silhouette apparut. Elle avançait lentement, avec des pas exagérés ; c'était un vieillard emmitouflé dans un manteau gris malgré la chaleur. Il s'appuyait sur un bâton de marche. Kate comprit tout de suite à qui elle avait affaire. George Prendergast.

Elle n'avait pas envie qu'il la voie ici. En se dépêchant, elle pouvait encore retourner à la voiture sans être repérée. Au lieu de reprendre le chemin, elle suivit une parallèle à travers les ronces et les broussailles. Des épines lui griffaient les jambes, les chardons s'accrochaient à son manteau, mais elle finit par atteindre la haie d'où il n'y avait plus que quelques mètres à découvert jusqu'au portail. Elle courut, prit le temps de refermer derrière elle, et, de retour dans la voiture, le souffle court, elle démarra et fonça à travers la vallée, roulant aussi vite que la route sinueuse le lui permettait jusqu'à ce qu'elle arrive sur une crête. Là, elle dut écraser la pédale de frein pour ne pas percuter des vaches qui se trouvaient en travers de la route.

Elle éteignit le moteur et regarda le troupeau noir et blanc avancer lourdement du champ à gauche vers l'étable à droite de la route. Certaines s'arrêtaient et lui jetaient un regard torve avant de poursuivre leur chemin, d'autres remuaient la queue et déposaient une bouse sur le ruban d'asphalte. La vue de ces bêtes placides rendit le sourire à Kate et elle réfléchit à ce qui venait de se passer. Alors qu'il lui avait fallu beaucoup de courage pour ouvrir le portail et approcher du moulin, la présence de George Prendergast l'avait effrayée, la réduisant à se cacher derrière un arbre. C'était la dernière personne qu'elle se serait attendue à voir à ce moment. Elle se demanda pourquoi il était venu seul dans cet endroit désolé. Il n'y avait pas d'autre voiture, ce qui signifiait qu'il était venu à pied. À la vitesse où il marchait avec son bâton, il lui avait fallu marcher toute la matinée pour venir du village, même en prenant le raccourci. Venait-il souvent ? Y avait-il un rapport avec le fait que c'était le lieu de ses rendez-vous secrets avec Amelia ? Était-il comme elle hanté par son passé ?

La dernière vache traversa et le fermier apparut dans le champ, ferma la grille et la suivit en saluant Amelia d'un petit geste. Elle reprit sa route en roulant plus lentement maintenant qu'elle était remise du choc, profitant du paysage qui se déployait autour d'elle. Elle prit conscience avec un certain étonnement que ces douces collines boisées lui avaient manqué.

La Prairie était un ancien manoir perché sur une hauteur à quelques kilomètres au nord de Buckingham, avec une vue dégagée sur plusieurs kilomètres à la ronde. Un panneau sur le portail proclamait : « Pension élégante pour retraités avertis ». En s'engageant sur l'allée bordée de grands chênes au milieu d'un grand parc soigné, elle se souvint que si les sœurs Robinson avaient vécu dans une demeure délabrée et semblaient sans le sou, leur père était un industriel de la chaussure, l'un des plus gros employeurs de Northampton, et qu'il avait vendu son entreprise à une société américaine avant sa mort. Miss Robinson pouvait donc se permettre d'évoluer dans cet environnement privilégié.

Kate se gara devant le bâtiment et l'architecte qu'elle était admira les colonnes de style Renaissance et le grand escalier imposant qui menait à l'entrée, parfaitement adapté au lieu et d'une perfection formelle jusque dans ses moindres proportions.

À l'intérieur du hall d'entrée à la hauteur de plafond majestueuse, qui faisait davantage penser à un hôtel de luxe qu'à une maison de retraite, après qu'elle eut attendu quelques instants, une jeune femme vint l'accueillir qu'elle reconnut aussitôt pour l'avoir vue accompagner Miss Robinson à l'enterrement de sa tante.

—Je m'appelle Sandra, dit la fille. Je suis enchantée de vous revoir, Miss Hamilton. Miss Robinson attendait votre visite.

Comme elle conduisait Kate à travers de larges couloirs à la moquette couleur crème et ponctués d'épaisses portes en bois, elles croisèrent quelques riches résidents marchant avec leur déambulateur, ainsi que du personnel poussant des chariots chargés d'assiettes surmontées de cloches en argent. Enfin, elle s'arrêta devant une porte et frappa doucement avant d'ouvrir.

La chambre était immense, avec des moulures au plafond, une grande cheminée en marbre et des meubles gracieux. Miss Robinson était assise dans un fauteuil inclinable, un plaid écossais sur les genoux et le haut du corps enveloppé d'un châle, à côté de la cheminée où brûlait un feu artificiel au gaz.

—Entrez, ma chère, dit-elle en faisant signe à Kate d'avancer et en lui désignant un fauteuil installé face au sien.

Kate s'assit et sourit à la vieille dame. Cette fois, ses yeux n'étaient pas cachés par des lunettes de soleil mais presque fermés, les pupilles invisibles. Un vague souvenir remonta à la mémoire de Kate. L'image de Miss Robinson et de sa sœur aveugle marchant dans le village, bras dessus bras dessous, sa sœur fixant droit devant elle de ses yeux vitreux. Les enfants du village avaient peur et se moquaient cruellement d'elles. Mais ce n'est pas tant la cécité qui les effrayait que la réputation de médium de la sœur. On disait qu'elle était capable de voir le passé et de prédire le futur, de savoir quand un désastre ou un accident allait se produire, quand quelqu'un allait mourir ou avoir une bonne nouvelle inopinée.

Miss Robinson tourna sa tête en direction de Kate en esquissant un sourire.

—Je savais que vous viendriez, ma chère. Quand vous commenceriez à farfouiller dans les affaires de votre tante, je savais que vous y trouveriez des choses qui vous conduiraient à vous poser des questions. C'est ce qui s'est passé, non ? Vous avez trouvé des choses de ce genre ?

—Oui. J'ai trouvé un certificat de mariage en Inde. Des photographies et des lettres, aussi.

—Mais les lettres n'ont pas répondu à vos questions. Au contraire, elles en ont apporté d'autres, n'est-ce pas ?

Kate acquiesça et ses yeux se posèrent sur le feu dans la cheminée. Il faisait une telle chaleur dans la pièce qu'elle avait la tête en ébullition. Mais c'était aussi à cause des paroles de la vieille dame. Elle semblait en savoir tellement sur elle, peut-être savait-elle tout ce qu'il y avait à savoir. Même les choses que Kate n'avait pas encore ramenées à la surface. Elle avait le même sentiment qu'autrefois dans la chambre de Joan. Le sentiment d'être prise au piège, sans nulle part où aller, nulle part où se cacher.

Comme pour donner corps à ses craintes, Edna poursuivit :

—Et vous avez des raisons pressantes de vouloir comprendre, n'est-ce pas ?

Kate hocha de nouveau la tête.

À cet instant, la porte s'ouvrit et Sandra arriva avec un plateau à thé. Ni Miss Robinson ni Kate ne prononcèrent le moindre mot tandis que Sandra versait l'eau et leur tendait les tasses, posées sur des soucoupes en porcelaine chinoise. Le service fini, la jeune femme repartit en fermant bruyamment la porte derrière elle.

—Vous savez, comme vous, votre tante avait dans son passé des choses qu'elle ne pouvait pas révéler. Votre oncle lui avait offert un foyer et une nouvelle vie, elle était heureuse avec lui et lui vouait une gratitude éternelle. Cependant, malgré tout cela, elle restait une jeune femme inquiète.

—Mais comment savez-vous tout cela ? parvint à demander Kate.

—Nous sommes devenues amies avec la pauvre Amelia, ma sœur et moi. Quand nous la croisions dans le village, ma sœur disait toujours : « Edna, les ténèbres sont telles un voile autour de cette jeune dame. Je le vois. » Elle ne se trompait jamais sur ce genre de chose. Nous sommes allées à l'église un jour et nous y avons vu votre tante pleurer toutes les larmes de son corps, assise sur un banc. Nous nous sommes installées près d'elle, nous avons passé nos bras autour de ses épaules et nous l'avons consolée. Après cet épisode, elle a commencé à venir à la maison prendre le thé. Et petit à petit, elle s'est confiée. Elle nous a tout raconté. Évidemment, ma sœur avait toujours un temps d'avance sur son récit, mais Amelia comblait les trous.

—Et vous allez me raconter ? demanda Kate d'une petite voix. Je… J'ai besoin de savoir.

—Bien sûr. C'est pour cela que je vous ai demandé de venir, ma chère. Il est temps que vous sachiez la vérité.

14

Amelia

Kanpur, Inde, 1935-1936

Il fallut à Amelia un suprême effort de volonté pour ne pas pousser un cri, assise là, sur la terrasse en cette soirée étouffante de juin, la veste tachée de sang de Reginald serrée dans son poing. Elle était tétanisée par la peur et l'horreur. Que devait-elle faire ? Que *pouvait-elle* faire ? Son instinct lui dictait de monter dans leur suite à l'étage, où il était parti se laver, pour lui demander une explication, mais elle savait que c'était inutile. Il ne lui donnerait aucune réponse franche, et ensuite il saurait qu'elle avait remarqué le sang et deviendrait soupçonneux.

Immobile, elle écouta le chant assourdissant des cigales dans le jardin, huma le parfum des frangipaniers et des bougainvilliers, et elle retrouva peu à peu son calme. Elle tenta de se convaincre qu'il y avait une autre explication plausible à la présence de ces taches de sang sur la veste de Reginald ; il était possible qu'il ait assisté de près à un accident en rentrant à la maison, ou peut-être était-il passé devant un étal de boucher au marché couvert plus tôt dans la journée. Elle s'était rendue au bazar du centre de Kanpur avec Arthur, et elle avait dû se boucher le nez à cause de l'odeur puissante et écœurante que dégageaient les comptoirs sur lesquels les bouchers découpaient viandes et volailles avec de grands hachoirs aux lames maculées de sang. Il n'était pas difficile de se faire asperger de gouttelettes rien qu'en passant devant l'un de ces étals. Oui. C'était forcément cela. Toute autre explication était inenvisageable.

Ainsi, ayant retrouvé en partie sa sérénité, Amelia se leva et remit la veste sur le dos du fauteuil de Reginald, en faisant attention à le pendre exactement dans la position où il l'avait laissée. Elle alla ensuite dans le salon se servir un verre de brandy. Après quelques gorgées, elle sentit ses nerfs suffisamment émoussés pour pouvoir l'affronter, et le temps d'arriver à l'étage, elle s'était persuadée que tout allait bien et qu'elle pouvait oublier cette histoire de veste. Elle alla dans la salle de bains où elle trouva Reginald plongé dans la baignoire, lisant calmement un livre, un verre à portée de main. Elle s'arrêta sur le seuil.

—Tout va bien, ma chérie ? demanda-t-il d'un air détendu en levant les yeux de son livre.

—Bien sûr, dit-elle en buvant une gorgée de brandy.

—Je sors dans une minute. Vous voulez prendre un bain avant le dîner ?

—Non… ça va. J'en ai pris un en rentrant.

Il retourna à sa lecture, et à son attitude fermée, elle comprit qu'il refusait de parler car il désapprouvait toujours sa journée dans les villages avec Mabel. Préférant éviter de mordre à l'hameçon, elle alla dans la chambre se changer pour le dîner.

Ce soir-là, quand ils se couchèrent, malgré sa décision de chasser de son esprit la veste tachée de sang, elle frissonna de dégoût lorsque Reginald la toucha. Mais elle ne voulait pas éveiller ses soupçons en se refusant à lui. L'expérience lui avait déjà appris qu'il boudait ou se mettait en colère quand elle ne répondait pas à ses avances. Aussi resta-t-elle étendue, comme recroquevillée en elle-même, le laissant caresser son corps, se mettre sur elle et lui dire à quel point il aimait lui faire l'amour,

La vie reprit sa routine. Elle passait l'essentiel de ses journées avec Arthur. Elle lui faisait la leçon, lui lisait des histoires d'aventures ou des contes de fées. Ils montaient à travers la campagne broussailleuse qui entourait Kanpur, jouaient à des jeux de balle dans le jardin ou se promenaient tous les deux sur les routes parfaitement entretenues du cantonnement. Sous sa surveillance, la santé d'Arthur s'améliora progressivement, et les jours passant, malgré sa constitution chétive, il semblait un peu plus fort. Il reprenait des couleurs et quand il riait, ce qui lui arrivait souvent, Amelia voyait avec bonheur une étincelle malicieuse briller dans ses yeux.

Leur lien se renforçait avec le temps et Amelia eut bientôt l'impression qu'ils commençaient à se comprendre et à s'aimer comme une mère et son fils. Bien entendu, elle faisait attention à n'oublier Elizabeth ni dans ses pensées, ni dans leurs conversations ; elle ne voulait pas donner l'impression à Arthur d'essayer de remplacer sa mère dans son affection. Elle avait conscience, néanmoins, que cette période n'aurait qu'un temps, car avant longtemps le tuteur arriverait et leurs rapports changeraient pour toujours.

Une fois par semaine, Amir les conduisait à l'Église d'Angleterre dans le centre-ville. Ils allaient derrière l'église blanche avec son haut clocher, jusqu'au coin négligé du cimetière où se trouvait la tombe d'Elizabeth. Arthur se mettait à genoux comme il l'avait fait la première fois, et il déposait des fleurs pour sa mère. Amelia apportait elle aussi des fleurs, et elle avait une pensée non seulement pour Elizabeth qui reposait sous cette terre, mais aussi pour ses parents dont les cendres avaient été emportées par un ruisseau dans les lointaines montagnes. Même s'ils n'avaient pas de tombe, leur esprit l'accompagnait chaque jour à chaque instant.

Amelia et Arthur retournaient vers la voiture en marchant main dans la main, et parfois Arthur demandait s'ils pouvaient aller au quartier indien au lieu de rentrer directement à la maison. Il adorait le bazar et sa foule bruyante, il s'émerveillait devant les étals débordant de fruits, de légumes, d'épices et de soies aux couleurs chatoyantes, ou alors ils allaient visiter l'un des nombreux temples de la ville où ils voyaient les Hindous faire la *puja* en respirant le parfum exotique de l'encens et des bougies. Parfois, ils se promenaient le long de la grande rivière brune qui courait à travers la vieille ville délabrée et regardaient les *dhobi-wallah* laver le linge en les frappant sur les rochers.

Amelia aimait autant qu'Arthur ces endroits, qui contrastaient tellement avec le calme stérile de la Résidence et du cantonnement britannique, et cela lui rappelait les voyages dans les montagnes avec son père. Elle était un peu surprise qu'Arthur soit attiré par ce genre de lieux, même s'il avait des amis indiens et qu'il parlait couramment l'hindi. Un jour, comme ils se frayaient un chemin dans une rue pleine de vendeurs à la sauvette, elle lui demanda presque avec timidité si sa mère l'emmenait dans le quartier indien.

—Oh oui ! Elle adorait, dit-elle. Parfois, elle m'emmenait ici avec Deepak.

—Deepak ?

—Oui. Mais il est parti maintenant, dit-il avec tristesse. Il ne vit plus à Kanpur.

—Oh ?

Elle se demandait si Deepak était un domestique, ou peut-être un jardinier, mais Arthur lui avait lâché la main et se dirigeait vers un étal où l'on vendait du *lassi*.

—Je peux en avoir, Amelia ? demanda-t-il avec excitation. S'il vous plaît ?

Une ou deux fois par semaine, Reginald voulait qu'elle l'accompagne au Gymkhana Club pour boire un verre au bar, suivi d'un repas dans la salle à manger digne d'un palais. Dès leur arrivée, il lui prenait galamment le bras et l'escortait jusqu'au bar. Toute la communauté britannique la suivait du regard ; les femmes l'observaient avec une jalousie ou un déplaisir d'une intensité égale à l'admiration que lui vouaient les hommes. Cela lui rappelait la réprobation avec laquelle on l'avait accueillie au Planter's Club de Darjeeling avant que Reginald ne la prenne sous son aile. Retrouvant une partie de la gratitude qu'elle ressentait pour lui à cette époque, elle se tournait vers lui, lui souriait, et voyait la fierté qu'il éprouvait à se savoir au bras de la plus belle femme de la salle. Mais ce sentiment faisait souvent place à la confusion et à une certaine terreur à mesure que la soirée avançait et que la fierté de Reginald était remplacée par la jalousie. Si elle se risquait ne serait-ce qu'à sourire à un homme par pure politesse, il l'accusait de lui faire les yeux doux. Elle avait vite appris à garder les yeux baissés et à ne jamais croiser le regard d'un homme.

Plus Reginald resserrait son étau invisible sur elle, plus elle voyait Arthur comme un allié dans sa lutte pour conserver une forme d'indépendance. Lui aussi se débattait avec les exigences et le tempérament changeant de son père. À l'évidence, Reginald désespérait de son fils mélancolique et réfléchi : autant celui-ci aimait jouer dehors avec des amis ou monter à cheval avec Amelia, autant il n'avait aucun désir de participer à « des activités masculines saines », comme les appelait toujours Reginald.

—Il faut qu'il apprenne à tirer, à traquer le sanglier sauvage dans la jungle, ce genre de chose, disait-il à Amelia autour du repas.

—Il est très jeune, Reginald, protestait-elle. Et peut-être n'aimera-t-il pas cela. C'est un garçon sensible.

—Oui. Ça m'inquiète. Cela n'est pas naturel pour un garçon de rester enfermé avec des femmes tout le temps. Plus vite son tuteur arrivera, mieux cela vaudra.

—Mais il n'est pas toujours à l'intérieur avec des femmes. Il a des tas d'amis, vous le savez. Et il passe du temps avec Amir et avec vous.

—Certes, mais l'immense majorité de son temps, il est avec vous et l'*ayah*. Et je vois bien que vous lui passez déjà tout, exactement comme… enfin, comme faisait sa mère.

—C'est un petit garçon, dit-elle en fixant son assiette. C'est le rôle des mères.

Reginald commençait à se mettre en colère. Elle voyait ses yeux se réduire à deux fentes. C'était comme assister à la naissance d'une tempête.

—Mais vous n'êtes pas sa mère, Amelia, tonna-t-il, et sa virulence la fit sursauter. J'ai l'impression que vous l'oubliez parfois. Quand je vous ai rencontrée, je vous croyais différente.

—Différente ? Que voulez-vous dire ?

—Peu importe. Cela ne change rien au fait qu'un garçon de son âge doit s'endurcir. Je compte lui apprendre à tirer avant la saison du *shikar*, qui ouvre bientôt. Je l'emmènerai au camp avec les autres hommes du club. Nous tuerons du gibier et je l'initierai à la chasse à la lance des sangliers à la première opportunité.

—Reginald…

Amelia le fixait, livide. Les paroles d'Eileen lui revinrent en mémoire : *Elle est morte dans un accident de chasse. Ils poursuivaient un tigre et elle s'est retrouvée sur le chemin de l'animal... C'était très choquant.*

En dehors du danger, qui était évident, comment Reginald pouvait-il envisager d'apprendre à Arthur à tirer et à chasser alors que c'était de cette façon que sa mère avait subi une mort atroce ? Reginald ne comprenait-il pas à quel point c'était insensé ? Cela allait raviver la douleur du garçon, qui commençait tout juste à s'atténuer. Arthur n'avait jamais parlé des détails, il lui avait seulement dit en pleurant que sa maman était morte soudainement. Amelia se demandait s'il en savait plus.

Reginald termina son plat et repoussa son assiette.

—Je ne veux pas en débattre. Je rentrerai tôt demain matin et j'irai faire du cheval avec lui dans la campagne. Nous prendrons les armes et je commencerai à lui apprendre à s'en servir. Je devrais avoir du temps libre dans l'après-midi. On n'aura pas besoin de moi au commissariat.

—Oh ? Que deviennent les suspects ?

Il se renversa dans sa chaise, comme il aimait le faire, et alluma une cigarette en se concentrant sur l'allumette.

—Nous avons dû relâcher l'un d'eux, dit-il en recrachant la fumée en l'air. Son père est avocat et il a fait un esclandre. Un autre est mort, malheureusement. Nous laissons les deux autres pourrir en cellule quelques jours.

—Oh, Reginald ! Comment est-il mort ?

—Ce lâche s'est pendu dans sa cellule. Mais ne parlons plus de cela, dit-il en se levant de table. Un dernier verre ?

*

Les mardis et les jeudis, après que Reginald était parti pour l'hôtel du Gouvernement, Amelia demandait à Amir de la conduire à travers la ville jusqu'à la Mission baptiste, un bâtiment colonial dans un état de décrépitude avancé. Là, dans un bureau surchargé aux murs croulants et aux meubles purement fonctionnels qui lui rappelait vaguement une église anglaise, elle écrivait des lettres à leurs bienfaiteurs en Angleterre pour expliquer le travail de la mission et réclamer des dons.

La première fois, elle avait expliqué à Reginald que Mabel lui avait demandé de l'aide. Il avait accueilli la nouvelle en levant les yeux au ciel et en soupirant. Depuis, elle lui en parlait aussi peu que possible, et lui ne posait jamais de questions à ce sujet. Peut-être interrogeait-il Amir sur ses allées et venues, ou alors Arthur. Vu le silence de Reginald, elle était certaine qu'il savait à quoi elle occupait ses mardis et ses jeudis et qu'il refusait de l'entériner en en parlant avec elle. Les autres jours de la semaine, il voulait savoir en détail tout ce qu'elle faisait, et avec qui.

Mais ce qu'elle avait évité de lui dire, c'est qu'après le travail, elle allait souvent chez Mabel et Giles déjeuner avec eux. Ils vivaient dans un vieux quartier de Kanpur, loin du Gymkhana Club et des routes paysagées du cantonnement britannique. Leur maison se trouvait à quelques rues de la Mission baptiste, dans un secteur modeste où Britanniques et Indiens vivaient côte à côte.

Lorsqu'Amir la déposa la première fois devant chez eux, elle resta un moment dans la rue à regarder la maison bardée de simple bois avec sa petite véranda. Puis elle ouvrit le portail et avança dans le jardin. La petite allée gravillonnée était bordée de pots de terre débordant de géraniums, de calendulas, de chrysanthèmes. Une puissante vague de nostalgie s'empara d'elle, la renvoyant au bungalow dans les montagnes et à sa vie avec ses parents, pleine d'amour et de bonheur. Mabel sortit sur le perron, un tablier sur sa robe, les bras grands ouverts pour accueillir Amelia. Giles se tenait derrière elle, en manches de chemise. Il lui tendit une main qu'Amelia serra chaleureusement.

—Entrez, dit-il. Je vais vous montrer notre petite maison.

—Oui, occupe-toi d'elle, dit Mabel. Je retourne en cuisine m'assurer que le repas est prêt.

Elle disparut dans la maison sous le regard impressionné d'Amelia. Il était rare pour une Européenne de cuisiner elle-même. Même la mère d'Amelia, la moins impérialiste qui soit, avait une *khansama*, une cuisinière, et ne passait pas une minute en cuisine.

—Ma foi, il n'y a pas grand-chose à voir, dit Giles en souriant aimablement. Mais entrez. Ce ne sera certainement pas aussi grandiose que la Résidence, malheureusement.

—Oh, pas du tout. C'est très beau, dit Amelia en entrant dans un salon agréable meublé d'un canapé et de fauteuils à fleurs et décoré d'aquarelles de scènes de rues indiennes. Il y avait un piano droit contre un mur, et sur un autre une étagère remplie de bibles et de livres de prières. Au-dessus de la bibliothèque était accroché un grand tableau de saint Jean Baptiste en cape rouge, baptisant le Christ. C'était la même reproduction que dans toutes les maisons où elle avait vécu au cours de son enfance. Elle en connaissait chaque coup de pinceau. Elle eut une boule dans sa gorge en sentant des souvenirs remonter.

Mabel et Giles devaient s'installer là tous les soirs pour lire ou bavarder, rafraîchis par le ventilateur au plafond, à la lumière d'une petite lampe. Ses parents passaient toutes leurs soirées dans le même silence né d'un compagnonnage affectueux. Cela contrastait avec la manière dont elle-même vivait ses soirées à la Résidence : ils mangeaient à une grande table lustrée, servis par des domestiques, et elle discutait avec Reginald sans la moindre complicité, craignant en permanence de dire quelque chose qui déclenche sa colère, puis ils buvaient un dernier verre dans le salon du palais qui ressemblait davantage à un musée qu'à une maison de famille.

—Donc, comme vous voyez, c'est assez basique, dit Giles avec bonne humeur en interrompant ses pensées.

Il lui montra une salle à manger étroite contenant une table ovale et quelques chaises. Enfin, il ouvrit la porte de la seule chambre, avec un lit en bois, des rideaux de mousseline et une croix au mur.

Mabel sortit de la cuisine avec un plateau, suivie par un Indien souriant qui marchait pieds nus avec des bols à la main.

—On mange dehors dans la véranda, dit-elle avec un signe de tête vers la terrasse couverte où un autre ventilateur tournoyait au-dessus d'une table en rotin dressée pour trois. Riz au curry et haddock. On ne fait pas de cérémonie ici.

C'était agréable de ne pas être servi pour une fois, et de pouvoir se détendre et bavarder entre amis. Amelia raconta sa matinée à Mabel, qui évoqua en retour les nouveaux endroits qu'elle avait visités, un peu plus loin de Kanpur.

—Cela prendra du temps, dit-elle. Je rencontre souvent l'hostilité au départ, mais la plupart des femmes finissent par faire le bon choix. Parce que, bien sûr, elles n'ont pas vraiment *envie* de noyer leurs petites filles.

—C'est la pauvreté qui les y pousse, dit Giles avec tristesse. Nous vous sommes vraiment reconnaissants de votre aide, Amelia. Je suis sûr que vos parents seraient extrêmement fiers de ce que vous faites.

—Je l'espère, murmura-t-elle, de nouveau envahie par la mélancolie dans cet environnement familier, chaleureux, amical, qui lui rappelait les siens.

De temps en temps, Mabel l'emmenait dans les montagnes parler aux villageoises comme la première fois, pour les persuader de garder leurs filles. Les femmes apprirent rapidement à connaître Amelia et s'attroupaient avec excitation autour de la voiture quand elles la voyaient arriver à côté de Mabel. Elles la prenaient par le bras, l'invitaient chez elles, lui offraient du thé et de la nourriture. Elle ne pouvait s'empêcher de constater qu'elles agissaient avec beaucoup plus de chaleur qu'avec Mabel, peut-être parce qu'elle parlait couramment leur langue, peut-être parce qu'elle avait passé des années parmi les villageois avec son père et qu'elle comprenait instinctivement leurs besoins. Ou alors c'était parce qu'elle avait de beaux cheveux noirs et le teint mat qu'elles la considéraient un peu comme l'une d'entre elles. Mabel restait en retrait lorsqu'Amelia était invitée dans les maisons ou les huttes pour boire du thé et bavarder avec les femmes.

Elle avait beau savoir que Mabel était une amie généreuse, Amelia s'inquiétait qu'elle s'offense de sa popularité. Et si elle se mettait à penser qu'Amelia essayait de s'approprier son rôle ? Mais un jour, en revenant à Kanpur, comme elles roulaient le long du lac, Mabel se tourna vers elle :

—Vous savez, Amelia, je dois vous avouer une chose : vous avez dépassé toutes mes espérances. Vous avez un succès immense avec les villageoises. Vous êtes un atout formidable pour notre projet. Je suis vraiment heureuse que vous nous aidiez.

—J'en suis heureuse aussi, Mabel, dit-elle avec soulagement. J'apprécie de participer à une œuvre utile. C'est ce que mes parents auraient souhaité que je fasse.

Mabel gara la voiture près de la même plage face au pavillon où elle s'était arrêtée la première fois et elle éteignit le moteur. Le silence du lac les enveloppa soudain, seulement troublé par les croassements des corbeaux qui tournaient en cercle au-dessus de la forêt sur la rive opposée et les bruits du châssis de la voiture qui refroidissait.

—Je me suis arrêtée parce que j'aimerais vous poser une question et qu'il est difficile de parler dans ce brouhaha. Vous m'avez tellement impressionnée que je me demandais si vous pourriez venir ici toute seule à l'occasion, pour que je commence à aller dans des villages plus reculés ? D'après ce que je vois, vous n'avez plus besoin de moi.

—Je suis flattée que vous me proposiez cela, répondit Amelia, bien que l'idée la rendît nerveuse. À titre personnel, je serais enchantée de venir seule, mais il y a une chose…

—Oui ? fit Mabel.

Amelia baissa les yeux en soupirant.

—C'est Reginald ? demanda Mabel. Il ne sera pas d'accord ?

—Pour vous dire la vérité, je n'ai pas encore réussi à lui annoncer que je viens ici avec vous, avoua Amelia. Il sait que j'aide à la Mission, mais je n'ai pas précisé que je visitais les villages.

—Oh, Amelia… dit Mabel en prenant sa main dans la sienne. Je ne savais pas. Écoutez, si cela peut vous faciliter les choses, oubliez ma proposition. Je ne veux pas vous mettre dans une situation délicate. Je continuerai à venir seule ici. Et j'essaierai d'ajouter les autres villages à mes tournées. Ne vous inquiétez pas pour cela.

—Mais je m'inquiète, Mabel. Vous avez besoin de mon aide, je le vois bien, dit-elle en se mordillant un ongle, déchirée entre la facilité, qui consistait à céder à Reginald, et son instinct, qui lui dictait de s'opposer à sa manière de la contrôler et à lui dire qu'elle continuerait à aider Mabel et la Mission.

—Eh bien, comme vous voudrez, dit lentement Mabel. Vous devriez peut-être lui en parler, mais… s'il ne veut *vraiment* pas que vous veniez, je n'ai pas envie que vous vous disputiez. Ah, et il faut que vous veniez manger la semaine prochaine avec Giles et moi. Il me le demande tous les jours.

—Oh, vraiment ?

—Oui, il s'inquiète pour vous. On s'inquiète tous les deux.

—Ah ? fit Amelia, alarmée par la tournure que prenait la conversation. Et pourquoi donc ?

Mabel posa ses deux mains sur le volant et prit une profonde inspiration. Alors qu'elle ouvrait la bouche, elle sembla se raviser.

—Parce que vous êtes une membre de notre communauté, évidemment, finit-elle par répondre. Entre baptistes, on veille les uns sur les autres. Bon, et si on repartait ? Il fait une chaleur épouvantable au soleil.

Mabel alluma le moteur et quitta la plage de sable pour rejoindre la piste. Amelia contemplait le lac en se demandant ce que Mabel s'était retenue de dire. Mais son attention fut happée par autre chose. Le niveau du lac était plus bas que jamais ; il n'avait pas plu depuis longtemps et l'eau avait reculé de plusieurs mètres, exposant la terre craquelée du lit du lac. Juste au bord de l'eau, quelque chose scintillait à la lumière du soleil. On aurait dit un tas de petits bâtons blancs.

Comme la voiture s'éloignait, Amelia comprit avec stupeur que ce n'étaient pas des bâtons qu'elle avait sous les yeux, mais des os fragiles. Des restes d'animaux, d'oiseaux peut-être ? Et sa main se porta à sa bouche lorsqu'elle comprit. Ce devait être le squelette d'un petit bébé ; l'une de ces filles à peine mises au monde qu'on amenait ici afin de les tuer. Des larmes lui montèrent aux yeux tandis qu'elle imaginait une jeune femme pareille à Parvati. Elle-même encore à peine adulte, elle sortait de son village au cœur de la nuit, sur la piste poussiéreuse, avec son bébé dans ses bras. Arrivée à la petite plage, elle se mettait à genoux au bord de l'eau, ployant sous le poids de la tâche qui lui incombait. Après avoir regardé autour d'elle pour vérifier qu'elle était seule, elle enfonçait sa petite fille sous l'eau et l'y maintenait malgré ses gestes réflexes désespérés, pendant de longues secondes, jusqu'à ce qu'elle ne se débatte plus.

À cet instant, Amelia prit sa décision.

—Non, Mabel, dit-elle, elle-même surprise par la détermination qu'il y avait dans sa voix.

Mabel pila et la voiture s'arrêta.

—Quoi ? demanda Mabel.

—Je continuerai à venir, dit Amelia. Et j'en parlerai à Reginald, bien sûr. Il faudra juste trouver la manière d'aborder le sujet. Mais il n'a pas le droit de m'empêcher de faire ce que je veux et que j'estime juste et utile.

15

Amelia

Kanpur, Inde, 1936

Comme la saison du *shikar* approchait, Reginald augmenta l'intensité des leçons de tir d'Arthur. Deux ou trois fois par semaine, il rentrait tôt à la maison et apparaissait à la porte de la salle de classe ou sur la terrasse si Arthur et Amelia se trouvaient dans le jardin. Il se tenait là alors qu'il n'avait pas été annoncé et faisait signe à Arthur, levant un sourcil comme pour dire : « Tu sais quel jour et quelle heure il est, mon garçon. Tu apprendras à tirer, que cela te plaise ou non. » Arthur se décomposait instantanément, la crainte assombrissait son regard. Même s'il ne faisait jamais d'histoire, Amelia voyait à ses épaules voûtées et à sa manière de traîner des pieds pour rejoindre Reginald qu'Arthur détestait ces sorties et les exigences de son père.

Depuis la terrasse, Amelia regardait avec angoisse le père et le fils marcher vers les écuries, et son cœur saignait pour le garçon. Elle attendait là, agrippée à la balustrade, jusqu'à ce qu'elle les voie franchir à cheval la grille du fond et s'en aller dans la plaine, Arthur sur son poney Shetland et Reginald sur un grand étalon noir. L'un des palefreniers les suivait à distance respectueuse sur un poney, des lances et des fusils à l'épaule. Le cheval de Reginald était nerveux. Il rongeait son mors, sursautait au moindre bruit ou au moindre buisson d'où surgissait un animal le long de la route. Reginald tirait de la fierté d'être le seul capable de le contrôler.

Pendant qu'ils étaient partis, Amelia était incapable de faire quoi que ce soit. Elle s'asseyait dans un fauteuil en rotin sur la terrasse et essayait de lire, mais son regard ne cessait de revenir vers la grille, tourmentée qu'elle était par ce qui se déroulait dans la plaine. Elle s'imaginait que toutes sortes de choses arrivaient à Arthur : une méchante chute du poney, un accident avec une lance ou un fusil. Mais son cauchemar récurrent était qu'Arthur ne parvienne pas à toucher sa cible, encore et encore, et que Reginald perde son sang-froid et se mette à hurler sur lui, à lui dire qu'il était faible, mou, décevant, elle voyait Arthur encaisser chaque mot en silence, tressaillant à chaque humiliation, retenant ses larmes pour ne pas irriter son père.

En général, ils revenaient avant le crépuscule, au moment où le soleil déclinait rapidement dans l'horizon rendu flou par la chaleur, quand l'odeur des milliers de feux de cheminée des villages alentour se répandait dans l'air. Reginald arrivait le premier, avec Arthur et le palefrenier quelques minutes derrière lui. Il rentrait à grands pas à la maison, irradiant de colère, et montait quatre à quatre l'escalier menant à l'étage tandis qu'Arthur, les joues striées de larmes, passait devant Amelia en courant pour rejoindre sa chambre. Amelia le suivait parfois et elle restait sur le seuil malgré son envie d'entrer, à écouter ses sanglots et la voix apaisante de l'*ayah*.

—Ce n'est rien, maître Arthur. Ne vous inquiétez pas. Cela ira mieux avec le temps. Et alors *sahib* Reginald n'aura pas besoin de crier. Vous verrez.

Plus la saison du *shikar* approchait, plus Arthur devenait nerveux et renfermé. Il perdait l'appétit, ne prenait plus aucun plaisir à ses leçons et riait de moins en moins. Amelia avait peur que le lien fragile qu'elle s'était donné tant de mal à créer entre eux disparaisse. Mais même quand elle essayait de lui faire parler de ce qui le perturbait, il refusait de s'ouvrir. Il ne voulait pas partager avec Amelia ce dont il discutait librement avec l'*ayah*.

Après un mois de camouflets presque quotidiens par son père, comme Amelia emmenait Arthur déposer des fleurs sur la tombe de sa mère, il éclata en sanglots et se jeta sur la pierre, inconsolable. Refoulant ses propres larmes, Amelia le releva doucement et le serra contre elle jusqu'à ce qu'il cesse de pleurer. Puis, le prenant par la main, elle le ramena tranquillement à la voiture qu'Amir avait garée à la sortie.

Amir plissa le front et secoua tristement la tête tandis qu'Amelia et Arthur montaient à l'arrière.

—À la maison, *memsahib* ? demanda-t-il.

Elle acquiesça, il fit demi-tour et s'engagea dans la circulation. Deux *rickshaw-wallah* et un homme conduisant un chariot à bœufs levèrent le poing dans leur direction en criant des insultes à Omar.

—Pourquoi s'énervent-ils ? demanda Amelia.

—De très mauvais sentiments en ville en ce moment, *memsahib*, répondit Amir. Je suis désolé de vous le dire, mais beaucoup de gens sont en colère contre les Anglais.

Un mauvais pressentiment traversa l'esprit d'Amelia et la remplit d'effroi. Reginald punissait des gens pour le seul crime de protester pacifiquement contre le joug britannique. Elle songea à l'homme qui s'était pendu dans sa cellule et à ceux que Reginald gardait derrière les barreaux sans chef d'inculpation formel. Y avait-il un rapport avec l'agitation générale ?

Mais Arthur continuait à pleurer contre elle. Elle passa son bras sur ses épaules et le pressa contre elle en essayant d'oublier les manifestations.

—Je suis désolée que tu te sentes mal, dit-elle à Arthur en embrassant son front. Pourquoi ne me dis-tu pas tout ?

Il ne répondit pas et continua à sangloter contre sa poitrine. Elle trouva dans sa poche un mouchoir qu'elle lui donna. Il se moucha le nez, inspira de grandes goulées d'air, et peu à peu ses larmes refluèrent. Au départ, elle crut qu'il allait garder le silence par loyauté envers Reginald, mais au bout d'une minute ou deux, alors que la voiture progressait lentement en direction de la vielle ville, il se mit à parler.

—Je sais que je devrais être fort et courageux, comme papa, dit-il d'une voix hachée. Mais je n'y arrive pas. Et il est toujours en colère contre moi. Il me crie dessus chaque fois que je ne tire pas droit ou que je n'ose pas sauter par-dessus un fossé. Je *déteste* aller avec lui.

—Je suis sûre qu'il ne fait pas cela pour t'énerver, dit Amelia en choisissant ses mots pour le consoler. Ton père veut ce qu'il y a de mieux pour toi.

Mais elle sentait que ses paroles étaient aussi vides que peu convaincantes.

—Il se fiche de moi. Il veut juste que je sois comme lui. Mais je ne suis pas comme lui, dit Arthur d'une voix brisée par l'émotion. Je ne serai jamais en colère et courageux et fier comme lui. Je ne suis pas comme cela.

—Je sais, je sais, susurra-t-elle en le serrant contre elle.

—Et je ne comprends pas pourquoi il veut tuer des animaux sauvages. Je n'ai pas envie d'apprendre à tirer. Maman comprenait. Elle détestait les gens qui tirent sur les animaux.

—Oh ? fit Amelia, se demandant comment Amelia avait pu mourir lors d'une chasse au tigre si c'était ce qu'elle pensait.

—Elle n'aurait pas laissé papa m'emmener à la chasse.

Amelia ne répondit pas. Elle se sentait soudain inutile et submergée par la culpabilité. Peut-être était-elle incapable de protéger Arthur ? Peut-être n'était-elle pas assez ferme avec Reginald ? Si elle avait eu plus de cran, peut-être aurait-elle réussi à l'empêcher d'emmener Arthur à la chasse.

Alors que ces pensées tourbillonnaient dans son esprit, son attention fut attirée par ce qui se passait en dehors de la voiture. Ils étaient immobilisés, coincés dans une rue étroite du quartier indien, le trafic étant bloqué par un enchevêtrement de *rickshaw*, de chariots à bœufs, de *tonga* tirés par des chevaux, de vélos et de motos. Les piétons grouillaient des deux côtés de la rue et entre les véhicules, il en passait à côté de la voiture, certains jetant un coup d'œil à l'intérieur. Il y avait des familles avec des enfants et des bébés, mais il s'agissait surtout de groupes de jeunes gens, des hommes. Quand ils regardaient dans la voiture, Amelia frissonnait en constatant leur hostilité et leur fureur. Il régnait une atmosphère étrange, mélange d'excitation et de rage, comme elle n'en avait jamais connu. Amelia avait peur maintenant. Elle se sentait prise au piège.

Mais Arthur ne semblait rien voir de ce qui les entourait.

— J'aimerais que papa soit davantage comme Deepak, dit-il tout à trac. Il n'aimait pas les fusils, lui. Il était gentil et doux. Il n'a jamais crié sur moi. Pas une seule fois.

Amelia se tourna vers lui, confuse. Elle allait lui demander qui était Deepak quand une clameur s'éleva. La foule scandait des slogans, et on frappa sur le toit de la voiture.

— Il faut qu'on parte d'ici, *memsahib*, dit Amir. Je vais essayer d'arriver jusqu'au croisement devant nous.

— Vous croyez que c'est possible ? demanda Amelia en serrant encore plus Arthur contre elle, voulant le protéger des regards hostiles et pleins de colère qui fouillaient l'habitacle de leur voiture. Il y a tellement de circulation.

— Je vais essayer. Il n'y a que des *rickshaws* entre ce croisement et nous. Ils peuvent se mettre de côté. Fermez la vitre, s'il vous plaît, *memsahib*.

Elle se pencha pour relever sa vitre mais la poignée était capricieuse, et comme elle luttait pour la faire tourner, un homme se pencha à la fenêtre et lui cracha au visage. Elle sentit la glaire tomber sur son crâne et dégouliner le long de son front. Elle continua à mouliner furieusement jusqu'à ce que la vitre soit fermée.

Amir manœuvrait tout en faisant de grands gestes à l'intention des *rickshaw-wallah* devant eux pour qu'ils dégagent le passage, ce qu'ils faisaient en manifestant leur désaccord par des haussements d'épaules et des regards noirs. Pendant ce temps, les manifestants continuaient d'affluer, de regarder à l'intérieur de la voiture, de frapper sur le toit et contre les vitres. Alors que la voiture approchait du croisement, Amelia se pencha et vit à travers le pare-brise une nuée de bannières qui bloquaient le trafic ; certains proclamaient : « Britanniques, rentrez chez vous », d'autres : « Officier du district Holden, Dehors ! » ou : « Holden Démission ». Elle était morte de peur. Savaient-ils que l'épouse et le fils de Reginald se trouvaient dans cette voiture ? Elle se blottit sur la banquette arrière en essayant de dissimuler son visage, ne voulant pas croiser le regard de tous ces hommes qui l'examinaient en remontant le cortège. Arthur avait arrêté de pleurer, et, comme il se collait contre elle, elle vit qu'il tremblait autant qu'elle.

Elle ferma les yeux, elle ne voulait plus rien voir. Les coups sur le capot continuaient, les cris aussi. Elle sentit la voiture pencher sur le côté tandis qu'Amir montait sur le trottoir pour dépasser les *rickshaws* amassés devant eux, puis la voiture tourna. On tapait sur le coffre maintenant, mais Amir parvint à avancer dans la rue latérale, la voiture prit de la vitesse et les coups s'arrêtèrent en même temps que les chants de la foule s'éloignaient.

Elle tenait Arthur serré contre elle tandis que la voiture accélérait, contournant les obstacles et ralentissant seulement pour tourner aux intersections. Dès qu'Amelia sentit qu'ils roulaient sur une avenue large, elle rouvrit les yeux. Ils étaient arrivés dans le cantonnement et fonçaient sur Wellesley Drive, la route principale. Elle se pencha en avant et effleura l'épaule d'Amir.

—Vous pouvez ralentir, Amir, dit-elle, et elle fut aussitôt emportée en avant par son freinage.

—Pardon, *memsahib*, dit-il en regardant par-dessus son épaule.

Il avait le front couvert de sueur.

—Ne vous excusez pas. Merci de nous avoir tirés de là, dit-elle en se renfonçant sur le cuir de la banquette et en remettant son bras sur les épaules d'Arthur.

Comme il se lovait contre elle, le choc des dernières minutes commençant à se dissiper, elle se souvint de ce qu'il lui disait à propos de Deepak, qui était gentil. Mais ils arrivaient déjà aux portes de la Résidence, Amir engagea la voiture dans l'allée. La maison apparut après un tournant, et sur les marches les attendaient l'*ayah*, visiblement angoissée. Amelia comprit que ses questions devraient attendre un moment plus propice.

*

Amelia lisait sur la terrasse quand Reginald rentra dans l'après-midi. Elle vit tout de suite qu'il était dans une colère noire.

—Où est le garçon ? demanda-t-il sans s'asseoir. Vous saviez que je voulais l'emmener chasser.

Amelia posa son livre.

—Il fait une sieste, Reginald. Nous avons été pas mal bousculés aujourd'hui. Vous pourriez peut-être annuler la leçon aujourd'hui ?

—Bousculés ?

Amelia se rendit compte que parler de manifestations à Reginald impliquerait sans doute d'expliquer où ils étaient, mais elle en avait trop dit. Elle ne savait pas exactement pourquoi Amir, l'*ayah* et Arthur n'avaient jamais parlé à Reginald des visites sur la tombe d'Elizabeth, mais un vent de panique parcourut son esprit.

Déjà, elle imaginait sa réaction en apprenant qu'ils s'étaient concertés pour le tromper.

—Oui, dit-elle d'une petite voix, cherchant désespérément comment évoquer leur sortie.

—Bousculés ? Eh bien, laissez-moi vous dire que j'ai moi aussi été *pas mal bousculé* aujourd'hui. Ces maudits insurgés ont encore fomenté des troubles et il y a eu une manifestation mouvementée ce matin.

—Oh ? fit-elle, sans croiser son regard, espérant qu'il poursuive.

—Évidemment, nous avons dû procéder à des arrestations, mais plusieurs policiers ont été blessés.

—Blessés ?

—Oui, touchés par des pierres, ce genre de choses. Mais nos hommes sont armés de matraques et leur en ont donné pour leur argent. Largement, même.

—Et les manifestants ? demanda-t-elle avec inquiétude. Il y a des blessés ?

—Ils le méritent tous. Bien sûr que dans une situation pareille, il y a des victimes. Quelques os cassés, des nez en sang. Mais ils sont en cellule maintenant. Les médecins de la police s'occupent d'eux.

Amelia ne dit rien, elle imaginait les conditions au commissariat ; des dizaines d'hommes entassés derrière les barreaux, étouffant de chaleur, étendus à même le sol, couverts de sang, grognant de douleur.

—Et donc, que vous est-il arrivé ? demanda-t-il.

Elle se racla gorge et le regarda droit dans les yeux.

—Eh bien, nous nous sommes retrouvés par hasard pris aux abords de la manifestation, dit-elle. Cela a choqué Arthur, et moi aussi.

—Oh ?

Le soupçon se lisait déjà dans ses yeux, comme à son habitude.

—Et où alliez-vous ?

—Nous voulions juste nous promener, mentit-elle en se forçant à ne pas détourner les yeux.

Il fronça les sourcils.

—Vous prenez souvent la voiture juste pour vous promener ? La voiture coûte cher, vous savez. Je vous saurais gré de bien vouloir me prévenir quand vous avez besoin de sortir.

Comme elle ouvrait la bouche pour protester, elle eut la surprise de le voir se pencher, prendre sa main et la porter à ses lèvres pour la couvrir de baisers.

—Je ne supporterais pas qu'il vous arrive quoi que ce soit, vous comprenez ? dit-il en prenant son visage en coupe entre ses mains. Je veux savoir où vous êtes ce que vous faites. J'ai déjà vécu une mort tragique, je ne tiens pas à en connaître une autre. Je vous aime tant, Amelia.

Il l'avait prise de court. Elle ne savait même pas quoi répondre. Il n'avait jamais fait si directement allusion au décès d'Elizabeth. Elle lui sourit nerveusement.

—Bon, dit-il en lâchant sa main. Allez réveiller le garçon, ma chère. Je ne laisserai pas ces problèmes avec les indigènes m'empêcher d'apprendre à mon fils à utiliser un fusil et une lance comme un vrai fils du Raj.

—Il était très perturbé, Reginald, dit-elle doucement. Ne voulez-vous pas le laisser en paix aujourd'hui ?

—Non ! Je vous ai déjà dit d'arrêter de le couver. Il doit s'endurcir, et ce n'est pas en le laissant au fond du lit comme un bébé que nous l'aiderons.

Elle se leva.

—Je vous en prie, Reginald, si vous devez l'emmener tirer, pouvez-vous au moins me promettre de ne pas être dur avec lui aujourd'hui ? C'est tout ce que je demande.

—Cessez de vous inquiéter. Allez le chercher. Sinon, il fera nuit avant que nous ayons eu le temps de sortir.

*

Le lendemain était un jeudi, jour d'excursion dans les villages au-delà du lac pour la Mission. Amelia y allait seule depuis déjà plusieurs semaines, elle avait sa tournée et se félicitait d'avoir réussi à établir un lien fort avec les femmes qu'elle rencontrait. Parvati avait accouché d'une petite fille et Amelia devait lui apporter le deuxième paiement au nom de la Mission. Comme elle n'avait pas de voiture personnelle, c'est Amir qui la conduisait à chacune de ses expéditions. Elle n'avait pas eu besoin de lui demander de ne pas en parler à Reginald ; c'était un accord tacite entre eux, au même titre que leurs sorties hebdomadaires sur la tombe d'Elizabeth. À leur retour à la Résidence l'après-midi, Amir allait directement aux écuries laver la poussière de la voiture avant que Reginald ne revienne du bureau.

Ce matin-là, tandis qu'ils sortaient de la ville par l'axe principal en direction des montagnes, Amelia contemplait la plaine brune en pensant à Arthur. La veille, le garçon n'avait eu d'autre choix que d'accompagner son père pour une leçon de tir, et à leur retour le soleil était couché. Au lieu de courir tout droit dans sa chambre, Arthur était venu trouver Amelia, qui lisait sur la terrasse, il avait passé ses bras autour de son cou et collé sa joue contre la sienne. Sa peau était brûlante, et son front aussi. Avait-il chaud à cause de l'exercice ou bien était-ce autre chose ? Elle aurait voulu le prendre sur ses genoux et lui faire un câlin mais Reginald n'allait pas tarder à arriver des écuries.

—Tu veux une histoire avant d'aller au lit ? avait-elle demandé en se levant et en le prenant par la main.

Dans la chambre d'Arthur, elle avait épongé le front du garçon avec une flanelle froide, comme elle l'avait déjà fait tant de fois auparavant, en espérant qu'il ne tomberait pas de nouveau malade. Il s'était endormi pendant qu'elle lui faisait la lecture. Elle avait déposé un baiser sur son front, vérifié que la moustiquaire était bien attachée autour de lui et était sortie de la chambre sur la pointe des pieds. À son grand soulagement, il semblait aller un peu mieux au réveil, et il avait mangé son petit déjeuner sans se plaindre. Avant de partir, elle avait demandé à l'*ayah* de faire en sorte qu'il ne s'épuise pas et qu'il ne s'expose pas au soleil s'il sortait.

Maintenant, alors qu'Amir quittait la route principale pour s'engager sur le chemin cahoteux vers le lac, elle se souvint de ce qu'Arthur lui avait dit à propos de Deepak. À cause de sa fièvre, elle n'avait pas eu l'occasion de l'interroger à ce sujet.

—Amir ?

Elle se pencha en avant pour lui parler.

—Depuis combien de temps travaillez-vous pour mon mari.

—Oh, quelques années, *memsahib*, dit-il en lui souriant par-dessus son épaule. Depuis qu'il est officier du district, quand il a emménagé à la Résidence. J'y travaillais pour son prédécesseur. Quinze ans, peut-être ?

—Donc, vous connaissez tous les domestiques qui ont travaillé à la maison depuis l'arrivée de mon mari.

—Oui, *memsahib.* Je les connais tous. Certains sont partis. Ceux qui déplaisent au *sahib*...

Il ne termina pas sa phrase, laissant Amelia imaginer la fin.

—Deepak faisait-il partie de ceux qui sont partis ?

Les épaules d'Amir se crispèrent et il tourna la tête droit devant lui. Ils longeaient le lac, la voiture bringuebalait dans les ornières de la piste. À son grand soulagement, il n'y avait aucun squelette en vue ce matin Il avait dû pleuvoir depuis son dernier passage. Le lac était calme, sa surface scintillante reflétait les collines, les forêts et le ciel immaculé. En dépit de sa beauté, Amelia ne pouvait s'empêcher de frissonner en le regardant, sachant les actes désespérés qu'il abritait.

—Amir ?

Peut-être n'avait-il pas entendu sa question.

—Vous avez connu un domestique du nom de Deepak ? Arthur en parle parfois.

Il y eut encore un long silence. Le temps qu'Amir réponde, ils avaient dépassé le vieux pavillon, atteint le bout du lac et entamé la rude traversée de la forêt jusqu'au premier village.

—Le gentleman indien dont vous parlez ne travaillait pas à la Résidence, *memsahib.*

Amelia fut interloquée. Ce n'était pas la réponse à laquelle elle s'était attendue.

—Donc, s'il ne travaillait pas à la maison, reprit-elle lentement, comment Arthur l'a-t-il connu ?

Sa curiosité l'obligeait à insister bien qu'elle eût conscience qu'Amir était mal à l'aise.

—C'était… une connaissance de *memsahib* Elizabeth. Je n'en sais pas plus… Ne posez pas de questions, je vous en supplie, *memsahib*. Je n'en sais pas plus.

Après un ultime virage, le village apparut devant eux. Amir sortit du chemin de terre et gara la voiture sous un banian. En les voyant arriver, les femmes se précipitèrent pour saluer Amelia avec effusion. Et pendant le reste de la matinée, le temps de rencontrer Parvati, de lui donner son argent, d'admirer sa belle petite fille, de boire du thé et de parler avec d'autres femmes enceintes dans d'autres maisons, elle chassa de son esprit la drôle de réaction d'Amir à ses questions sur Deepak.

Ce n'est qu'en rentrant à Kanpur dans la chaleur éprouvante de l'après-midi que le sujet lui revint en tête. Qui était cet homme qu'Arthur semblait admirer et en qui il semblait avoir confiance ? Elle aurait voulu interroger le garçon lui-même, mais il était trop fragile sur le plan physique autant que psychologique. Peut-être ferait-elle mieux d'oublier tout cela. Pourquoi tout cela la troublait-il, de toute façon ? Ainsi, tandis que la voiture roulait à vive allure vers Kanpur, elle essaya de réfléchir à la meilleure manière de faire savoir à Reginald, sans subir ses foudres, que ses leçons de tir tuaient son fils à petit feu.

*

Le lendemain, Amelia retourna déjeuner avec Mabel et Giles. Comme d'habitude, elle trouva réconfort et apaisement dans leur pavillon, à manger en compagnie d'amis sur la terrasse en regardant les allées et venues de leur quartier animé.

Lorsqu'ils eurent fini de parler des derniers voyages qu'elle avait faits avec Mabel dans les villages, elle demanda à Giles comment se passait son travail à l'hôpital. Quand il parlait de ses patients, son regard s'illuminait et sa passion pour son travail sautait aux yeux. Il lui dit à quel point il était gratifiant d'aider des gens qui n'auraient eu sans lui aucun accès aux soins.

—Mon père pensait exactement pareil, renchérit Amelia. Là-haut dans les villages, il soignait tout le monde. Les Britanniques aussi.

Giles sourit.

—Oui, sauf qu'ici à Kanpur, les Britanniques ont l'embarras du choix. Il y a plusieurs excellents hôpitaux, notamment l'hôpital militaire et l'hôpital catholique Sainte-Thérèse.

—Donc vous ne soignez pas les Britanniques ?

—Seulement ceux qui ne veulent pas aller voir leurs médecins personnels, pour une raison ou une autre, dit-il en échangeant un petit regard entendu avec Mabel.

Il y eut un court silence gêné, puis Mabel se racla la gorge et changea de sujet.

—Et comment vous entendez-vous avec le petit Arthur ?

—Oh, très bien. C'était difficile au départ, mais il a l'air de s'habituer à moi.

—Et sa santé ?

—Il allait mieux pendant un temps, mais depuis deux semaines il s'est affaibli. Avant-hier, j'ai cru qu'il allait avoir un nouvel accès de fièvre. Mais il était en meilleure forme ce matin.

—Surveillez-le de près. Il a toujours été fragile.

—Oui. Et Reginald… eh bien, je dois dire qu'il est très dur avec Arthur, dit-elle en baissant les yeux.

—Cela doit beaucoup vous inquiéter, dit Giles. Vous savez, je ne crois pas que ce soit un secret, mais je suis allé à la Résidence soigner le petit il y a quelque temps, peu après le décès de sa mère. Son *ayah* est venue à l'hôpital me dire qu'elle s'inquiétait pour lui. Je suis allé deux fois à la maison…

—Ah ? Je l'ignorais.

—Oui, la première fois, Reginald n'était pas là. L'*ayah* m'a emmené auprès du garçon et j'ai pu l'examiner et lui donner des médicaments.

—Et que s'est-il passé la deuxième fois ?

—Eh bien… C'était un peu bizarre, à vrai dire. Reginald était là, cette fois. Il semblait rechigner à ce que je voie son fils. Pour finir, il m'a tout de même conduit jusqu'à sa chambre. Arthur semblait aller beaucoup mieux. Sa température avait baissé et il était beaucoup plus réveillé que la veille. Reginald est resté là pendant que j'examinais le garçon, et ensuite il m'a fait partir très vite. Devant la porte, il m'a dit que la prochaine fois qu'Arthur serait malade, il appellerait un médecin de l'hôpital militaire.

—Pourquoi était-il si hostile avec vous ? demanda Amelia, intriguée mais pas si étonnée de l'attitude étrange de Reginald.

—Il m'a donné l'impression de croire que le garçon devait guérir tout seul. Il avait l'air de penser que rechercher l'aide de la médecine était une sorte d'aveu de faiblesse…

—Oui, cela lui ressemble bien. Il n'arrête pas de me répéter que je dois arrêter de « couver » Arthur, comme il dit. Parce qu'il doit grandir comme un homme. Il lui apprend à tirer, avoua-t-elle. Et le pauvre enfant déteste tous les moments qu'ils passent ensemble. Cela me déchire le cœur de le voir partir avec lui, mais je ne peux pas intervenir…

—Oh, ma chère… dit Mabel. J'ai de la peine pour vous. Ce n'est pas une situation facile.

—Oui. Mais… je me demande. Pourquoi ne voulait-il pas que vous soigniez Arthur ? demanda-t-elle en se tournant vers Giles. J'ai même pensé à vous appeler l'autre jour quand il a eu l'air de tomber malade. Reginald ne m'a pas dit que vous l'aviez examiné.

Une nouvelle fois, Giles et Mabel échangèrent un regard. Puis Mabel reprit la parole.

—Il a peut-être une autre raison de ne pas vouloir consulter Giles. Et je suis désolée d'aborder ce sujet avec vous, Amelia, dit-elle en posant sa main sur son bras. Mais sa première femme, Elizabeth, est venue voir Giles à l'hôpital de la Mission quelques jours avant de mourir.

—Oh, vraiment ? fit Amelia, étonnée de l'apprendre.

Mabel n'avait jamais parlé d'Elizabeth, elle évitait le sujet, il était donc surprenant qu'elle l'évoque maintenant, et de cette drôle de façon.

—Oui, dit Mabel, et c'est en partie la raison pour laquelle nous veillons sur vous.

—Vous veillez sur moi ?

Elle se rappela leur conversation dans la voiture la première fois qu'elles étaient allées au lac. Mabel lui avait laissé entendre que Giles et elle étaient inquiets pour elle. Elle avait demandé pourquoi et Mabel avait répondu : « Parce que vous êtes une membre de notre communauté, évidemment. Entre baptistes, on veille les uns sur les autres. » Elle avait senti qu'elle ne lui disait pas toute la vérité.

—Je pensais qu'on était amis, dit-elle en regardant tour à tour Giles et Mabel.

—Oh mais nous sommes amis, dit Mabel en lui serrant le bras. Bien sûr que nous sommes amis. Mais Giles et moi, nous avons le devoir… Ou disons que nous le devons à la mémoire de vos parents et à vous-même… Bref, nous avons le devoir de… de vous *avertir*.

Amelia se sentit trembler de tout son corps.

—De m'avertir ? Mais de quoi ? demanda-t-elle, la bouche sèche.

Giles se pencha en avant et regarda Amelia droit dans les yeux.

—Elizabeth est venue me voir parce qu'elle pensait être enceinte d'un autre enfant, dit-il doucement. Elle était visiblement en détresse. Très maigre. Au bord des larmes. Et quand je l'ai examinée, j'ai remarqué des bleus sur ses bras et dans son dos. Je lui ai demandé d'où ils venaient, mais elle n'a pas voulu me le dire. Je voyais bien qu'elle avait peur.

16
Amelia

Kanpur, 1936

Amelia regardait défiler les rues miséreuses derrière la vitre tandis qu'Amir naviguait entre les divers obstacles sur leur chemin : vaches brahmanes assoupies en travers de la route, porteurs avec leur chargement en équilibre sur la tête, vélos zigzaguant devant les véhicules. Les émeutes étaient terminées, la paix était revenue en apparence mais l'atmosphère restait électrique. Les gens vaquaient à leurs occupations discrètement, presque furtivement. Les manifestations avaient été matées, les leaders, emprisonnés, mais à en juger par l'hostilité des regards qui se tournaient vers elle pendant que la voiture circulait dans un dédale de ruelles, Amir devant jouer du klaxon pour dégager *rickshaw* et piétons devant eux, elle sentait que la moindre étincelle pouvait mettre le feu à la poudrière.

Les Indiens la dévisageaient, ils lui en voulaient de sa présence, pourtant ils avaient beau être dehors à transpirer tandis qu'elle roulait dans le confort de la voiture, Amelia avait le sentiment qu'il y avait des parallèles dans leurs situations respectives. Les Indiens qui vivaient ici à Kanpur, comme elle, étaient soumis à la poigne de fer de Reginald. Et d'ailleurs, même si elle vivait dans un environnement privilégié, sa situation était peut-être plus périlleuse.

Malgré la chaleur, Amelia frémit en repensant à sa conversation avec Mabel et Giles. Même s'ils ne l'avaient pas exprimé de manière claire, il était évident que pour eux, c'était Reginald qui avait fait ces bleus à Elizabeth. Et la nouvelle de la grossesse d'Elizabeth avait aussi été un choc. Reginald ne l'avait jamais évoquée. Était-il seulement au courant ?

« Nous vous parlons de cela parce que vous avez besoin de le savoir, nous devions vous prévenir, avait dit Mabel, visiblement mal à l'aise de devoir annoncer des nouvelles aussi sensibles et choquantes. Giles et moi en avons longuement parlé. Nous appréhendions de vous en parler.

—Et c'est une rupture du secret médical, avait renchéri Giles. Et même si la patiente n'est plus avec nous, malheureusement, je ne m'y résous pas de gaieté de cœur. Mais nous étions tous les deux d'accord pour dire que c'était nécessaire.

—Au départ, j'ai cru que vous vous faisiez bien à la vie à la Résidence et qu'il n'y avait aucune raison de s'inquiéter, avait repris Mabel. Mais ces derniers mois, je suis navrée de le dire, vous avez l'air de moins en moins heureuse. »

Les yeux d'Amelia s'étaient remplis de larmes à ces mots. C'était vrai, et elle n'avait pas fait beaucoup d'efforts pour le cacher.

« Bien sûr, Elizabeth a pu se faire ses bleus toute seule en tombant, mais… elle avait l'air si terrorisée, avait poursuivi Giles en secouant la tête. Elle était terrifiée que quelqu'un découvre qu'elle m'avait consulté. »

Amelia avait gardé le silence un long moment, le temps de digérer leurs paroles, des images révoltantes tournant dans son esprit, mais elle avait fini par retrouver sa langue.

« Je ne comprends pas. Si Reginald soupçonne Elizabeth d'être venue vous trouver pour un avis médical et s'il a quelque chose à cacher, pourquoi vous avoir invités à notre mariage ?

—Oh, ce n'était pas Reginald. Le pasteur a appris que votre père était missionnaire médical à Calcutta en même temps que moi. C'est lui qui a demandé à Eileen de nous inviter, Mabel et moi. À un moment, il nous a vus bavarder avec vous. Il nous a ignorés superbement. »

Le réconfort et la chaleur qu'Amelia avait ressentis en arrivant au pavillon n'étaient plus qu'un lointain souvenir. La conversation s'était tarie, le curry avait refroidi dans les assiettes, et la joie avait disparu. Amelia avait été soulagée de voir Amir arriver en voiture pour la récupérer.

En partant, Mabel prit ses deux mains dans les siennes.

—Je sais que ce que nous venons de vous dire a de quoi vous choquer, Amelia, et j'en suis sincèrement, sincèrement désolée. J'espère que vous continuerez à venir nous rendre visite. Et je veux que vous sachiez que Giles et moi, nous sommes là pour vous à n'importe quelle heure du jour et de la nuit. Vous n'avez qu'à venir ici, nous téléphoner à l'hôpital de la Mission ou nous envoyer un message, et nous vous aiderons.

—Merci.

—Et j'espère que cela ne vous fera pas arrêter votre travail pour la Mission auprès des villageoises.

—Bien sûr que non. Cela compte énormément pour moi. Rien ne m'empêchera de continuer.

Maintenant que la voiture quittait la vieille ville et passait sous l'immense arc de pierre qui signalait l'entrée du cantonnement britannique, Amelia se remit à penser à Arthur. Le garçon se retrouvait pris dans cette mélasse de peur et de souffrance. Avait-il senti la détresse de sa mère ? Était-il au courant de sa visite à l'hôpital la veille de sa mort ? Son cœur se serrait quand elle songeait à lui, elle se demandait de quoi il avait été témoin et quelles souffrances il devait taire à présent.

*

Dès qu'Amir la déposa devant la porte de la Résidence, Amelia se précipita dans le couloir qui menait à la chambre d'Arthur. Par bonheur il n'était pas au lit mais faisait un puzzle, à genoux par terre. Il leva les yeux et lui sourit. Il n'avait plus cet air fiévreux qui l'avait tant inquiétée. Elle s'agenouilla à côté de lui et le serra contre lui.

—Ça va, Amelia ? demanda-t-il.

—Oui, répondit-elle en l'embrassant sur le front. Je suis contente que tu ailles mieux, c'est tout.

—On peut aller marcher ?

—Bien sûr. On ne l'a pas fait depuis des jours. Allons-y maintenant, tu veux ?

Ils prirent leur chemin habituel le long de Wellesley Drive, qui passait devant les manoirs et les palais des membres les plus éminents de la communauté britannique : les plus hauts échelons du Service civil indien, les hommes d'affaires les plus riches, les haut gradés de l'armée qui préféraient vivre là plutôt que dans les logements mis à leur disposition. Comme la Résidence, toutes ces maisons étaient en retrait de la route, au fond de jardins entretenus avec soin. Arthur semblait content d'être dehors et, tout en marchant, commentait tout ce qu'il voyait.

Aucun des Britanniques vivant dans ces maisons n'était jamais visible à cette heure de la journée ; ils se reposaient à l'intérieur pour éviter le soleil ou faisaient la sieste sur leur véranda. En revanche, les jardiniers étaient en évidence, on les voyait tailler, ratisser, désherber, arroser. Chacune de ces maisons en avait une armée à disposition afin de combattre la nature opiniâtre. Les jardiniers connaissaient tous Arthur de vue, et nombre d'entre eux le saluaient quand ils passaient.

Devant une grande maison blanche à quelques centaines de mètres de la Résidence, deux bœufs blancs tractaient une tondeuse sur l'immense pelouse ; un jardinier juché sur la tondeuse contrôlait les bœufs grâce à des rênes et un bâton tandis que l'autre marchait derrière pour guider la machine et veiller à son équilibre.

La vue de cet attelage excita Arthur, qui se mit à sautiller en tirant Amelia par le bras. Ils s'arrêtèrent pour regarder la tondeuse progresser dans un sens puis dans l'autre à travers la pelouse. Quand elle arriva près de la clôture, Arthur salua les jardiniers et leur demanda en hindi s'il pouvait monter sur la machine. Ils plaisantèrent avec lui mais refusèrent, arguant que ce n'était pas sûr pour lui.

Comme ils lui disaient adieu en s'éloignant, Amelia fit remarquer à Arthur que son hindi était très bon. Il haussa les épaules.

—J'ai toujours su le parler. Je le savais avant de connaître l'anglais, et j'ai plein d'amis indiens, dit-il. Alors c'est facile pour moi.

—J'ai plus de mal, avoua Amelia. J'ai longtemps vécu en Angleterre, donc quand je suis revenue en Inde, j'ai dû réapprendre la langue. Et dans les montagnes près de Darjeeling où je vivais avec mes parents, les gens parlaient un dialecte complètement différent.

—Tu es un peu comme maman, alors, dit-il en levant la tête vers elle avec un grand sourire, les yeux plissés contre le soleil.

—Un peu comme maman ? demanda-t-elle gentiment, se demandant ce qu'il voulait dire par là.

—Oui, maman m'a dit qu'elle ne savait pas parler hindi quand elle est arrivée en Inde. Et ça la gênait. Comme elle voulait apprendre, c'est Deepak qui le lui a enseigné. C'était son professeur.

Le rythme cardiaque d'Amelia s'accéléra un peu quand elle entendit le nom qui avait provoqué la réaction si étrange d'Amir. Ils avaient quitté Wellesley Drive et se trouvaient maintenant dans une petite rue ombragée.

—Ah oui, tu m'as déjà parlé de Deepak, répondit-elle prudemment. C'est aussi lui qui t'a appris à parler ?

Arthur rit.

—Mais non. C'était juste le professeur de maman. Mais parfois, on allait au bazar avec lui. Et dans d'autres endroits aussi…

Il s'arrêta sur sa lancée et Amelia hésita à lui poser des questions sur Deepak. Maintenant qu'Arthur avait évoqué sa mère, elle décida qu'elle devait en profiter pour le faire parler du sujet qui ne quittait pas son esprit depuis le déjeuner.

Ils avaient dépassé le cimetière militaire, où les officiers britanniques et leur famille étaient inhumés depuis l'époque de la révolte des cipayes, et atteignirent le jardin public au centre du cantonnement. Il y avait une mare pleine de carpes koï devant un vieux pavillon d'été en pierre couvert de mousse et de plantes grimpantes. Ils allaient régulièrement s'y asseoir pour s'abriter du soleil un moment avant de rentrer à la maison par un autre chemin.

Amelia ouvrit la grille en métal et se mit de côté pour laisser Arthur passer devant. Puis elle prit une profonde inspiration.

—Je me demandais… commença-t-elle. Est-ce que tu sais si ta mère a fait une chute ? Je veux dire, si elle s'était blessée en tombant ?

Elle se rendait compte que ses questions devaient avoir l'air étrange. Arthur secoua la tête.

—Quelle drôle de question. Je ne crois pas. Pourquoi ?

—Je… Je me posais la question, c'est tout, dit-elle en déambulant dans le jardin. Tu as dit que j'étais un peu comme ta mère, je me demandais si elle était… un peu maladroite, comme moi parfois.

Arthur la regarda en fronçant les sourcils et elle n'osa pas croiser son regard. En vérité elle était rarement maladroite, si bien qu'il avait toutes les raisons de trouver sa question étrange.

Mais comment demander à un garçon de neuf ans s'il avait vu son père battre sa mère ? Quels mots utiliser pour ne pas le bouleverser ? S'il avait vu quelque chose, il était possible qu'il l'ait enfoui tout au fond de sa mémoire. Affronter ce souvenir serait un tel choc qu'il pourrait aussi bien tomber malade une fois encore.

Ils arrivèrent à l'ombre du pavillon d'été et Amelia s'assit avec bonheur sur un banc de pierre froid. Arthur alla s'installer à son emplacement préféré, sur une margelle au bord de la mare, pour admirer l'énorme et vilain poisson qui rôdait sous la surface.

—Je suis sûr que le gros orange a encore grandi depuis la dernière fois, dit-il en riant. Venez voir !

Elle alla s'asseoir à côté de lui sur le muret pour regarder les carpes koï barboter dans les profondeurs vaseuses, ne remontant à la surface que pour attraper des mouches de leurs bouches géantes. Arthur était absorbé par le spectacle, comme toujours quand ils venaient ici. Amelia comprit qu'elle ne pouvait pas poser les questions qu'elle avait envie de poser. Pas à cet instant. Elle aurait couru le risque de l'angoisser.

Quand Arthur en eut assez d'observer les poissons, ils sortirent du jardin et reprirent le chemin de la maison. Ils marchèrent dans un silence agréable au milieu des rues ombragées où vivaient les membres moins riches ou moins gradés de la communauté britannique.

Lorsqu'ils rejoignirent la rue principale, Wellesley Drive, Amelia se figea en voyant une silhouette apparaître au bout de la route. C'était Reginald sur son étalon noir, qui reniflait et tirait sur ses rênes en avançant au petit trot vers eux.

—Oh ! Voilà papa, dit-elle d'un ton faussement enjoué.

Les épaules d'Arthur s'affaissèrent tandis que l'étalon approchait d'eux, puis s'arrêtait en piaffant et frappant ses sabots sur le sol.

—Où étiez-vous ? demanda Reginald d'une voix sévère.

—Nous nous promenions, répondit Amelia.

—Les domestiques m'ont dit que vous étiez partis. Vous savez qu'il est quatre heures passées, non ? C'est l'heure de la leçon de tir d'Arthur.

—Je ne m'en étais pas rendu compte, dit Amelia d'une voix vaincue, incapable de croiser son regard.

Dans sa tête, elle voyait des marques de coups sur une peau pâle.

—Monte, jeune homme, dit Reginald avec un claquement de doigts. Ce sera plus rapide si tu reviens à cheval avec moi. (Puis, se tournant vers Amelia, il ajouta :) Cela ne vous dérange pas de rentrer seule, ma chère ? Aidez-le, voulez-vous ?

Elle s'approcha du cheval agité. Puis, prenant Arthur sous les bras, elle le souleva avec effort jusqu'à ce que Reginald l'attrape et le hisse sur la selle.

Une fois Arthur assis devant lui, Reginald se tourna vers elle.

—Je ne sais pas pourquoi vous ressentez le besoin de sortir du jardin de la Résidence. C'est inutile. Cela pourrait être dangereux. Surtout en ce moment.

—Oh, vous croyez, Reginald ? Le cantonnement est sûr.

—Certes, mais je préférerais que vous ne fassiez plus ces promenades à partir de maintenant, décréta-t-il.

Puis il fit faire demi-tour à son cheval pendant qu'Arthur se cramponnait de toutes ses forces au pommeau.

—Oh, au fait, cria Reginald par-dessus son épaule alors que le cheval se lançait au trot. Assurez-vous d'être changée et prête à sortir quand je rentrerai. Nous allons au club ce soir.

—Ah ? fit-elle, accablée par cette perspective.

—Oui, j'ai organisé une réunion avec les hommes qui viendront au *shikar* avec nous. Si je parviens à avoir la situation bien en main ici à Kanpur, je compte partir dans les dix prochains jours.

Debout au milieu de la rue, elle les regarda s'éloigner au trot dans un nuage de poussière, sentant l'angoisse monter à la fois pour Arthur et pour elle-même.

De retour à la maison, elle monta dans sa chambre pour se débarrasser de la saleté de la journée. Elle se fit couler un bain et, laissant à terre ses vêtements sales, se glissa dans l'eau chaude et accueillante, la tête renversée en arrière, les yeux fermés. Le silence régnait à la maison à cette heure, seuls se faisaient entendre les croassements des corbeaux perchés dans les arbres à l'arrière de la maison. Elle prit de profondes inspirations pour se relâcher, mais en vain. Son esprit revenait sans cesse vers Elizabeth et les révélations choquantes qu'elle avait entendues plus tôt dans la journée : ses bleus, sa maigreur effroyable, la peur qui la tenaillait.

Amelia se redressa. Une pensée venait de la traverser, qui la faisait frémir de tout son être. Elizabeth avait elle aussi dû prendre de nombreux bains dans cette salle de bains, exactement comme Amelia, pour tenter de calmer son angoisse et sa terreur. Subitement, cette baignoire ne lui semblait plus si attractive. Elle sortit de l'eau, s'enroula dans une serviette et laissa l'eau dégouliner sur le sol.

Et il y avait autre chose, un détail sur lequel elle ne s'était jamais attardée plus que cela et qui était pourtant bizarre : le fait qu'il n'y avait pas la moindre photo d'Elizabeth dans la maison, sauf celle qu'Arthur gardait sous son lit pour que son père ne la voie pas. Elle retourna dans la salle de bains et s'assit au bord du lit, la tête entre les mains. Qu'étaient devenues les affaires d'Elizabeth ? Ses vêtements, ses livres, ses photographies, toutes ces choses qui entourent une femme au long de sa vie ? Reginald s'était-il débarrassé d'absolument tout ? Elle l'imaginait, en proie au chagrin, allumer un grand feu de camp dans le terrain derrière les écuries et ordonner aux domestiques d'y mettre tout ce qu'ils trouvaient. Elle se rappela sa façon tragique de prendre son visage en coupe dans sa main et de lui dire : « J'ai déjà vécu une mort tragique, je ne tiens pas à en connaître un autre. »

Elle enfila son peignoir puis se mit à ouvrir placards et commodes au hasard, cherchant une trace de celle qui l'avait précédée. Elle se mit à genoux par terre, regarda sous le lit, elle fouilla même la garde-robe de Reginald et les tiroirs de sa table de chevet, son cœur lui disait que ce qu'elle faisait était mal, mais son besoin de vérité la poussait à agir. Elle ne trouva rien. Pas même un foulard, une bourse, un peigne ou un bijou.

La nuit commençait à tomber. Comme elle allumait la lampe pour continuer ses recherches, elle se rendit compte soudain que Reginald et Arthur étaient partis depuis plus de deux heures et n'allaient pas tarder à rentrer. Elle prit une robe de soie bleue dans son placard, l'enfila à la hâte, se coiffa rapidement, et elle s'appliquait du rouge à lèvres devant sa coiffeuse lorsqu'elle entendit les pas de Reginald résonner dans le couloir. La poignée de la porte tourna et son époux entra dans la chambre.

Dans le miroir, elle le vit traverser la chambre dans sa direction. Il posa ses mains sur ses épaules. Elle se crispa, mais il se pencha pour l'embrasser dans le cou avant de se redresser.

—Vous n'êtes pas encore prête ? Qu'avez-vous fait ?

Il jeta un coup d'œil à la ronde et elle le vit s'étonner de voir la porte de son placard entrouverte. Il alla à grands pas la fermer, puis se tourna vers elle. Amelia se concentrait sur son reflet dans le miroir. Ses mains tremblaient.

—Le garçon a fait bien mieux aujourd'hui, déclara-t-il. J'en ferai un tireur d'élite.

Amelia se mit debout.

—Je vais lui souhaiter bonne nuit, dit-elle avec difficulté.

Il fallait qu'elle quitte cette pièce.

—Faites donc. Je vous rejoins en bas dès que je serai changé.

*

L'ambiance au Gymkhana Club n'était pas la même que d'ordinaire lorsqu'elle entra dans la salle enfumée au bras de Reginald ce soir-là. Les gens buvaient des cocktails en attendant le dîner et il y avait une agitation et une fébrilité inhabituelles.

Eileen était assise près des fenêtres et discutait avec quatre ou cinq autres femmes. Elles étaient très rapprochées, comme en conciliabule. Dès qu'elle vit Amelia, elle se leva d'un bond et vint vers elle.

—Comment allez-vous, chérie ? demanda-t-elle en lui faisant la bise. Vous n'êtes pas venue au thé de l'après-midi entre filles depuis une éternité.

Amelia jeta un coup d'œil vers Reginald, mais il était déjà parti rejoindre un groupe d'hommes au bar.

—Venez parler aux autres, dit Eileen en la prenant par le bras.

Amelia la suivit à contrecœur et s'installa sur la chaise que lui tira Eileen, à côté de la sienne. Amelia connaissait toutes ces femmes de vue ; la plupart étaient présentes à son mariage, ou alors elle les avait croisées quelquefois au club. La conversation s'arrêta abruptement à son arrivée, et même si ses femmes lui souriaient et la saluaient poliment, elle eut le même sentiment qu'à Darjeeling. Elles ne lui étaient pas ouvertement hostiles, mais elle savait que sans sa position d'épouse de Reginald, elles l'auraient snobée.

—Venez jouer au rami avec nous après le dîner, dit Eileen en allumant une cigarette.

—Oh, je pense que Reginald voudra rentrer à la maison, dit-elle tandis que le serveur posait un gin-fizz devant elle sur la table.

—Il ne vous a pas dit ? dit Eileen. Après dîner, les hommes auront une petite réunion au fumoir pour organiser leur satané *shikar*. Donc nous serons entre nous. Nous organiserons un petit cercle de jeux. Ce sera amusant.

—Je ne sais pas trop, dit Amelia en buvant une gorgée.

Le cocktail était fort, elle le sentit faire baisser sa tension en quelques secondes.

—Pourquoi ? demanda Eileen en riant.

—Je ne sais pas jouer.

Eileen haussa les sourcils d'un air perplexe, puis son visage s'éclaircit.

—Oh, bien sûr. J'oublie toujours que vos parents étaient missionnaires. Eh bien, ne vous inquiétez pas pour cela. Les filles joueront aux cartes et nous bavarderons toutes les deux à une autre table.

—Pourquoi y a-t-il tant de monde ce soir ? s'enquit Amelia.

Eileen tira sur sa cigarette en observant la salle.

—Comme je vous l'ai dit, ils sont tous là pour préparer leur partie de chasse. Certains ont amené des invités. (Elle se pencha vers Amelia en prenant un air de conspiratrice.) Il y en a un ou deux qui sont très séduisants, je ne sais pas si vous avez remarqué ? Un en particulier. Nous n'arrêtons pas de l'épier depuis tout à l'heure.

Amelia ne savait pas quoi répondre. Cette scène lui rappelait seulement qu'à chaque fois qu'elle venait au club, elle le regrettait. Les petits ragots et les conversations inintéressantes d'Eileen et ses amies la laissaient de marbre.

—Il est par là, dans le coin, regardez, dit Eileen en agitant sa cigarette en direction d'un groupe.

L'inconnu tournait le dos à la salle, il était donc impossible de voir son visage.

—C'est le frère de Willy Prendergast, George. Il est venu d'Angleterre pour la saison de la chasse. Il est tellement beau que nous en avons les genoux qui tremblent.

Les paroles d'Eileen déclenchèrent un éclat de rire chez les femmes à côté d'elles, et à leur brouhaha, le sujet de leur discussion se retourna. Quand il vit toutes les femmes regarder dans sa direction, il leva son verre et sourit galamment avant de reporter son attention sur ses amis. Mais l'espace d'un instant, ses yeux s'attardèrent sur Amelia. Elle détourna le regard, humiliée qu'il puisse croire qu'elle participait à cette mascarade.

Plus tard, après le repas, au cours duquel Amelia ne prononça pas un mot et écouta Reginald se plaindre à son voisin de table des manifestants et de sa frustration face à l'attitude de leurs leaders, comme Eileen l'avait indiqué, les hommes s'enfermèrent dans le fumoir pour organiser leur expédition de chasse. Amelia retourna au bar avec les autres femmes. La plupart d'entre elles s'installèrent aux tables pour jouer aux cartes.

—Venez, lui dit Eileen en la prenant de nouveau par le bras. Trouvons un endroit tranquille. Cela fait trop longtemps que nous n'avons pas eu une vraie conversation.

Une fois assise dans un fauteuil de planteurs situé dans une alcôve, Eileen claqua des doigts pour que le serveur leur apporte des verres.

—Maintenant, parlez-moi, ma chère. Qu'avez-vous ? Vous êtes toute pâle. Je vois bien que quelque chose ne va pas. Vous avez à peine ouvert la bouche de la soirée.

Amelia se sentit débordée par l'émotion. Elle déglutit. Elle ne pouvait pas pleurer. Pas ici, au bar du club, devant tout le monde.

—Que se passe-t-il ? insista Eileen en posant sa main sur celle d'Amelia.

Amelia ferma les yeux pour ravaler ses larmes mais elles commencèrent à couler et à rouler sur ses joues. Elle secouait la tête.

—Rien, murmura-t-elle.

Comment aurait-elle pu se confier à Eileen ? Son mari, James, était un proche collaborateur de Reginald, et Amelia ne savait pas si elle pouvait lui faire confiance pour ne pas divulguer ses secrets.

—Oh, allons, dit doucement Eileen. S'il n'y avait rien, vous ne pleureriez pas, n'est-ce pas ? C'est à cause de Reginald ?

—C'est juste que… eh bien, il est dur avec Arthur. Je m'inquiète.

—Et il est dur avec vous, non ? dit Eileen, en la regardant avec compassion. C'est un homme arrogant. Il est habitué à avoir gain de cause, et ce n'est pas facile de vivre avec ce genre de personne.

Amelia acquiesça. Elle se demandait comment aborder le sujet d'Elizabeth lorsqu'Eileen lui murmura :

—Je crois que sa première femme le vivait comme vous.

—Vous la connaissiez ? demanda Amelia.

—Pas très bien. James et moi sommes arrivés de Delhi quelques mois avant son décès, mais j'ai entendu parler d'elle par les autres femmes.

Un frisson parcourut Amelia. Était-ce la raison pour laquelle elles la regardaient toutes si bizarrement – la comparaient-elles à Elizabeth en cancanant dans son dos ?

Eileen se pencha vers elle en vérifiant d'un regard que personne n'était à portée de voix.

—Il y avait beaucoup de rumeurs sur Elizabeth Holden. Pas toutes très aimables.

—Quelles sortes de rumeurs ?

—Qu'elle était secrète. Qu'elle ne voulait pas se mélanger aux autres, un peu comme vous… enfin, ce genre de choses. Et…

Eileen tira sur sa cigarette.

—Et ?

Amelia ne pleurait plus, et elle retenait son souffle.

—Eh bien… ce ne sont que des spéculations bien sûr… Et je n'en parle que pour expliquer pourquoi j'ai dit qu'elle trouvait difficile la vie avec Reginald.

—Je vous en prie, dites-moi, Eileen. J'ai besoin d'en savoir plus sur elle. Il y a tellement de choses que Reginald ne me dit pas.

—Eh bien, on raconte qu'Elizabeth Holden était un peu trop proche de son tuteur indien. Je n'ai pas besoin de vous faire un dessin, ma chère. Mais ce n'est qu'une rumeur, bien entendu, et sans doute malveillante d'ailleurs, je ne la prendrais pas pour argent comptant à votre place.

Amelia dévisageait Eileen avec stupéfaction. Elle se souvenait de toutes les fois où Arthur avait mentionné Deepak, et de l'affection qu'il semblait lui porter. Ces rumeurs ne pouvaient être que le produit de l'oisiveté de femmes trop habituées à médire.

17

Kate

Warren End, 1970

La matinée touchait à sa fin lorsque Kate quitta la chambre d'Edna Robinson à La Prairie. Elle n'avait pas envie de partir. Edna n'avait pas fini de lui raconter l'histoire d'Amelia, mais la vieille dame commençait à s'assoupir entre deux phrases. L'aide-soignante de Miss Robinson, Sandra, insistait gentiment :

—Vous pourrez venir un autre jour, Miss Hamilton, lui dit-elle en la conduisant vers la porte. Je suis sûre que Miss Robinson appréciera une autre visite, mais parler longuement l'épuise, malheureusement. Elle a besoin de se reposer et de manger.

—Bien sûr, dit Kate en prenant son sac.

Puis, se retournant vers Edna qui ronflait tranquillement dans son fauteuil, le menton sur la poitrine, elle demanda :

—Elle va bien ?

Sandra sourit.

—Oui, elle va bien en ce moment, mais elle a de bonnes journées et elle en a de moins bonnes, elle est beaucoup plus fragile qu'elle n'en a l'air.

À la réception, Edna prit rendez-vous pour revenir le lendemain à la même heure, puis elle quitta le bâtiment.

En rentrant chez elle, elle pensait à la vie d'Amelia en Inde telle que la lui avait racontée Edna : les étranges circonstances qui avaient entouré sa naissance, la perte tragique de ses deux parents, son mariage précipité avec un homme plus âgé qu'elle, puissant et autoritaire, qui lui avait fait échapper à la pauvreté et à l'humiliation. À mesure qu'Edna lui racontait l'histoire de sa grand-tante, Kate s'était sentie pleine de pitié et de compassion pour le calvaire d'Amelia. Mais rien de tout cela n'expliquait pourquoi Amelia ne parlait presque jamais de son passé en Inde, ni pourquoi elle avait fait de son premier mariage avec Reginald un secret absolu. Oncle James était-il au courant ? Qu'était devenu Reginald ? Et le petit Arthur ? Kat était persuadée que le petit garçon de la photographie trouvée dans la table de chevet d'Amelia, assis sur un banc en rotin, était Arthur. Amelia avaient-elles abandonné Reginald et Arthur pour rentrer en Angleterre en 1937 et reprendre son nom de jeune fille ? Cela avait été une surprise d'apprendre que George Prendergast était venu à Kanpur et qu'il avait croisé Amelia au club. Leur liaison avait-elle commencé là-bas pour se poursuivre jusqu'en 1944 ? Sûrement pas, vu qu'entretemps Amelia était revenue en Angleterre et avait rencontré oncle James. Tout cela ne collait pas, et Kate avait hâte de retourner à La Prairie le lendemain pour qu'Edna lui en dise plus.

Elle aurait pu continuer vers Midchester et Warren End par l'axe principal, mais le croisement avec la petite route de campagne était juste devant elle. Elle tourna et prit par les lacets en direction du Moulin du Saule.

La vieille bâtisse l'attirait, sans qu'elle sache pourquoi. Peut-être cette fois pourrait-elle en faire le tour, s'asseoir dans la clairière au bord de la rivière, là où Joan et elle se baignaient, et réfléchir à ces journées de l'été 1944 ? Peut-être qu'aller s'asseoir là l'aiderait à trouver le courage d'affronter le passé ?

Elle passa devant la ferme où les vaches avaient traversé la route en début de matinée, la voiture sauta légèrement sur les bouses de vache et elle bascula dans la descente. Elle apercevait maintenant le toit du moulin au bord de la rivière, niché parmi les arbres aux pousses printanières. Mais en prenant le dernier virage, elle vit une camionnette garée devant le portail, les portes arrière grandes ouvertes. Deux hommes en bleu de travail déchargeaient du matériel. Kate ralentit. Ils portaient des planches et des barres d'acier. Pour un échafaudage ? Le vieux moulin allait être réparé, voire reconstruit ? Kate en éprouva une certaine tristesse. Elle ne pourrait peut-être jamais y retourner.

Elle accéléra pour rentrer au village et, s'engageant dans l'allée d'Oakwood Grange, elle vit la Rover jaune garée devant la maison. Gordon Anderson, assis derrière le volant, était penché sur des papiers. Elle se gara derrière lui, le cœur battant un peu plus vite, et regretta de ne même pas avoir eu le temps de vérifier son maquillage quand il s'approcha de sa voiture. Il lui ouvrit la portière.

—Quelle surprise, dit-elle en descendant.

—J'ai tenté ma chance, dit-il. Enfin, je n'ai pas pensé que tu puisses être ailleurs. J'aurais dû appeler avant de venir.

—Ne t'inquiète pas pour moi. Tu attends depuis longtemps ?

Il ne lui avait pas demandé où elle était et elle ne lui fournit aucune explication.

—Quelques minutes. J'ai fait un premier état des lieux de la maison. J'étais en route pour montrer un corps de ferme à un couple à quelques kilomètres d'ici, alors j'ai pensé que je pouvais m'arrêter te le déposer.

—Tu veux une tasse de thé puisque tu es là ? Tu as mangé ? demanda Kate en remontant l'allée vers la maison. Je peux te faire un sandwich si tu veux.

—Eh bien, figure-toi que je n'ai pas arrêté de la matinée. Ce serait super. Si ça ne te dérange pas.

—Bien sûr que non, dit-elle en ouvrant la porte. Entre. Je ne te promets rien d'extraordinaire, en revanche.

Gordon la suivit dans le couloir vers la cuisine. Il s'assit à la table pendant que Kate mettait la bouilloire sur la cuisinière et cherchait du pain, du beurre et du fromage.

—Quelle ferme vas-tu voir ? demanda-t-elle.

—Park Farm. Entre Warren End et la rivière. Tu ne dois pas t'en souvenir.

—Oh, si, je m'en souviens, dit-elle en se rappelant la vieille maison que tout le monde croyait hantée. Quand j'étais petite, on passait devant, ça faisait un raccourci pour aller à la rivière. C'était une ruine à l'époque… un peu effrayante, ajouta-t-elle en repensant à la colère que Prendergast avait piquée contre Joan et elle.

—Oh, ça a été rénové il y a des années, dit Gordon. Prendergast a vendu après la guerre, en même temps qu'un tas d'autres propriétés qu'il possédait. Une famille a acheté la maison et l'a rénovée. Sans regarder à la dépense.

—Donc ce n'est sans doute plus hanté, dit-elle avec un sourire.

—Seulement par des fantômes de designers, plaisanta Gordon.

Elle posa les assiettes avec les sandwiches et les tasses de thé sur la table et s'assit en face de lui.

—Tu sais ce qui se passe au Moulin du Saule ? demanda-t-elle. Je suis passée devant aujourd'hui et j'ai vu des ouvriers.

—Le Moulin du Saule ? Oui, dit Gordon en buvant une gorgée de thé. Il va être rénové, lui aussi. Transformé en maison. Sacré bel endroit, le long de la rivière. Et il y a les droits de pêche qui vont avec. Ça vaudra une fortune une fois terminé.

—C'est triste, dit Kate. Tous ces vieux endroits qui disparaissent.

—Oui, d'une certaine façon, dit Gordon. Mais cela fera une maison géniale pour une famille. En tant qu'architecte, cela doit te parler, non ?

—Oui, dans des circonstances normales. Mais quand il s'agit de Warren End, je n'arrive pas à garder un œil professionnel.

Elle se demandait s'il était utile de préciser qu'elle s'y était arrêtée une première fois et qu'elle y avait vu George Prendergast. Le moulin lui appartenait-il toujours ? Était-ce une de ces propriétés qu'il avait conservées quand il avait vendu une bonne partie de ses biens après la guerre ? Elle en doutait. Janet Andrews lui avait dit qu'il avait connu des déboires. Il ne vivrait sans doute pas dans un bungalow à Clerk's Lane s'il lui était resté du patrimoine. Gordon aurait certainement été capable de le lui dire, mais elle préféra se retenir de poser la question. Tant qu'elle n'en saurait pas plus sur le passé d'Amelia et sur ses liens avec Prendergast, elle aimait autant éviter de discuter des événements de 1944 avec Gordon. Cette conversation pourrait susciter des questions délicates auxquelles elle n'était pas encore prête à répondre.

—Tu veux qu'on regarde ton compte rendu sur la maison ? proposa-t-elle à la place. Puisque tu l'as apporté.

—Oh, je ne faisais que passer, répondit-il en croisant son regard.

Il était clair à son expression que ce n'était pas tout à fait vrai. Elle détourna les yeux, un peu confuse, tandis qu'il glissait l'enveloppe sur la table.

—Tu peux y jeter un coup d'œil maintenant si tu veux, dit-il. Il me reste quelques minutes avant de repartir. Ou alors tu m'appelles demain quand tu auras eu le temps de le lire tranquillement. Plus vite ce sera fini, plus vite la maison sera sur le marché.

—D'accord, répondit Kate. Inutile de brûler les étapes et de faire des erreurs. Je regarde ça ce soir et je t'appelle demain.

—Tu commences à hésiter ? demanda-t-il avec un petit sourire.

—Non, non ! Je t'ai dit hier que je veux la vendre.

—OK. C'est juste qu'en te voyant arriver, tu m'as donné l'impression d'être à ta place, comme si tu vivais là depuis des années. Tu n'avais pas l'air de quelqu'un qui veut absolument se débarrasser d'une maudite baraque.

—Tu sais, Gordon, dit-elle en souriant à son tour, je n'ai jamais rencontré un agent immobilier comme toi.

Je *veux* vendre, et je t'appellerai demain quand j'aurai eu le temps de lire ta présentation.

—Très bien, dit-il, puis, jetant un coup d'œil à sa montre : Il faut que je file. Merci beaucoup pour le thé et le sandwich.

Elle le raccompagna dehors et, comme il partait, il se retourna brusquement et parut sur le point de dire quelque chose, mais il se contenta d'un : « Au revoir, Kate, j'attends de tes nouvelles. »

Qu'allait dire Gordon ? Kate ne se posa bientôt plus la question, préoccupée qu'elle était par l'histoire d'Amelia.

Dès qu'elle eut refermé la porte, Kate monta dans la chambre d'Amelia. Elle s'assit sur le lit et sortit la vieille photo du tiroir de la table de chevet.

—Arthur, murmura-t-elle en remarquant à nouveau qu'Amelia le serrait contre elle et qu'ils souriaient tous les deux malgré le soleil aveuglant. Comme Arthur paraissait frêle et vulnérable… Amelia avait aimé cet enfant, le récit d'Edna était clair sur ce point. En observant d'un peu plus près la photo, Kate lut de la détresse et du désespoir sur leurs visages. Des âmes perdues, liées par une douleur commune.

Elle emporta la photo au dernier étage, ouvrit la malle d'Amelia et récupéra les lettres de Mabel Harris, les photographies, l'étiquette du bagage d'Amelia lors de son voyage de Bombay à Southampton. Elle redescendit le tout dans le bureau, où elle l'étala sur la table de travail avec le certificat de mariage à Reginald Holden. Ce qu'elle avait appris ce matin de la bouche d'Edna Robinson n'avait fait qu'alimenter le désir de Kate de connaître le mystérieux passé de sa grand-tante, mais la révélation la plus intrigante concernait George Prendergast et sa venue à Kanpur à l'époque où Amelia y vivait. D'autant que deux heures après, elle était tombée par hasard sur le même George Prendergast, désormais vieux et faible, au Moulin du Saule. L'endroit même où Amelia et lui se retrouvaient ; l'endroit où les problèmes avaient commencé. Elle était convaincue désormais que ce lien entre eux était la racine de tout.

Que penserait Joan de cette nouvelle information à propos d'Amelia ? Cela lui donnerait sûrement des idées, avec sa vivacité d'esprit et son imagination. Il était temps qu'elles parlent, qu'elles s'affranchissent du passé. Jetant un coup d'œil à sa montre, Kate vit qu'il restait deux heures avant la sortie de l'école. Il fallait vraiment qu'elle parle à Joan, malgré les menaces de Dave. Kate se rembrunit en pensant à lui. Et s'il avait un jour de congé et se trouvait à la maison ? Une vague de culpabilité lui revint en se rappelant comment elle était passée devant leur maison après que Dave avait tenté de lui faire peur, quand elle avait cru apercevoir la silhouette de Joan dans la cuisine. Elle n'avait même pas osé saluer son ancienne amie. Elle réfléchit une seconde. Et puis quoi, s'il avait été là ? Au nom de quoi aurait-il le droit de défendre à Kate de venir ?

Avant de changer d'avis, Kate ramassa les papiers et les photographies d'Amelia, les mit dans un des sacs de courses accrochés au fond du bureau et enfila son manteau.

Elle fit les quelques centaines de mètres jusqu'à Clerk's Lane le plus vite possible, la tête courbée. Cette fois, elle n'observa pas les maisons et n'admira pas les fleurs printanières dans les jardins. Mais le temps d'arriver à l'entrée de la ruelle, son courage commençait à la quitter. Malgré les années qui s'étaient écoulées, l'ado qui tremblait en traversant le village pour aller au magasin, de peur de tomber sur Dave Pope et ses copains, était toujours là, en elle.

La voix de Joan résonna dans sa tête, comme si elle était devant elle. *Laissez-la tranquille, bande de lâches*. Joan avait été *là* pour elle à l'époque. Elle ne devait pas laisser les mêmes brutes lui faire peur et l'empêcher de lui parler. Prenant son courage à deux mains, elle entra dans la ruelle et fit les derniers mètres jusqu'au portail de Joan. La poussette était rangée devant la maison. Malgré son appréhension, elle s'avança dans l'allée et alla frapper à la porte. Elle entendit des voix étouffées, un enfant qui pleurait, puis quelqu'un descendit l'escalier. Joan lui parla de l'autre côté de la porte.

—Qui est-ce ?

—C'est moi, Kate.

Il y eut un silence, puis de nouveau la voix de Joan.

—Qu'est-ce que tu veux ? Dave t'a dit de ne pas nous déranger, non ?

—Oui, mais en quoi ça le regarde ? J'ai besoin de te parler, Joan.

—Tu ne peux pas entrer. Tu vas devoir partir.

Il y avait de la peur dans la voix de Joan.

—Écoute, il est temps qu'on parle de ce qui s'est passé cet été-là, Joan, dit-elle. S'il te plaît. Laisse-moi entrer. Tu as autant besoin d'en parler que moi, non ?

—Je ne vais pas bien. Je ne peux pas parler aujourd'hui.

—Qu'est-ce que tu as ? Tu n'as pas l'air malade.

—Pourtant, je le suis. Les gosses ne sont pas allés à l'école pour que je n'aie pas à sortir. Ils sont à l'étage. Je suis occupée.

—Dave est au travail ? demanda Kate.

—Arrête, je ne peux pas te faire entrer, c'est tout.

—Tu ne devrais pas le laisser te maltraiter, Joan. Écoute, j'ai découvert des choses sur ma tante Amelia. J'ai des papiers à elle avec moi. Je voulais te les montrer, te demander ce que tu en penses.

Il y eut un long silence, puis la clé tourna et la porte s'entrouvrit.

—Il me tuera s'il apprend que tu es venue, dit Joan en ouvrant en grand. On a intérêt à faire vite.

Kate entra et comprit pourquoi Joan ne voulait pas sortir de la maison. Son œil droit était enflé, presque fermé, et auréolé d'une ecchymose violacée.

—J'ai une infection à l'œil, mentit-elle aussitôt. Fais attention si tu ne veux pas attraper la même chose.

—Une infection ! Il t'a frappée, Joan ! s'exclama Kate.

—Je ne vois pas de quoi tu parles. Viens dans la cuisine. On va devoir faire vite. Dave est du matin aujourd'hui, il risque de rentrer à partir de seize heures. Tu veux un thé ?

Kate hocha la tête et s'assit à la table de cuisine. Cette fois la pièce était rangée, et même d'une propreté impeccable. Pas de piles de vaisselle sale dans l'évier, pas de lait renversé sur la table.

—Tu devrais le quitter, Joan, dit calmement Kate pendant que Joan remplissait la bouilloire au robinet.

Elle tournait le dos à Kate, mais celle-ci la sentit se raidir.

—Ce ne sont pas tes oignons, marmonna-t-elle au bout d'un moment en mettant la bouilloire sur la gazinière, sans croiser le regard de Kate. Maintenant, si tu as quelque chose à me dire à propos de ta tante, comme je t'ai dit, tu ferais bien de faire vite.

Joan s'assit pesamment à la table et regarda de son œil valide Kate sortir les papiers du sac de courses et les poser sur la table. Le certificat, les lettres, l'étiquette du bagage, les photographies.

—Qu'est-ce que c'est ? demanda Joan en fronçant les sourcils.

—J'ai trouvé ça dans la maison en faisant du tri, commença Kate. Tu sais, j'avais peur de revenir ici après tout ce temps à cause de ce qui s'est passé.

Joan renifla.

—Tu as déjà eu de la chance de t'en aller d'ici. Regarde-moi. Je ne suis *jamais* partie.

—Je sais. Et je suis désolée que nous ayons perdu contact. Je voulais mettre tout cela derrière moi. Je ne voulais plus y penser. Je me disais que tu avais dû réussir à t'en tirer de ton côté. Que tu étais allée… à la fac, ou autre chose.

—J'aurais dû. Mais ce n'est pas arrivé. Après… enfin, après ce qui s'était passé, l'école ne m'intéressait plus. J'ai arrêté les études. La situation n'était pas facile, j'ai vécu avec ma grand-mère après que Prendergast nous a expulsés de la maison. Mais je m'en fichais. J'avais de mauvaises fréquentations et j'ai fini par me faire virer du lycée.

—Oh, Joan. Je suis désolée.

—Pas la peine de te désoler ! Je n'ai pas besoin de ta pitié. J'ai pris des décisions. Mauvaises, d'accord, mais c'étaient les miennes.

Elles se regardèrent par-dessus la table. Les années écoulées depuis la fin de leur amitié parurent soudain à Kate un gouffre infranchissable, il s'était passé trop de temps. Elle entendait les enfants jouer à l'étage : ils chahutaient et riaient, avec de temps en temps des éclats de voix. Avaient-elles changé tant que cela, toutes les deux ? Au point de ne plus pouvoir regarder le passé en face ? Avaient-elles laissé cette histoire pourrir trop longtemps ? La bouilloire se mit à siffler. Joan se leva et posa deux tasses, un bol de sucre et une bouteille de lait sur la table.

—J'ai croisé George Prendergast aujourd'hui, dit Kate tout à trac. Au Moulin du Saule. Il n'y avait pas de voiture. Il avait dû venir à pied du village alors qu'il marche avec une canne.

—Qu'est-ce que tu faisais là-bas ? demanda Joan d'un ton vif, comme autrefois.

—Ce n'est pas évident ? C'est là que tout a commencé, non ? Tout ce qui s'est passé de mal. Tu sais, Joan, j'ai porté ça en moi toute ma vie. Je suis sûre que toi aussi. Le fardeau de la culpabilité. Et tout a commencé là. C'est pour cela que j'y suis allée. J'essaye d'affronter le passé après toutes ces années.

—Je n'y suis jamais retournée, dit Joan en frémissant.

Elle versa le thé et le lait dans les tasses et en poussa une vers Kate.

—Sucre ?

Kate secoua la tête et Joan en mit deux cuillères dans la sienne avant de remuer vigoureusement.

—Mais tu y as pensé, non ?

—Évidemment. J'y pense tout le temps. C'est pour ça… Oh, je ne sais pas. Je suppose que c'est pour ça que je n'ai rien fait à l'école. Et c'est pour ça que je suis dans une ornière.

Kate but une gorgée et reposa sa tasse.

—Donc, c'est pour cela que j'ai apporté ces papiers. On a toutes les deux besoin de regarder les choses en face. Et j'ai besoin de ton aide. Tante Amelia avait un tas de secrets. Je l'ignorais, mais apparemment elle a été mariée en Inde quand elle était très jeune. Personne ne le savait dans la famille. Son certificat de mariage est ici.

Joan le prit et le lut de son bon œil. Puis elle le remit sur la table.

—Et ?

—Elle est revenue en Angleterre au début de 1937 et a repris son nom de jeune femme. Voilà l'étiquette de son bagage, qui montre qu'elle a embarqué sur le *SS Strathmore* de Bombay à Southampton. On dirait qu'elle a quitté son mari. Il était particulièrement écrasant, d'après ce que j'ai compris.

Joan haussa les épaules.

—Qu'est-ce que ça change à ce qu'on a fait ? Le passé d'Amelia n'y changera rien, non ?

Ces mots firent à Kate l'effet d'une gifle. C'était vrai. Joan avait mis dans le mille. Reconstituer l'histoire de sa tante ne pourrait pas modifier ni justifier ce qu'elles avaient fait toutes les deux, c'est-à-dire les événements qu'elles avaient provoqués en ce vendredi après-midi étouffant d'août 1944.

—Je pense qu'ils se sont connus en Inde, répondit-elle malgré tout. Amelia et George Prendergast. Il s'y était rendu pour une partie de chasse. Ils ont dû se rencontrer à ce moment-là.

—Et ? fit Joan sans sourciller. Ça ne fait aucune différence, Kate. On a fait ce qu'on a fait. Il est brisé. Tu l'as vu ce matin, non ?

Kate acquiesça. C'était en effet un homme brisé. Vieux, faible et pauvre. À elles deux, elles avaient mis à genoux le propriétaire terrien fier et arrogant. Ce n'avait pas été leur intention : elles voulaient juste lui faire un électrochoc, qu'il ait ce qu'il mérite, mais elles avaient perdu le contrôle de la situation. Et elles vivaient avec leur culpabilité depuis ce jour.

18
Amelia

Kanpur, 1936

Amelia s'assit aux côtés de Reginald, à l'arrière de la limousine, tandis qu'Amir les conduisait à travers les rues mal éclairées du vieux Kanpur. De temps à autre, la lumière d'un brasero ou d'une maison illuminait l'intérieur de la voiture. Elle se sentait exposée à chaque fois. La cuisse de Reginald se pressait contre sa robe de soie bleue, et sa main aux doigts manucurés était posée, légère, sur son genou. Les mêmes regards hostiles les dévisageaient derrière les vitres. Consciente de rouler dans ces ruelles étroites auprès de l'homme le plus haï de Kanpur, Amelia se tassait dans le fond de la banquette comme pour y disparaître. Et si ces gens en colère le reconnaissaient et s'en prenaient à la voiture ? S'ils bloquaient la route, comme ils l'avaient déjà fait ?

Mais elle tenait sa peur en respect, ne voulant pas que Reginald sente sa faiblesse. C'était aussi une manière de s'avouer qu'elle craignait sans doute davantage son mari que la foule elle-même. Elle était en proie à de vives émotions avec tout ce qu'elle avait découvert sur Elizabeth au cours de la journée. Le ton confidentiel sur lequel Eileen lui avait dit : « Elizabeth Holden était un peu trop proche de son tuteur indien. Je n'ai pas besoin de vous faire un dessin, ma chère. »

Amelia avait pressé Eileen de lui donner plus de détails.

« Qui était-ce, au juste ?

—Oh, c'était un homme assez sophistiqué. Très beau, aussi. Il était enseignant à l'université de Kanpur, il venait de Bénarès d'après ce qu'on m'a dit. Il avait accepté de donner des cours d'hindi pour adultes afin d'augmenter son salaire. Et Elizabeth avait dû se mettre en tête d'apprendre la langue.

—Arthur m'a parlé d'un professeur, oui, avait dit Amelia. Un certain Deepak, je crois. Comment l'a-t-elle connu ?

—Un membre du club l'aura mise en contact avec lui, je pense. Mais comme je vous l'ai dit, ce sont des rumeurs malveillantes. Tout cela était probablement fort innocent. Quoi qu'il en soit, Reginald l'a pris en grippe, d'après ce que je comprends.

—Je veux bien le croire. A-t-il quitté Kanpur ?

—Bien sûr. Les rumeurs disent que Reginald a mis un terme à son engagement à l'université. Il a plié bagage. Sans doute pour retourner à Bénarès. C'était quelques mois avant le décès d'Elizabeth. Une histoire tragique… avait conclu Eileen en envoyant des ronds de fumée en l'air. »

Alors qu'elle était perdue dans ses pensées, la voix de Reginald l'en tira brusquement.

—J'ai vu qu'il vous regardait ce soir.

Les épaules d'Amelia se crispèrent. Elle connaissait déjà la suite.

—Qui ?

—Le frère de Willy Prendergast. Vous savez de quoi je parle. Toutes les femmes se comportaient avec lui comme des chiennes en chaleur. Mais lui n'avait d'yeux que pour vous. Je remarque ce genre de choses, ma chère. Vous devriez le savoir.

Elle garda le silence, contente d'être protégée par les ténèbres maintenant qu'ils avaient laissé le bazar derrière eux.

—Vous avez quelque chose à dire ? demanda Reginald.

—Oh, Reginald, je suis sûre que vous vous faites des idées. Je n'ai rien remarqué de mon côté.

Mais il ignora ses protestations.

—Vous *savez* que je ne le supporte pas. Je ne sais pas pourquoi vous me torturez ainsi.

—Je n'ai rien fait, Reginald.

—Je vous aime tellement, Amelia. Je ne supporterais pas de vous perdre.

Il serra son genou avec force et elle dut retenir sa respiration pour ne pas pousser un petit cri. Ils passèrent sous la vieille arcade et s'engagèrent sur Wellesley Drive en direction de la Résidence. Les rouages de son cerveau tournaient à vide, cherchant quelque chose à dire pour lui faire oublier sa jalousie.

—Comment s'est passée votre réunion ? finit-elle par bafouiller.

—Quelle réunion ? fit-il en relâchant légèrement sa pression sur son genou. Oh, vous parlez du *shikar*. Bien. Très bien, même. C'est réglé. Nous allons engager cinquante batteurs et vingt *shikari*. Domestiques, cuisiniers, éléphants pour tout porter, et chevaux bien sûr. James Blackburn s'occupe de tout.

—On dirait que c'est une grosse opération, dit-elle, respirant mieux.

—Oui, ce sera un gros camp cette saison… À ce propos, cela ne vous dérange pas, non ?

—Pourquoi donc serais-je dérangée ?

—Eh bien, je ne voudrais pas que vous vous sentiez exclue. Pas de femmes cette saison, j'en ai bien peur. Mais cela fera le plus grand bien à Arthur d'être loin du giron des femmes.

Elle se retint de dire : « Pauvre Arthur… » Cela aurait été comme agiter un chiffon rouge devant un taureau.

—Ne vous inquiétez pas pour moi, Reginald. Je n'avais pas pensé vous accompagner. Je ne suis pas certaine que cela me plaise, de toute façon.

—Sottise, dit-il. Vous adoreriez. Monter à cheval est naturel chez vous. L'année prochaine, d'accord ?

Les phares éclairèrent les grilles de la Résidence et la voiture entra dans le parc, le *chowkidar* s'inclinant sur leur passage. Comme elle avait été impressionnée la première fois qu'elle avait franchi ce portail ! Ses yeux s'étaient arrondis devant la beauté, la taille et le luxe de ce palais. Aujourd'hui, son cœur se languissait du bungalow en bois dans les montagnes, avec sa chambre sans chauffage, son lit étroit et sa croix en bois au mur. Elle aurait fait n'importe quoi pour revenir en arrière.

*

La date était fixée pour l'expédition de chasse. Elle aurait lieu exactement quinze jours après la réunion au club. Amelia comptait les jours avec un mélange d'émotions contradictoires. Reginald serait absent plusieurs semaines ; cela lui laisserait le temps de s'organiser, d'en apprendre le plus possible sur Elizabeth et de réfléchir à ce qu'elle devait faire. Son absence lui permettrait aussi de rendre visite aux villageoises aussi souvent qu'elle le voudrait. En même temps, chaque jour la rapprochait d'une longue séparation avec Arthur. Elle redoutait le moment où elle le verrait partir sur son poney aux côtés de Reginald, sachant qu'il détestait la cruauté envers les animaux et qu'il était terrifié par son père.

Les leçons de tir se faisaient moins fréquentes. Reginald semblait satisfait des progrès d'Arthur, mais surtout il travaillait davantage ces temps-ci. Il passait de longues heures à l'hôtel du Gouvernement et au commissariat, ratant souvent le dîner et ne rentrant tard le soir que pour un dernier verre rapide mais corsé avant de se coucher. Il était préoccupé et parlait peu, accablé par le poids de ses responsabilités. Les émeutes s'étaient calmées mais l'agitation couvait, et il devait maintenir une forte présence policière dans les rues. Beaucoup d'hommes étaient toujours derrière les barreaux. Il craignait sans doute une recrudescence des manifestations pendant son absence.

Amelia continuait à se rendre aux bureaux de la Mission baptiste afin de se rendre utile. Le reste lui était impossible. La police ayant mis en place des barrages à toutes les sorties de Kanpur, Amir refusait de la conduire hors de la ville.

—La police nous arrêtera, *memsahib*. Et ils diront au *sahib* Reginald où nous allons, lui avait-il dit en secouant gravement la tête.

Elle savait qu'il avait raison, mais elle ne pouvait s'empêcher de penser aux jeunes femmes qu'elle abandonnait en n'allant pas sur place, à tous ces bébés qui risquaient de périr parce qu'elle ne revenait pas avec les sommes promises ou qu'elle ne pouvait pas faire passer son message aux villageoises. Son impuissance et sa frustration nourrissaient une colère sourde en elle. Elle aurait dû se montrer plus ferme avec Reginald ; si elle avait eu le courage de lui tenir tête dès le départ, de parler de ses excursions dans les collines, il aurait fini par l'accepter et elle n'aurait pas eu à craindre que les policiers aux barrages l'informent de ses allées et venues.

Faute de mieux, Amir la conduisait donc au bâtiment de la Mission par des rues tranquilles où patrouillaient des policiers munis de longs bâtons, des *lathi*, pareils à des fouets, de matraques, voire de fusils. Amir l'attendait patiemment sur un banc à l'entrée de l'immeuble en bavardant avec le *chowkidar* pendant qu'Amelia rédigeait des lettres, comptait les donations ou tenait les comptes. Quand elle avait terminé, ils reprenaient la voiture et s'enfonçaient dans la ville pour aller chez Mabel, du moins quand celle-ci n'était pas dans les collines. Mabel et Amelia prenaient un repas léger pendant qu'Amir mangeait avec le domestique en cuisine.

Il arrivait que Giles soit là, profitant de sa pause de midi à l'hôpital. Ils demandaient toujours d'un air angoissé à Amelia comment elle se sentait et comment Arthur vivait son départ imminent pour l'expédition de chasse. Pouvoir parler librement de tout avec eux était un soulagement pour Amelia. Leur amitié et leur accueil toujours chaleureux la réconfortaient, elle était heureuse d'avoir ce couple d'une gentillesse absolue à qui faire part de ses peurs intimes et de ses soupçons à propos de

Reginald. Et elle savait qu'elle pourrait compter sur eux le jour où elle en aurait vraiment besoin.

—Pourquoi ne profitez-vous pas de l'occasion de partir ? Pendant que Reginald sera au *shikar* ? lui suggéra un jour Mabel après qu'Amelia lui eut décrit comment Reginald l'avait traitée au club.

—Je ne peux pas, répondit Amelia, effrayée par cette idée. Je n'ai nulle part où aller. Pas d'argent à moi. Et d'ailleurs, si j'essayais, il me poursuivrait et me ramènerait à la maison.

—Nous pouvons vous aider, dit Mabel. Nous avons de l'argent. Réfléchissez-y.

Amelia secoua la tête.

—Non, impossible. Je ne peux pas abandonner Arthur.

C'était vrai. Elle avait souvent l'impression qu'elle n'avait pas rencontré Reginald à Darjeeling par hasard. D'une certaine façon, son destin était de remplacer Elizabeth et de relever le défi dangereux du mariage avec Reginald pour le bien de ce petit garçon.

*

Enfin, le jour du *shikar* arriva. Les chasseurs, leurs *shikari* indiens, leurs domestiques, leurs cornacs juchés sur les éléphants, qui portaient les tentes, le matériel de cuisine et les bagages volumineux, devaient se retrouver à l'aube dans la brousse derrière les manoirs de Wellesley Drive. La nuit précédente, Amelia peina à fermer l'œil. Allongée à côté de Reginald, qui ronflait, elle était rongée par l'angoisse. Comment Arthur s'en sortirait-il ? Lorsqu'elle finit par s'assoupir, ses rêves l'épuisèrent encore davantage. Dans son cauchemar, un tigre rôdait derrière la maison, tapi dans la végétation. Au matin, quand le domestique frappa à la porte avec le plateau de thé, elle eut l'impression de n'avoir pas dormi du tout.

Pendant que Reginald prenait son bain, elle s'habilla et se dépêcha d'aller en bas pour dire adieu à Arthur. Le garçon était réveillé, assis dans son lit, et il buvait le thé que l'*ayah* lui avait amené.

—Tu vas bien ? lui demanda-t-elle.

Il lui fit un sourire, et le cœur d'Amelia se serra quand elle vit le courage et la détermination qu'il affichait.

—Oui. Ça va aller. Et je suis sûr que papa sera fier de moi.

Amelia échangea un regard avec l'*ayah.*

—Moi aussi, j'en suis sûre, dit-elle en s'agenouillant à côté de lui et en serrant Arthur contre elle, sachant qu'elle ne pourrait pas le faire lorsqu'ils se sépareraient après le petit déjeuner en présence de Reginald.

—Allons, prends soin de toi au camp, dit-elle en s'écartant et en lui souriant tendrement. Ce sera vite passé, tu verras.

Une demi-heure plus tard, frissonnant dans le froid avant le lever du soleil, elle attendait avec Arthur et Reginald dans la cour des écuries le temps que les palefreniers sortent les chevaux et les sellent. Puis elle tint l'étrier Arthur pour l'aider à monter sur son poney.

Le palefrenier qui tenait l'étalon noir de Reginald avait du mal à le contrôler.

—Tenez-le avec plus de poigne, commanda Reginald d'une voix ferme avant de se tourner vers Amelia et de l'embrasser sur les lèvres. Adieu, ma chérie. Tenez-vous bien pendant mon absence.

Puis, d'un saut athlétique, il monta sur son cheval et mit un coup de cravache aux flancs de l'animal. L'étalon s'orienta en direction des grilles.

—Viens, Arthur, allons-y. Essaye de suivre le rythme, dit Reginald en partant au trot rapide.

Amelia resta là, la boule au ventre, à les regarder s'éloigner pour rejoindre la troupe d'éléphants, de chevaux et d'hommes qui allait se réunir dans la brume matinale. Lorsqu'ils furent hors de vue, elle fit demi-tour et, avec un drôle de mélange d'angoisse pour Arthur et d'exaltation pour sa liberté temporaire, elle traversa la pelouse et rentra à la maison.

La plupart des domestiques étaient déjà à la besogne. Elle traversa le rez-de-chaussée et descendit le perron, s'attendant à trouver Amir, mais il n'était pas à son poste habituel près de la porte d'entrée. Intriguée, elle marcha sur l'allée qui faisait une boucle autour de la résidence jusqu'aux écuries, et elle le trouva en train de lustrer la limousine à l'ombre d'un frangipanier.

—J'ai besoin d'aller aux villages aujourd'hui, Amir, pour rendre visite aux jeunes mères. Maintenant que le *sahib* Holden est parti, j'espère qu'il n'y aura pas de problème pour quitter la ville.

Il leva lentement la tête en fronçant les sourcils. Sans croiser son regard, il secoua la tête.

—Désolé, *memsahib*, mais le *sahib* m'a donné des instructions strictes. Je ne peux pas vous conduire hors de Kanpur.

Interloquée, elle le regarda frotter inutilement la carrosserie noire déjà resplendissante par des mouvements circulaires vigoureux. Elle ne savait plus quoi dire.

—Mais… Amir, nous avons une sorte d'arrangement, vous et moi, non ? finit-elle par dire. Le *sahib* n'est pas obligé de savoir exactement où nous allons chaque jour…

—Non, *memsahib*. Pas en temps normal. Mais il est venu me voir hier soir et il m'a dit que les policiers aux barrages ont reçu le numéro de la plaque de la limousine. Ils doivent le prévenir directement si nous quittons la ville.

Elle fut prise d'une colère noire contre Reginald. Comment osait-il ?

—Eh bien, pourquoi n'irions-nous pas quand même ? s'emporta-t-elle. Il n'a pas le droit de restreindre mes mouvements de cette façon !

Mais Amir secoua de nouveau la tête.

—Je suis vraiment navré, *memsahib*. Il m'a donné des instructions strictes, dit-il en croisant brièvement son regard, et elle lut dans ses yeux qu'il était sur le point d'ajouter quelque chose.

—Bon, puisque vous ne voulez pas m'emmener, reprit-elle plus doucement, connaissez-vous un autre moyen de m'y rendre ?

Il s'arrêta de polir sans quitter la carrosserie des yeux.

—Il y a une autre voiture, *memsahib*, marmonna-t-il.

—Une autre voiture ? Que voulez-vous dire ? Où cela ?

Il se redressa.

—Elle est dans un garage, près de la porte de la ville.

Amelia le regarda avec stupeur. Pourquoi Reginald gardait-il une voiture secrète sous clé dans un garage à plus d'un kilomètre de la maison ? Il y avait des écuries et des garages vides à ne plus savoir qu'en faire dans un périmètre proche de la Résidence. La voyant prête à poser la question, Amir la devança.

—*Sahib* Reginald ne sait pas pour cette voiture, *memsahib.*

—Comment cela ?

—La voiture appartient à *memsahib* Elizabeth.

Elle resta bouche bée un instant devant cette révélation.

—Si je comprends bien, reprit-elle lentement, Elizabeth avait une voiture personnelle dans un garage. Et Reginald n'en savait rien.

—C'est cela, *memsahib.*

—Quelqu'un d'autre que vous est-il au courant ?

Il secoua gravement la tête.

—Seulement l'*ayah.* L'*ayah* et moi, personne d'autre.

—Et Arthur ?

—Maître Arthur ne sait pas, dit-il en croisant son regard.

Le soleil avait commencé son ascension depuis qu'elle était là et elle avait vaguement conscience d'avoir chaud, sa peau la brûlait, elle avait la bouche sèche mais elle ne pouvait pas bouger. Elle était clouée sur place.

—Savez-vous pourquoi elle avait une voiture ? finit-elle par demander.

Amir fit signe que non, puis baissa de nouveau les yeux.

—Je ne sais pas, *memsahib.*

Elle comprit immédiatement qu'il ne servait à rien de l'interroger davantage.

—Mais roule-t-elle encore ? Pensez-vous que je puisse m'en servir ?

—J'ai gardé la clé dans mes quartiers, *memsahib*, dit-il. Pendant mes jours de congé, je vais parfois la lustrer et m'assurer qu'elle reste en bon état. Elle n'est plus à personne maintenant. Si vous avez besoin d'aller voir les mères dans les collines, je crois que *memsahib* Elizabeth aurait compris.

Ses paroles résonnèrent dans son esprit. « Memsahib Elizabeth aurait compris. » Bien sûr qu'elle aurait compris. Elle aurait parfaitement compris ce que c'était d'être virtuellement prisonnière dans la Résidence, de voir sa liberté rognée jour après jour, d'être espionnée par la police et de risquer d'être dénoncée. Amir comprenait cela, et l'*ayah* aussi. Comme Elizabeth. Et maintenant, ils tentaient de l'aider.

—Merci, Amir, dit-elle. Vous pouvez m'emmener là-bas ?

—Bien sûr, dit-il. Je vous y emmènerai dès que vous serez prête, mais, *memsahib*, juste une chose… même si les policiers ne connaissent pas la voiture, vous risquez d'être arrêtée aux barrages.

—Je vais prendre le risque, Amir. Laissez-moi juste aller chercher mon sac à l'étage, et ensuite nous partons. Merci beaucoup.

*

Une heure plus tard, Amelia roulait sur la route de terre qui traversait la plaine en direction des collines, simples reliefs pourpres sur une bande de terre plate. Ses cheveux étaient tenus par un foulard rouge vif et elle portait des lunettes de soleil. Au barrage aux abords de la ville, les policiers l'avaient laissé passer sans poser de question ; elle était une *memsahib* comme une autre sortant de Kanpur.

La voiture était un cabriolet français vert bouteille avec un moteur puissant, mais son châssis bas était peu adapté aux routes indiennes. Elle se demanda comment il se comporterait sur le chemin du lac, mais pour l'heure elle s'enivrait d'un délicieux sentiment de liberté. Elle était là, complètement seule pour la première fois depuis une éternité, et roulait sous le vaste ciel bleu vers les collines. Pendant que les kilomètres défilaient, elle pensait à Elizabeth. Il était extraordinaire qu'elle ait réussi à s'acheter une voiture à l'insu de Reginald et qu'elle l'ait cachée comme elle l'avait fait. Quelqu'un avait dû l'aider, c'était sûr. Amelia était impressionnée par les ressources et le courage dont Elizabeth avait fait preuve. Le garage se trouvait dans une ruelle boueuse, au milieu d'ateliers et de cabanons où des hommes en sueur vêtus de haillons crasseux réparaient des *rickshaws*, des vélos et des automobiles en panne. Amir s'était garé à l'entrée de la ruelle puis ils avaient marché entre les pièces de rechange et les flaques d'huile, et enjambé un égout à ciel ouvert pour rejoindre le garage. Amir avait ouvert le cadenas, le visage rayonnant de fierté.

—La voilà, *memsahib*, avait-il dit en ouvrant les portes en bois.

Le véhicule, dans un état parfait, luisait subtilement dans la pénombre, paraissant déplacé dans cette rue suintant l'huile et la poussière.

—Le moteur tourne bien, avait précisé Amir. Vous pouvez me faire confiance.

Elizabeth avait-elle parfois pris cette route en direction des collines, peut-être avec Deepak à ses côtés ? Elle les imagina riant tandis que le vent balayait leurs cheveux. Étaient-ils amoureux ou simplement amis ?

Dans ce que lui avait dit Eileen au club, quelle était la part de spéculation née de l'oisiveté et de la médisance ? Et encore, Eileen ne savait pas ce que Giles et Mabel avaient appris à Amelia le même jour. Elizabeth attendait un enfant au moment de sa mort. Deepak était-il le père de cet enfant ? Cette question hantait les pensées d'Amelia. *Et si c'était l'enfant de Deepak, Reginald l'avait-il découvert ?* Amelia tressaillit en l'imaginant, le visage déformé par la colère, crier après Elizabeth, la bousculer contre les murs de la chambre, et la secouer de toutes ses forces par les épaules.

Soudain, elle eut envie de mettre de la distance entre Kanpur et elle. Elle appuya sur l'accélérateur et la voiture prit de la vitesse dans un nuage de poussière. Agrippant le volant à deux mains, elle serra les dents pour supporter les vibrations tout en allant le plus vite possible. Elle avait l'impression d'être possédée par une sorte de folie, comme si, en roulant à tombeau ouvert, elle pouvait laisser ses peurs derrière elle. La petite voiture cahotait sur les pierres et les trous de la route, et le moteur vibrait si fort qu'elle devait faire des efforts titanesques pour ne pas perdre le contrôle. Le croisement avec la petite route des montagnes apparut plus tôt qu'elle ne l'avait anticipé. Le cœur au bord de l'explosion, elle freina juste à temps et négocia le virage en dérapant légèrement.

Le cabriolet tenait mieux le coup sur le chemin inégal et sinueux qu'elle ne l'aurait imaginé. Il était plus puissant que la voiture de misère de Mabel, et plus manœuvrable que la limousine de la résidence. Elle arriva bientôt en haut des lacets et roula le long du lac. Arrivée à la plage de sable, elle se gara au bord de la route, éteignit le moteur et prit de profondes inspirations pour calmer ses nerfs à vif.

Le niveau de l'eau était redescendu. Une mélancolie émouvante émanait du petit pavillon qui avait dû être autrefois un lieu haut en couleur, plein de rires et de bonheur. Sentinelle solitaire plantée devant ce beau lac immobile, il était désormais le témoin silencieux de l'acte le plus désespéré que peut faire une jeune mère. Avec un frisson, elle ralluma le moteur et reprit la route, pressée de quitter cet endroit et d'atteindre le premier village.

Comme d'habitude, les femmes et les enfants vinrent entourer la voiture et la saluer chaleureusement, un grand sourire aux lèvres. Ils lui ouvrirent la portière et la firent descendre, excités de la voir arriver seule et au volant pour la première fois. Elle laissa la voiture sous le banian, avec un groupe de petits garçons pour la surveiller, et se laissa entraîner par la foule des femmes. Elles la conduisirent jusqu'à une hutte en bois délabrée un peu à l'écart du village.

—Faites attention, dit une vieille dame comme elles approchaient de la hutte. Ils n'aiment pas les étrangers, mais la jeune fille est près d'accoucher. Nous attendons ici.

Arrivée près de l'entrée, elle sursauta en voyant deux chiens galeux se précipiter vers elle, toutes canines dehors. Finalement retenus par leur chaîne, ils se dressèrent sur leurs pattes arrière, tirant de toutes leurs forces, aboyant et grognant. Amelia les contourna et se présenta devant la porte entrouverte de la hutte.

—*Namaste*, dit-elle en direction de l'intérieur, où régnait l'obscurité.

Après avoir attendu quelques secondes, et n'ayant pas de réponse, elle se décida à entrer. Lorsque ses yeux se furent habitués à la pénombre, elle aperçut une jeune fille dans le coin. Elle était assise jambes croisées sur des nattes et chassait les mouches autour de son visage avec un fagot de brindilles. Malgré ses yeux assombris de khôl et la marque rouge du *tilak* sur le front, elle avait encore un visage d'enfant. Elle paraissait beaucoup trop jeune et fragile pour être mère, mais son ventre rond à la peau tendue disait le contraire. En voyant Amelia s'approcher d'elle, elle se blottit contre le mur et la regarda avec de grands yeux terrifiés.

—N'aie pas peur. Je suis là pour t'aider, dit doucement Amelia. Comment t'appelles-tu ?

Amelia s'accroupit devant elle et attendit sa réponse.

—Kiara, finit par murmurer la fille.

—Où est ton mari ? demanda Amelia.

Kiara haussa les épaules et ses yeux s'arrondirent un peu plus, mais quand Amelia lui demanda s'il était parti travailler, elle hocha lentement la tête.

—Et ta famille ? Ta belle-mère ?

—Lakshmi ? Elle travaille aussi, dit timidement la jeune fille.

—Je peux te parler de ton bébé ? Tu étais déjà là, une fois, non, quand j'expliquais aux autres femmes pourquoi je viens ?

Kiara acquiesça encore, et Amelia vint s'asseoir à côté d'elle sur les nattes. Elle lui parla très doucement du projet de la Mission et de l'argent que lui donnerait l'Église baptiste si elle donnait naissance à une fille. Kiara écouta sans rien dire, mais lorsqu'Amelia eut terminé, elle dit :

—Ils ne me laisseront pas la garder si c'est une fille.

—Je sais que c'est difficile, mais tu pourras leur expliquer qu'il y a moyen de faire autrement, dit Amelia.

—Une fille coûte trop cher, répondit misérablement Kiara : la dot, quand elle grandit… la famille ne veut que des garçons.

—Je sais que c'est ce qu'ils disent, mais c'est pour cela que nous pouvons t'aider en te donnant assez d'argent pour que tu puisses garder le bébé. Tu le leur diras ce soir quand ils rentreront des champs.

—Non. Je ne peux pas leur en parler. Ils se mettraient en colère.

—Tu veux que j'attende avec toi pour leur parler moi-même ?

Amelia secoua la tête avec véhémence, et dans ses yeux terrorisés, Amelia vit le reflet de ses propres peurs.

—Pour quand le bébé est-il prévu ? demanda-t-elle après un moment.

—Je ne sais pas, dit Kiara en haussant les épaules.

—Dans les deux prochaines semaines, peut-être ?

La fille se pencha vers elle et lui agrippa la main.

—J'ai peur, dit-elle en éclatant soudain en sanglots.

Les larmes roulaient sur ses joues, creusant des sillons de khôl sur son visage.

Amelia resta longtemps avec elle, elle essaya de la réconforter, de la réassurer, elle lui dit que la sage-femme du village l'aiderait, qu'elle était jeune et forte et que son bébé serait en bonne santé. Pendant tout ce temps, elle entendait dehors les femmes qui commençaient à s'agiter et les chiens qui grognaient en tirant sur leurs chaînes. Elle demeura avec Kiara plus longtemps qu'elle n'était jamais restée dans aucune maison. Quand elle sortit et retrouva la lumière aveuglante du soleil, Kiara était calmée et avait accepté de parler à la famille de son mari, mais en rejoignant les autres femmes, Amelia prit conscience que leur conversation l'avait plus ébranlée qu'elle n'aurait voulu l'avouer.

Ensuite, elle alla de village en village, suivant la route qu'elle avait prise avec Mabel et Amir les fois précédentes. Partout, les femmes l'accueillaient comme une vieille amie. Deux bébés étaient nés depuis son dernier passage : un garçon dans un village et une fille dans un autre. Amelia donna à la mère de la fille la somme convenue et admira sa belle petite fille, aux yeux noirs comme des perles, qui tétait le sein de sa mère.

La chaleur était déjà moins accablante lorsqu'elle retourna à sa voiture dans le dernier village. Comme d'habitude, elle l'avait laissée aux bons soins des garçons du village. Ils coururent l'entourer comme elle approchait du véhicule, parlant tous en même temps.

—On l'a nettoyée pour vous, madame !

—Oh, c'est gentil, dit-elle en cherchant dans son porte-monnaie des *annas* à leur donner.

—L'intérieur et l'extérieur, ajouta le chef en brandissant comme preuves un chiffon, une brosse et un seau.

—Ma foi, je n'en attendais pas tant, dit-elle en riant et en distribuant des pièces aux diverses mains tendues.

—On a trouvé ça, madame, dit l'un des garçons en sortant de sa poche un petit carré de carton. Une image.

Elle la prit et dès que ses yeux se posèrent dessus, tout le reste disparut : les visages des garçons tournés vers elle, les saris colorés des femmes, la fumée qui s'élevait des feux de cuisson. Même le son des voix sembla se distordre. Elle tenait dans ses mains une photo miniature d'un jeune homme indien en chemise et en costume, d'une beauté stupéfiante avec ses pommettes hautes et ses yeux qui respiraient l'intelligence regardant droit vers l'appareil. Elle la retourna. Au verso était écrit :

À ma chère Lizzie, avec tout l'amour dont mon cœur est capable et mon espoir d'un avenir heureux ensemble. Deepak.

—Où avez-vous trouvé cela ?

—Là ! Je vais vous montrer ! s'excita le garçon en la tirant par le bras vers la voiture.

Il ouvrit la voiture et s'allongea sous le volant.

—Ici, madame ! cria-t-il en désignant un espace entre les fixations des sièges.

Cela avait dû échapper à Amir quand il avait nettoyé le véhicule, ou alors il l'avait laissé là parce qu'il ne voulait pas toucher aux affaires d'Elizabeth.

Elle rentra par les collines, puis le long du lac, et quand elle passa devant le pavillon, le ciel d'un rose flamboyant se reflétait parfaitement à la surface de l'eau. On était en fin d'après-midi, elle avait passé plus de temps que prévu dans les villages. La famille de Kiara devait être rentrée des champs à l'heure qu'il était. Aurait-elle le courage de leur parler de la visite d'Amelia ? Elle eut un pincement au cœur. Elle aurait dû y retourner et leur expliquer elle-même, mais Kiara semblait encore plus terrifiée par cette perspective, et Amelia avait promis à Amir de le retrouver au garage à six heures.

Pendant toute la journée, Arthur n'avait jamais été très loin de ses pensées. Ils devaient déjà avoir monté le camp au bord de la rivière, à l'orée de la forêt où ils comptaient chasser, les domestiques et les *shikar* d'un côté près des éléphants et des chevaux attachés,

Reginald et son groupe de l'autre. Que faisait Arthur ? Était-il épuisé par la journée de cheval ? Reginald s'assurerait-il qu'il mangeait correctement ? Veillerait-il sur lui au cours de la soirée ou resterait-il assis près du feu à boire et à parler avec les autres hommes pendant que le garçon serait livré à lui-même ?

Comme il savait peu, ce petit innocent, tout ce qui se passait autour de lui.

« Il est parti », lui avait-il dit.

Et maintenant, elle savait sans l'ombre d'un doute que Deepak et Elizabeth étaient amoureux et qu'ils voulaient vivre tous les deux, loin de Reginald.

19

Amelia

Kanpur, novembre 1936

Les trois jours suivants, Amelia profita au maximum de sa liberté. Elle roulait seule dans la plaine et regardait la brume s'évaporer tandis que le soleil se levait ; elle lézardait sur la terrasse avec un livre ; elle marchait seule dans les rues du cantonnement l'après-midi. Un matin, elle décida d'aller à la Mission rédiger des lettres et collecter de l'argent pour ses prochaines visites dans les collines. Amir la conduisit par les rues du centre, où elle vit des groupes entiers de policiers patrouiller avec leurs matraques et leurs *lathi*.

—Il y a beaucoup d'hommes dehors aujourd'hui, commenta-t-elle à Amir.

—Les ordres du *sahib*, répondit celui-ci. Les gens sont très en colère à cause des hommes qu'il garde en cellule. Il ne peut pas les détenir comme ça indéfiniment. Et en plus, il est parti chasser.

Il y avait de l'amertume dans sa voix. Amelia en fut surprise. Elle ne l'avait jamais entendu parler de Reginald de cette façon.

—Vous êtes en colère, Amir ?

Il continua à rouler sans tourner la tête.

—Bien sûr, finit-il par répondre, et elle vit ses phalanges blanchir tant il serrait le volant. Nous sommes tous en colère.

—Pourquoi continuez-vous à travailler pour Reginald ?

Cela l'intriguait depuis qu'elle avait découvert qu'Amir et l'*ayah*, entre tous les servants, avaient formé une alliance secrète contre leur employeur.

—Je reste pour maître Arthur, dit-il d'une voix douce. Et avant, je restais pour sa mère. Et maintenant, je reste aussi pour vous, *memsahib.*

Une boule se forma dans la gorge d'Amelia devant tant de gentillesse. Elle était incapable de répondre.

—Et de toute façon, je suis vieux, poursuivit-il. Je ne sais pas faire d'autre travail. Je n'ai pas de fils pour m'aider, et ma famille est dans un village très loin d'ici.

Elle se pencha vers lui, sentant qu'il y avait une occasion à saisir.

—Amir, dit-elle d'un ton pressant, vous devez me dire ce qui est arrivé à *memsahib* Elizabeth. J'ai besoin de savoir. Je dois savoir si mon mari... eh bien, s'il a quelque chose à voir dans sa mort.

Voilà, elle l'avait dit. Elle prononçait ces mots à voix haute pour la première fois. Le souffle coupé, elle attendit sa réponse mais il se contenta de conduire lentement, tranquillement, comme s'il ne l'avait pas entendue. Il négociait un passage entre deux vaches brahmanes allongées au milieu de la route. Il mit tellement de temps à répondre qu'ils arrivaient devant le bâtiment de la Mission lorsqu'il le fit. Il prit tout son temps pour garer la limousine entre un chariot à bœufs et un groupe de *rickshaw-wallah* qui fumaient des petits cigares sur le trottoir. Alors il parla.

—Cela, je n'en suis pas certain, *memsahib*, dit-il gravement. Personne ne sait, sauf peut-être…

Il se tourna vers elle, les sourcils froncés, le regard soudain lointain, comme si une pensée venait de lui traverser l'esprit.

—Sauf qui, Amir ? Qui pourrait savoir ce qui s'est réellement passé durant le *shikar* ?

Mais il secoua la tête et se retourna vers le pare-brise.

—Personne, *memsahib*. Ils étaient tous les deux. *Sahib* Reginald est revenu sur son étalon, et il guidait le cheval de la *memsahib*. La pauvre *memsahib* Elizabeth, son corps était attaché à la selle. Elle était couverte de sang. Son dos avait été taillé en pièces.

Sa voix se brisait, les larmes lui montaient aux yeux.

—Je n'oublierai jamais ce jour.

—C'est horrible, marmonna Amelia, révulsée par l'image si parlante que venaient de susciter ces mots.

Son cœur se serrait pour Amir qui, à sa manière discrète, mais forte et courageuse, était un pilier pour Elizabeth, Arthur et elle-même depuis tant d'années.

*

Au troisième jour d'absence de Reginald, elle prit la voiture d'Elizabeth dans le garage et roula jusqu'aux collines, avec l'argent de la Mission dans un sac en cuir posé sur le siège passager. Elle avait hâte de faire suite aux discussions qu'elle avait eues deux jours plus tôt ; il était important que les villageoises constatent qu'elle tenait ses promesses, d'autant qu'avant cela elle avait passé plusieurs semaines sans pouvoir aller les voir. De tous les gens à qui elle avait parlé, Kiara était celle qu'elle avait le plus envie de revoir. Le regard triste et terrorisé de cette jeune fille la hantait depuis qu'elle était entrée dans sa hutte sinistre aux abords du village. Kiara avait-elle réussi à parler à la famille de la proposition d'Amelia ? L'avaient-ils battue pour avoir osé écouter sa proposition ?

Cette fois, la fille n'était pas seule. Sa belle-mère se tenait sur le seuil lorsqu'Amelia arriva, les chiens faisant leur raffut habituel. C'était une femme imposante, à la peau burinée par le travail des champs au regard noir et tranchant comme du silex. Elle regarda Amelia et n'essaya pas une seule seconde de calmer les chiens, qui aboyaient et tiraient sur leurs chaînes.

—Qu'est-ce que vous voulez ? cria la femme par-dessus le vacarme. Ne venez pas plus près. On ne veut pas des gens comme vous.

Amelia s'immobilisa.

—Je suis venue voir Kiara, dit-elle avec une assurance feinte. Vous a-t-elle dit que je suis passée l'autre jour ?

L'expression de la femme ne s'adoucit pas, mais elle hocha sèchement la tête.

—Elle m'a dit, oui. Mais vous n'êtes pas la bienvenue. On n'a pas besoin que vous nous disiez ce qu'on a à faire.

Amelia marqua un temps d'arrêt, étonnée par son agressivité.

—Je n'essaie pas de vous dire ce que vous avez à faire, mais…

—Oh, si, c'est ce que vous faites, la coupa la femme. Et vous avez tort.

—Écoutez, nous pouvons vous aider, dit Amelia. Kiara vous a-t-elle expliqué notre proposition ? Nous vous payons… Comme cela, si le bébé est une fille…

Les mots voulaient sortir tous en même temps. Elle devait avoir l'air trop nerveuse.

—Oui, elle m'a raconté. Vous pensez que vous pouvez nous acheter parce que nous sommes pauvres ?

—Pas du tout, protesta Amelia.

Elle avait la bouche sèche, et sa détermination commençait à flancher. Ne serait-ce pas plus facile de faire machine arrière, de reprendre la voiture et d'aller au prochain village ? Mais elle pensa à Kiara à l'intérieur de la hutte, accroupie dans un coin et apeurée.

—C'est pour vous aider, dit-elle. Vous savez que vous pouvez garder le premier paiement même si le bébé est un garçon ?

La femme fronça les sourcils, mais une lueur avide brillait maintenant dans ses yeux.

—Qu'est-ce que vous dites ? demanda-t-elle en approchant de quelques pas. (Puis se tournant vers les chiens, elle leur lança :) Taisez-vous, les pouilleux.

Ils cessèrent d'aboyer et s'aplatirent par terre en couinant.

Amelia plongea la main dans son sac, en sortit une liasse de roupies et la tendit d'une main tremblante.

—J'ai dit que vous pouvez garder cet argent même si le bébé est un garçon. C'est un cadeau. Si c'est une fille, je reviendrai vous en donner.

La femme s'approcha et lui arracha les billets des mains sans cesser de la jauger froidement.

—Je peux voir Kiara, s'il vous plaît ? demanda Amelia alors que la femme retournait vers la hutte.

—Je ne veux pas d'étrangers chez moi. Vous n'auriez pas dû entrer la première fois.

—S'il vous plaît…

Sa voix s'étrangla. Elle commençait à paniquer. Elle avait remis l'argent, mais comment s'assurer que Kiara était en sécurité ? Était-elle seulement là ?

—J'ai dit non !

La femme lui tourna le dos et les chiens se remirent à aboyer.

—Je reviendrai ! cria Amelia. Dans quelques jours, quand le bébé sera né. J'apporterai encore de l'argent. Laissez-moi la voir, je vous en prie.

Elle courut derrière la femme, qui entrait dans la hutte, mais celle-ci se retourna et la repoussa violemment des deux mains. Amelia dut reculer et n'évita que de justesse la glissade dans la boue, mais par la porte elle avait vu ce qu'elle voulait voir : Kiara était là, tapie dans l'ombre, les yeux grands ouverts.

Les visites d'Amelia dans les deux autres villages furent sans histoire ; elle distribua l'argent promis aux femmes enceintes et aux jeunes mères, échangea des nouvelles avec les femmes plus âgées. Puis elle rentra par le lac et le pavillon abandonné, descendit les lacets et reprit la longue route de terre jusqu'à

Kanpur. Le soleil était un gigantesque globe rouge glissant doucement sous l'horizon, striant le ciel rose d'aplats pourpre et or.

Il faisait noir quand elle arriva au garage dans la ruelle, Amir l'attendait déjà devant. Comme elle approchait, elle vit à sa manière de se tordre les mains qu'il s'était passé quelque chose.

—Qu'y a-t-il, Amir ? demanda-t-elle en arrêtant la voiture et en éteignant le moteur.

Il se pencha vers elle, les yeux arrondis par la peur.

—C'est maître Arthur, *memsahib*. Des hommes l'ont ramené du camp. Il est très malade.

Amelia fut saisie d'effroi.

—Quoi ? Qu'a-t-il ?

—La fièvre, *memsahib*. La même que l'autre fois. Mais pire. C'est très, très mauvais.

—Et Reginald ? Il est rentré aussi ?

Amir secoua la tête d'un air consterné et honteux à la fois.

—*Sahib* Reginald reste au *shikar*, *memsahib*. Il a envoyé des palefreniers ramener le garçon.

Ils enfermèrent la voiture dans le garage à la hâte puis se dépêchèrent de monter dans la limousine, garée à l'entrée de la ruelle. Amelia, qui désespérait d'arriver au plus vite au chevet d'Arthur, était atterrée : comment Reginald avait-il pu le renvoyer en restant au camp ? Oui, comment ? Cet acte qui dénotait son insensibilité était un coup de plus. Amelia était révoltée et terrorisée à la fois. Dire qu'elle avait lié son destin à cet homme pour la vie. Comment ferait-elle pour vivre sous son contrôle en sachant qu'il avait fait cela à son fils unique ? En sachant qu'il avait un cœur de pierre ?

Arrivée à la Résidence, Amelia monta quatre à quatre les marches du perron, traversa en courant le hall de marbre et se précipita dans le couloir jusqu'à la chambre d'Arthur. L'*ayah*, à genoux à côté du lit, épongeait le front d'Arthur. Elle tourna la tête vers Amelia en l'entendant entrer. Elle avait les larmes aux yeux. Amelia s'agenouilla à ses côtés. L'enfant était livide, et déjà en proie au délire. La sueur plaquait ses cheveux sur son front et dégoulinait sur son visage. Il remuait sans cesse en gémissant de douleur.

—*Ayah*, s'il vous plaît, allez avec Amir chercher le Dr Harris, dit Amelia en voyant la gravité de son état. Vous le connaissez, n'est-ce pas ? Il sera soit à l'hôpital de la Mission, soit chez lui. Dites-lui de venir tout de suite. Je reste avec Arthur.

Elle chercha dans son sac la carte que Mabel lui avait donnée et la tendit à l'*ayah*.

L'attente fut atrocement longue avant que Giles n'arrive. Amelia essayait de ne pas laisser ses pensées partir dans tous les sens. Elle tâchait de s'occuper en se rappelant ce qu'elle avait appris auprès de son père et sa mère. Elle mit Arthur à l'aise, lui épongea le visage et le corps avec de l'eau froide, fit tourner le ventilateur à pleine vitesse. Elle essaya aussi de faire passer quelques gorgées d'eau à travers les lèvres desséchées d'Arthur. Et pendant tout ce temps, elle lui parlait doucement, en priant pour qu'il ouvre les yeux et qu'il lui dise quelque chose. Parfois, il émettait un gémissement ou marmottait quelque chose d'incompréhensible. Elle ne savait même pas s'il avait conscience de sa présence.

Il lui sembla qu'une éternité s'était écoulée lorsqu'enfin elle entendit des pas dans le couloir. Giles entra, un sac en cuir usé à l'épaule, suivi par l'*ayah*.

—Je suis content que vous m'ayez demandé de venir, dit-il.

Amelia se mit de côté tandis qu'il approchait du lit, ouvrait le sac contenant ses instruments et entreprenait d'examiner Arthur. Elle garda le silence et regarda les mains expertes du médecin ausculter Arthur sous toutes les coutures, vérifier les articulations, palper l'estomac. Il prit sa température et essaya de regarder ses yeux avec une petite lampe torche, mais les pupilles ne cessaient de bouger.

—Où est son père ? demanda soudain Giles.

—Il est resté à la chasse, avoua Amelia en baissant la tête.

—C'est loin d'ici ?

Amir s'avança.

—À une journée de cheval, docteur *sahib.* On ne peut pas y aller par la route.

—Alors envoyez quelqu'un le chercher tout de suite. Sa place est ici. Le garçon est très malade.

Amelia sentit une vague de panique monter en elle.

—Très bien, *sahib*, dit Amir. Je vais dire à l'un des palefreniers d'y retourner avec le cheval le plus rapide.

—Pourquoi, Giles ? Dites-moi pourquoi, demanda Amelia.

—Je vais lui administrer de la quinine pour l'instant, mais il est peut-être trop tard. Sa température est dangereusement élevée.

Elle le regarda, impuissante, sortir une fiole et une seringue de son sac. Il les leva à la lumière pour tirer sur le piston, puis, se tournant vers Arthur, enfonça adroitement l'aiguille dans le bras d'Arthur.

—Je vais devoir l'admettre à l'hôpital, dit Giles en se redressant. Je sais que Reginald n'aimera pas cela.

—Ne vous inquiétez pas pour Reginald, répondit Amelia d'une voix tremblante. Il a renvoyé Arthur de la chasse sans même se donner la peine de le raccompagner. Il n'a pas son mot à dire.

Soudain submergée par l'angoisse et la tristesse, elle s'assit sur la petite chaise d'écolier d'Arthur et se mit à pleurer.

—Je n'arrive pas à croire qu'il ait fait cela, Giles.

—Amelia…

Giles posa la main dans son dos pour la réconforter.

—Il faut que vous soyez forte. Ne vous mettez pas dans tous vos états. Peut-être la fièvre n'était-elle pas aussi forte quand il a fait partir Arthur du camp ? Elle a pu grimper pendant le voyage. Ou peut-être que Reginald n'a pas bien vu la situation.

—Peut-être… dit-elle en inspirant profondément pour se reprendre.

—Bon, maintenant, je dois appeler une ambulance. Il y a un téléphone quelque part ?

—Bien sûr, l'*ayah* va vous montrer, dit Amelia. Je reste ici avec Arthur.

Elle monta avec Arthur et Giles à bord de l'ambulance, assise sur un siège rabattable à côté du brancard d'Arthur dont elle tenait la main, chaude et molle, tandis que le véhicule sortait du cantonnement en bringuebalant. Elle était tellement rongée par l'angoisse qu'elle faisait à peine attention au trajet, relevant seulement la tête lorsqu'ils passèrent sous la vieille arche et que le véhicule ralentit parce que la surface de la route était défoncée et semée de nids-de-poule. Comme ils s'enfonçaient dans la ville, elle finit par prendre conscience qu'on criait dehors, de plus en plus fort, les voix finissant par former une clameur. Des poings s'abattaient sur l'ambulance. Elle détourna les yeux d'Arthur et échangea un regard anxieux avec Giles.

—Les émeutes ont repris, dit-il. C'était en gestation quand Amir m'a conduit il y a une heure.

—Reginald n'aurait pas dû partir, murmura Amelia. Mettre tous ces policiers dans la vieille ville ne pouvait qu'empirer les choses.

Elle fixait les portes à l'arrière de l'ambulance, terrorisée à l'idée que la foule les force et entre à l'intérieur.

—Nous serons à l'hôpital dans peu de temps, dit Giles. Les manifestants ne vont pas arrêter l'ambulance. L'hôpital de la Mission est celui où les Indiens les plus pauvres viennent se faire soigner.

Le véhicule finit par s'extraire de l'émeute. La scène n'avait duré qu'une dizaine de minutes mais il avait semblé s'écouler une éternité avant qu'ils s'extirpent de la foule en colère. L'ambulance s'arrêta devant l'entrée de l'hôpital, le chauffeur échangea quelques mots avec le gardien, puis ils passèrent la barrière et avancèrent jusqu'aux admissions.

Amelia suivit les deux aides-soignants enturbannés qui emportèrent le brancard à l'intérieur, puis le long de couloirs carrelés jusqu'à une chambre au plafond haut tout au bout du bâtiment.

La chambre était chichement meublée d'un petit lit en fer, d'une chaise sans confort et d'un placard. Il y avait une croix en bois au mur, comme dans les hôpitaux de son père. Elle resta sur le côté pendant que Giles et une infirmière installaient Arthur le plus confortablement possible dans le lit.

—La situation va rester critique dans les prochaines heures, j'en ai peur, la prévint Giles lorsqu'ils eurent fini.

—Je peux rester avec lui ?

—Bien sûr. Mais il n'y a nulle part où dormir.

—Ce n'est pas grave, dit-elle. J'étais habituée à veiller sur des patients atteints de malaria.

—Je m'en souviens, dit-il avec un sourire. Si vous avez besoin de quoi que ce soit, ou si sa situation empire, l'infirmière Gupta ici présente sera dans l'aile principale. Je vais faire ma tournée des autres patients, mais je reviens dès que possible.

Avant de partir, il s'arrêta sur le seuil de la chambre.

—Vous voulez que je demande à Mabel de venir ?

—Ne la dérangez pas pour le moment, dit Amelia. Peut-être demain… Ah, Giles, je ne sais même pas comment vous remercier pour ce que vous avez fait aujourd'hui.

Giles et Gupta partis, Amelia tira la chaise près du lit pour surveiller Arthur, observer minute après minute le moindre changement de son état. Il était toujours livide, en sueur, et il avait les yeux fermés et la respiration courte. Bien qu'il restât immobile pendant de longues périodes, il bougeait parfois brusquement l'un de ses membres ou poussait un cri dans son délire. Parfois, il remuait en tous sens pendant quelques secondes. Quand cela se produisait, Amelia se penchait sur lui et l'enveloppait de ses bras pour l'empêcher de tomber du lit. Et quand il restait immobile, elle passait sur son visage et son corps un linge qu'elle humidifiait grâce au bol d'eau que l'infirmière lui avait laissé. La situation lui rappelait, de façon poignante, la première fois qu'elle s'était occupée de lui de cette façon, des mois plus tôt. Mais il n'était pas aussi malade alors, il était conscient, il ouvrait les yeux de temps à autre et lui adressait un sourire plein de gratitude qui lui faisait fondre le cœur. Cela les avait rapprochés, c'est au cours de ces premières semaines que s'était créé entre eux un lien que rien ne briserait jamais.

Les heures passèrent. L'infirmière Gupta entrait, vérifiait la température d'Arthur, sortait une seringue et lui remettait une dose de quinine. Chaque fois, l'infirmière secouait la tête et regardait Amelia d'un air grave et compatissant. Amelia ne sut bientôt plus depuis combien de temps elle était là, le corps courbaturé à force d'être assise sur cette chaise dure. Derrière les persiennes tout en haut des murs, elle entendait que l'émeute se poursuivait, ça criait, ça hurlait, des détonations retentissaient parfois, qui mettaient à mal ses nerfs déjà à vif. Étaient-ce des explosions ?

Elle resta à veiller sur Arthur tout au long de cette nuit sombre et terrible, jusqu'à ce que la lumière grise de l'aube apparaisse derrière les persiennes. Mabel apparut au point du jour. Elle se précipita vers Amelia, qu'elle prit dans ses bras.

—Je suis désolée, dit Mabel, les larmes aux yeux. Tu as l'air épuisée. Je vais rester avec lui, va te dégourdir les jambes. Il y a une cuisine au bout du couloir. Demande-leur, ils te donneront du thé et de quoi manger.

Le cœur lourd, Amelia s'éloigna du lit et suivit les conseils de Mabel. L'un des employés de la cuisine lui donna un bol de porridge et une tasse fumante de chai, puis il lui indiqua une table en bois entourée de chaises dans le couloir. Elle but quelques gorgées de thé, bien qu'il fût doux et écœurant, mais ne parvint pas avaler la moindre gorgée de porridge. Elle avait la nausée chaque fois qu'elle essayait.

Durant cette journée interminable, Mabel et elle se relayèrent au chevet d'Arthur pour l'éponger. Le temps, devenu élastique, ne retrouvait une consistance régulière que pendant les visites de l'infirmière Gupta et de Giles. Amelia et Mabel parlaient à peine entre elles. Amelia n'avait pas envie d'évoquer Reginald tant elle était en colère contre lui, et elle n'avait pas non plus envie d'évoquer Arthur, ne voulant pas mettre des mots sur ses craintes. Il s'éloignait, et elles ne pouvaient rien y faire. La fièvre faisait toujours rage, et il était toujours délirant. La quinine était arrivée trop tard. Les pires craintes d'Amelia se matérialisaient sous ses propres yeux.

Alors que la journée touchait à sa fin et que les ombres s'allongeaient, les violences reprirent dans la rue. Le verre brisé, les cris, les explosions. Mais pour elles, dans la chambre, tout cela aurait pu se passer dans une autre dimension.

La lumière avait disparu du ciel lorsque le corps du petit Arthur cessa de lutter et succomba aux ravages de la maladie. Amelia serra son corps contre elle et pleura longtemps, pleurant la perte de cette jeune vie, la perte d'une jeune âme proche d'elle et la perte de sa propre vie aussi. Elle le serra contre elle et pleura jusqu'à ce qu'une main se pose sur son épaule. Mais ce n'était pas Mabel ou Giles derrière elle. C'était Reginald. Il était entré dans la chambre sans qu'elle le remarque. Son visage était ravagé par la douleur et la culpabilité.

20
Kate

Warren End, 1970

Kate avait le cœur lourd en reposant le combiné. Sandra, de la maison de retraite, venait de l'appeler pour l'informer qu'Edna Robinson avait été admise à l'hôpital. La vieille dame s'était écroulée la veille au soir et était en observation à l'unité de soins intensifs.

—Je suis navrée, Sandra, avait dit Kate, sous le choc. Pauvre Miss Robinson ! Vous devez être tellement inquiète.

—C'est très inquiétant pour nous tous. Tout le monde ici prie pour Edna, on l'adore ici. Malheureusement, elle est inconsciente pour l'instant. Les médecins ne savent pas si c'est une attaque ou une sorte d'hémorragie cérébrale.

—Ça a l'air grave, répondit Kate. C'est horrible.

—Je vous appelle parce que je sais que vous aviez un autre rendez-vous. Juste pour vous dire que ce ne sera pas possible dans l'immédiat.

—Bien sûr, je comprends. Merci à vous de vous en être souvenue dans ce moment difficile, dit Kate, qui se sentait un peu coupable en repensant à la conversation qu'elle avait eue avec Edna la veille. Elle avait effectivement l'air fatigué hier à la fin de notre conversation. J'espère que ce n'est pas la cause de son problème.

—Je vous en prie, ne vous en voulez pas pour cela, Miss Hamilton, répondit Sandra. Edna a des hauts et des bas depuis un moment. Elle était enchantée d'avoir votre visite et de pouvoir parler de votre grand-tante. Elle aimait tellement Amelia. Rien n'aurait pu la rendre plus heureuse que de vous aider dans votre recherche. Elle parle souvent de l'amitié merveilleuse que sa sœur et elle ont eue avec Amelia.

Après avoir raccroché, elle repensa à son entrevue de la veille avec Edna. Cela avait été une expérience effrayante à plus d'un titre. La vieille dame donnait l'impression de voir directement au fond de l'âme de Kate, de pouvoir déceler les secrets de son passé, de savoir exactement pourquoi elle posait des questions sur sa grand-tante. Kate se rappelait les propos stupéfiants prononcés par la sœur d'Edna à propos d'Amelia : « Les ténèbres fsont telles un voile autour de cette jeune dame. Je le vois. »

Grâce à leur conversation, Kate en avait énormément appris sur le mariage d'Amelia à Reginald Holden, sur son amour pour son fils si vulnérable, Arthur, et sur le mystère qui entourait la première épouse de Reginald. Les révélations avaient presque permis à Kate de comprendre l'histoire d'Amelia, mais pas tout à fait. Et maintenant, voilà que la pauvre Edna était inconsciente à l'hôpital. Malgré les paroles rassurantes de Sandra, était-il possible que l'exploration du passé d'Amelia ait provoqué son effondrement ?

Ses yeux se posèrent sur les documents que Gordon lui avait apportés la veille, restés sur le bureau. Elle avait promis de l'appeler dans la matinée. Il était temps de prendre une décision, elle le savait, mais en parcourant les photos sur papier glacé et les généreuses descriptions qui montraient Oakwood Grange sous son meilleur jour, elle sentit le passé la titiller encore une fois. Était-elle vraiment prête à céder cette vieille maison qui recelait tant de secrets et tant de souvenirs ?

Elle reposa les documents en soupirant. Elle avait besoin de découvrir ce qui était arrivé à Amelia à Kanpur ; pourquoi elle avait quitté cette vie et l'avait gardée secrète pendant des décennies, enfouie au fond d'une malle abandonnée dans le grenier. Il y avait *forcément* un lien entre le passé d'Amelia et ce qui était advenu en 1944. Kate en était convaincue. Maintenant, elle savait que George Prendergast était allé à Kanpur au moment où Amelia y vivait, qu'ils s'étaient rencontrés au club. L'image du vieux Prendergast lui traversa l'esprit, elle le revit s'appuyer sur son bâton à l'endroit même où Amelia et lui-même se retrouvaient. Il avait dû y venir une dernière fois avant que les ouvriers ne se mettent à l'ouvrage. La culpabilité transperça le cœur de Kate. C'est Joan et elle qui l'avaient réduit à cela. Elles en étaient responsables.

Elle déciderait plus tard quoi faire d'Oakwood Grange. Elle n'était pas capable de se concentrer pour le moment. L'histoire d'Amelia l'accaparait trop. Elle sortit de son sac les photos, les lettres et le certificat de mariage qu'elle avait ramassés à la hâte la veille en partant de chez Joan. Elle les étala sur le bureau, comme elle l'avait fait au moment de leur découverte. Et en même temps, elle repensait à sa conversation avec Joan dans sa petite cuisine. Joan assise face à elle, qui faisait semblant que son œil rougi n'avait rien d'extraordinaire.

Sur le moment, Kate avait vraiment cru que leur discussion allait déboucher sur quelque chose. Au moins, elles avaient franchi les premières étapes pour se parler franchement. L'idée que Joan avait arrêté ses études avant de s'enfoncer dans une spirale négative chatouillait la conscience de Kate. Si seulement elle n'était pas partie sans se retourner à la fin de cet été, si seulement elle avait écrit à Joan de temps en temps, peut-être les choses auraient-elles été différentes pour son amie. Elle tenait à se rattraper. Au moins, elles avaient toutes les deux convenu qu'il fallait qu'elles parlent des événements de l'été 1944, de ces actes qui avaient eu un effet si dévastateur sur tant de vies. Mais au moment où Kate pensait qu'elles allaient y arriver vraiment, les enfants avaient fait des leurs à l'étage.

—Ils se disputent encore. Je vais m'en occuper, soupira Joan en se levant de table et en se plantant au pied de l'escalier. Oh ! Arrêtez ça ! hurla-t-elle. Je monte.

Kate attendit en buvant son thé, mal à l'aise, pendant que Joan grimpait l'escalier pour mettre un terme à l'échauffourée. Elle n'entendit pas ce qui se disait, mais il y eut des coups de talon sur le plancher, des cris, des pleurs. À son retour, Joan était rouge et essoufflée.

—Sales gosses, marmonna-t-elle, la main appuyée contre l'encadrement de la porte.

Kate savait qu'il était illusoire de vouloir revenir au point de la conversation où elles étaient arrivées avant l'interruption.

—Tu vas devoir y aller, dit Joan en levant les yeux vers la pendule de la cuisine. Dave sera bientôt là.

Kate récupéra ses papiers. Il n'était que quatre heures moins le quart, mais il était inutile de discuter. Le moment était passé. Joan la regarda fermer son sac avec impatience, puis elle la raccompagna à la porte. Elle ouvrit, regarda d'un côté et de l'autre dans Clerk's Lane.

—C'est bon. Il n'est pas encore là, dit-elle, le souffle court. Si tu pars maintenant, ça ira.

—Joan, dit fermement Kate en sortant sur le perron. Ça ne me dérange pas de tomber sur Dave. À vrai dire, si ça arrivait, il saurait ce que je pense de lui.

Le visage de Joan se décomposa.

—Non. Ne fais pas ça. Jamais.

Kate planta son regard dans le sien.

—Je sais que c'est lui qui t'a fait ce coquard. Tu dois admettre ce qui se passe et arrêter de l'accepter. C'est toujours un lâche et une brute, comme quand on était ados.

Joan la fixait, réduite au silence.

—Je sais que je n'ai pas été une amie pour toi pendant toutes ces années, poursuivit Kate. Mais je suis là, et je veux me rattraper. Je t'aiderai autant que je peux.

Il y eut un silence pendant lequel elles se regardèrent. L'espace d'une seconde, Kate sentit que Joan était troublée, mais bientôt son visage se referma.

—Je me débrouille. Je n'ai pas besoin d'aide, dit-elle en relevant le menton. Et de toute façon, tu n'es pas *vraiment* là, non ? Tu m'as dit que tu étais venue mettre la maison en vente. Tu retourneras bientôt à Londres, tu vivras la belle vie et tu oublieras Warren End. Comme tu l'as déjà fait.

Kate voulut répondre, mais à quoi bon ? C'était vrai. Elle avait dit à Joan qu'elle allait vendre et c'est ce qu'elle allait faire, non ? Les documents de Gordon étaient posés sur le bureau à Oakwood Grange, ils n'attendaient que sa validation.

—Va-t'en, lui dit Kate. Il faut que je ferme.

—Je t'aiderai si tu en as besoin, lança Kate alors que la porte se refermait.

Ensuite, elle partit, pleine de regrets que leur rencontre se soit terminée de cette façon.

Il y avait une urgence nouvelle à aller au bout de l'histoire d'Amelia. Tant que ce ne serait pas fait, elle ne pourrait pas prendre de décision concernant la maison. Elle pensa à la pauvre Edna, inconsciente à l'hôpital. C'était horrible, mais peut-être Edna ne serait-elle pas capable de lui en dire plus à propos d'Amelia, quand bien même elle reprendrait conscience.

Kate prit une des lettres de Mabel et la relut. C'était celle du dessus de la pile, la dernière qu'Amelia avait gardée, mais pas nécessairement la dernière écrite par Mabel. En tout cas, c'était certainement la dernière écrite d'Inde puisque Mabel y parlait de quitter le pays devenu indépendant et racontait sa hâte de revoir Amelia en Angleterre. « J'imagine que tu n'auras probablement pas envie que nous te rendions visite à Warren End, naturellement, mais peut-être pourrions-nous nous voir à Londres ? Giles espère trouver du travail là-bas… »

Kate était sûre qu'ils s'étaient vus à Londres et que Mabel avait soutenu Amelia toute sa vie. Mais était-elle encore vivante ? Sans doute que non. Sinon, elle serait venue à l'enterrement. Cependant, si elle était vivante, se dit Kate, Mabel serait la personne idéale pour combler les vides dans l'histoire d'Amelia.

—Pourquoi n'y ai-je pas pensé plus tôt ? marmonna-t-elle.

Il ne serait sans doute pas très difficile de retrouver Mabel Harris *via* l'Église baptiste, si ? Elle prit le vieux Bottin dans l'étagère d'Amelia, chercha le numéro de téléphone d'une confrérie baptiste à Midchester et commença à appeler.

Une heure et demie et plusieurs conversations plus yard, elle avait l'adresse et le numéro de téléphone d'une Mrs Mabel Harris, veuve du Dr Giles Harris, ancien médecin missionnaire en Inde. Mabel vivait toujours, elle habitait Mile End à Londres où, d'après le pasteur à qui elle avait parlé, elle jouait toujours un rôle actif dans la vie de l'église baptiste locale. Kate fixa le numéro un long moment avant de trouver le courage de passer l'appel.

La sonnerie retentit deux fois seulement avant qu'elle décroche. Une voix de vieille femme sémillante.

—Mrs Harris ? Mrs Mabel Harris ?

—Oui, c'est moi. Qui appelle ?

Kate prit une profonde inspiration et s'éclaircit la voix.

—Eh bien, nous ne nous connaissons pas, mais je pense que vous avez fréquenté ma grand-tante en Inde avant la guerre.

Il y eut un court silence, puis Mabel dit :

—Vous parlez d'Amelia, je suppose. Amelia Hamilton. C'est Kate ?

—Oui, en effet, répondit Kate avec surprise.

—J'étais sûre que vous finiriez par appeler.

Kate en resta bouche bée. Edna avait eu exactement la même réaction quand elle était arrivée à La Prairie. C'était la deuxième fois que quelqu'un qu'elle approchait au sujet du passé d'Amelia disait s'attendre à ce qu'elle appelle. C'était troublant.

—Vous savez que tante Amelia… enfin, vous savez qu'elle est décédée, n'est-ce pas ? demanda doucement Kate.

—Oui, je suis au courant, répondit Mabel. C'est tragique. Tellement triste que sa vie se soit arrêtée si tôt. Mais je m'y attendais un peu, je dois dire. Elle était assez malade et très maigre la dernière fois que nous nous sommes vues à Londres. Je n'ai pas été totalement surprise par cette nouvelle.

—Je suis désolée, dit Kate. Je ne savais pas que vous étiez amies avant de commencer à ranger ses papiers. Sinon, je me serais assurée que vous soyez prévenue pour ses funérailles.

—Oh… eh bien, j'étais là aux funérailles, dit Mabel. Je ne suis pas restée longtemps, juste le temps de dire une prière pour cette pauvre Amelia. Je n'étais jamais allée à Warren End. Comme vous l'avez sans doute compris, elle voulait rester la plus discrète possible sur son passé en Inde.

—Oui, et justement, c'est à propos de son passé en Inde que je vous appelle, dit Kate. Il y a beaucoup de choses sur cette époque dont je ne sais rien et je me demandais si vous pouviez m'aider. Vous avez du temps ? Je peux vous rappeler à un autre moment si vous préférez.

—Je suis toute disposée à parler d'Amelia, Kate. J'ai quelques minutes devant moi. Je me doutais qu'en farfouillant dans ses vieux papiers, vous auriez des questions. Je ne sais pas tout, bien entendu, mais mon mari et moi avons soutenu Amelia à une époque très difficile pour elle. Nous avons échangé des lettres jusqu'à mon retour avec Giles en 1948. À ce moment-là, Amelia était déjà mariée avec votre oncle depuis plusieurs années. Il la rendait très heureuse, mais je suis sûre que vous le savez. Après notre emménagement à Londres, il nous arrivait de nous voir là-bas avec Amelia de temps à autre.

—Mais ce que je ne comprends pas, Mrs Harris, c'est pourquoi Amelia a caché son premier mariage à toute la famille… Je ne vois pas de raisons.

—Eh bien, elle avait beaucoup de raisons de vouloir oublier l'Inde. Vous savez qu'elle était terrifiée à l'idée que les gens découvrent son premier mariage, surtout quand votre oncle James est devenu membre du Parlement. C'est pour cela qu'elle restait tellement en retrait pendant les campagnes électorales. Je crois que cela étonnait votre oncle James. Amelia était belle et c'était une femme accomplie, elle aurait été un grand atout pour lui si elle avait accepté la lumière des projecteurs, mais il l'aimait tellement qu'il acceptait ses souhaits sans se poser de questions.

—Oui, il l'aimait. Ils avaient l'air très heureux ensemble, dit Kate en repensant à la manière dont la vie de célibataire de son oncle avait été chamboulée quand il avait fait venir Amelia de Londres en 1940.

Tout le monde, à l'exception de la mère de Kate, avait tout de suite été captivé par Amelia. Mais si oncle James l'avait rendue si heureuse, pourquoi avait-elle des rendez-vous clandestins avec George Prendergast au Moulin du Saule après quelques années de mariage ?

—Je ne connais sans doute pas tout sur votre grand-tante, reprit Mabel. Elle avait encore des secrets, même pour moi. Vous savez, je sentais qu'il y avait chez

Amelia quelque chose qu'elle ne mentionnait jamais ni dans ses lettres ni dans nos conversations quand nous nous voyions. Quelque chose qui n'allait pas, je le lisais entre les lignes. Quelque chose qui s'est produit vers la fin de la guerre et qui a jeté une ombre sur son nouveau bonheur. Je sentais que cela la dévorait. Mais elle n'a jamais dit de quoi il s'agissait, même à moi.

Le cœur de Kate se mit à battre plus fort, sa culpabilité revenant à la surface maintenant qu'elles arrivaient au cœur du sujet. Il fallait qu'elle découvre la vérité. Elle prit une longue inspiration avant de continuer.

—Vous a-t-elle jamais parlé de George Prendergast ? demanda-t-elle d'une voix un peu trop aiguë.

Elle avait posé la question, enfin. Plus moyen de revenir en arrière.

—George Prendergast ? répéta Mabel, puis elle prit quelques secondes pour réfléchir. Non, je ne crois pas, mais ce nom me dit quelque chose. Maintenant que j'y pense, il y avait un Prendergast à Kanpur quand nous y étions. Un certain Willy Prendergast, je crois. Je ne le connaissais pas. Il faisait partie de la clique du Gymkhana Club. Il ne se mélangeait pas avec les missionnaires comme nous. Ils étaient de la même famille ?

—Eh bien, une vieille dame du village, qui connaissait bien Amelia, m'a dit que George Prendergast était allé à Kanpur pour une expédition de chasse quand Amelia était là-bas. Ce George Prendergast vit à Warren End.

—Quelle coïncidence… Je me souviens vaguement que Willy a accueilli son frère un moment. Mais Amelia ne m'a jamais dit qu'elle l'avait revu ensuite à Warren End. Je m'en souviendrais. Comme c'est étrange.

—Peut-être avait-elle quelque chose à cacher ? dit Kate. Quand j'étais ado, en 1944, avec une amie, nous les avons vus plusieurs fois ensemble.

Sa voix s'étranglait. Elle n'en avait jamais parlé à personne. Seules Joan et elle savaient en détail ce qui s'était passé. Son cœur cognait dans sa poitrine mais elle se força à continuer.

—George Prendergast et Amelia… Ils avaient une liaison.

—Non ! Jamais Amelia n'aurait fait une chose pareille ! s'exclama Mabel d'une voix scandalisée. Elle était chrétienne, elle respectait les dix commandements. Et elle aimait votre oncle James.

—Je sais que cela paraît incroyable. Mais nous en étions convaincues, mon amie et moi. Nous les avons vus se rencontrer en secret plusieurs fois. C'était évident pour nous. Ils avaient souvent des querelles, comme des amoureux.

—Eh bien, je dois dire que cela me laisse sans voix… mais, comme j'ai dit, elle semblait cacher quelque chose à partir de la fin de la guerre. C'est là qu'elle a commencé à se retirer en elle-même. À boire trop. Et cela n'a fait qu'empirer après la mort de votre grand-oncle. J'ai toujours pensé que c'était pour l'autre raison, mais elle se refermait chaque fois que j'évoquais le sujet.

—L'autre raison ?

De quoi parlait Mabel ?

—Oui, son retour en Angleterre. Écoutez, c'est une question délicate à aborder au téléphone. Et je suis attendue à l'église dans une demi-heure. Je dois commencer à me préparer.

—Je pourrais vous appeler à un autre moment, peut-être

—Le mieux serait que vous veniez me voir un jour. Ce serait possible ?

—Bien sûr. Je peux venir quand vous voulez. Comme cela vous arrangera.

—J'ai tout mon temps demain. Pourquoi ne viendriez-vous pas le matin, vers onze heures trente ? Vous avez mon adresse, je suppose. Je nous préparerai un repas léger.

En raccrochant, Kate éprouvait un mélange de nervosité et d'excitation. Elle resta un long moment sans bouger au bureau d'Amelia, entourée de ses lettres et de ses photos. Elle avait besoin de laisser la conversation avec Mabel faire son chemin dans son esprit. Et elle devait se faire à l'idée qu'elle n'était peut-être qu'à vingt-quatre heures de connaître enfin la vérité sur Amelia.

21

KATE

Londres, mai 1970

La circulation était encombrée quand Kate s'engagea sur l'autoroute vers le sud, direction Londres. Les véhicules étant à touche-touche sur la voie de gauche. Entre les convois de camionnettes et les poids lourds, elle rejoignit la voie rapide extérieure et put accélérer. Il lui faudrait une heure pour atteindre la North Circular, et ensuite elle devrait naviguer dans le nord-est de la ville pour arriver à Mile End, dont elle ne connaissait pas bien le chemin. L'autoradio crachait le riff lourd et répétitif de *Spirif of the Sky.* Elle coupa le son, elle n'était pas d'humeur. Elle avait besoin de se concentrer quand elle roulait à cette vitesse, d'autant qu'elle avait trop de choses en tête.

Après avoir parlé à Mabel Harris, elle avait reporté tout l'après-midi le moment d'appeler Gordon Anderson et pour finir c'est lui qui l'avait appelée en partant de son bureau.

« Ça te va, la présentation que j'ai faite ? »

Elle avait essayé de ne pas donner de réponse définitive, mais il avait rapidement percé à jour ses mauvaises excuses.

« Tu peux me dire si tu as besoin de temps. Je comprends. »

Elle percevait un certain amusement dans son ton et, pour une raison qui n'était pas très claire à ses propres yeux, cela l'agaçait.

« Et qu'y a-t-il de drôle là-dedans, Gordon ?

—Il n'y a rien de drôle du tout, avait-il répondu, reprenant aussitôt son sérieux. Je ne voulais pas t'énerver. Je sais que tu hésites à vendre, mais ça ne me dérange pas d'attendre que tu te décides. Dans tous les cas, je suis gagnant.

—Comment cela ?

—Tu n'as pas compris ? Oh, allez, Kate. Si tu gardes la maison, tu passeras plus de temps à Warren End et ça me plaît bien. Et si tu veux vendre, je toucherai une commission.

—Ça te plaît bien ? »

Elle avait senti son visage chauffer, et en son for intérieur elle s'était adjurée de grandir un peu, elle n'était plus cette ado qui traînait devant le gymnase pour l'apercevoir. Ils étaient tous les deux des adultes et Gordon était un homme marié.

« Tu as besoin que je te fasse un dessin ? avait-il poursuivi. Bon, OK, je vais le faire. Je suis très content d'avoir l'occasion de te revoir après toutes ces années. Ça peut paraître dingue mais je ressens toujours la même attirance que quand on était jeunes, et je pense que toi aussi. Dis-moi si je me trompe.

—Mais Gordon, je… Tu… Tu n'es pas marié ?

—Marié ? »

Il avait éclaté de rire.

« C'est ce que tu crois ?

—Eh bien, oui. C'est que je supposais, Gordon. Ça me paraît assez logique. »

Une fois de plus, il avait ri.

« Moi qui pensais que Janet Andrews t'avait raconté mon histoire, avait dit Gordon. Décidément, le téléphone arabe n'est plus ce qu'il était à Warren End.

—Et c'est quoi, ton histoire ?

—J'espérais te la raconter un de ces jours autour d'un dîner. Mais après tout… J'ai été brièvement marié il y a longtemps. C'était une institutrice de l'école primaire de Warren End. Mais elle m'a quitté pour quelqu'un d'autre moins de deux ans après notre mariage. De toute façon, ça ne collait pas vraiment entre nous. Bref, ils ont émigré en Australie depuis un bon moment.

—Oh ! »

Kate n'avait rien trouvé d'autre à dire tandis que l'image qu'elle s'était fabriquée, avec les deux petites filles venant s'accrocher aux jambes de Gordon et la mère debout sur le seuil s'évanouissait purement et simplement.

Tout en avalant les kilomètres d'autoroute, elle se repassait en boucle la conversation. Elle s'en voulait de ses réactions et se demandait comment il se sentait maintenant. Pourquoi n'avait-elle pas accepté quand il lui avait proposé d'aller dîner ? Qu'est-ce qui l'avait retenue ? Elle s'était contentée de répondre : « Merci, Gordon, je vais y réfléchir. » Comment le prendre autrement que comme un « non » définitif, une rebuffade ? Malgré tout elle comprenait pourquoi elle avait refusé d'obéir à ce que son cœur lui dictait. Cela faisait des années qu'elle se conditionnait à penser qu'elle ne méritait pas d'être heureuse.

Un nuage flottait perpétuellement au-dessus d'elle depuis 1944. Si elle avait accepté l'invitation, elle aurait dû lui expliquer pourquoi elle n'était pas venue à leur rendez-vous devant la mairie de Midchester cet après-midi d'août 1944. Il fallait qu'elle puisse lui dire la vérité sur ce qui s'était produit ce jour-là, sinon elle vivrait dans le mensonge, comme avec tous les hommes qu'elle avait fréquentés au cours de sa vie. Et elle refusait de refaire la même erreur. Ce n'était juste ni pour Gordon ni pour elle.

La circulation réclamait son attention. Des voitures et des camions arrêtés bloquaient la route devant elle. Il devait y avoir des travaux ou un accident. Jetant un coup d'œil à l'horloge du tableau de bord, elle mit le clignotant à gauche et se rangea sur la voie de gauche qui avançait au ralenti vers une station-service. Elle avait du temps devant elle avant son rendez-vous chez Mabel Harris. Elle allait prendre un café et réfléchir à tête reposée.

Le café était noir de monde. Des commerciaux qui faisaient une pause pour déjeuner, des chauffeurs poids lourd qui évitaient les bouchons comme elle, tous mangeant du bacon et des œufs. La boutique empestait le graillon et toutes les vitres étaient embuées. Kate fit la queue au comptoir, prit un café et alla s'asseoir à une table donnant sur l'autoroute. De là, elle verrait quand le trafic s'éclaircirait. Elle but une gorgée de café en pensant encore à Gordon, à la fluidité de leurs conversations, à leur façon si naturelle de rire ensemble. Soudain, elle sut quoi faire. Quand elle reviendrait au village, quoi qu'elle ait appris sur le passé d'Amelia en Inde, elle irait tout droit chez Joan. Même si cela devait être dur, elle insisterait pour qu'elles affrontent la vérité. C'était la seule façon pour elles deux de se libérer de leur fardeau et d'aller de l'avant.

Elle termina son café, se leva de table et trouva une cabine téléphonique dans l'entrée. Elle composa le numéro du bureau de Gordon et attendit avec appréhension que la réceptionniste transfère son appel.

—Kate ? dit-il après quelques interférences sur la ligne.

—Je suis désolée pour hier, commença-t-elle. Je me disais… J'aimerais accepter ta proposition de dîner un de ces jours. Si ça tient toujours, bien sûr.

—Bien sûr que ça tient. Pourquoi pas ce soir ?

—Demain serait mieux, dit-elle. Je suis à Londres aujourd'hui. J'ai des choses à régler.

—Parfait. Demain, alors. Et la maison ? demanda-t-il.

—Ne pousse pas, Gordon, dit-elle en riant, sachant qu'il la charriait. Laisse-moi un peu de temps. Je n'ai pas encore pris ma décision.

*

Mabel Harris habitait une maison mitoyenne à quelques rues de Miles End Road. La plupart des logements étaient vides, avec des planches aux fenêtres, l'enduit qui partait en lambeaux et des trous dans les toits. Kate se gara entre deux camionnettes d'ouvriers. En marchant sur le trottoir, elle repéra tout de suite la maison de Mabel, sans même avoir besoin de regarder les numéros. La porte d'entrée était peinte en rouge et des pots de lobélies bleues et violettes aux fenêtres.

La porte s'ouvrit avant même qu'elle ait frappé. Mabel ressemblait exactement à l'image que Kate se faisait d'une ancienne missionnaire en Inde. Cheveux grisonnant maintenus en arrière pour dégager le visage, regard pétillant, cardigan tricoté à la main et chaussures pratiques.

—Kate, la salua-t-elle en l'attirant spontanément contre elle pour l'embrasser, après quoi elle la tint à bout de bras pour la regarder.

—Amelia parlait beaucoup de vous. Elle me disait que vous étiez très proches. Elle a été très triste quand votre famille a déménagé et que vous avez perdu le contact.

—Je sais, dit Kate, dont l'estomac se noua à ce souvenir. Encore aujourd'hui, je me sens atrocement mal à cause de cela.

—Entrez, dit Mabel en se mettant sur le côté pour laisser Kate entrer dans le petit vestibule où flottaient des parfums d'épices. N'ayez pas de regrets, Kate. Amelia n'aurait pas voulu que vous en ayez. Elle n'aimait pas ça. Vous êtes restée dans ses pensées jusqu'au bout, c'est pour cela qu'elle vous a légué la maison.

Kate suivit Mabel dans le couloir jusque dans la cuisine à l'arrière de la maison. Les odeurs appétissantes venaient d'une cocotte qui mijotait sur la gazinière.

—Asseyez-vous, Kate, dit Mabel en lui désignant la table en bois au milieu de la pièce. Je vais nous faire du thé. Le repas est presque prêt. C'est du pilaf de poisson. J'en faisais souvent à Amelia, à Kanpur. C'était un de ses plats préférés. J'imagine que vous avez eu du mal avec la circulation ?

Kate s'installa à la table et elles bavardèrent de choses et d'autres pendant que Mabel préparait le thé et servait deux assiettes de poisson et de riz. Ça avait l'air délicieux.

—Je vous en prie, attaquez, dit-elle. Et pendant qu'on mange, je vais tout vous raconter sur Amelia. Vous comprendrez pourquoi elle gardait le secret sur son passé à Kanpur.

22

Amelia

Kanpur, 1936

L'espace de quelques secondes, Amelia crut que Reginald allait s'effondrer et se jeter sur le corps d'Arthur, comme elle l'avait fait. Il était éperdu de douleur, jamais elle ne l'avait vu ainsi. Son visage révélait soudain sa vulnérabilité, ses faiblesses, et elle désira plus que tout le consoler. Quels que soient ses défauts, ce qu'il avait fait ou n'avait pas fait, à cet instant il était un père découvrant la mort de son unique enfant. Elle s'approcha de lui, guidée par l'instinct, et posa sa main sur son bras, sachant que son visage à elle était tout aussi tordu par la souffrance. Mais il la repoussa sans même lui accorder un regard et fit volte-face, se tournant vers Giles.

—Qu'avez-vous fait à mon fils ? demanda-t-il d'une voix rauque.

Giles recula d'un pas.

—C'est *votre* faute, Harris, continua Reginald en brandissant un index vers lui. Vous avez tué mon fils avec vos remèdes de charlatan. (Il regarda tour à tour Mabel, Giles et Amelia.) Vous êtes des fanatiques religieux, tous autant que vous êtes. Vous vous mêlez des affaires des autres. Qui vous a autorisé à amener mon fils ici ?

—Reginald, je vous en prie… C'est moi qui ai pris cette décision, dit Amelia d'une voix tremblante.

Il lui jeta un regard dur, noir, sans plus aucune trace de vulnérabilité.

—Vous n'aviez pas le droit de l'emmener dans ce cul de basse-fosse ni de le remettre entre les mains d'un amateur, tonna-t-il. Je n'amènerais même pas une bête malade ici.

—Mr Holden, dit Giles en essayant de prendre Reginald par le bras, mais celui-ci se dégagea. Je suis navré pour votre fils. Je comprends que vous soyez… bouleversé.

—Bouleversé ? Bouleversé ? répéta Reginald, écumant de rage. Je suis bien plus que bouleversé. Vous paierez pour ce que vous avez fait, Harris. Je l'emmène loin d'ici.

Sur ces mots, il souleva le corps inerte d'Arthur dans ses bras, le drap enroulé autour de ses membres comme un linceul.

—S'il vous plaît, Reginald, protesta Amelia, à la fois horrifiée et incapable de comprendre ce qui se passait, ce cauchemar bizarre et épouvantable.

—Taisez-vous et rentrez à la maison, lui intima Reginald d'un ton autoritaire. Vous n'avez pas à fréquenter ces individus.

Debout sur le seuil de la chambre, il la fusilla du regard.

—Qu'attendez-vous ? La voiture est à l'entrée. Rentrez à la maison, où est votre place.

Elle le regardait, sans bouger, paralysée, comme si la décision qu'elle prendrait à cet instant allait la définir pour le restant de ses jours. Était-ce le moment pour le défier ? Pour lui dire qu'elle était presque sûre de ce qui était arrivé à Elizabeth, que les trois personnes présentes dans la pièce savaient, et qu'elle ne retournerait pas à la Résidence pour y être emprisonnée et contrôlée ?

—Amelia, répéta-t-il d'une voix plus douce, plus enjôleuse. Je vous ai demandé ce que vous attendiez. Venez. Nous devons y aller. Il y a des émeutes, les rues ne sont pas sûres. Je ne voudrais pas qu'il vous arrive quelque chose.

—Je vous conseille de ne menacer personne dans mon hôpital, Mr Holden, intervint Giles.

—Je pense que nous savons tous les deux qui détient l'autorité dans ce district, Harris, dit Reginald. J'attends dehors dans la voiture, Amelia, avec… avec Arthur. Votre devoir, en tant que belle-mère, est d'être avec l'enfant et moi. Si vous ne me rejoignez par d'ici cinq minutes, je m'assurerai que le Dr Harris soit reconnu coupable d'outrage et qu'il ne puisse plus exercer dans ce pays.

Il quitta la pièce en portant le corps d'Arthur, laissant la porte se refermer derrière lui. Amelia se laissa tomber sur la chaise. Des sanglots profonds, incontrôlables, secouaient son corps. Mabel vint l'entourer de ses bras.

—Tu peux venir chez nous, lui dit-elle.

Amelia leva les yeux vers son amie. Des larmes roulaient sur ses joues.

—Tu seras en sécurité.

Elle savait que Mabel avait raison. Il aurait fallu qu'elle saisisse cette occasion, seulement la peur la retenait. Reginald était l'homme le plus puissant de Kanpur.

Il commandait les forces de police, qui étaient partout dans les rues.

Elle secoua la tête et se leva.

—Je dois rentrer avec lui, Mabel. J'ai tort, je le sais mais il mettrait sa menace contre Giles à exécution. Tu le sais. Pense à ce qui arriverait à l'hôpital, au travail que vous faites ici.

—Amelia… dit Giles. Je n'ai pas peur de lui. Suis le conseil de Mabel, viens à la maison avec nous.

—Vous croyez qu'il me laissera partir comme ça ? leur demanda Amelia, qui se rappela avec un frisson toutes les fois où il l'avait serrée contre lui en déclarant qu'il ne pouvait pas la perdre, qu'il ne la laisserait jamais partir de sa vie. Il enverrait la police me chercher chez vous. Vous le savez. Et puis… ajouta-t-elle avant que sa voix s'étrangle.

—Quoi ? la pressa Mabel.

—Vous savez bien, finit par répondre Amelia. Je veux être sûre qu'Arthur sera enterré à côté de sa mère. Reginald est capable de faire autrement. Je le dois à Arthur et Elizabeth.

Mabel et Giles échangèrent un regard inquiet, puis Giles prit la parole.

—Si tu dois partir, très bien. Mais donne-nous un signe de vie tous les jours pour que nous sachions que tu vas bien.

—Oui, bien sûr. Bien sûr. Je le ferai. Et… merci. Merci à vous deux pour tout ce que vous avez fait.

Le couloir était plein à craquer quand elle sortit de la chambre pour rejoindre l'entrée : les manifestants blessés affluaient à l'hôpital. Des hommes avec des plaies à la tête, le visage et les vêtements maculés de sang, d'autres avec un bras cassé, l'air éberlué, et quelques blessés à la jambe avançant à cloche-pied, soutenus par des camarades. Tous étaient crasseux et en haillons. Infirmières, médecins, aides-soignants se démultipliaient pour tâcher de leur venir en aide.

Amelia fendit la foule et finit par émerger dans la nuit torride. Reginald l'attendant à côté de la voiture, la portière grande ouverte. Des blessés en route pour l'hôpital, le reconnaissant, lui hurlaient des insultes ou jetaient divers objets vers la voiture, mais la plupart se tenaient à distance.

—Tu es venue, dit-il comme elle approchait. Je savais que tu viendrais. Assieds-toi là, à côté d'Amir, je vais m'installer à l'arrière à côté de mon fils. Amir, nous allons devoir prendre une route par-derrière pour éviter cette vermine. Faites le tour du bâtiment, en sortant sur Bazaar Road, nous devrions nous en tirer sans trop de difficultés.

*

Quand ils arrivèrent à la Résidence, l'*ayah* les attendait en haut des marches. En voyant le corps inerte d'Arthur dans les bras de son père, elle tomba à genoux. Amelia se précipita vers la vieille dame pour passer ses bras autour d'elle. Elles se serrèrent dans les bras l'une de l'autre, en larmes, pendant que Reginald portait le garçon à l'intérieur. Amelia le suivit, avec l'*ayah* accrochée à son bras. Reginald traversa le salon au plafond voûté, puis le couloir, et alla dans la chambre d'Arthur le déposer dans son lit.

—S'il vous plaît, dit-il en se retournant et en s'adressant à l'*ayah*, préparez le corps de maître Arthur. Vous savez quoi faire. Nous l'enterrerons demain.

—Oui, *sahib*, acquiesça l'*ayah*, tête basse, sans cesser de pleurer.

—Je vais m'occuper des funérailles, dit-il, ensuite je dois aller à l'Hôtel du gouvernement.

Amelia était stupéfaite.

—Comment pouvez-vous partir maintenant, Reginald ?

Il tourna vers elle un regard hargneux.

—Mon fils n'a plus besoin de moi maintenant, si ? Il est trop tard. Et il y a l'état d'urgence ici à Kanpur, je ne sais pas si vous avez remarqué ?

Tremblant de tout son corps, Amelia ne put se retenir de dire les mots qui devaient l'être mais qu'il eût fallu éviter.

—Pourquoi… Pourquoi n'êtes-vous pas revenu du camp avec Arthur ? demanda-t-elle, comme si une force invincible avait pris le dessus. Pourquoi l'avez-vous renvoyé seul avec des domestiques ?

Elle recula aussitôt d'un pas, effrayée par la colère noire que sa question provoquait.

—Ce n'est pas ma faute ! rugit-il. Comment osez-vous m'accuser ? C'est *vous* qui avez fait venir ce médecin véreux dans cette maison.

Il sortit en trombe de la pièce et ses pas résonnèrent dans le couloir. Piquée au vif, Amelia courut après lui, l'attrapa par le bras, mais il se dégagea et poursuivit son chemin.

—Reginald, s'il vous plaît !

Il entra dans son bureau en claquant la porte derrière lui. Elle l'ouvrit et entra à sa suite. Il était déjà derrière son bureau, le téléphone à la main.

—Reginald, je vous en prie. J'ai besoin de vous parler.

Il reposa le combiné et s'assit dans son fauteuil, prenant sa tête entre ses mains. Amelia s'avança.

—C'est à propos d'Arthur… de son enterrement, dit-elle en essayant de parler posément.

Elle arrivait à peine à croire à ce qui passait, et s'attendait presque à se réveiller de cet horrible cauchemar.

—Quoi ? dit-il.

—C'est juste… Je voulais m'assurer que…

—Vous assurer de quoi ? rétorqua-t-il. Je suis son père, Amelia. Vous n'avez pas à vous assurer de quoi que ce soit.

—Je voulais simplement vous demander de l'enterrer aux côtés de sa mère.

Sa voix était faible, elle pleurait toujours, mais elle ne détourna pas les yeux. Il soutint son regard un moment, l'air obtus, mais elle sentit qu'il était décontenancé.

—C'est une requête raisonnable, insista-t-elle, commençant à relever la tête.

Mais le poing de Reginald s'abattit violemment sur la table.

—Qu'en savez-vous ? Que savez-vous de la mère d'Arthur ?

—Rien, Reginald, concéda-t-elle, le cœur battant. Je ne sais rien d'Elizabeth. Après tout, il ne reste aucune trace d'elle dans la maison, comment la connaîtrais-je ? Mais je sais une chose, c'est qu'elle était la mère d'Arthur, qu'elle l'aimait et qu'il mérite de reposer auprès d'elle.

—Très bien, dit-il lentement en reprenant le combiné. Vous avez raison. Et je vais donner des instructions à cet effet si vous me promettez une chose, Amelia. Asseyez-vous.

Méfiante, elle s'assit sur le fauteuil en cuir installé devant le bureau.

—Je demanderai qu'il soit enterré près de sa mère à une condition, reprit-il.

Elle retenait son souffle.

—Et c'est que vous me promettiez d'arrêter de fréquenter ces missionnaires fanatiques, Mabel et Giles Harris.

Amelia se sentit devenir livide.

—Comment pouvez-vous me demander une chose pareille ? Mes parents étaient missionnaires, Reginald. Je vous en prie, ne m'imposez pas cela. Mabel et Giles sont des gens très bien…

Comment aurait-elle pu faire cette promesse ? Mabel et Giles étaient ses seuls vrais amis à Kanpur. Ils étaient sa bouée de sauvetage.

—J'appelle le gardien du cimetière tout de suite si vous me promettez que vous cesserez d'aider ces deux idiots dans leurs projets ridicules, dit-il, ignorant son objection. Je vous ai prévenue dès le départ que vous associer à eux n'apporterait rien de bon. Je vous ai dit qu'il n'était pas approprié pour l'épouse de l'officier du district d'interférer dans les coutumes locales, comme le font les missionnaires.

Elle déglutit, cherchant une solution au dilemme auquel il la confrontait. C'était la douleur qui le faisait agir ainsi, elle le savait. Si elle acceptait ses conditions maintenant, elle pourrait réfléchir plus clairement après l'enterrement. Elle trouverait quoi faire. Amir l'aiderait à communiquer avec Mabel et Giles. Amir et l'*ayah*. Avec leur soutien, elle se tirerait de cette situation.

—Je sais que vous allez dans ce bâtiment minable de la vieille ville et que vous les aidez à traiter leur correspondance, continua Reginald en la fouillant du regard, comme s'il lisait dans ses pensées.

Elle baissa les yeux.

—Vous me l'avez pratiquement avoué, et je sais que vous vous rendez régulièrement dans leur petite maison sordide. C'est allé trop loin, Amelia. Je ne veux plus de cela. Cela nuit à ma position et je vous l'interdis.

—C'est tout ce qui vous inquiète ? répondit-elle, incapable de se retenir. Votre position ? Alors que…

Alors que votre fils vient de mourir ? avait-elle envie de hurler. Mais elle n'osa pas, et les mots restèrent suspendus entre eux.

—Très bien, reprit-il. Si vous refusez d'obtempérer, je crains de ne pas pouvoir céder à votre demande sentimentale. Arthur sera enterré dans le cimetière militaire, ici, dans le cantonnement.

Il décrocha de nouveau le combiné.

—Pouvez-vous me passer le père Willis, s'il vous plaît…

—Non ! s'écria Amelia, incapable de supporter l'idée qu'Arthur soit inhumé au milieu des officiers et des soldats qui s'étaient battus pour perpétuer le joug britannique. Arrêtez. D'accord. Je ferai ce que vous voudrez. S'il vous plaît.

—Si vous êtes sûre…

Il haussa les sourcils d'un air interrogatif, le combiné en l'air. Elle confirma d'un hochement de tête vaincu, et alors il remit le téléphone contre sa joue.

—Désolé, opératrice, c'était une erreur. Passez-moi le révérend Williams à l'Église d'Angleterre, je vous prie.

Elle le laissa, grimpa l'escalier quatre à quatre et courut s'enfermer dans sa chambre, où elle se jeta sur le lit pour donner enfin libre cours aux larmes de chagrin qui montaient en elle depuis qu'elle était arrivée au garage et avait vu Amir se tordre les mains de désespoir. C'était un barrage qui s'ouvrait en elle. Elle pleura et pleura, jusqu'à ce qu'il n'y ait plus la moindre larme à tirer de son corps.

*

Ils inhumèrent Arthur le lendemain dans la chaleur étouffante du début d'après-midi. Amelia se tenait auprès de Reginald dans l'église, vêtue de noir pour le service. Elle n'était que douleur. Ils n'étaient qu'une vingtaine dans l'assistance : Eileen et James plus une poignée de couples du club, et derrière eux, des hommes au teint buriné qu'Amelia reconnut à peine. En passant devant leur banc, elle se rendit compte qu'ils faisaient partie du groupe qui avait accompagné Reginald et Arthur au *shikar*. Ils avaient dû plier bagage et repartir pour Kanpur quelques heures après Reginald. Par eux, elle remarqua celui qui avait tant troublé les dames du club quelques semaines plus tôt, le frère de Willy Prendergast, George. Leurs regards se croisèrent. Il y avait une lueur effrontée dans ses yeux, comme l'autre fois au club. Scandalisée, elle détourna la tête dans un mouvement de répulsion.

Amir et l'*ayah* étaient assis sur un banc au fond de l'église. Amelia se retourna pour chercher Mabel et Giles, mais ils n'étaient pas là. Reginald leur avait-il fait passer le message qu'ils n'étaient pas les bienvenus ? À moins qu'ils aient eu trop peur pour venir. Elle ne leur en aurait pas voulu après ce qui s'était passé à l'hôpital, mais au moment où le pasteur se levait pour saluer l'assemblée, la porte s'ouvrit et elle vit Mabel et Giles entrer dans l'église et se glisser le long du dernier banc aux côtés d'Amir et de l'*ayah*.

Dès que le pasteur entama le service funéraire, Amelia dut lutter pour contenir ses larmes. Elle pensait au petit garçon qui avait été son meilleur allié et qu'elle n'avait pas su protéger. Elle était toujours en état de choc. Elle avait du mal à croire qu'il gisait dans le cercueil devant l'autel, qu'elle ne lui lirait plus jamais d'histoire, qu'elle ne se promènerait plus jamais main dans la main avec lui dans les jardins du cantonnement ou dans la plaine poussiéreuse.

Reginald était debout à côté d'elle, mais bien qu'elle eût pitié de lui pour le deuil qu'il vivait, sa présence lui faisait horreur et leurs bras ne se touchaient pas. La nuit précédente, il était resté dehors jusqu'aux premières lueurs du jour. Elle savait qu'il devait être au quartier général de la police à tenter de mater le désordre qui s'était déclenché en son absence. Elle l'entendit entrer dans la chambre, l'avait senti se glisser près d'elle dans le lit. Elle n'avait pas bougé, immobile, en proie à un tumulte intérieur irrépressible.

De tous les Britanniques qui vivaient à Kanpur, seul Reginald pouvait avoir la force de caractère et la volonté suffisante pour répondre à l'appel du devoir au moment où l'*ayah* préparait le corps de son fils pour son enterrement. Mais, si terrifiée qu'elle fût par ce qu'il avait presque certainement fait à Elizabeth, elle n'arrivait pas à se débarrasser complètement de la pitié qu'elle éprouvait instinctivement pour un père qui avait perdu son fils. Étendue là, les yeux grands ouverts dans les ténèbres, elle sentit le lit bouger. Il se rapprochait d'elle. Soudain, ses bras l'enveloppèrent et la serrèrent fermement contre lui. Elle retint son souffle. Son corps se mit à trembler contre le sien et elle sentit sur son épaule son visage baigné de larmes. Reginald pleurait.

—Je n'ai personne d'autre que toi au monde, Amelia, murmura-t-il. Ils m'ont tous les deux abandonné. Elizabeth et Arthur.

Amelia garda le silence en priant pour que cela cesse.

—Et tant qu'il me restera un souffle, reprit-il, je ne te laisserai jamais, jamais, partir. Seule la mort pourra te séparer de moi. Comme elle les a pris tous les deux.

Un frisson lui parcourut tout le corps. Ce n'était pas tout à fait la preuve qu'il avait tué Elizabeth, mais cela ressemblait à une confession.

Debout dans la lumière qui filtrait par le vitrail de l'église, des larmes roulant sur ses joues tandis que des domestiques de la Résidence emportaient le petit cercueil, elle comprit ce qu'elle avait à faire. Elle resta parmi l'assistance pour la mise en terre, regarda le cercueil être descendu au bout des cordes dans le trou oblong où Arthur allait reposer. Son regard se portait parfois vers l'autre tombe qui se trouvait depuis plus de deux ans dans ce coin négligé du cimetière.

L'herbe avait été fauchée à la hâte autour de la pierre d'Elizabeth, en même temps qu'on avait creusé celle d'Arthur. Sa poitrine se gonfla quand elle se rappela toutes les fois où elle y avait emmené le garçon en secret. Ils entraient dans le cimetière ensemble, main dans la main, et puis il partait devant, poussé par l'excitation, son bouquet de fleurs à la main. Contempler cette tombe jeta une lumière crue sur sa situation. Il fallait qu'elle s'éloigne de Reginald pour sa propre sécurité. Mabel avait raison : même si elle n'avait pas de preuve concrète qu'il avait causé la mort d'Elizabeth, elle devait se sauver. Elle avait pris sa décision, mais l'idée d'exécuter son plan la faisait frémir.

Pendant que le pasteur lisait un passage des Écritures, Amelia mit la main dans la poche de sa robe pour vérifier que l'enveloppe était toujours là. Avant de partir pour l'église, elle avait écrit un message à la hâte plus tôt dans la matinée, penchée sur sa coiffeuse, pendant que Reginald prenait son bain.

Ma chère Mabel,

Je ne pourrais pas vous remercier assez, Giles et toi, pour tout ce que vous avez fait depuis que je suis arrivée à Kanpur. Vous êtes de vrais amis, les meilleurs que je puisse avoir en ce monde, et je sais que je dois suivre vos conseils. Même si je ne sais toujours pas exactement ce qui est arrivé à Elizabeth, ma situation est intolérable et il faut que je me sauve. Je compte prendre un train à la gare de Kanpur dès que l'enterrement d'Arthur sera fini. J'ai assez de roupies pour me payer le ticket et survivre quelques jours en faisant attention. J'irai à Bénarès ou Calcutta, peu importe, là où le premier train ira, et je me trouverai un travail, peut-être avec les baptistes. Je vous écrirai dès que possible. Il n'y a qu'une chose que je puisse vous demander de faire pour moi. Je n'ai malheureusement

pas pu retourner dans les villages : je l'ai promis à Reginald, c'était sa condition pour qu'Arthur soit enterré à côté de sa mère. Je ne pensais pas tenir cette promesse et je prévoyais de m'y rendre avant de prendre le train, mais il aurait risqué de le deviner et de m'y suivre. Il y a une jeune fille en particulier, Kiara, qui vit dans la dernière maison du premier village après le lac. Sa famille est très hostile. J'ai donné le premier versement à la belle-mère, Lakshmi, mais le bébé de Kiara naîtra bientôt. Il est peut-être déjà né. J'y serais retourné si je l'avais pu. Mabel, s'il te plaît, peux-tu aller la voir, t'assurer que le bébé va bien et lui donner l'argent si c'est une fille ? Je sais que tu le feras pour moi. S'il te plaît, dis aux femmes que je suis sincèrement désolée de les laisser tomber. Je prierai pour vous, pour Kiara et pour toutes les femmes du village, et si Dieu le veut, nous nous reverrons.
Avec toute mon affection,
Amelia.

Le pasteur arrivait à la fin de son sermon. Il fit signe à Reginald, qui se pencha, ramassa une poignée de terre du tas que les fossoyeurs avaient laissé à côté de la fosse, puis la jeta sur le cercueil. Amelia tressaillit en entendant le bruit que fit la terre en tombant sur le bois. Son tour était venu, elle prit de la terre, ferma les yeux et pria pour l'âme du petit garçon qu'elle avait essayé de protéger. Elle pria pour qu'il rejoigne sa mère et qu'ils connaissent tous les deux la paix.

*

L'assemblée se dispersa vers l'entrée du cimetière, où attendaient les chauffeurs. Avant de partir, ils serrèrent la main de Reginald et embrassèrent Amelia en murmurant maladroitement leurs condoléances. Giles et Mabel s'attardaient aux abords, nerveux à l'idée de les approcher. Amelia jeta un coup d'œil à Reginald et s'éloigna pour aller voir ses amis. En les embrassant, elle glissa l'enveloppe dans la poche de Mabel.

—Adieu, dit-elle, essayant de faire passer un message par son regard. Merci pour tout.

Mabel la serra contre elle un long moment.

—Tu vas bien ? demanda-t-elle.

—Oui, murmura Amelia. J'ai pris une décision. C'est expliqué dans la lettre.

—Amelia ?

C'était Reginald qui l'appelait depuis l'autre bout du cimetière.

—Nous devons parler au pasteur Williams.

—Nous ferions mieux d'y aller, dit Mabel en pressant les mains d'Amelia dans les siennes. Écris-nous pour nous dire que tu vas bien.

Et ils partirent vers le portail d'un pas pressé. Amelia les regarda s'en aller, le cœur lourd, en se demandant si c'était la dernière fois qu'elle les voyait.

Eileen et James furent les derniers à rester. Pendant que James parlait à Reginald, Eileen vint embrasser Amelia sur les joues et lui prit la main. Elle était pâle et avait les traits tirés. Son fond de teint avait été mis à la hâte. Elle se tamponna les yeux avec son mouchoir.

—Je ne peux pas y croire… Le pauvre petit. C'est une telle tragédie.

—Je sais…

—Tu ne rentres pas directement chez toi, non ? Viens au club boire un verre. Un toast pour dire adieu à Arthur et commencer notre deuil.

—Non… Je ne peux pas, protesta Amelia, horrifiée par sa proposition.

Reginald intervint à cet instant.

—Hors de question pour moi. Je dois retourner au commissariat dès que j'aurai déposé Amelia à la maison.

—Oh ! s'exclama Eileen. Pourquoi ne venez-vous pas avec nous, chère Amelia ? Nous pourrions parler. Je suis sûre qu'un peu de compagnie vous ferait du bien.

Amelia secoua la tête.

—Je suis navrée, Eileen, mais je préfère rester seule ce soir. Si ça ne vous dérange pas…

—Bien sûr. Je comprends.

Eileen se colla à elle et lui susurra à l'oreille :

—Les choses vont s'améliorer avec Reginald, vous savez. C'est un homme difficile, mais c'est parce qu'il est fort. Et nous avons besoin qu'il le soit vu la situation désastreuse en ce moment. Mais il aura besoin de tout votre soutien maintenant qu'Arthur est parti.

—Mais…

N'était-ce pas Eileen qui avait semé les premières graines du doute dans son esprit à propos d'Elizabeth ? Qui lui avait parlé du tigre qui l'avait lacérée, de son amour pour Deepak ? Eileen ignorait-elle vraiment ce qu'Amelia subissait, ce qu'avaient subi Elizabeth et Arthur entre les griffes de Reginald ? Et ce qu'il était prêt à faire s'il perdait toute emprise sur elle ?

—Il vous aime, vous savez, reprit Eileen. Pardonnez-lui ses erreurs et soutenez-le de toutes vos forces. Il en a besoin plus que jamais avec ces émeutes.

—Merci, Eileen, répondit Amelia avec un sourire avant de retourner vers son mari et de mettre son bras dans le sien.

—Venez, ma chère, dit Reginald. Je vous ramène à la maison.

*

Elle regarda par la fenêtre de la chambre le soleil rouge sang se coucher à l'horizon tandis que la fumée d'une myriade de feux de cuisine se mêlait aux couleurs du ciel.

Elle avait fini de préparer ses bagages. Il n'y en avait que deux. Elle n'avait pas envie d'emmener grand-chose. Il y avait la vieille photographie d'elle, adolescente entre ses parents, et une autre avec Arthur, Reginald et elle au lendemain de leur mariage, assis sur un banc sur la terrasse. Elle n'avait pris que deux robes. Sa mère lui avait fait la première pour une fête dans les montagnes à l'hôpital de la mission. L'autre était une robe à carreaux verts qu'elle mettait à la maison, dans les montagnes. Elle ne voulait rien garder qui lui rappelât son mariage. Toutes ses robes, ses chaussures et tous ses chapeaux somptueux étaient restés dans le placard. Cela appartenait à Amelia Holden, l'épouse de l'officier du district de Kanpur. Cette Amelia, elle l'abandonnait ici.

Au retour des funérailles, après que Reginald était reparti au commissariat, elle avait fait venir Amir et l'*ayah* dans le bureau. Puis, ayant fermé la porte pour s'assurer que les autres domestiques n'entendent pas, elle les avait informés d'une voix tremblante de sa décision de s'en aller. Elle avait lu du soulagement sur leurs visages.

—C'est mieux comme ça, *memsahib*, avait dit Amir d'une voix solennelle. Vous n'êtes pas en sécurité ici avec *sahib* Reginald.

Ils avaient échangé un regard empreint de tristesse, et elle s'était demandé une fois de plus s'il en savait plus qu'il ne lui en avait dit à propos de la mort d'Elizabeth.

—Oh oui, *memsahib*, avait renchéri l'*ayah* en lui prenant les mains. Nous sommes malheureux que vous partiez, mais pour votre propre bien, vous devez partir.

—Nous vous aiderons à quitter Kanpur, *memsahib*, assura Amir. Maintenant que maître Arthur n'est plus…

—Vraiment ? demanda-t-elle, la gorge serrée par l'émotion. Mais, et vous ? Et si…

Elle s'arrêta, saisie par le doute. Et si Reginald découvrait qu'ils l'avaient aidée ? Que leur ferait-il, à ces deux serviteurs dévoués ?

—Ne vous inquiétez pas pour nous, *memsahib*, dit Amir. Le *sahib* ne saura pas. Et de toute façon, nous sommes vieux tous les deux. *Ayah* et moi, nous retournerons dans nos villages quand vous serez partie.

Elle les regarda tour à tour, le cœur débordant de gratitude. Dans leurs sourires, il y avait un mélange de peine sourde et de détermination. Ils ne lui devaient rien, pourtant ils étaient prêts à prendre des risques pour elle.

—Vous êtes sûrs ? demanda-t-elle, et ils hochèrent la tête.

Ils avaient convenu que l'*ayah* ferait sortir Amelia par la cuisine, à l'arrière de la maison, où Amir l'attendrait avec la voiture. Ce serait calme à ce moment de la soirée : la plupart des domestiques avaient pris congé, hormis le *chowkidar* au portail, qui fermerait les yeux en échange de quelques roupies. Amir affirmait qu'il pouvait conduire Amelia par les petites rues, en évitant les parties les plus denses de la vieille ville, jusqu'à l'autre côté des voies de chemin de fer. C'était le plus près qu'il puisse faire de la gare. La voiture était voyante, mais ce ne serait sans doute pas aussi risqué que si Amelia traversait à pied la vieille ville avec ses bagages à la main. Et si on les arrêtait, ils inventeraient une excuse pour justifier leur sortie.

—Faites vos bagages, *memsahib*, dit Amir. Nous partirons après le coucher du soleil.

À l'étage, le cœur battant, elle avait ôté sa robe noire de deuil et l'avait accrochée avec soin dans la penderie. Puis elle avait enfilé une robe de coton toute simple, bleu pâle avec des petites fleurs blanches, et une paire de chaussures d'été qu'elle avait apportées de Darjeeling. Elle avait ajouté dans son sac de voyage deux robes, un chapeau de paille pour se protéger du féroce soleil indien et une dernière photographie. C'était le petit portrait ovale d'une jeune femme aux cheveux noirs qui lui ressemblait tellement qu'elle avait l'impression de se regarder dans un miroir : Ava, la mère qu'elle n'avait jamais connue. Ensuite, elle avait rangé dans une poche le passeport qui portait toujours son nom de jeune fille, Collins, et sans raison précise, son certificat de mariage. Quelque chose lui disait qu'elle pourrait avoir besoin d'une preuve à l'avenir.

On frappa à la porte. Amelia ouvrit. L'*ayah* était dehors, émue aux larmes.

—Êtes-vous prête, *memsahib* ?

Amelia acquiesça.

—Je vais vous aider avec les bagages, dit la vieille dame.

— Je peux les porter, *ayah*, merci.

— Non, non. Laissez-moi vous aider.

— Vous êtes sûre ? dit Amelia en lui confiant le sac le plus léger.

Elle jeta un dernier coup d'œil à cette chambre immense où elle avait été si malheureuse et où elle avait eu si peur pendant presque deux ans, puis, prenant l'*ayah* par le bras, elles descendirent côte à côte l'escalier en bois.

Elles ne parlaient pas. Il n'y avait plus rien à dire.

23
Amelia

Kanpur, Inde, décembre 1936

Amelia n'avait jamais vu les rues défoncées des anciennes terres marécageuses de l'autre côté de la gare de Kanpur. Amir l'y conduisit en passant par une route de terre qui traversait la voie ferrée juste après la station d'aiguillage. La voiture passa en cahotant sur les rails, puis longea des trains vides et des locomotives en cours de démantèlement. Par la vitre, elle devina des silhouettes sombres qui se déplaçaient. Cette zone était un bidonville, elle apercevait des bâches tendues, des cabanes de fortune, certains habitaient même des wagons à l'abandon. Il n'y avait pas d'éclairage public, juste la maigre lueur des bougies et des feux sur lesquels ces âmes désespérées faisaient chauffer leur tambouille. Des petites enfants jouaient sur les voies jonchées d'ordures tandis que, près de la barrière, les vieillards et les malades dormaient d'un sommeil agité, à même le sol, ensevelis dans des sacs en toile de jute. Il n'y avait pas d'émeutes par ici ; les gens avaient renoncé à se battre, leur lutte quotidienne pour la survie ne leur en laissait pas la force.

Elle était soufflée qu'une misère aussi grande perdure à l'ombre de la grande gare victorienne de Kanpur, entourée des hôtels et des restaurants chics où frayaient les Européens. Elle n'avait jamais entendu personne à la Mission parler de ce quartier oublié, alors même qu'il n'était qu'à quelques rues de l'immeuble, mais de l'autre côté de la voie ferrée. Elle se demandait pourquoi.

Amir poursuivit sur la route de terre qui longeait les rails, elle aussi bordée d'habitats de fortune. Pas de manifestants ici, et pas de policiers non plus. Au bout de la route, à l'arrière de la gare, se dressait un dépôt de marchandises. Amelia sentit les roues monter sur le pavé. Devant eux, des lumières se déversaient depuis des arcades, illuminant un château d'eau et plusieurs immenses tas de charbon. Un groupe de coolies, au dos rendu luisant par la sueur, pelletait du charbon dans la cuve d'une grande locomotive. Un ou deux d'entre eux levèrent les yeux vers la voiture qui traversait la cour, mais ils se remirent aussitôt à la tâche. Amir gara la voiture derrière le dernier tas de charbon, puis éteignit le moteur et se tourna vers Amelia.

—C'est l'entrée arrière de la gare, dit-il en désignant d'un signe de tête une voûte basse en bas de la façade de brique rouge. Elle est réservée aux marchandises, mais n'importe qui peut y passer. Les quais sont sur la gauche. Le train pour Bénarès partira de la voie 1. Voilà un ticket de première classe. Je vous l'ai acheté tout à l'heure.

Il lui tendit un ticket en carton.

—Oh, Amir... dit-elle en le prenant avec reconnaissance, soudain bouleversée à l'idée de descendre de la voiture et de se retrouver seule, vraiment seule.

Elle sortit son chapeau de paille de son sac et le mit sur sa tête. Comme la robe, elle ne l'avait pas porté depuis qu'elle avait quitté Darjeeling, donc avec un peu de chance, personne ne la reconnaîtrait.

—Allez-y, *memsahib*, dit-il. J'attendrai jusqu'à ce que le train pour Bénarès démarre. Ensuite, je rentrerai à la Résidence. *Ayah* et moi, nous serons partis avant le retour du *sahib*.

—Merci, dit-elle en serrant sa main dans la sienne.

Il y avait tant de choses qu'elle aurait voulu lui dire, mais elle sentit qu'il savait déjà tout. Comme elle ouvrait la bouche pour le remercier encore une fois, il coupa court.

—Allez-y, maintenant, dit-il. Bonne chance, *memsahib*.

Elle ouvrit la porte, descendit et sortit ses bagages.

—Adieu, Amir, dit-elle avant de fermer la porte et de s'éloigner de la voiture sur les pavés.

En se dirigeant vers l'entrée de la gare, elle sentait les yeux d'Amir dans son dos. Elle ne se retourna pas, elle ne voulait pas qu'il la voie pleurer.

Lorsqu'elle passa sous la voûte, le déluge de lumière et le vacarme qui régnait dans la gare la mirent tout de suite sur les nerfs. Il y avait du monde partout, jamais elle n'avait vu une telle cohue. Des familles étaient assises par terre en attendant leur train, les bébés et les enfants sur les genoux, les poules dans des cages, les affaires dans de pauvres cartons. Une odeur d'épices flottait dans l'air, on cuisinait sur des réchauds portatifs. Il n'y avait rien d'inhabituel à tout cela en Inde, mais l'ambiance dans la somptueuse gare n'était pas normale pour autant. Amelia voyait se presser vers les quais des groupes d'hommes dont les vociférations allaient se répercuter contre les voûtes. Un frisson parcourut Amelia. Elle reconnaissait ces visages en colère, l'agressivité et l'électricité, cela lui faisait penser aux émeutes auxquelles elle avait assisté.

À l'autre bout du hall, elle avisa la voie 1 et le train pour Bénarès, comme Amir le lui avait dit. Il y avait tant de wagons que la locomotive était très loin, à ciel ouvert. Des gens grimpaient sur les toits du train, d'autres se jetaient par les fenêtres des voitures de troisième classe pour avoir une place. Cela non plus n'avait rien d'étrange dans l'absolu mais ce qui l'était davantage, et qui glaça le sang d'Amelia, était que la voie était pleine de policiers – les hommes de Reginald, armés de bâtons et de *lathi*, certains même de pistolets. Ils battaient les gens qui se précipitaient vers le train, les repoussaient du quai. En regardant autour d'elle, elle se rendit compte soudain que la gare grouillait de policiers en uniforme kaki, bottes noires et turban. Comment monter dans le train sans attirer leur attention ?

Il n'y avait pas mille manières de procéder. Elle commença à se frayer un chemin comme elle le pouvait dans la foule. Elle retenait son souffle pour ne pas sentir les odeurs de sueur et de saleté. Personne ne bougeait pour la laisser passer. Beaucoup la conspuaient même, ou lui criaient des insultes lorsqu'elle parvenait à passer devant eux. Elle parvint enfin devant le quai, mais se trouva nez à nez avec une rangée de policiers qui sifflaient et jouaient du bâton. L'un se tourna vers elle tout en tirant du train un homme seulement vêtu d'un pagne. Le policier, rouge de colère, ouvrit de grands yeux ronds en apercevant Amelia. Profitant de sa distraction, l'homme au pagne s'échappa dans la foule.

—*Memsahib*, s'il vous plaît, lui cria le policier en avançant vers elle. Rentrez chez vous.

—Je dois monter dans ce train, dit-elle en forçant la voix pour se faire entendre. Regardez. J'ai un ticket. Première classe.

Elle le brandit devant lui d'une main tremblante.

—Le train n'est pas sûr pour une dame anglaise, répondit le policier. Rentrez chez vous, s'il vous plaît. Beaucoup de sales gens essayent de monter à bord. Ils causent des troubles ici à Kanpur, et maintenant ils veulent s'en aller. Il va y avoir du grabuge sur le chemin de Bénarès. La police sera à bord du train.

—Mais je… Je ne peux pas rentrer, protesta-t-elle d'une voix fébrile. Je dois partir.

Savait-il qui elle était ?

—Je vous dis, *memsahib*, que ce train sera dangereux pour vous. Je répète : vous devez rentrer chez vous. C'est ce que nous disons à tous les Britanniques qui essayent d'embarquer. Revenez dans deux ou trois jours. La situation sera peut-être sous contrôle d'ici là.

—Je préfère prendre le risque, le supplia-t-elle. Laissez-moi monter à bord.

—Je ne peux pas, malheureusement, *memsahib*. J'ai des ordres.

Il jeta un coup d'œil sur le côté et se raidit. Amelia suivit son regard. Il désignait un homme qui parlait à des officiers quelques mètres plus loin. Il lui tournait le dos, mais elle reconnut immédiatement James Blackburn, le mari d'Eileen et fidèle bras droit de Reginald. La frayeur s'empara d'elle. Elle recula et, faisant demi-tour, laissa la foule l'avaler. Puis elle se débattit pour s'en extirper et retourner vers l'entrée à l'arrière de la gare.

Enfin, elle parvint à sortir et se retrouva dans la cour du dépôt de marchandises. Son soulagement fut immense quand elle vit que la limousine était toujours là, garée derrière le monticule de charbon. Elle courut la rejoindre, ouvrit la portière et se jeta sur la banquette arrière avec ses sacs, secouée par des sanglots de panique.

—*Memsahib* ! Que s'est-il passé ?

—Je ne peux pas partir. Ils refusent de me laisser monter à bord. La gare est pleine d'émeutiers. La police essaye de les empêcher d'embarquer. Amir, s'il vous plaît, rentrons à la maison avant que Reginald ne découvre que j'ai essayé de fuir.

—Ce n'est pas une bonne idée, *memsahib*, dit Amir d'une voix décidée. Mieux vaut ne pas rentrer du tout.

—Mais qu'allons-nous faire ?

—Je vais vous conduire chez le Dr Harris. Vous ne pouvez pas retourner à la Résidence.

—Très bien. Oui, vous avez raison. Allons là-bas, mais si Reginald me cherche, c'est là qu'il ira en premier.

—Le Dr Harris et sa femme sauront quoi faire. Ils vous aideront.

Il démarra, fit demi-tour, et ils repartirent en direction de la station d'aiguillage. Amelia, renversée sur la banquette, avait le souffle court. Amir la regardait dans le rétroviseur avec cet air qu'elle lui connaissait. Le même qu'il avait dans les montagnes quand elle l'avait interrogé à propos de Deepak, ou à propos de la mort d'Elizabeth.

—Qu'y a-t-il, Amir ? Qu'y a-t-il que vous ne me dites pas ?

Il continua à rouler sans rien dire, traversant la voie ferrée et le bidonville, jusqu'à ce qu'ils soient revenus dans les ruelles sombres aux abords de la vieille ville.

—S'il vous plaît, Amir, répéta-t-elle. J'ai besoin de savoir.

Il gardait le silence, mais après deux cents mètres, après un croisement, il rangea la voiture sur le côté de la route, le long d'une piste de terre entre deux entrepôts déserts. Là, il s'arrêta et éteignit le moteur. Puis il parla.

—J'espérais que vous prendriez le train de Bénarès pour ne pas avoir à vous le dire, commença-t-il d'une voix douce, mais la tête basse.

—De quoi parlez-vous, Amir ? Dites-moi.

Il s'éclaircit la voix et posa ses mains sur le volant, comme pour s'arrimer à quelque chose avant un grand saut.

—Un soir, pendant les manifestations, avant qu'il parte au *shikar*, je suis allé chercher le *sahib* Reginald au commissariat. Il ne sortait pas. Il était très tard, j'ai pensé qu'il avait peut-être appelé un taxi. Je suis entré pour vérifier. Le policier à l'accueil dormait sur son bureau. J'ai suivi un couloir. Tout était calme au départ, et soudain j'ai entendu des bruits qui venaient du sous-sol. Des cris, des hurlements.

Il s'arrêta, passa sa main sur son visage. Amelia arrivait à peine à respirer. Elle avait envie de lui hurler dessus pour qu'il continue, mais elle se contint.

—Poursuivez, Amir, le pressa-t-elle gentiment.

Elle savait d'instinct ce qu'il allait lui dire, mais elle avait besoin qu'il aille au bout.

—J'ai descendu les marches, dit-il. Il faisait très chaud, et l'odeur était atroce. J'ai marché entre des cellules. Des hommes tapaient contre les barreaux, criaient. Ils étaient entassés comme dans des cages, avec la crasse et la puanteur. Certains avaient le visage en sang. Je marchais au milieu d'eux. Il y avait une porte au fond. Une grosse porte en métal.

Sa voix se brisa, mais après un moment il prit une profonde inspiration et continua.

—J'ai ouvert la porte et je l'ai vu. *Sahib* Holden. Debout devant un prisonnier. L'homme était nu, enchaîné au plafond. *Sahib* était en chemise. Deux policiers frappaient l'homme avec leurs *lathi*.

Amelia sentit quelque chose se casser en elle. Ainsi, c'était vrai. La veste tachée de sang sur la terrasse le lui avait déjà appris, mais elle n'avait pas voulu le croire. Elle n'avait pas voulu affronter cette vérité.

—Qu'avez-vous fait ? finit-elle par demander d'une voix lointaine, très lointaine.

—Que pouvais-je faire ? Je suis retourné à la voiture et j'ai attendu que le *sahib* sorte, comme si je n'avais rien vu.

Il y avait de la honte dans sa voix.

—Ne vous en voulez pas, Amir, dit-elle doucement. Qu'auriez-vous pu faire ?

—Je suis en colère maintenant. J'ai travaillé pendant des années pour le *sahib*. Je connaissais sa cruauté, mais c'est trop. Ces hommes manifestaient pacifiquement. J'ai eu envie de partir, de m'enfuir au village, mais je me suis juré de vous protéger, maître Arthur et vous. Depuis, c'est ce que j'essaye de faire. Et ce soir, vous avez presque réussi à vous échapper.

—Vous êtes très courageux, Amir. Que serais-je devenue sans vous et *ayah* ?

Il ne répondit pas mais elle attendit, sentant qu'il avait encore quelque chose à dire, et au bout d'un moment, il reprit en effet la parole.

—Vous vous rappelez quand vous m'avez demandé comment était morte *memsahib* Elizabeth ? Un jour, quand je vous conduisais à la Mission ?

—Oui. Je me souviens, dit-elle en frémissant. Je n'oublierai jamais ce moment. Jamais.

—Vous m'avez demandé si *sahib* Reginald et *memsahib* étaient seuls quand elle est morte, si quelqu'un avait vu ce qui s'était passé. Ça m'a fait réfléchir. Et alors je me suis rappelé. Il y avait quelqu'un. Quelqu'un qui savait peut-être.

Des frissons parcoururent Amelia.

—Il y avait quelqu'un ?

—Oui, *memsahib*. Un *shikari*, un expert de la chasse habitué à pister les tigres. *Sahib* Reginald l'avait engagé pour cette expédition. Cet homme n'est pas venu à la Résidence, *sahib* et *memsahib* l'ont rejoint à l'orée de la jungle.

—Comment le savez-vous ? demanda Amelia.

—Parce que cet homme est connu dans le village de ma famille. Il s'appelle Marut. Il habite loin, mais les rumeurs circulent. Marut s'est vanté d'avoir été payé une forte somme par un *sahib* pour aller dans la jungle traquer un tigre. Mais quand il est revenu du *shikar*, il n'en a plus parlé à personne. Quand vous m'avez posé cette question ce jour-là, *memsahib*, j'ai soudain fait le rapprochement. J'ai commencé à me demander ce qui était arrivé à Marut. Donc… Un jour de congé, j'ai quitté la Résidence pour le retrouver.

—Et ? demanda Amelia, suspendue à ses lèvres.

—J'ai pris un taxi jusqu'à mon village. C'est long depuis Kanpur. La hutte de Marut est à plusieurs heures de marche de là, à l'entrée de la forêt. Je l'ai trouvé là, il vivait comme un ermite. Il n'est plus le même homme. Il a perdu la tête. Il ne travaille plus comme *shikari*, il vit de ce qu'il cueille dans la forêt…

Amir marqua une courte pause, comme pour reprendre son souffle.

—Au départ, il ne voulait pas me parler. Mais quand j'ai mentionné *sahib* Reginald, la peur s'est peinte sur son visage et j'ai compris qu'il savait quelque chose. Alors je lui ai donné des pièces, et il a été d'accord pour parler.

Amelia sursauta, brusquement, rappelée à la réalité par une meute de chiens errants qui passa en aboyant derrière un chat hirsute. Elle se rendit compte alors à quel point elle avait peur. Elle avait la bouche sèche, et la chair de poule sur les bras en dépit de la chaleur suffocante.

—Il m'a dit ce qu'il a vu, dit Amir d'une voix plate. *Sahib* Holden est venu le trouver une semaine avant le *shikar*. À ce moment-là, Marut était célèbre pour son talent de pisteur de tigres. Tout le monde le connaissait dans le district de Kanpur. *Sahib* est arrivé chez lui un jour et il lui a dit qu'il voulait emmener sa femme dans la jungle pour chasser un tigre. Ce serait une surprise, elle n'était pas au courant de ce projet, donc Marut ne devait en parler à personne, pas un mot. Il serait bien payé en échange de son silence et ensuite, il ne devrait encore en parler à personne, sinon *sahib* Holden le ferait arrêter et punir.

—Mais il vous a parlé, Amir, dit Amelia.

—Il va mourir. Et il a besoin d'argent. Je lui ai promis que *sahib* Holden ne saurait jamais.

Amir prit une profonde inspiration et reprit son récit.

—Il m'a raconté qu'à leur arrivée à cheval, la *memsahib* et le *sahib* Holden se disputaient. *Memsahib* Elizabeth n'était pas contente de partir chasser un tigre. Marut a dit que *sahib* l'avait forcée à venir. Il ne sait pas pourquoi. Il ne comprend pas l'anglais.

—Ils ont monté le camp dans un secteur de la jungle où Marut savait que des tigres chassaient la nuit. Ils ont attendu trois nuits, mais aucun tigre n'est venu. La quatrième nuit, ils ont pris les fusils et se sont enfoncés dans la jungle. Marut les a emmenés dans la broussaille, sur un sentier emprunté par les tigres. Ils ont attendu là jusqu'à ce que Marut soit sûr qu'un tigre approchait. Alors le *sahib* et la *memsahib* sont montés dans un arbre avec leurs fusils. *Sahib* Holden a ordonné à Marut de retourner au camp. Il a dit qu'il voulait prendre le tir et qu'il n'avait pas besoin de Marut, que le tigre risquait de sentir son odeur. Comme Marut avait peur de *sahib* Reginald, il n'a pas osé lui désobéir, mais il sentait que quelque chose n'allait pas et il s'inquiétait. Donc, il est allé un peu plus loin dans la forêt et il s'est caché derrière un arbre pour observer.

—Quand le tigre a fini par arriver à pas furtifs, Marut s'attendait à entendre une détonation. Il tendait l'oreille, immobile, en surveillant l'arbre où il avait vu grimper le *sahib* et la *memsahib*, mais personne n'a tiré. Marut a commencé à avoir peur. Il s'apprêtait à tirer lui-même.

Le tigre était proche de l'arbre. Il s'est dit que peut-être *sahib* Reginald avait un problème avec son fusil. Mais alors il a vu quelque chose d'horrible. Il n'en a pas cru ses yeux. Sous ses yeux, le *sahib* a fait un mouvement brusque et la *memsahib* est tombée de la branche où elle était postée. Elle a hurlé pendant sa chute et atterri juste devant le tigre. Le tigre a bondi, et ce n'est qu'après plusieurs secondes que *sahib* Reginald a tiré. *Memsahib* Elizabeth n'a eu aucune chance.

—Oh, Amir…

Amelia était incapable de penser. Elle ne sentait plus rien non plus. C'est à peine si elle arrivait à respirer. Le monde continuait à tourner sur son axe mais le temps semblait suspendu. Elle avait l'impression d'être sous l'eau, très loin sous la surface, avec toute la pression de l'océan sur elle. Il fallait qu'elle respire mais la surface était trop loin.

—Marut s'est enfui en courant, *memsahib*, reprit doucement Amir. Il était terrifié. Il savait que *sahib* Reginald était un homme puissant et que personne ne le croirait. Il est retourné chez lui et n'en a jamais parlé à personne, pas même à sa famille. Je suis le premier à qui il a tout raconté.

Amelia était toujours incapable de répondre. Elle se jouait la scène encore et encore dans sa tête. Toutes les pièces du puzzle s'assemblaient naturellement, maintenant. La voiture cachée, la photographie de Deepak, la visite secrète à l'hôpital de la Mission, qui avait révélé la grossesse d'Elizabeth. Elle devait vouloir quitter Reginald pour refaire sa vie avec Deepak, élever leur enfant. Elle comptait sans doute emmener Arthur. Reginald l'avait découvert, ou alors il avait des soupçons. Amelia savait qu'il ne pouvait tolérer une chose pareille. Sa fierté et sa jalousie l'interdisaient. Il avait tué Elizabeth plutôt que de subir un tel affront. Amelia repensa en frissonnant à ces paroles qu'il lui susurrait dans les ténèbres quand il l'écrasait contre lui entre ses bras puissants. « Je ne te laisserai jamais, jamais, partir. Seule la mort pourra te séparer de moi. Comme elle les a pris tous les deux. »

Maintenant, Amelia comprenait exactement le sens de ces mots. *Il préfère que la mort les lui arrache plutôt que les perdre d'une autre façon.*

Amir avait raison. Ils ne pouvaient pas retourner à la Résidence. Elle n'était plus en sécurité à Kanpur si Reginald découvrait qu'elle avait tenté de s'enfuir.

—Allons tout de suite chez Mabel, dit-elle quand elle retrouva l'usage de la parole. Elle saura quoi faire…

24

AMELIA

Kanpur, Inde, décembre 1936

Le jour n'était pas encore levé quand Amelia laissa derrière elles les dernières rues de Kanpur pour se diriger vers les collines. Les policiers à turban des barrages lui firent signe de passer sans même lui accorder un regard. Pas plus que la dernière fois, une *memsahib* dans un petit cabriolet ne les intéressait. Pas encore, du moins. Ils se concentraient sur des véhicules plus imposants : chariots à bœufs, camions, bus, les moyens de transport dans lesquels les hommes venus prêter main-forte aux manifestants de Kanpur allaient se cacher pour fuir la ville. Elle commença à mieux respirer lorsqu'elle fut engagée, pied au plancher, sur la route de terre qu'elle connaissait bien. Les faisceaux des phares balayaient des nuées d'insectes devant elle. Serrant les dents, elle se concentra sur sa conduite jusqu'à ce que plus rien d'autre n'existe, jusqu'à ce que la douleur et la peur des deux derniers jours soient anéanties par ce tunnel de lumière tremblotante.

Le plan s'était décidé dans le salon de Mabel et Giles après son arrivée en pleine nuit avec Amir. Ils avaient abandonné la limousine dans une rue près de la vieille ville et avaient terminé à pied, en pressant le pas, en passant par des ruelles calmes et en se tenant à l'écart des lampadaires. Amelia courait presque et Amir essayait de suivre le rythme, encombré qu'il était par les deux sacs qu'il avait insisté pour porter. Le petit pavillon étant plongé dans le noir, Amir était passé par-derrière pour réveiller le domestique. Giles avait ouvert en peignoir et Mabel était apparue derrière lui en nouant le sien, les cheveux défaits, clignant des yeux dans la lumière de la lampe-tempête que tenait le domestique.

—Amelia ?

Il n'y avait pas grand-chose à dire. Amelia s'était approchée de son amie et s'était sentie soulagée qu'elle l'enveloppe de ses bras affectueux. Giles les avait fait entrer dans le salon, le domestique avait apporté du thé et de quoi manger. Ses mains tremblaient, hors de contrôle, l'empêchant de porter la tasse à ses lèvres. Ses pensées se dispersaient. Elle n'avait aucune idée de ce qu'elle devait faire.

—Il faut qu'on te trouve un moyen de quitter Kanpur, dit Giles en se penchant vers elle lorsqu'Amir leur eut expliqué ce que le vieux *shikari* lui avait raconté.

—Je comptais prendre le train de Bénarès… murmura-t-elle. Je l'avais écrit à Mabel dans ma lettre. Je pensais trouver un emploi là-bas. Disparaître, en quelque sorte.

—À défaut de prendre de prendre le train, nous pourrions t'y conduire, proposa Mabel. C'est loin, mais tu pourrais te cacher dans le coffre pour passer d'éventuels barrages.

Amelia secoua la tête.

—Maintenant que je sais ce qui est arrivé à Elizabeth, je pense que Bénarès ne serait pas assez loin. Reginald a des contacts partout. Il me retrouverait.

Giles serrait et desserrait les poings à la lumière de la lampe.

—Il paiera pour ça… ce meurtrier. Nous ne le laisserons pas s'en tirer.

—Mais nous n'avons aucune preuve, Giles, fit remarquer Mabel. Tout ce que nous avons, c'est la parole d'un *shikari* en train de mourir. Et les gens là-bas disent qu'il a perdu la tête. Reginald est puissant. On peut aller voir la police et porter des accusations, mais crois-tu que les autorités de l'Inde britannique nous écouteront ?

Giles soupira.

—Alors, que faisons-nous ?

—Amelia a raison, poursuivit Mabel. Il faut qu'elle parte tout de suite. Qu'elle quitte l'Inde.

Le silence tomba dans la pièce, en dehors du ronron du ventilateur au plafond et des aboiements d'un chien dans la rue. Tout le monde réfléchissait frénétiquement. C'est Giles qui parla le premier.

—Je peux retourner à l'hôpital et envoyer un câble à P&O à Bombay, Amelia. Et Mabel te fera sortir de la ville. Elle n'attirera pas l'attention si on agit vite. Elle pourrait t'emmener prendre un train vers le sud sur une autre ligne, loin des émeutes. À Lucknow, peut-être ?

—Mais il me retrouverait, dit Amelia d'une voix misérable. Même si je quittais le pays. Il me l'a dit tellement de fois. Il ne me laissera jamais partir. Tant qu'il lui restera un souffle…

Tant qu'il me restera un souffle. Tant qu'il me restera un souffle.

Tous eurent la même idée au même moment. En repensant à la conversation maintenant qu'elle poussait la voiture à ses limites, elle n'aurait su dire qui l'avait suggérée en premier. Mais lorsqu'elle eut été dévoilée, le plan suivit facilement, comme un feu bien préparé qui s'embrase à la première allumette. Au fond, il n'y avait qu'une façon pour elle de s'échapper. Ils étaient tous d'accord, quand bien même cela impliquait un gros mensonge et que Dieu les regardait.

—Dieu nous pardonnera, Amelia, dit Mabel en lui tenant les mains et en la regardant dans le fond des yeux. J'en suis sûre.

Amelia lui avait rendu son regard un long moment, encore hésitante. Derrière son amie, le tableau familier de saint Jean Baptiste brillait à la lumière de la lampe. C'était un réconfort de la voir là ; elle le connaissait si bien depuis l'enfance. En se concentrant dessus un instant, elle eut l'impression que son père et sa mère étaient dans la pièce avec elle, ils lui souriaient avec le même amour que Giles et Mabel, des sourires pleins d'espoir et qui la remplirent de confiance.

Le virage vers les villages des collines était droit devant. Elle leva le pied de l'accélérateur. Comme elle tournait sur le chemin de terre et entamait les lacets, les premiers rayons du soleil illuminèrent le gris du ciel. Un nouveau jour naissait. Il était impossible de croire qu'il s'était passé moins de vingt-quatre heures depuis qu'ils avaient enterré Arthur dans le cimetière à côté de sa mère. Le cœur d'Amelia souffrait de savoir qu'un nouveau jour advenait sans qu'il soit de ce monde. Elle imagina l'*ayah* et Amir partir à pied de leurs modestes quartiers avec leurs quelques affaires, laisser derrière eux la grande maison où ils avaient servi pendant tant d'années, et se diriger vers la plaine desséchée pour y trouver une route discrète vers leurs villages. Elle pria pour qu'il ne leur arrive rien en chemin.

Amir avait les larmes aux yeux lorsqu'ils s'étaient quittés. Tous deux avaient dit adieu à Mabel et Giles, et marché ensemble jusqu'au garage dans la ruelle. Amir avait manœuvré la voiture d'Elizabeth pour Amelia avant de descendre en laissant le moteur tourner.

—Je ne sais pas comment vous remercier, avait-elle dit, émue elle aussi. S'il vous plaît, Amir, dépêchez-vous de rentrer. Vous devez vous en aller avec l'*ayah* avant que Reginald ne découvre que je me suis enfuie.

Ses vieilles mains étaient chaudes quand il avait pris la sienne pour la presser.

—Vous devez partir vite, *memsahib*, avait-il dit. Bonne chance. Bonne chance pour tout.

À côté d'elle, sur le siège passager, il n'y avait que trois choses : la robe verte à carreaux qu'elle avait emportée plus tôt, une paire de chaussures plates et son sac à main. Ses sacs étaient chez Giles et Mabel. Agrippée au volant, elle admirait le lever du soleil sur les collines et l'auréole rose qui repeignait le ciel au-dessus, et son cœur s'émerveilla devant la splendeur du jour nouveau.

Elle arriva enfin en haut et déboucha sur le lac. Étendu devant elle, il scintillait sous les premiers rayons de l'aube, une brume légère s'élevant de sa surface. Tant de beauté lui coupa le souffle, même en ce jour si singulier. Tout en roulant le long de la vielle piste, elle jeta un coup d'œil à la surface mouvante de l'eau. Il avait plu depuis sa dernière venue, l'eau était haute et venait lécher le bord de la route. Après un virage, le pavillon blanc en ruine apparut devant elle, éclairé par un unique rayon de soleil.

Elle y était. Plus moyen de faire machine arrière. La boule au ventre, elle se gara le long de la petite plage et resta assise un moment, essayant de calmer ses nerfs, mais il n'y avait pas de temps à perdre. Elle devait agir rapidement.

Prenant ses affaires sur le siège passager, elle sortit une enveloppe blanche du sac à main. Il n'y avait rien d'écrit dessus, elle n'était adressée à personne. Elle sortit la seule feuille de papier qu'elle contenait et, relisant ce qu'elle avait écrit, elle se rendit compte que ce n'était pas un mensonge en fin de compte. Il n'y avait qu'une phrase. « Que Dieu me pardonne, mais je ne peux pas continuer. »

Elle plia la feuille à la hâte, la mit dans sa poche, puis descendit de la voiture et s'approcha du rivage. Le sang battait à ses tempes, couvrant tout autre son. Son regard se posa sur le pavillon et sa jetée en pierre croulante. Elle était si concentrée sur ce qu'elle avait à faire qu'elle faillit manquer la silhouette fine enveloppée d'une cape grise à genoux au bord de l'eau à quelques pas de là. Soudain, le cri perçant d'un nouveau-né transperça le tambourinement assourdissant de son cœur. Elle se rendit compte alors qu'elle n'était pas la seule ici au lever du jour, venue pour une mission honteuse. Laissant tomber ses affaires, elle se mit à courir.

— Arrête, je t'en prie ! s'écria-t-elle, et la jeune femme releva la tête avec terreur. Kiara !

La jeune fille, ravagée par les larmes, tenait son bébé serré contre sa poitrine. Elle était d'une pâleur mortelle.

—Ne m'empêchez pas. Je dois le faire.

Sa voix était un hurlement aigu.

—Non, tu n'es pas obligée, il y a un autre moyen, dit Amelia en s'accroupissant près d'elle et en passant un bras sur les épaules osseuses de Kiara.

Son cœur fondit en découvrant le visage du bébé, sa peau fripée, ses petits yeux pareils à des perles noires. Amelia se sentit soudain coupable. Elle aurait dû retourner au village pour donner le deuxième versement à la famille de Kiara. Elle n'avait pas pu, et Kiara se retrouvait dans cette situation désespérée.

—Je suis désolée, Kiara, dit-elle. Ne fais pas ça. Mabel... Mrs Harris, mon amie. Elle va venir, elle t'aidera. Elle viendra dès qu'elle pourra.

Kiara secoua la tête.

—Ils ne veulent pas que je garde mon bébé. La famille. Ils disaient que vous avez menti, que vous ne reviendrez pas.

—Attends, dit Amelia. Attends ici.

Elle courut jusqu'à la voiture, se jeta sur son sac à main, y prit tout ce qu'il y avait. Elle avait un peu d'argent. Plusieurs billets de cinquante roupies. Elle revint vers la plage où Kiara n'avait pas bougé. Elle était toujours à genoux, avec le bébé hurlant dans ses bras.

—Je t'en prie, prends ça, dit-elle. Explique à ta famille que ça vient des baptistes et que Mrs Harris reviendra payer plus. S'il te plaît, Kiara, retourne chez toi. Prends l'argent, il est à toi.

Kiara se remit maladroitement debout et prit les billets que lui tendait Amelia.

—Et vous ? Vous ne reviendrez pas ? demanda-t-elle.

De grosses larmes se mirent à rouler sur ses joues. Amelia secoua la tête, trop bouleversée pour parler.

—Je ne peux pas, finit-elle par répondre. Je dois partir. Mais je penserai toujours à toi. À toi et à toutes les femmes courageuses du village.

La jeune fille fronça les sourcils, perplexe.

—Et s'il te plaît, ne dis jamais à personne que tu m'as vue ici, ajouta Amelia d'un ton urgent. Maintenant, prends ton bébé et rentre, Kiara. Retourne au village. Mets-toi en chemin tout de suite. Et quand tu auras passé le virage là-bas, ne te retourne pas.

Elle regarda la jeune fille remonter la plage, dépasser la voiture et retrouver la piste. Elle marchait vite, sa longue cape traînant dans la boue. Quand elle arriva sur la piste, elle se tourna et regarda une dernière fois Amelia de ses grands yeux tristes, puis elle s'en alla et tourna au virage sans regarder derrière elle.

Amelia récupéra sa robe et ses sandales puis longea le rivage jusqu'à la jetée en pierre du pavillon. Quand elle posa le pied sur la jetée elle-même, elle frissonna en voyant une longue créature sombre glisser parmi les algues. Prenant une profonde inspiration, elle marcha sur la jetée, monta les marches brisées puis entra dans le pavillon lui-même. Un corbeau décolla de l'une des voûtes et rasa en coassant la surface de l'eau. Amelia se tint au centre du pavillon un moment, écoutant les voix du passé. Les femmes et les filles du maharajah, mortes depuis longtemps, l'observaient-elles encore ?

Le fantôme de la princesse noyée des années plus tôt était-il debout à côté d'elle ? La maudissait-il pour ce qu'elle s'apprêtait à faire ?

Elle frémit, chassant les fantômes du passé, sortit la lettre de sa poche et la posa sur un banc en pierre bien en vue, puis elle ramassa par terre un morceau de plâtre qu'elle mit dessus pour l'empêcher de s'envoler. Ensuite, elle plia la robe à carreaux et la déposa à côté de la lettre, avec les sandales dessus.

—Que Dieu me pardonne, murmura-t-elle en reculant.

Puis elle descendit les marches, courut sur la jetée aussi vite que ses jambes le lui permettaient, et, sans cesser de courir, dépassa la voiture d'Elizabeth. Là, elle se tourna et jeta de toutes ses forces les clés dans le lac. Elle n'attendit même pas d'entendre le bruit qu'elles firent en atterrissant dans l'eau, déjà elle était sur la piste et repartait par où elle était arrivée.

Elle n'avait marché que vingt minutes mais elle était en sueur. Le soleil était levé maintenant, et il l'accablait de ses rayons lorsqu'elle entendit le bruit familier d'un moteur monter la colline vers elle. Elle se mit à trottiner malgré sa fatigue et, quelques secondes plus tard, une voiture apparut. Mabel s'arrêta et lui ouvrit la portière pour la faire monter.

—Tu vas bien ?

Amelia hocha la tête, épuisée par toutes ses émotions.

—Alors allons à Lucknow attraper le premier train pour Bombay, dit Mabel en faisant demi-tour. Giles a câblé P&O, tu pourras aller chercher le billet du bateau pour Londres une fois à la gare. Il est réservé à ton nom de jeune fille, comme on avait dit.

Amelia regarda son amie et versa quelques larmes pendant que la voiture dévalait la colline, secouée par les soubresauts de la route.

—Merci, murmura-t-elle, mais le vent s'engouffra par la vitre, elle dut attraper son chapeau de paille pour l'empêcher de s'envoler, et ses mots se perdirent dans le grondement du moteur.

25

Kate

Warren End, Buckinghamshire, mai 1970

Le crépuscule tombait lorsque Kate sortit de l'axe principal pour prendre la route du village, qui dévalait colline entre les noisetiers. La journée avait été splendide, mais elle n'avait presque pas remarqué le soleil qui entrait par la fenêtre de la cuisine de Mabel Harris pendant l'après-midi qu'elles avaient passé à parler. Elle était si absorbée par l'histoire que Mabel lui racontait, revivant la douleur, la peur et les souffrances d'Amelia à Kanpur, qu'elle avait à peine vu le soleil décliner et les ombres s'allonger dans le petit jardin rempli de plantes en pot et de clématites flamboyantes.

Au moment de partir, Mabel avait glissé ses mains dans les siennes et lui avait dit :

—Maintenant, vous comprenez, n'est-ce pas ? Vous comprenez pourquoi elle gardait le secret sur sa vie en Inde ? Amelia Holden a disparu ce jour-là ; elle s'est évanouie de notre monde. C'est Amelia Collins qui a pris le bateau à Bombay pour commencer une nouvelle vie. Mais elle vivait dans la peur constante que Reginald ne découvre qu'elle était en vie.

—Donc, vous ne croyez vraiment pas qu'elle ait eu une liaison avec George Prendergast ? avait demandé Kate d'une petite voix.

—Comme je vous l'ai dit, je ne peux pas en être certaine. Mais j'en doute beaucoup.

Kate traversa le ruisseau au creux de la vallée et remonta la dernière côte en accélérant avant de passer le panneau : « Warren End ». Parvenue au sommet, elle le vit étalé devant lui, le village, pareil à ses souvenirs d'enfance, baigné dans la lumière du soir, avec la pierre couleur de miel des maisons à toit de chaume qui prenait une teinte plus noire à mesure que le ciel s'assombrissait. En empruntant High Street, elle eut pour la première fois l'impression d'arriver chez elle. Elle franchit le portail d'Oakwood Grange et s'avança sur l'allée de gravier entre les bosquets de chênes. Alors qu'elle descendait de voiture et se tournait vers la maison, elle eut un instant d'hésitation en voyant quelqu'un assis sur les marches. Quelqu'un d'imposant, enveloppé dans un vilain blouson jaune. La fumée d'une cigarette s'élevait dans les airs.

—Joan !

Joan se leva, jeta son mégot et l'écrasa sous son talon.

—Je t'attendais, dit Joan. Janet m'a dit que tu devais être rentrée.

En s'approchant, Kate vit que Joan avait pleuré. Elle avait le visage boursouflé, et son coquard avait viré au jaune et au violacé.

—J'ai dit à Dave de partir, déclara Joan avant que Kate ait eu l'occasion de faire la moindre remarque. Il s'est encore défoulé sur moi en rentrant du travail aujourd'hui. Mais je ne me suis pas laissé faire cette fois. J'ai dit que j'irais voir la police s'il ne partait pas.

—Oh, Joan…

Kate fit un pas vers elle pour la prendre dans ses bras, mais Joan se déroba.

—Tu vas bien ? demanda Kate en ouvrant la porte et en la faisant entrer.

—Ça ira. Il ne m'a pas fait grand-chose après ce que je lui ai dit. Il a juste crié en me traitant de tous les noms. Et puis il a fini par me dire qu'il allait chez sa mère quelque temps. Il fait ses valises en ce moment. Les enfants sont chez Janet.

—Je savais que tu en étais capable, dit Kate.

Elle eut encore une fois l'envie de prendre Joan dans ses bras pour la réconforter, mais celle-ci ne paraissait pas prête pour une telle démonstration d'affection.

—Viens dans la cuisine, dit-elle à la place. On pourra parler.

—Je ne l'aurais pas fait si tu n'étais pas revenue, déclara Joan en s'asseyant à la table pendant que Kate mettait la bouilloire sur la cuisinière. Je suis juste venue pour te le dire.

Kate regarda Joan. Elle ne s'était pas attendue à des remerciements, d'ailleurs ce n'en était pas, mais c'était une reconnaissance de leur passé mutuel et du fait que leurs vies étaient inextricablement liées par la culpabilité qu'elles partageaient. Elle prépara le thé et posa deux tasses sur la table avec un bol de sucre.

—Je suis allée à Londres aujourd'hui, dit-elle en prenant place face à Joan. Je suis allée voir une vieille dame qui a connu ma grand-tante quand elle était en Inde.

—Oh non, pas ça encore, commenta Joan en mettant une cuillère de sucre dans son thé.

—Tu sais, je crois qu'on s'est trompées sur son compte.

—Comment ça ? demanda Joan.

—On a eu tort à propos d'Amelia et George Prendergast. Je ne crois pas qu'ils aient eu une liaison, en fin de compte.

—Et qu'est-ce qui te fait penser cela ?

—Eh bien, Mabel était assez sûre que ce n'est pas le cas. Elle était la confidente d'Amelia. Elles étaient très proches.

—Oh, d'accord, dit Joan sur un ton de sarcasme. Ça fait une différence, tu crois ? S'ils n'avaient pas une liaison, qu'est-ce qui se tramait entre eux ? Tous ces rendez-vous secrets, toutes ces disputes ? Elle qui part en trombe avec sa voiture ?

Kat secoua la tête.

—Je ne sais pas. Mais j'ai réfléchi en rentrant. Il y a moyen de le découvrir. Pourquoi n'irions-nous pas le voir pour lui poser la question ?

—Qui ?

—Prendergast, bien sûr. Pourquoi ne pas aller le trouver ? Lui dire qu'on est désolées pour ce qui s'est passé… On doit faire *quelque chose*, Joan.

Joan leva son menton d'un air obtus.

—Je ne lui ai jamais parlé, dit-elle. Depuis toutes ces années. Il vit en bas de la rue, mais quand on se croise je regarde de l'autre côté. Je ne m'approche pas de lui.

—Pourtant, il faut qu'on fasse *quelque chose*, répéta Kate. On a toutes les deux besoin d'avancer, non ? On ne peut pas rester éternellement dans les limbes, à se punir.

Les lèvres de Joan se mirent à trembler, puis son visage se décomposa et un sanglot secoua tout son corps. Elle tendit la main vers Kate, qui la prit et la serra dans la sienne.

—Quand je pense à ce qu'on a fait…

Elles furent toutes les deux projetées dans le passé, en ce brûlant vendredi matin de la fin août 1944.

Elles étaient assises côte à côte sur le lit de la chambre de Joan. Kate était venue aider la famille à faire ses cartons, deux coffres remplis de vêtements et autres affaires de Joan étaient posés au pied du lit. George Prendergast avait ordonné à Mrs Bartram et ses enfants de quitter la maison d'ici la fin de la semaine, car le nouveau garde-chasse allait bientôt arriver. C'était la semaine où elles avaient enterré Frank dans le cimetière de l'église après le bombardement qui l'avait tué dans la grange de Prendergast.

—On va être tellement nombreux chez mes grands-parents… se plaignait Joan. Tu ne pourras sans doute plus venir me voir.

—Eh bien, tu viendras chez moi, répondit Kate

Mais elles savaient toutes les deux que Freda ne serait pas d'accord et créerait une atmosphère détestable si Joan venait lui rendre visite. On aurait dit la fin d'une ère, un tournant dans leur amitié. Kate remua les pieds, mal à l'aise. Elle n'avait pas parlé à Joan de la promesse qu'elle avait faite à Gordon de venir le retrouver le lendemain. Elle voulait le faire, mais cela ressemblait trop à une trahison la semaine même où Joan enterrait son père et devait quitter la maison de son enfance.

—Il paiera pour ça, lança rageusement Joan.

Cette menace consterna Kate. Elle avait cru que Joan avait oublié sa vengeance avec tout ce qui lui était arrivé ces derniers jours. Elle ne répondit pas, le mieux était de faire comme si elle n'avait rien dit. Mais Joan fouillait déjà dans le fond d'un de ses coffres, celui qui contenait ses manuels scolaires et sa trousse ;

—Faisons-le maintenant, dit-elle, ragaillardie par son projet, avant que le camion ne vienne prendre toutes les affaires pour les emporter chez mes grands-parents. On a deux heures devant nous.

—Non, Joan, ce n'est pas une bonne idée. Oublions ce qu'on a vu.

—Ça ne m'étonne pas que tu veuilles, oublier se moqua Joan. C'est ta tante chérie, après tout. La riche, celle dont tu n'arrêtes pas de parler. J'ai bien envie d'aller lui poser deux ou trois questions. Devant ton oncle.

Une vague de panique s'empara de Kate. Joan en était tout à fait capable. Kate savait qu'elle devait empêcher cela à tout prix.

—Écoute, je sais que tu es en colère, Joan, dit-elle en essayant de garder son calme. Mais ne fais pas ça, je t'en supplie. Je ne supporterais pas que mon oncle l'apprenne. Ça lui gâchera la vie.

—D'accord, d'accord, finit par céder Joan. Je m'en fiche un peu, de ton oncle et de ta tante. Celui qui m'intéresse, c'est Prendergast. Regarde ce qu'il fait à ma famille. Il traite tout le monde ici comme s'il pouvait nous écraser. Je veux qu'il paye pour ce qu'il fait.

—C'est un homme horrible, acquiesça Kate, qui se souvint en frémissant de sa colère terrible quand elles avaient traversé à vélo la ferme déserte quelques semaines plus tôt.

—Bon. Alors faisons-le, d'accord ? On peut écrire la lettre maintenant et la lui apporter dans la foulée.

Elle sortit un cahier d'exercices du coffre et l'ouvrit sur une page vierge.

—Ça ira, dit-elle. Écris, toi. En majuscules. Tu écris mieux que moi.

Elle tendit à Kate un stylo-bille. Elles rédigèrent ensemble. Les idées venaient de Joan, mais c'est Kate qui choisissait les mots et écrivait.

CHÈRE MRS PRENDERGAST,

VOUS SEREZ SANS DOUTE INTÉRESSÉE DE SAVOIR QUE VOTRE MARI VOIT UNE AUTRE JEUNE FEMME DE WARREN END. ILS SE RETROUVENT FRÉQUEMMENT AU MOULIN DU SAULE. VOUS DEVRIEZ L'INTERROGER À CE SUJET, ET N'OUBLIEZ PAS, QUOI QU'IL DISE, VOUS NE POUVEZ PAS LUI FAIRE CONFIANCE.

BIEN À VOUS,

UNE AMIE

Joan déchira la page et la plia en quatre.

—Il y a une enveloppe par là, dit-elle en retournant le contenu du coffre, dont, quelques instants plus tard, elle sortit triomphalement une grande enveloppe brune.

Elle la tendit à Kate, qui écrivit « MRS PRENDERGAST » dessus. Joan glissa la lettre à l'intérieur, lécha et scella l'enveloppe.

—Viens, dit Joan. On y va.

Elles montèrent sur leurs vélos, Joan prit de l'avance comme d'habitude et remonta Clerk's Lane, tourna à gauche sur High Street, passa devant la maison de Kate, l'école, le portail d'Oakwood Grange, puis sur la route menant vers Warren Hall. Pendant tout ce temps, Kate pédalait à toute vitesse pour ne pas perdre Joan de vue. Le souffle coupé, elle faisait de son mieux pour ne pas penser à l'ampleur de ce qu'elles allaient provoquer lorsque Mrs Prendergast lirait la lettre. Elle se répétait que c'était un moindre mal, que George Prendergast était un homme cruel, qu'il n'avait pas le droit à une vie paisible et heureuse et que justice serait faite. Et puis elle protégeait son grand-oncle James et Amelia. Oncle James ne méritait pas d'être malheureux, et quoi qu'ait fait Amelia, elle l'aimait, elle l'admirait et elle lui pardonnerait n'importe quoi.

Elles arrivèrent bientôt aux grilles de Warren Hall.

—On laisse nos vélos ici et on continue à pied, dit Joan en poussant son vélo derrière un des piliers en pierre.

Kate la suivit et fit de même. Leurs vélos n'étaient pas visibles de la route.

—Viens, dit Joan.

—On ne va pas remonter l'allée comme cela, on nous verra de la maison, objecta Kate, qui aurait aimé que son cœur se calme. Et comment va-t-on faire pour la mettre dans la boîte aux lettres ?

—On peut se cacher derrière les buissons le long de l'allée, et quand on sera assez près de la maison, on verra.

Elles coururent entre les buissons qui bordaient l'allée, et en une minute elles furent au coin de la maison, où elles s'accroupirent derrière le muret qui entourait le jardin proprement dit.

—Ils sont tous les deux là, dit Joan en désignant d'un geste les deux voitures dont le nez dépassait d'une dépendance derrière la maison. La Bentley de Prendergast et la berline argentée de sa femme.

—Joan…

Kate allait tenter une dernière fois de dissuader Joan, lui dire que ça ne servait à rien. Mais Joan n'écoutait pas, elle regardait au loin, par-delà les dépendances. En suivant son regard, elle comprit pourquoi Joan avait pâli et pourquoi la haine et la colère faisaient briller ses yeux. Elle contemplait les décombres noircis de la vieille grange, avec ses poutres saillantes dépassant des ruines comme les côtes brisées d'un gigantesque animal dépecé.

—C'est là qu'il est mort, dit-elle à voix basse. Mon père. Il n'a eu aucune chance. Et maintenant, ce salaud nous jette de la maison.

Pleine de pitié et de compassion pour son amie, Kate sentit qu'il était impossible de revenir en arrière au point où elles en étaient.

—Je vais prendre la lettre, dit-elle subitement. Donne-la-moi.

Elle sauta par-dessus le muret et, une fois de l'autre côté, pliée en deux, passa sous les fenêtres en courant. Elle entendait des voix à l'intérieur, ça criait, mais elle ne percevait pas ce qui se racontait et elle s'en fichait. Elle voulait juste en terminer. Les marches du perron étaient devant elle, et la porte blanche avec la boîte aux lettres encastrée. Elle monta les marches, glissa la lettre dans la fente et la lâcha. Elle l'entendit avec effroi tomber par terre de l'autre côté. C'était fait. Elle fit demi-tour, revint sur ses pas, passant de nouveau sous les fenêtres avec précaution, puis grimpa le muret et retrouva Joan, toujours accroupie.

—Bien, se contenta de dire Joan.

—Retournons aux vélos, dit Kate.

Elle n'avait qu'une envie, partir d'ici et oublier ce qu'elles avaient fait.

—Oui, dit Joan. Mais ce serait bien d'attendre pour voir ce qui se passe.

—Comment veux-tu qu'on voie ce qui se passera ? protesta Kate. Et de toute façon, elle ne verra peut-être pas la lettre tout de suite. Je les ai entendus dans le salon.

—Bon, alors si on faisait un tour à vélo ? Mon oncle ne sera pas là avec le camion avant un bon moment.

Elles sortirent de la propriété, récupérèrent leurs vélos cachés derrière les piliers et se mirent à pédaler dans High Street. Sans se concerter, elles sortirent du village, descendirent jusqu'au ruisseau, remontèrent de l'autre côté. Joan était devant, comme d'habitude. Kate n'essayait même pas de la suivre, pour une fois. Elle avait le cœur lourd et ne trouvait en elle ni énergie ni enthousiasme. Joan avait cent mètres d'avance et arrivait au croisement avec la route de Midchester. Alors le bruit d'un moteur ronflant se fit entendre derrière elle et une voiture la doubla en la frôlant de si près que Kate fut à deux doigts de tomber. C'était une berline argentée, elle roulait comme un bolide et accélérait encore à l'approche du croisement, alors qu'elle aurait dû ralentir. Kate s'arrêta, prise de peur, et regarda les feux de freinage s'allumer beaucoup trop tard tandis que le chauffeur mettait un coup de volant pour éviter le camion qui arrivait dans l'autre direction. Il y eut un bruit horrible de tôle écrasée lorsque la voiture percuta un arbre, puis les pneus du camion crissèrent, le poids lourd s'immobilisa, des portières claquèrent et elle entendit des hommes crier.

*

—Elle est morte à cause de ce qu'on a fait, on ne peut pas se le cacher, dit Joan vingt-cinq ans plus tard, assise face à Kate dans la cuisine d'Amelia.

Elle serrait la main de Kate si fort qu'elle lui faisait mal. Kate avait envie de la retirer, mais elle était transfigurée par la douleur qu'elle lisait dans les yeux de Joan. Elle faisait écho à la sienne, mais au moins elles affrontaient ensemble leur culpabilité.

—Nous devrions aller lui parler, répéta Kate.

—Qu'est-ce que ça changerait ? dit Joan. C'est un vieillard maintenant. Quelle différence pour lui et pour nous que nous lui avouions ce qu'on a fait ?

—Il a perdu tout son argent et dû vendre ses biens après ce qui s'est passé, murmura Kate. J'aimerais savoir ce qu'Amelia était pour lui, s'il veut bien nous le dire.

—Mais quelle différence ? insista Joan. Nous aurons toujours déposé cette maudite lettre. Et sa femme sera toujours morte.

Kate baissa la tête, les yeux rivés sur la table. Le thé avait refroidi dans les tasses.

—Écoute, si tu ne veux pas lui parler, je comprends. J'irai toute seule. J'ai besoin de savoir ce qu'il a à me dire sur Amelia. Tu avais raison. Je la vénérais à l'époque. Mais après ce qui s'est passé, je n'osais même plus croiser son regard, et après la mort de Roy en France et notre déménagement, je ne l'ai pratiquement plus jamais revue. Je ressentais trop de culpabilité. Mais aujourd'hui, je sais qu'elle avait des secrets terribles. Elle avait eu une vie difficile avant d'arriver ici, et je regrette vraiment de ne pas être restée en contact avec elle. Je veux juste parler d'elle avec lui.

Il y eut un silence pendant lequel on n'entendit plus que le tic-tac de l'horloge de la cuisine, le feu qui brûlait dans la cuisinière, le souffle de Joan.

—Bon, puisque tu es décidée, je dois t'accompagner, finit-elle par dire, lâchant la main de Kate en faisant jouer ses épaules. On y va maintenant ?

—On ira demain matin, dit Kate. Il est tard. Il est peut-être déjà couché.

—Il n'est pas si tard, je vois souvent la lumière aux fenêtres de son bungalow jusqu'à minuit. Il ne dort pas. Et si nous n'y allons pas, je risque de me dégonfler demain matin.

Elles s'y rendirent à pied, bras dessus bras dessous, en passant devant les maisons de High Street avec leurs volets tirés et la cheminée qui fumait dans l'air du soir, qui refroidissait. Elles ne prononcèrent pas un mot après avoir quitté Oakwood Grange, marchant en silence avec pour seule compagnie le bruit de leurs pas. Dans la lumière des lampadaires, leur respiration faisait des nuages de vapeur devant elles.

George Prendergast, affublé de lunettes aux verres épais, leur ouvrit tout de suite.

—Que puis-je faire pour vous, mesdames ? demanda-t-il, appuyé sur une canne.

—Je ne sais pas si vous vous rappelez de moi. Je m'appelle Kate Hamilton, et voici mon amie Joan Pope, Bartram de son nom de jeune fille.

—Je sais qui vous êtes, dit-il. De quoi s'agit-il ?

—Si vous voulez bien nous laisser entrer, nous essaierons de vous expliquer.

Il ouvrit la porte en grand et les fit entrer dans un petit salon rectangulaire, mal éclairé, avec une télévision allumée dans un coin. Il l'éteignit.

—Je regardais les informations. Installez-vous, dit-il, et elles s'assirent dans de vieux fauteuils au cuir craquelé.

—Voulez-vous un brandy ? Vous avez toutes les deux l'air d'en avoir bien besoin, dit-il. Je vais en prendre un de toute façon.

Il marcha péniblement jusqu'à un placard, servit trois verres tassés et les tendit à Joan et Kate.

Kate jeta un coup d'œil à son amie et but une gorgée de brandy qui lui chauffa la gorge à blanc.

—C'est une longue histoire, commença-t-elle. Et nous sommes venues vous présenter nos excuses pour une chose horrible que nous vous avons faite quand nous étions adolescentes. C'est impardonnable. Nous n'espérons pas que vous nous pardonniez, mais maintenant que ma grand-tante est morte…

—Votre grand-tante ? répéta-t-il, se redressant dans son fauteuil en la dévisageant comme s'il la voyait pour la première fois.

—Oui, Amelia Hamilton. Ma grand-tante. Vous étiez amis, je crois… enfin, peut-être plus…

—Nous n'étions pas amis, la coupa-t-il en plissant le front. Pas du tout. Je lui ai causé un grand tort durant la guerre. C'était déjà une femme vulnérable, et ce que j'ai fait l'a fait basculer. Si quelqu'un doit des excuses ici, c'est moi qui lui en dois.

—Je ne comprends pas, dit Kate en échangeant un regard avec Joan, qui semblait ne pas plus comprendre qu'elle.

—J'avais des dettes. De grosses dettes. À cause du jeu. J'avais l'habitude d'aller dans mon club à Londres et de dépenser des centaines de livres en une seule soirée. J'ai servi brièvement dans la Royal Air Force au début de la guerre, mais mon avion a été abattu dans le ciel français et j'ai pris un coup aux nerfs. On m'a renvoyé en Angleterre pour que je guérisse, mais ça avait vraiment touché mes nerfs. Je ne m'en suis jamais remis. Je me réfugiais au club, dans le poker. Un jeu de nigauds, bien sûr. J'ai hypothéqué les maisons, les fermes, tout ce que je possédais.

» Et puis un jour, j'ai remarqué James et Amelia Hamilton dans un restaurant bondé de Westminster. Je l'avais aperçue au village, mais sans vraiment faire attention à elle. Elle avait l'air timide, discrète. Mais ce soir-là, quand je l'ai croisée au restaurant avec votre oncle, elle était radieuse, elle bavardait avec grâce et naturel, et je me suis rendu compte que je la connaissais. Je l'avais vue dans les années 1930 à Kanpur, en Inde, où j'étais allé rendre visite à mon frère. Et je me suis souvenu qu'il y avait eu un scandale épouvantable là-bas, à l'époque. J'étais revenu en Angleterre quand il avait éclaté, mais mon frère Willy me l'avait raconté dans l'une de ses lettres. La femme de l'officier du district l'avait abandonné juste après l'enterrement de son fils, elle avait roulé jusqu'à un lac dans les montagnes et s'était noyée.

» En rentrant chez moi ce soir-là, j'ai ressorti les lettres et les coupures de presse. J'étais certain qu'il s'agissait de la femme que j'avais vue au club à Kanpur. Ça m'a donné une idée. James Hamilton était riche. C'était un homme d'affaires accompli. Il avait bâti l'une des plus grosses entreprises du pays. Et il était député. Un scandale ferait tache, et j'étais sûr qu'elle ferait tout pour l'éviter.

Kate était suspendue à ses lèvres. Il but une gorgée de brandy avant de poursuivre

—Comme je l'ai dit, j'avais désespérément besoin d'argent, donc, pour dire les choses franchement, je me suis improvisé maître chanteur. Je suis allé la trouver un jour pendant l'une de ses promenades, je lui ai dit que je savais qui elle était, et que si elle voulait que je me taise, elle avait intérêt à me payer les sommes que j'exigerais. J'étais au fond du trou. Je n'avais plus toute ma tête.

—Quelle horreur, marmonna Joan d'un air atterré.

—Je sais. Je sais. Je l'ai regretté tout le reste de ma vie, croyez-moi. Je ne suis plus le même homme aujourd'hui. La pauvre était terrifiée à l'idée que James Hamilton découvre la vérité et qu'il soit pris dans un scandale. Elle était vraiment terrorisée et perdue, d'autant qu'elle ne savait même pas si Reginald était mort ou vivant quand elle avait épousé Hamilton. J'ai joué de cet avantage, alors que je savais qu'au moment de son mariage, Reginald n'était déjà plus de ce monde. Il avait perdu la vie durant des émeutes, je crois. Tout cela a été camouflé par les autorités, mais Willy était au courant.

—Donc, reprit Kate, à peine capable d'intégrer ce que Prendergast leur racontait, c'est pour cela que vous vous retrouviez au Moulin du Saule ?

Il hocha la tête, le regard perdu au loin.

—Je la faisais venir là-bas pour que nous puissions parler en privé. Elle m'apportait de grosses sommes d'argent en liquide.

—Pauvre Amelia… dit Kate.

Elle n'arrivait pas à détacher son regard de ce vieil homme aux cheveux clairsemés qui buvait son brandy en leur racontant tous ces faits comme si ce n'était pas lui qui les avait commis.

—Mais ne croyez pas que je n'ai pas souffert. J'ai payé pour ce que j'ai fait, dit-il. J'ai payé dix mille fois, et plus encore. J'ai prié Dieu, je me suis confessé, j'ai pris ma part de bonnes œuvres pour le village et l'église afin de tenter de me racheter.

—Ma femme est morte par ma faute, poursuivit-il. C'est là que j'ai repris mes esprits. C'était mon châtiment. La croix que je devais porter pour mes péchés. J'avais perdu mon Ivy adorée.

Le moment était venu. Il fallait parler de la lettre. Kate regarda Joan, qui la regarda elle aussi et lui fit un petit signe de la tête. Elle était prête à parler, à tout dire. Il le fallait. Elle reporta son attention vers le vieillard.

—Monsieur Prendergast.

La pièce devint floue autour d'elle tandis que les mots se bousculaient dans sa bouche.

—Ce n'est pas votre faute si votre femme est morte. C'est nous qui avons écrit la lettre.

Elle s'attendait à voir naître la colère sur son visage, elle pensait qu'il les noierait sous son mépris et sa colère, mais il semblait ne pas comprendre.

—Quelle lettre ?

—Nous lui avons envoyé une lettre anonyme, dit Joan, soudain blême. Pour lui dire que vous voyiez une autre femme. Elle l'a lue, non ? Ensuite, elle est montée dans sa voiture et elle a roulé si vite qu'elle a eu son accident.

—Une lettre anonyme ? fit Prendergast, confus.

Kate et Joan le regardaient avec incrédulité, mais au bout de quelques secondes, son visage s'éclaira et il dit :

—Oh oui, maintenant que j'y pense, je me souviens de cette lettre. Elle était écrite en lettres majuscules, le tout très mystérieux. Je ne l'ai pas ouverte avant plusieurs jours. Elle ne l'a pas lue. J'ai mis cela sur le compte de gamins qui faisaient une farce. Je savais que j'avais des ennemis au village.

—Elle ne l'a pas lue ? répéta Kate, qui avait l'impression qu'on ôtait de ses épaules un poids qu'elle avait senti toute sa vie d'adulte et qu'elle était si habituée à porter qu'elle aurait du mal à s'en défaire complètement.

—On s'était disputés, expliqua Prendergast. Ivy était au courant pour les jeux, les dettes, les hypothèques. Elle ne savait pas que j'avais une nouvelle source secrète d'argent grâce à Amelia Hamilton et que je m'efforçais de rembourser. Je ne pouvais pas lui révéler une chose pareille.

—Elle ne me lâchait pas. Elle criait, criait, elle me disait que j'avais dilapidé tout ce que mon père m'avait laissé, tout ce que nous avions quand nous nous étions mariés. Elle s'inquiétait que nous soyons obligés de renvoyer les ouvriers de la ferme et que nous n'ayons plus assez pour vivre.

Il prit une gorgée de brandy et ferma les yeux un instant avant de continuer.

—Nous avions tous les deux trop bu depuis le début de la journée. Pour finir, elle m'a dit : « J'en ai assez, je ne peux pas rester ici à te regarder nous ruiner. »

Elle avait déjà mis une valise dans le coffre, elle comptait rester chez sa mère. C'est la dernière fois que je l'ai vue en vie…

Il posa son verre sur la table à côté de lui. Ses mains tremblaient, des larmes faisaient briller ses yeux.

—Je suis navrée, dit Kate en se penchant vers lui et en lui prenant la main. Quelle tragédie atroce.

Il se laissa faire.

—Je l'ai remboursée, votre tante, dit-il. Jusqu'au dernier centime. La mort d'Ivy m'a changé. J'ai compris que j'étais devenu un salaud arrogant et cupide. J'ai vendu les fermes, payé mes dettes et remboursé à Amelia ce que je lui avais extorqué. Mais je sais que j'ai commis des dégâts irréparables et je ne me le pardonnerai jamais.

—Je suis sûr qu'elle vous aurait pardonné, dit Kate. Elle n'était pas rancunière.

Il haussa les épaules.

—Peut-être l'a-t-elle fait. Mais de toute façon, je ne me pardonnerai jamais non plus la façon dont je traitais les gens qui travaillaient pour moi, dit-il en se tournant vers Joan. Souvent, j'ai pensé venir vous parler, vous dire à quel point je suis désolé d'avoir expulsé votre famille après la mort de votre père. Mais chaque fois que je voulais vous approcher, vous vous écartiez.

—C'est du passé maintenant, murmura Joan. Je ne veux plus continuer à vous en vouloir.

*

Elles reprirent par Clerk's Lane et pressèrent le pas en passant devant la maison de Joan, où la lumière était toujours allumée à toutes les fenêtres. Dave s'affairait dans l'une des chambres, on voyait son ombre bouger contre l'un des murs. Elles marchèrent en silence, bras dessus bras dessous comme à l'aller une heure plus tôt, mais le silence n'avait plus la même qualité. Elles étaient trop absorbées par leurs propres pensées pour parler, chacune luttait pour comprendre toute la portée de ce que George Prendergast leur avait révélé. Kate, hébétée, ne voyait que le gâchis provoqué par tout cela ; sa culpabilité était si ancrée en elle, depuis des années, qu'il lui faudrait du temps avant de s'en débarrasser. Et à ses regrets pour elle-même s'ajoutait sa compassion intense pour Amelia. La pauvre n'avait pas réussi à échapper au fardeau de son passé, même après avoir trouvé le bonheur avec oncle James. Ce bonheur avait été abîmé par George Prendergast à cause de ses démons personnels et de sa cupidité. Il avait perpétué la cruauté qu'elle croyait avoir abandonnée derrière elle avant la guerre. Comment Kate avait-elle pu perdre le contact avec Amelia ? Elle n'arriverait pas à se défaire de cette culpabilité, même si celle qui concernait la lettre à Ivy Prendergast finissait par se dissiper.

Arrivées en haut de la rue, elles prirent High Street en direction d'Oakwood Grange et Joan rompit le silence.

—Je n'arrive pas à y croire, marmonna-t-elle.

—Moi non plus, dit Kate en serrant son bras contre elle.

—Elle est quand même morte, hein ? Ivy Prendergast. Ça ne change pas.

—Oui, ça reste une tragédie terrible, murmura Kate avant que le silence ne retombe entre elles.

Après quelques instants, c'est à nouveau Joan qui relança la conversation.

—Que vas-tu faire maintenant ? Tu vas vendre et retourner à Londres, comme tu as dit ?

Qu'allait-elle faire maintenant qu'elle était allée au bout de l'histoire d'Amelia ? Vendre et retourner à Londres lui paraissait vain et creux après tout ce qu'elle avait vécu. Comment revenir à cette existence stérile ? Il y avait tant de choses pour elle, ici. Alors qu'elles arrivaient sur l'allée de gravier d'Oakwood Grange, une idée commença à germer dans son esprit.

—Tu en dirais quoi, si je restais dans le coin ?

Joan ne répondit pas tout de suite, mais Kate sentit qu'elle souriait dans le noir.

—Enfin, pas tout le temps. J'aurais besoin d'aller à Londres pour le travail. Ce serait trop dur de faire l'aller-retour tous les jours. Mais je pourrais garder la maison et venir le week-end.

—Ça me plairait, dit Joan.

—Parce que je me disais… Je dois payer quelqu'un pour s'occuper de la maison quand je ne suis pas là. Une sorte de gardien, je suppose. Et il y a plein d'espace. Le gardien ou la gardienne pourrait très bien avoir des enfants.

Elle lançait tout cela à la volée, et Joan ne disait rien. Allait-elle être offensée par cette proposition ? Elle avait beaucoup de fierté. Elles montèrent les marches éclairées devant la porte d'entrée. Kate jeta un regard angoissé à Joan.

—Ma tante serait d'accord, tu sais, Joan, et c'est toi qui me ferais une faveur. Cette maison était son refuge, en un sens. Elle adorerait l'idée que tes enfants y vivent. Ce serait aussi ton sanctuaire… au moins jusqu'à ce que tu retombes sur tes pieds, si tu veux…

En avait-elle trop dit ? Elle retenait son souffle, espérant ne pas voir le visage de Joan se fermer. Mais Joan hocha lentement la tête en esquissant un sourire.

—Je crois que c'est une bonne idée. Merci. Je vais y réfléchir.

*

Le lendemain soir, après s'être garée sur la place de Midchester, Kate vérifia en vitesse son maquillage dans le rétroviseur. L'horloge du tableau de bord indiquait qu'elle avait dix minutes d'avance. Ce n'était pas grave, au contraire, cela lui laissait un peu de temps pour réfléchir à tout ce qui s'était passé et à la décision qu'elle avait prise.

Sandra avait appelé dans la matinée pour l'informer qu'Edna allait mieux et qu'elle serait heureuse que Kate lui rende visite dans les prochains jours.

—Enfin, si vous êtes toujours par ici, avait dit Sandra. Vous m'aviez dit que vous vouliez retourner à Londres, je crois.

—Oui, mais je n'ai pas prévu de repartir tout de suite. D'ailleurs, je vais sans doute passer beaucoup plus de temps dans la région à partir de maintenant. Je viendrai voir Edna demain si ça convient.

En raccrochant, elle se rendit compte qu'il lui avait paru tout à fait naturel d'expliquer à Sandra qu'elle allait rester à Warren End. Et cela concrétisait sa décision. Elle appellerait ses associés demain pour parler avec eux de son retour au travail.

Elle avait retrouvé Joan après qu'elle avait déposé ses enfants à l'école. Elles avaient marché ensemble jusqu'au cimetière afin de déposer des fleurs sur la tombe d'Amelia. Les bleus de Joan commençaient à s'effacer, et il avait semblé à Kate qu'elle se tenait avec les épaules plus droites.

—Comment te sens-tu maintenant qu'il est parti ? lui avait-elle demandé avec inquiétude.

—C'est dur à dire. Je me sens comme engourdie. Mais ça ne peut qu'aller mieux à partir de maintenant.

—Tu as pensé à ce que je t'ai proposé hier soir ? Pour venir vivre à Oakwood Grange ? J'étais sérieuse, tu sais.

Elles étaient arrivées au cimetière et se tenaient devant la tombe d'Amelia.

—Oui, j'y ai réfléchi, et si tu es toujours d'accord, j'accepte avec plaisir… juste le temps de retomber sur mes pieds, bien sûr.

Kate serra la main de son amie, elle avait les larmes aux yeux, puis elle se pencha pour déposer les fleurs sur la pierre. Elle les avait ramassées dans la partie sauvage du jardin, sous les arbres ; de beaux narcisses jaunes, des hyacinthes, du muguet. En les posant sur l'herbe devant la tombe d'Amelia, elle avait prononcé une prière à l'adresse de sa grand-tante, elle lui avait dit qu'elle comprenait tout désormais et qu'elle espérait qu'elle était en paix.

C'est elle qui avait proposé ce rendez-vous à Gordon à Midchester, sur les marches de la mairie. Il lui semblait approprié de recommencer là où tout était parti de travers vingt-cinq ans plus tôt. Au téléphone, il avait parlé d'un restaurant d'hôtel mais Amelia ne voulait pas d'un endroit formel qui lui aurait rappelé sa vie désolante à Londres. Elle préférait un repas tout simple dans le pub sur la place. Elle ne lui avait pas encore dit qu'elle comptait rester à Oakwood Grange, mais elle avait passé une bonne partie de l'après-midi à imaginer son sourire quand elle le lui annoncerait. Dans le rétroviseur, elle vit la Rover jaune se garer un peu plus loin. Lui aussi était en avance.

Prenant son sac, elle sortit de la voiture et traversa la place en direction de la mairie. Et tout en marchant, elle eut l'impression de revenir des années en arrière et d'être de nouveau cette jeune fille pleine de joie et d'espoir, non seulement pour la soirée à venir, mais aussi pour le futur.

Remerciements

Merci d'avoir lu *Le Pavillon des secrets.* J'espère que vous avez pris autant de plaisir à le lire que moi à l'écrire.

Merci à mon amie et camarade d'écriture Siobhan Daiko pour son soutien et ses encouragements constants ces dix dernières années. À Raffa et Xavier de CoverKitchen pour le graphisme ; à Johnny Hudspith et Trenda Lundin pour son travail d'édition exceptionnel, à mes sœurs, notamment Mary pour sa lecture et ses commentaires sur les premiers jets ; à Mandy Lyon-Brown pour la correction minutieuse des épreuves ; et à tous ceux qui m'ont aidée au fil des ans en lisant mes livres.

Retrouvez-nous sur les réseaux sociaux :

City éditions

www.city-editions.com
@cityeditions
www.facebook.com/cityeditions/
@CityEditions
@cityeditions

Achevé d'imprimer en août 2023
sur les presses de la Nouvelle Imprimerie Laballery
58500 Clamecy
Numéro d'impression : 307429

Imprimé en France

La Nouvelle Imprimerie Laballery est titulaire de la marque Imprim'Vert®